译文经典

萨 宁
Санин

М.Арцыбашев

〔俄〕阿尔志跋绥夫 著

刘文飞 译

上海译文出版社

阿尔志跋绥夫和他的《萨宁》
（代译序）

刘文飞

在中学时读鲁迅，碰到"阿尔志跋绥夫"这个佶屈聱牙的姓氏，反复念了好几遍，终于记住了这位俄国作家；做研究生时读俄国文学史，几乎在每一种俄国文学史中都遇见对小说《萨宁》的批评和抨击，却一直没有机会直接阅读阿尔志跋绥夫的这部名作。苏联解体之后，大批遭禁的作家和作品得到"释放"，阿尔志跋绥夫和他的《萨宁》也终于浮出水面，来到我们面前。

自杀、绘画和文学

米哈伊尔·彼得罗维奇·阿尔志跋绥夫（Михаил Пертович Арцыбашев）生于一八七八年五月二十四日。少时的阿尔志跋绥夫过着恬静的乡村生活，在家乡的学校里读了五年书。据说，他的家乡，哈尔科夫省的阿赫特尔卡（今乌克兰境内），是一座风景十分美丽的小城。小城四周是一望无际的草原，静静的沃尔斯克拉河从城边蜿蜒流过，几乎每一户人家的屋后都有一个直抵河边的花园，对岸的小山上还有一座静静的修道院。也许是受自然美景的熏陶，阿尔志跋绥夫很早就立下当一名画家的志向，后来，阿尔志跋绥夫进入哈尔科夫美术学校。然而，他在美术学校只学了很短一段时间，最终也没能成为画家，但少时的志向对他的文学创作还是起到了很大作用。阅读阿尔志跋绥夫的作品，我们可以感觉到，优美的风景描写是其最突出的特色之一，而且，作家几乎将他所有的人物和事件都放置在他自幼起就熟悉的生活场景之中，他笔下的自然就是他故乡的山水。此外，他从绘画转向文学，这中间还有一个偶然的契机，作家本人后来在札记中曾这样写道："童年时我曾想做一个猎手，但也不反对做军官，后来长时间幻想做一名画家，而成为一位作家则是相当意外的。这是因为，哈尔科夫的一家报纸发表了我的一个短篇小说，并付给我八个卢布，我用这钱买了颜料。后来，我又缺钱，就又写起了小说，这样一来，学画就让我感到枯燥，于是我就转向了文学。"[①] 阿尔志跋绥夫写小说的原始动机，是为了赚钱去买绘画的颜料。

在这之前，还有一件不幸的事件对阿尔志跋绥夫未来的文学生涯产生了影响。十六岁时，也就是一八九四年春天，由于对生活感到绝望，阿尔志跋绥夫曾开枪自杀。他伤势严重，生命垂危，后奇迹般地活了过来。我们不知道，促使他举起枪来自杀的那些思想斗争和矛盾心理是否也是促使他拿起笔来写作的推动力，但自杀前后的强烈感受却是他久久难以忘怀的。没等伤愈，他就将那些感觉和体验写进一个短篇小说，这篇具有"生活素材"和真实感受的小说不久就顺利地在哈尔科夫的

---

① 转引自《阿尔志跋绥夫三卷集》，TERRA 出版社，莫斯科，一九九四，第一卷，第九页。

《南疆报》上刊出（《一个军官讲述的故事》，一八九五年一月二十七日）。后来，自杀事件和自杀者持续不断地出现在阿尔志跋绥夫的小说中，有人竟说："很少有哪一篇阿尔志跋绥夫的小说没有关于死亡及其注定的不可避免性的悲哀思索。在他的长篇和中篇里，死亡几乎成了主角。"①

从画家到作家，从自杀的体验到文学的实践，阿尔志跋绥夫完成了一次跨越。而画家的独特视角和自杀者的独特感受，却都在他的整个创作中留下了深深的烙印，被视为其作家个性和创作风格中最重要的构成。

《萨宁》、萨宁和"萨宁性格"

在家乡小试文笔之后，阿尔志跋绥夫去了彼得堡。一九〇一年，阿尔志跋绥夫在彼得堡的《俄国财富》杂志上发表短篇《帕沙·图曼诺夫》，受到好评，他从此成了一位职业作家。他连续发表小说，在文学界广交朋友，还曾尝试组织一个旨在反对"文学将军们"的青年作家团体，他主持过《教育》杂志的文学栏，与许多文学名流进行论战，在文坛很是活跃。但是，给他带来巨大声誉，使他一时成为整个俄国文学生活之中心的，还是这部长篇小说《萨宁》（*Санин*）。

《萨宁》写成于一九〇二年，但是直到一九〇七年才得以发表在《当今世界》杂志的九月号上。这部需要其编辑用五年时间来"读懂"的小说，在社会上自然也难以获得一致的评

① 普罗科波夫：《米哈伊尔·阿尔志跋绥夫的生与死》，见《阿尔志跋绥夫三卷集》，第一卷，第五页。

价，然而，《萨宁》在当时俄国所激起的轩然大波仍是今天的我们难以想像的，几乎每份杂志和报纸都刊登评论文章，几乎每位文坛知名人士都公开表态，几乎每个百姓都会在日常谈话中提及《萨宁》。有人写道，一九〇七至一九〇八年间，"似乎，不是米·阿尔志跋绥夫写就了萨宁，而是萨宁写就了米·阿尔志跋绥夫"①。一方面，小说似乎同时受到两个对立思想阵营的抨击，激进的左派知识分子认为它思想落后，保守的右派人士又认为它有伤风化；可另一方面，《萨宁》被成千上万的读者疯狂地阅读，青年学生们纷纷成立半地下性质的"萨宁主义者小组""自由爱情同盟"之类的组织，小说中的主人公萨宁更是成了众多青年的仿效对象，被视为真正的"当代英雄"，甚至连当时的黑社会组织"黑色百人团"也将萨宁及其作者树为自己的旗帜。各种模仿《萨宁》的作品层出不穷，后被批评界归纳为"阿尔志跋绥夫风格"（Арцыбашевщина），其主要特点就是对"性问题"的公然关注，对社会的冷漠态度，以及对革命性变革前景所持的怀疑目光。正因为如此，在一部俄国作家辞典中便有了这样的说法："《萨宁》在一九〇七年出版后获得了丢丑的知名度。"②

关于《萨宁》的争论，其实都是围绕其主人公萨宁展开的。小说以主人公的姓氏为题，它从萨宁返回故乡写起，到他乘火车离去结束，写的是萨宁在家乡那段时间的所作所为。他少小离家，其性格是在家庭之外养成的，没有任何一个人监督过他，没有任何一只手管教过他，这个人的灵魂是自由自在地

---

① 里沃夫·罗加切夫斯基语，转引自《阿尔志跋绥夫三卷集》。第十四页。
② 尼古拉耶夫主编：《俄国作家传记辞典》，教育出版社，莫斯科，一九九〇，第一卷，第四十九页。

形成的，就像旷野里的一棵树。他不仇恨任何人，也不为任何人而痛苦；他对一切都抱着无所谓的态度；他最常见的神态就是漫不经心的微笑和略带嘲讽的冷笑；他光明正大地追求享乐，毫不遮掩地袒露心胸。他与农夫的孙女一起过夜，月夜在河面的小船上占有了美丽的女教师卡尔萨维娜，甚至对自己的妹妹丽达也能生出一阵阵冲动；他揍了军官扎鲁丁，粉碎了犹太青年索罗维伊契克的信仰，直接导致这两个人的自杀；他讨厌周围几乎所有的人，甚至自己的亲人，面对熟人的死亡，他每每无动于衷，认为"世界上又少了一个傻瓜"；他身材高大，健壮有力，为所欲为，与此同时，他又很孤独，很无聊，漂泊不定。这是一个无政府主义者，一个个人主义者，一个"超人"。鲁迅在谈到《萨宁》时说："这书的中心思想，自然也是无治的（即无政府主义的——引者按）个人主义或可以说个人的无治主义。"①

关于这样一个形象，众说纷纭，所谓的"萨宁性格"（Санинщина）也被提了出来，并成为当时一个引用频率极高的词汇。由于这一形象出现在俄国一九〇五年革命之后，也就是俄国知识分子普遍感到失落和沮丧的年代，因此，它就被看成是俄国文化精英之整体"堕落"的象征。激进派的文学家否定《萨宁》，并因萨宁形象所具有的消极意义深感不安。高尔基在《个人的毁灭》一文中写道："如今由精神贫困的人们组成的画廊被阿志巴绥夫（即阿尔志跋绥夫——引者按）的沙宁（即萨宁——引者按）可耻地完成了。应该记住，沙宁已经不

---

① 鲁迅：《译了〈工人绥惠略夫〉之后》，见《鲁迅译文集》，第一卷，第一百八十八页。

是市侩意识企图给日趋没落的个人指出一条生路的第一次尝试了，在阿志巴绥夫这部作品出现之前，就不止一次听到这样的劝告：人应该用变成走兽的办法来简化自己的内心生活。"①沃罗夫斯基在《巴扎罗夫和萨宁》一文中将这"两个虚无主义者"进行比较，并得出这样的结论："萨宁的特征的总和，**意味着对平民知识分子半个世纪的传统的背叛**，首先是对为被压迫阶级服务的背叛——在社会生活中，对义务的无上命令的背弃——在个人生活中。"②另一位激进派批评家奥尔明斯基说得更直接："《萨宁》的实质就是用'伏特加和美女'的口号去取代'全世界无产者联合起来'的口号。"③

于是，萨宁作为一个堕落的、"反动"的形象，似乎已被永远地钉在俄国文学史的耻辱柱上。然而，在翻译《萨宁》的过程中，译者却也渐渐地读出了萨宁形象的某些"积极"意义。在二十世纪之初，浓烈的世纪末情绪在俄国知识界弥漫，人们在失望中挣扎，在彷徨中求索，于是，作为一种反拨，尼采和叔本华的"自由意志"理论和"超人哲学"赢得空前共鸣，萨宁的形象就是在这样的社会思潮中出现的，因此，这一人物体现出的气质和性格，也是知识分子步出思想困境的一种选择，一种方式。另一方面，萨宁身上所体现的个人主义，其实也是俄国知识分子个性觉醒的一个新标志，超越党派和集团的利益去合理地追求自己的幸福，在与周围环境的冲突中捍卫

---

① 高尔基《论文学》（续集），人民文学出版社，一九八三，第七十九页所引为缪灵珠译文。

② 沃罗夫斯基《论文学》，人民文学出版社，一九八一，第二百六十二页所引为韩凌译文。

③ 转引自沃罗夫斯基：《论文学》，第二百三十一页；奥尔明斯基原文刊于《真理报》，题为《〈萨宁〉里的阿尔志跋绥夫》。

自我存在的价值，这本身就是一种选择。退一步说，在两个阵营尖锐对立的时候，像帕斯捷尔纳克所言的那种"超越街垒"的方式，未必不是一种明智的立场，更何况时间后来又证明了，那场街垒战并没有带来很多的积极后果。在小说中不难看出，萨宁虽然不可爱，有时还很不道德，可他周围的人，除了几位女性之外，似乎都还比不上他，扎鲁丁和军官们的愚蠢，尤里的虚伪，梁赞采夫的浅薄，诺维科夫的怯懦……而且，他们无一例外都是极端自私的，萨宁至少在真诚和果敢上超过了他们中间的任何一位。当屠格涅夫在《父与子》中塑造出巴扎罗夫的形象之后，社会上一片哗然，当时，革命民主派批评家曾出面肯定巴扎罗夫形象的进步意义，认为在巴扎罗夫的"虚无主义"中包含着对现实的不满，对变革的渴望；五十年之后，自由派批评家又几乎采用与革命民主派批评家同样的方式，在将萨宁与巴扎罗夫做了一番比较之后，认为萨宁形象的塑造是一个"新的发现"，由此，关于萨宁是"二十世纪的巴扎罗夫"的说法就流传开来。萨宁和十九世纪俄国文学中的"多余人"形象一样，既是一种苦闷、失落，乃至堕落的象征，同时也体现着某种抗议，蕴涵着某种积极意义。

乐观的悲剧

除《萨宁》外，阿尔志跋绥夫的重要作品还有《帕沙·图曼诺夫》（一九〇一）、《旗手戈洛洛波夫》（一九〇二）、《兰德之死》（一九〇四）、《人浪》（一九〇七）、《工人施维廖夫》（一九〇九）、《绝境》（一九一〇）等，他还写有多部剧本，此外，他从一九一一年起在报刊上发表随笔性文字

《作家札记》，持续不断地一直写到逝世，最后积累成厚厚几大卷。

将阿尔志跋绥夫的创作当成一个整体来观察，可以在其中发现一个巨大的矛盾。一方面，无政府主义和个人主义作为作家世界观中的重要构成，在阿尔志跋绥夫的每一部作品中都有着深刻的渗透，其作品中的人物张扬个性，追求个性的自由和个人欲望的充分满足，他们的活动营造出一个享乐主义的欢乐场景；另一方面，一种浓重的悲观氛围又始终笼罩在阿尔志跋绥夫的作品中，他的主人公们要么像工人施维廖夫那样时刻处在被围捕的恐惧之中，要么像《萨宁》中的尤里那样感到绝望，就连萨宁自己，也同样不时地感到无聊。《萨宁》中的人物一个接一个地死去，仅自杀者就有扎鲁丁、尤里、索罗维伊契克三人，而起过自杀念头的人就更多了，谢苗诺夫、丽达、柳丽娅……在另一部长篇《绝境》中，阿尔志跋绥夫更是一口气写了七个主人公的自杀！他的作品，几乎成了一个"自杀者俱乐部"。悲观与乐观，欢乐和绝望，这两种对立的因素在阿尔志跋绥夫的小说中构成一个奇异的统一体。阿尔志跋绥夫在一套文集的序言中这样写道："当然，死神那阴暗、恐怖的身影自然也贯穿了他的整个创作——这创作时而是节日般明朗的，阳光灿烂的，时而又是沉重忧愁的，毫无出路的。与此相关，他同时代的批评家们的意见也分为两类：一些人惊叹他是一个崇拜太阳的作家，一位爱情和永恒欢乐的歌手；另一些人则认为他属于报丧者和掘墓人，是不道德的死亡传道者，是人类道德的毁灭者。"① 苏联早期有一部剧作名叫"乐观的悲

---

① 见《阿尔志跋绥夫三卷集》，第六页。

剧"，或许，我们也可以用这个题目来概括阿尔志跋绥夫的整个创作。

我们可以认为，将两种因素串联起来的是这样一个通俗的逻辑：人注定要死，因而要及时行乐，正所谓"人生几何，对酒当歌"。然而，我们更应该从当时的时代背景和阿尔志跋绥夫本人的个性这两个方面来考察这种"悖论组合"的原因。

阿尔志跋绥夫所处的时代，是俄国知识分子空前彷徨的时代，"到民间去"的运动无果而终，国家的专制统治让人窒息，浓重的世纪末情绪还未散去，一九〇五年革命的失败又使许多人"向右转"，后来，就是残酷的世界大战和动荡的十月革命。这样的社会和时代背景，直接导致那一时期许多作家创作中悲观成分的加重。对阿尔志跋绥夫的"颓废倾向"持激烈的批判态度并因自己乐观浪漫的风格而被视为阿尔志跋绥夫之对立面的高尔基，就和阿尔志跋绥夫一样也曾尝试过自杀；认为阿尔志跋绥夫"非常有天赋"却因他"将恶带给了许多人"[1] 而感到愤怒的托尔斯泰，最终自己也在绝望中"出走"。对现实的失望，使人们更关注自我，同时，怀疑主义、虚无主义、无政府主义等思潮也极易产生并成气候，它们在文学中的反映，往往就是阿尔志跋绥夫式的挑逗和亵渎。这种由内心真诚引发的玩世不恭，在绝望中生成的嬉笑，被细心的俄国大诗人安年斯基准确地定义为"感伤主义的漫画"[2]。

像在每一位作家那里的情形一样，阿尔志跋绥夫的作品风

---

① 见《托尔斯泰全集》，莫斯科，第七十八卷，第六十页。
② 安年斯基《映象集》，莫斯科，一九七九年再版本，第二百三十三页。

格，包括他创作中体现出的矛盾，在很大程度上也来自于他的个性和遭遇。阿尔志跋绥夫三岁时，在县警察局当过局长的父亲就去世了，却将结核病作为"遗产"留给了他，原籍波兰的母亲独自带大阿尔志跋绥夫。未遂的自杀使阿尔志跋绥夫终身受病痛折磨，他很早就耳聋，后来又几乎失明。这一切使他养成一种既敏感又封闭、既胆怯又无羁的个性，在文学界，他以好斗和无礼著称，而这反过来又恶化了他的生活和创作环境。在《萨宁》发表前后，他数次被居住地的政府机关驱逐（如一九〇一年被逐出彼得堡，一九〇八年被逐出雅尔塔和塞瓦斯托波尔）。由于《萨宁》中的"渎神"言论，俄国主教甚至要将他革出教门，对他发出诅咒；而《萨宁》造成的"风化"问题，使阿尔志跋绥夫多次面临吃官司的危险；一九二三年，由于不堪言论和人身的不自由，阿尔志跋绥夫离开莫斯科，流亡到母亲的祖国波兰，四年之后，他于贫病交加之中在华沙去世。作家的生活经历对作家个性的形成有着重大影响，而作家的个性无疑又会影响到作家的创作风格。在一篇文章中，阿尔志跋绥夫将自己创作中的"矛盾"看成是合情合理的，因为他始终认为，"世界上没有绝对的真理"，因此，"重要的东西，并不是作家描写的那些东西，并不是他似乎揭示出的那些各种各样的真理，而是他本人的个性，因为个性是伟大而又独特的"（《契诃夫之死》，一九〇七）。在阿尔志跋绥夫"乐观的悲剧"中，我们仿佛窥见了作家的个性及其演变过程。

总之，优美、灿烂的景色描写和细腻、阴暗的心理描写相互交替，极端的个人主义哲学和俄国文学传统的现实责任感此起彼伏，欢乐的感官享乐态度和对整个存在的深刻怀疑精神处处对峙，这一切共同组合成了阿尔志跋绥夫小说的整体风貌。

鲁迅和阿尔志跋绥夫

第一个将阿尔志跋绥夫及其作品介绍到中国来的人，就是鲁迅，"阿尔志跋绥夫"这个拗口的译名也正是鲁迅先生的首创。在同时代的外国文学中，鲁迅最看重俄国文学，认为在其中可以看见"被压迫者的灵魂，的酸辛，的挣扎"；而在同时代的俄国作家中，鲁迅似乎又是非常偏爱阿尔志跋绥夫的。一九二〇年，鲁迅从德文转译了阿尔志跋绥夫的小说《工人绥惠略夫》（即《工人施维廖夫》），译文在《小说月报》一九二一年第七至十二期上连载，后又出单行本，该单行本的出版时间甚至还早于鲁迅自己的第一部小说集《呐喊》。在《译了〈工人绥惠略夫〉之后》一文中，鲁迅对阿尔志跋绥夫这篇小说做了这样的归纳："人是生物，生命便是第一义，改革者为了许多不幸者们，'将一生最宝贵的去做牺牲'，'为了共同事业跑到死里去'，只剩下一个绥惠略夫了。而绥惠略夫也只是偷活在追蹑里，包围过来的便是灭亡；这苦楚，不但与幸福者不相通，便是与所谓'不幸者们'也全不相通，他们反帮了追蹑者来加迫害，欣幸他的死亡，而'在另一方面，也正如幸福者一般地糟蹋生活'。"① 《工人绥惠略夫》写于一九〇八年，写在《萨宁》发表之后，讲的是一位在革命失败后遭到追捕的工人革命者，在逃亡途中四处遭遇冷漠，甚至被他立志为

---

① 《鲁迅全集》，第十卷，第一百六十八页。

之献身的民众所出卖，最后，在剧院中被抓到的他，绝望地举枪向观众胡乱射击。为民众斗争的人却得不到民众的理解和支持，鲁迅在这里看到了问题的所在，看到了"改造国民性"的必要性和迫切性。也许正是这一点，促使鲁迅动手翻译了《工人绥惠略夫》。不过，使阿尔志跋绥夫如此迅速地来到中国的，还有一个偶然的原因，鲁迅自己后来在一九二六年谈到这段"有点有趣的历史"：第一次世界大战时，中国也对德宣了战，战后"自然也要分得战利品"，那便是上海德国商人俱乐部中的德文书，教育部派人去整理这些书，鲁迅也是其中的整理者之一，他在那些书中发现了一本德文版的《工人绥惠略夫》，爱不释手地读过之后，便翻译起来。鲁迅自己调侃道："'对德宣战'的结果，在中国有一座中央公园里的'公理战胜'的牌坊，在我就只有一篇这《工人绥惠略夫》的译本。"①

在《工人绥惠略夫》之后，鲁迅还翻译了阿尔志跋绥夫的三篇作品，分别是短篇小说《幸福》和《医生》，以及散文《巴什庚之死》。《幸福》写一个丑陋的妓女为了获得几个卢布，甘愿脱光衣服在雪地中忍受一个变态者的棍击，当她遍体鳞伤地走近夜茶馆，想到了"吃，暖，安心和烧酒"，内心便"已经充满了幸福的感情"。《医生》写一个犹太医生经过激烈的思想斗争终于违背医生的天职，拒绝抢救那个迫害过犹太人的警察厅长。《巴什庚之死》是一篇悼念文章，鲁迅是从日文转译的。瓦西里·瓦西里耶维奇·巴什庚（通译巴什金）是

---

① 鲁迅《华盖集续编·记谈话（培良）》，见福建师范大学中文系编选《鲁迅与外国文学》，外国文学出版社，一九八二，第一百二十五页。

阿尔志跋绥夫的好友，他俩不仅文学趣味相投，还是同病相怜的患难兄弟——都一直饱受肺病的折磨。巴什金的死亡使阿尔志跋绥夫既体验了深切的哀痛，也感觉到了死神的迫近，在那篇散文中，他的这些体验构成一段感人的倾诉。

在鲁迅所涉及的外国作家中，他翻译作品数量最多的，他评论频率最高的，当首推阿尔志跋绥夫。这首先是由于，阿尔志跋绥夫作品的内容符合鲁迅当时的"口味"，写主人公与环境的对立，写主人公近乎绝望的抗争，这也是鲁迅本人创作的重要内容之一；其次，从个性和文风上看，鲁迅和阿尔志跋绥夫也有相近之处，他俩的为人和作文都个性极强，爱憎分明，敢说敢做，主张不妥协的战斗精神，乃至复仇。两人的语言也都清丽，冷峻，有入木三分的力度，属于鲁迅先生自己所言的"激愤"文字。

需要指出的是，鲁迅后期对阿尔志跋绥夫的评价有所改变，曾举《萨宁》为"淫荡文学盛行"的例子（《二心集 〈艺术论〉 译本序》，一九三〇），并在阿尔志跋绥夫的作品里"看见了绝望和荒唐"（《南腔北调集·祝中俄文字之交》，一九三二）。

正是由于鲁迅的推崇和译介，阿尔志跋绥夫较早地受到了中国读者的关注和喜爱。在鲁迅的翻译之后，阿尔志跋绥夫的《巴莎·杜麦拿夫》（即《帕沙·图曼诺夫》）、《血痕》、《朝影》、《宁娜》、《夜》、《战争》等作品，都相继被译成中文。一九三〇年，他最重要的作品《萨宁》几乎同时在中国出版了三个译本，译者分别是郑振铎、潘训和伍光训，在中国也掀起了一股"萨宁热"。不过，这几个译本都是从英文转译的。

这个译本根据俄文版《阿尔志跋绥夫三卷集》（莫斯科，TERRA 出版社，一九九四年版）第一卷译出。为便于读者阅读，译者特将一份《主要人物表》列于书前。译文中的错误之处，希望得到读者和同行的指正。

主要人物表

（以出场先后为序）

萨宁，弗拉基米尔·彼得罗维奇，爱称瓦洛佳

玛利亚·伊万诺夫娜——萨宁的母亲

丽达，即丽季娅·彼得罗夫娜·萨宁娜，昵称丽德卡——萨宁的妹妹

诺维科夫，萨沙——医生，丽达的丈夫

扎鲁丁，维克多·谢尔盖耶维奇——骑兵大尉，丽达的情人

塔纳罗夫，安德烈·帕夫罗维奇——中尉，扎鲁丁的朋友

尤里·尼古拉耶维奇·斯瓦罗日奇，爱称尤拉——大学生

尼古拉·叶戈罗维奇——尤里的父亲

柳丽娅，即柳德米拉·尼古拉耶夫娜·斯瓦罗日奇——尤里的妹妹

梁赞采夫，阿纳托利·帕夫罗维奇，爱称托利亚——柳丽娅的未婚夫

伊万诺夫——教师

谢苗诺夫——患肺病的大学生

沙夫罗夫——大学生

卡尔萨维娜，济娜伊达·帕夫罗夫娜，爱称济娜——女教师

杜博娃，奥尔迦·伊万诺夫娜，爱称奥丽娅——女教师

神父

诵经士

彼得·伊里奇——伊万诺夫的舅舅

库兹马·普罗霍罗维奇——农夫

瓜地更夫

尤里家的女仆

切列帕诺夫——扎鲁丁的勤务兵

马林诺夫斯基——骑兵大尉

封·捷伊茨，雅科夫·阿多尔福维奇——军官

沃罗申，帕维尔·里沃维奇——彼得堡资本家

索罗维伊契克——犹太青年

戈日延科——大学生

工科大学生

皮斯佐夫——工人

库德里亚维伊——工人

杜恩卡——萨宁家的女仆

格里沙——送信的男孩

姨妈——卡尔萨维娜的姨妈

车厢里的农夫

车厢里的小市民

一

　　人生中最重要的时期，就是在与人和自然最初冲突的影响下形成性格的时期，而这个时期，弗拉基米尔·萨宁却是在家庭之外度过的。没有任何一个人监督过他，没有任何一只手管教过他，这个人的灵魂是自由自在地形成的，就像旷野里的一棵树。

　　他多年没在家中，当他回来时，母亲和妹妹丽达几乎没认出他来：他的五官、嗓音和举止都变化不大，可他身上却体现出一种崭新的、陌生的东西来，这东西是在内部成熟的，它使萨宁的脸庞焕发出了新的神采。

　　他是傍晚到家的，进屋时他如此平静，似乎有五分钟前才从这房间里走出去。身材魁梧、一头金发的他，面色平静，只在嘴角处挂着一丝淡淡的嘲讽，在他身上既看不到疲倦也看不到激动，于是，母亲和丽达在迎接他时所带有的喧闹的狂喜，也就自然而然地平息了下来。

　　在他吃饭、喝茶的时候，妹妹坐在他的对面，目不转睛地看着他。她爱哥哥，只有那些充满激情的年轻姑娘才会这样爱她们离家在外的兄弟。丽达一直将哥哥想像成一个特别的人，但这特别之处，却是她借助书本自己创造出来的。她愿在他的生活中看到一个深奥、伟大灵魂的悲壮斗争、苦难和孤独。

"你干吗这样看着我？"萨宁微笑着问她。

在那双平静的眼睛收敛起目光时，这种专注的微笑便是他脸上常见的表情。

奇怪的是，这原本是美丽、可爱的微笑，却立即引起了丽达的反感。她觉得这微笑是自满的，与所经历的苦难和斗争毫无关系。丽达没有回答，她想了想，然后转过眼睛，机械地翻起一本书来。

午饭过后，母亲亲切、温柔地摸了摸萨宁的脑袋，说道：

"好了，讲一讲，你在那边过得怎么样，都干了些什么？"

"干了些什么？"萨宁微笑着反问道，"怎么说呢……喝酒，吃饭，睡觉，有时干点活，有时什么也不干……"

起初让人觉得，他是不想谈论自己，但是，当母亲细问起来的时候，恰恰相反，他却非常乐意地讲了起来。可是，不知为何总能感觉到，他对别人对其讲述持什么态度完全无所谓。他温和而又专注，但在他的态度中，却没有那种可据以在亲近的人的圈子里区分出亲人的亲情，似乎，这种温和与专注是从他身上自然而然地流露出来的，就像蜡烛发出的光，平均地给了每一个人。

一家人走向面对花园的凉台，在台阶上坐了下来。丽达坐得稍低一些，她在独自地、默默地听着哥哥的话。一股难以察觉的冷意已经渗进她的内心。她以一个年轻女性的敏锐，本能地感觉出，哥哥完全不是她想像的那个样子，于是，她便难为情起来，就像在面对一个陌生男人。

已是黄昏，轻柔的暗影降落在四周。萨宁点着一支烟，一股淡淡的烟草味便与花园里夏天的芬芳交织在了一起。

萨宁讲到，生活如何将他抛来抛去，他有多少次不得不忍饥挨饿，四处流浪，他如何冒险参加了政治斗争，在他厌烦的时候又如何抛弃了那一事业。

丽达细心地听着，一动也不动地坐在那里，她很漂亮，又有些奇特，就像春天的黄昏里所有的漂亮姑娘那样。

越来越清楚了，她用热烈的线条所描绘出的那种生活，实质上既简单又平常。那生活中也许有什么特别之处，可究竟是什么，丽达却无法捕捉到。生活原来非常简单、无聊，甚至是庸俗的，正如丽达感觉到的那样。他不得不住在什么地方，不得不干点什么，他有时工作，有时闲逛，看来，他喜欢喝酒，也认识很多女人。在这样的生活背后，完全没有丽达这好幻想的女性的心灵所渴望的那种阴郁、凶险的厄运。他在生活中没有一个总的思想，他不仇恨任何人，也不为任何人而痛苦。

有些话，丽达不知为何觉得是很不体面的。比如，萨宁刚才顺便提到，有一段时间他非常缺钱，衣服破了，他只好自己去补裤子。

"你真的会使针线？"带着委屈和不解，丽达不禁说道。她认为这是不体面的，这不是男人干的活。

"从前是不会，不得不干的时候，也就学会了。"萨宁笑着回答，他猜透了丽达的心思。

姑娘轻微地耸了耸肩，沉默不语，一动也不动地盯着花园。她觉得，似乎是，自己满怀对太阳的憧憬在清晨醒来，看到的天空却是灰暗而又冷漠的。

母亲也觉得有些难过。让她痛心的是，她的儿子没有在社会上占据他应该占据的可敬地位。她开始说话，说不能再这样生活下去了，说哪怕就从现在开始做，哪怕稍稍弄得体面些。

开头，她说得很小心，怕伤害了儿子，但是，当她发现儿子没在认真听她讲话时，便立即来火了，于是，她开始坚定地捍卫自己的主张，并带有老太婆那种笨拙的怨恨，似乎儿子在有意气她。萨宁既不惊讶，也不生气，他甚至像是没听清母亲的话。他用既温柔又无动于衷的目光看着母亲，一言不发。只是当母亲问道：

"你今后怎么生活呢？"

他才微笑着答道：

"随便怎样！"

从他那平静、坚定的语气中和那双一眨也不眨的明亮眼睛里可以感觉到，这个对母亲来说是毫无意义的简短回答，对于他来说却有着丰富、明确而又深刻的含义。

玛利亚·伊万诺夫娜叹了一口气，沉默片刻，然后忧伤地说道：

"好吧，这是你的事……你已经不是小孩子了……你们去花园里散散步吧，现在园子里挺好的。"

"我们去吧，丽达，其实……带我看看园子吧。"萨宁对妹妹说，"我已经忘了那边什么样了。"

丽达从沉思中清醒过来，也叹了口气，站起身来。

他俩并肩走在一条林阴小道上，那小道通向潮湿的、已经暗淡下来的绿阴深处。

萨宁一家的宅子，坐落在城里最主要的那条街上，不过这城却很小，花园一直延伸到河边，河那边就是田地了。宅子很老，有老爷派头，带有若有所思的斑驳圆柱和宽敞的凉台。花园很大，很暗，长满了草木，就像一片贴近地面的深绿色的云。每到晚上，花园里就很吓人，似乎在那儿，在树林里，在满是灰尘的阁楼上，徘徊着一个忧伤的、行将就木的幽灵。

宅子的楼上，那些宽敞、阴暗的大厅和客厅都闲置着。在整个花园里，也只有一条不宽的林荫路得到了清扫。小道上只有几根干枯的树枝和几只被踩扁的青蛙，如今的所有生活，朴素的、宁静的生活，都躲进了一个角落。在宅子旁边的这个角落里，新铺的沙子泛着金黄，栽种着各种花木的花坛百花争艳，一张绿色的木桌摆在那里，在天气好的夏日，一家人就坐在这桌边喝茶吃饭，这时，这个小小的角落便充盈着简朴、宁静生活的温暖，它与这一大片自然会被毁坏、注定要消亡的荒芜之地所具有的忧郁之美并不协调。

当宅子隐没在绿阴中，丽达和萨宁的周围只剩下那些像活物一样沉默、静立、沉思的老树，萨宁突然搂抱了一下丽达的腰，并用一种奇异的、不知是温情还是恶毒的声调说道：

"你已经长成一个美人啦！……你爱上的第一个男人真是幸运啊……"

一股热流从他那只肌肉发达的、钢铁一样的臂膀涌出，传遍了丽达那柔软、娇弱的身体。她感到害羞，她颤抖了一下，稍稍躲开些，像是感觉到了一头无形野兽的逼近。

他俩已经来到了岸边，岸边弥漫着潮气和水汽，尖尖的水草若有所思地摇摆着，对岸的原野一望无际，最初的星辰已在遥远处闪烁。

萨宁离开丽达，不知为何用两手抓住一根很粗的干树枝，喀嚓一声折断它，将它扔进水中。一道道平稳的涟漪荡漾着，向四边散去，岸边的水草也匆匆忙忙地点头鞠躬，像在欢迎自家人一样地欢迎萨宁。

二

时间已近六点。太阳还在明亮地照耀着，但那淡淡的绿色暗影已从花园中漫出。空气中充满了明亮、寂静和温暖。玛利亚·伊万诺夫娜在熬制果酱，绿色的椴树下弥漫着翻滚的糖浆和悬钩子那香甜、浓烈的味道。

从一大清早起，萨宁就在花坛上忙乎，想把那些因暑热和尘土而倒伏的花木扶起来。

"你应该先把杂草拔掉。"玛利亚·伊万诺夫娜透过炉子里腾起的蓝色烟雾看着萨宁并建议道，"你对格鲁因卡说一声，她会替你做的……"

萨宁抬起他那张愉快的、满是汗水的脸来。

"干吗？"他甩了甩贴在前额上的头发说道，"让它长着罢，什么样的绿色植物我都喜欢。"

"你真是个怪人！"母亲宽厚地耸耸肩，责备说，但不知为何，她又因他说了那样的话而感到很高兴。

"你们才全都是怪人呢！"萨宁以一种非常坚定的语调答道，然后，他走进屋里去洗手，回来后，便坐到桌边，舒服、平静地倒在一把藤椅里。

他感到愉快、轻松而又开心。绿阴、阳光和蓝色的天空，就像一道灿烂的光线，投射进他的心灵。他的整个心灵也都充满了幸福，正敞开着迎接那绿阴、阳光和蓝天。那些大城市，连同它们急促的喧闹和忙乱的生活，都让他反感。周围是阳光和自由，未来也不来烦他，因为他已做好准备，可以接受生活提供给他的任何东西。

萨宁眯缝着眼睛，伸了个懒腰，非常享受地伸缩着自己强健、有力的肌肉。

涌来一阵轻柔的凉爽，似乎，整个花园都在短促而又深沉地呼吸。几只麻雀在某处唧啾，时近时远，它们在小心、匆忙地谈论着它们那渺小的、非常重要却又无人知晓的生活；而杂色的狐狗米尔则躲在一丛新生的绿草间，伸着红色的舌头，竖起一只耳朵，迁就地听着麻雀的声音。树叶在头顶上沙沙作响，而它们圆圆的影子则在小道那平坦的细沙路面上无声地颤动着。

儿子的平静使玛利亚·伊万诺夫娜非常生气。她非常爱萨宁，一如她爱自己的每一个孩子，但正因为如此，她才心情激动，她想激怒他，刺伤他的自尊心，侮辱他——只要能让她的话和她的生活观点受到重视就成。在其漫长的持家生涯的每个时刻，她都像沙土里的一只蚂蚁那样，在不停地营造着家庭幸福那脆弱、松软的大厦。这个长长的、像兵营和医院一样单调乏味的大厦，是由一块块小砖头砌成的，她就像一个平庸的建筑师，把这些小砖头都看成是生活的装饰，而实际上，这些砖头时而挤迫她，时而招惹她，时而吓唬她，总是使她忧愁。然而，她还是认为，不能不这样生活。

"那么……往后就这样？"她抿了抿嘴唇，装做在专心地看着果酱盆，问道。

"往后怎么样？"萨宁反问道，打了一个喷嚏。

玛利亚·伊万诺夫娜认为，萨宁是有意打的喷嚏，目的是气她，虽说这想法显然是没有道理的，可她还是生起气来。

"你们这里真好啊！"萨宁带着幻想的神情说。

"是不错……"玛利亚·伊万诺夫娜认为自己还应该继续生气，便有节制地答道，但是，听到儿子称赞宅子和花园，她还是非常高兴的，她已经与宅子和花园相处惯了，就像是与可爱的亲人们相伴。

萨宁看了她一眼，若有所思地说：

"要是您不拿各种各样的小事来烦我，那就会更好了。"

他说这话时的嗓音是温和的，与那恼人的话语相矛盾，因此，玛利亚·伊万诺夫娜不知是该生气还是该发笑。

"我该怎么看你呢，"她懊恼地说，"你小时候那样不寻常，可现在……"

"现在怎么啦？"萨宁十分高兴地问道，似乎在期待什么非常愉快的、有趣的话。

"现在非常地好！"玛利亚·伊万诺夫娜带刺地回答，并挥了挥勺子。

"嗨，那就更好啦！"萨宁笑了笑，沉默了片刻，然后添了一句，"瞧，诺维科夫来了。"

一个身材高大、头发浅亮的美男子从屋里走了出来。他那件红色的绸布衬衫紧紧地贴在他那有些发胖却魁梧好看的身体上，在阳光下闪耀着火焰似的红光，他那双蓝色的眼睛，流露着温柔、慵懒的神情。

"你们老是吵架！"离得老远，他就用慵懒、温柔的声音说道，"吵什么呀，真是！……"

"是这样，妈妈发现，一只希腊式的鼻子对于我要更合适一些，而我却发现，什么样的鼻子都成，谢天谢地！"

萨宁斜眼看了看自己的鼻子，笑了起来，然后握住了诺维科夫那只又厚又宽的手。

"你得了吧！"玛利亚·伊万诺夫娜懊恼地说道。

诺维科夫响亮、开心地笑了，于是，一个浑圆的、轻柔的回声便在绿色的树林里温厚地大笑起来，就像有一个善良、安静的人在那里表达自己的欢乐。

"瞧，我自一自己也知道……都在为你的命运操心呢！"

"你得了吧！"萨宁带着滑稽的不解说道。

"瞧，你这是活该！"

"喂！"萨宁喊了起来，"如果你们两个一致对付我，我可以躲开啊！"

"好像，我自己倒该尽快地躲开你们才是！"玛利亚·伊万诺夫娜说，怀着一种突如其来的但更多是针对自己的不快的怨恨，猛地从火炉上端下盆子，走进屋去，对谁也没看一眼。杂色狐狗米尔从草丛里跳出来，竖起两只耳朵，不解地在后面看着玛利亚·伊万诺夫娜，然后，它用鼻子蹭了蹭前爪，又仔细地看了看房子，便跑进花园的深处，忙自己的事情去了。

"你有烟吗？"萨宁问，母亲的离去使他很满意。

诺维科夫掏出烟盒，懒洋洋地后仰着他那硕大、沉重的身躯。

"你没必要招惹她。"他拉长声音，温和地责备道，"她是个上了年纪的妇人……"

"我怎么招惹她啦？"

"就是……"

"什么'就是'？……是她自己找的我。老兄，我从不向别人要求任何东西，只求他们让我安静……"

两人都沉默不语。

"喂，你过得怎样，大夫？"萨宁问道，仔细地看着他头顶上优雅的、奇特的烟雾，那烟雾的花纹在纯净的空气中温柔地升腾。

诺维科夫在想着另一件事，并未马上作答。

"不好……"

"怎么不好？"

"就是不好，总之……无聊。小城让人讨厌极了，没事可做。"

"你还没事可做？你自己却抱怨说连喘口气的工夫都没有。"

"我不是指这个……不能总是看病，看病。还有另一种生活。"

"谁又会妨碍你过另一种生活呢？"

"这可是一个复杂的问题！"

"怎么个复杂呢？……你还需要什么呢？你既年轻，又漂亮，还很健康。"

"这是不够的！"诺维科夫带着善意的讽刺反驳道。

"怎么对你说呢？"萨宁笑了笑，"也许，这甚至太多了……"

"对我来说不够！"诺维科夫笑了起来；从他的笑声中可以听出，萨宁关于他漂亮、有力、健康的意见使他高兴，他也有些害羞，像个相亲时的小姐。

"你缺少一样东西。"萨宁若有所思地说。

"什么东西？"

"对生活的真正看法……你为自己生活的单调而苦恼，可如果有人让你抛弃一切，到随便什么一个地方去，你又害怕了。"

"到什么地方去？去流浪？哼！……"

"哪怕是去流浪！……你知道吗，我看着你，就在想：时候一到，这个人就将为争取一部俄罗斯帝国宪法而被终身监禁在施吕瑟尔堡要塞①，失去所有的权利、自由和一切……可是似乎，这宪法与他又有什么相干呢？……一谈到要改变自己厌恶的生活，去另一个地方寻求兴趣和意义，他那里马上就会产生这样一个问题：如果失去自己的薪水，并同时失去早茶时的牛奶、丝绸衬衫和浆硬的领子，我这个健康、有力的人靠什么生活呢，我不就完蛋了吗？……真是奇怪！"

"这没什么可奇怪的……那是理想的事业，而这是……"

"这是什么？"

"是……怎么说呢……"诺维科夫弹了一下指头。

"瞧你的回答！"萨宁打断了话头，"你马上就作出了这样的划分！……要知道，我可不相信，你因为宪法而产生的苦恼，超过了你因为自己生活的意义和兴趣而产生的苦恼，可你……"

"哎，这倒是个问题。也许，就是超过了！"

萨宁懊恼地摆了摆手。

"你算了吧！如果斩掉你的一个手指头，比起斩掉另一个

① 施吕瑟尔堡要塞位于涅瓦河源头的奥列霍维岛，十八世纪开始成为政治犯监狱，一些十二月党人和"民意党"人都曾被关押于此。

俄罗斯居民的手指头来，你会觉得更疼一些吧……这是事实！”

“或者是犬儒主义！”诺维科夫竭力想把话说得刻薄些，结果却仅仅显得可笑。

“就算是吧。但这是实话。虽说，如今不仅在俄国，而且在世界上的许多国家里，都没有宪法，甚至连宪法的影子也没有，可你在苦恼，还是因为你自己的生活没有温情，这与宪法毫不相干！如果你说出的话不是这样的，那你就是在撒谎。你知道，我要对你说什么。”萨宁那双明亮的眼睛里闪烁着愉快的火光，他打断了自己的话头。“你现在苦恼，并不是因为生活使你不满意，而是因为，丽达至今还未爱上你！这是事实吗？”

“喂，你说的什么蠢话啊！”诺维科夫喊了起来，脸涨得通红，就像他那件红衬衫。他那双善良、平静的眼睛里，涌出了最单纯、最真诚的窘迫的泪水。

“什么蠢话，因为丽达，你连整个世界都看不见了！……你从头到脚都流露着这样一个愿望——得到她。而你还在说什么‘蠢话’！”

诺维科夫奇怪地抽搐了一下，然后在林荫路上急促不安地走动起来。如果说这话的人不是丽达的哥哥，他也同样会感到害羞的，可说出此话的却正是萨宁，这使诺维科夫感到非常奇怪，甚至连萨宁的意思都没弄得很清楚。

“你知道吗？”他嘟囔道，“你要么是在想像，要么是……”

“是什么？”萨宁笑着问。

诺维科夫默默地耸了耸肩，望向一旁。另一个结论就是，断定萨宁是个坏人，是诺维科夫所理解的那种不道德的人。但是他不能向萨宁讲明这一点，因为，从中学时开始，他就一直对萨宁怀有真挚的爱。如果讲了，那就意味着，他诺维科夫喜欢的是一个坏人，这当然是不可能的。因此，诺维科夫的脑子里一片混乱，非常难受。提到丽达，这让他既痛苦又害羞，然而，他崇拜丽达，也很珍视自己对丽达的这份硕大、深厚的感情，因此，他就不能因为萨宁提起了丽达而生气：提起丽达，这既让他痛苦，同时又使他感到非常愉快，仿佛有人在用滚烫的手抓住他的心脏，轻轻地捏了一下。

萨宁不再说话，只是微笑着，他的微笑既专注又有温情。

"喂，想个定义出来吧，我可以等着，"他说，"我不着急。"

诺维科夫一直在小路上走来走去，看得出来，他真的很痛苦。米尔跑了过来，小心地看了看四周，然后蹭起萨宁的膝盖来。它显然因为什么事情而感到高兴，想让所有的人都知道它的欢乐。

"你真是我的好狗儿！"萨宁看着它，说道。

诺维科夫费很大的劲克制着自己，不去重新挑起争论，可他又害怕萨宁不再提起那件他在世界上最感兴趣的事情。其实，与关于丽达的回忆相比，他脑袋里的所有其他东西都像是空洞的、乏味的和僵死的。

"可……可丽季娅·彼得罗夫娜在什么地方呢？"他机械地问道，他所问的正是他想问却又不敢问的东西。

"丽达吗？她能在什么地方……在林荫路上和军官们一起散步呢。在这样的时刻，我们所有的小姐都在林荫路上。"

诺维科夫被一种朦胧的妒意痛痛地刺了一下，便反驳道：

“丽季娅·彼得罗夫娜……她那样聪明，那样有修养，怎么会和那些头脑简单的先生们一起消磨时光呢？”

“喂，朋友！”萨宁冷笑了一下，“丽达年轻、漂亮、健康，像你一样……甚至比你还强，因为她有一种你所没有的东西：对一切的渴望！……她想知道一切，感受一切……瞧她来了……你只要看她一眼，就明白啦！……真美啊！”

丽达比哥哥矮些，却比哥哥漂亮得多。在她身上，优雅的温柔和敏捷的力量巧妙地、富有魅力地结合在一起，一双黑眼睛流露出热情、高傲的神情，还有那她引以自豪、不时使用的柔和却又响亮的嗓音，这一切都让人羡慕不已。她缓缓走来，整个身段在轻轻地摆动着，就像一匹年轻漂亮的母马，她灵巧、自信地撩起自己那件长长的灰色连衣裙，从台阶上走了下来。在她的身后，是两名年轻、漂亮的军官，他们穿着锃亮的马靴和紧身的马裤，把靴子上的马刺踩得轧轧响。

“说谁美来着，说的是我？”丽达问，她的美丽、女性的鲜艳和响亮的嗓音笼罩了整座花园。她向诺维科夫伸过手去，同时瞥了哥哥一眼，她一直无法适应她的哥哥，不明白他什么时候说玩笑话，什么时候说正经话。

诺维科夫紧紧地握了握她的手，脸红得要死，连眼睛里都涌出了泪水。然而，丽达并未发现这一点，她早就习惯了诺维科夫那胆怯、崇拜的目光，这样的注视已不能使她激动。

“晚上好，弗拉基米尔·彼得罗维奇！”那个年纪大些、头发的颜色浅一些、也更漂亮些的军官说道，他让马刺发出一个快乐、响亮的声音，又深深地鞠了一躬，就像一匹热烈、欢快的公马。

萨宁已经知道他名叫扎鲁丁，也知道他是个骑兵大尉，还知道他正在坚忍不拔地追求丽达；另一位军官是塔纳罗夫中尉，他认为扎鲁丁是军官的榜样，便努力地时时处处模仿他。然而，他却沉默寡言，不十分灵活，长相也没扎鲁丁那样漂亮。

塔纳罗夫也同样碰响了马刺，但什么话也没说。

"说的是你！"萨宁过于严肃地回答妹妹。

"当然，当然啦……你该再添一句，是无法形容的美！"丽达笑了起来，她坐到扶手椅里，又对哥哥的脸瞥了一眼。她将双手举过头顶，于是，她那高耸的、富有弹性的乳房便凸现了出来，她开始摘帽子，把一个长长的、缝纫针一样的佩针掉在了沙地上，面纱也缠在头发里和发簪上。"安德烈·帕夫罗维奇，请帮帮忙！……"她抱怨地、卖俏地对那个沉默寡言的中尉说。

"是啊，很美！"萨宁若有所思地重复了一句，目不转睛地盯着妹妹。

丽达用一种不信任的目光又瞥了他一眼。

"我们这里的每个人都很美。"她说。

"我们算什么，"扎鲁丁亮出一口白牙，笑了起来，"我们只是简陋的布景，这布景能更鲜明、更华丽地衬托出您的美丽！"

"您真善于言辞啊！"萨宁很是吃惊，在他的声音里，可以听出一些嘲讽的意味。

"丽季娅·彼得罗夫娜能使任何人都变得善于言辞！"沉默寡言的塔纳罗夫说，他努力地想摘下丽达的帽子，却扯住了丽达的头发，弄得丽达既好气又好笑。

"您也很善于言辞！"萨宁惊奇地拉长声音说。

"别去管他们。"诺维科夫心满意足又不大真诚地小声说道。

丽达眯起眼，与哥哥的眼睛对视了一下，萨宁在她乌黑的瞳孔里读到了这样的意思：

"你别以为我看不出这都是些什么人！可我愿意这样！我这样很开心！我并不比你笨，我知道该怎么做！"

萨宁冲她笑了笑。

帽子终于摘了下来，塔纳罗夫庄重地将帽子放到了桌子上。

"喂，瞧您，安德烈·帕夫罗维奇！"丽达立即掉转目光，再一次抱怨地、卖俏地喊道，"您把我的发型全都给弄乱了……现在该进屋去了……"

"我永远也不能原谅自己！"塔纳罗夫腼腆地嘟囔道。

丽达站起身，撩起连衣裙，兴奋地感受着男人们投向自己的目光，无忧无虑地笑着，弓腰跑上了台阶。

她走后，所有的男人都感觉自在些了，可他们不知为何又都委靡了，坐了下来，动作也都失去了那种神经质似的紧张，有年轻漂亮的女性在场时，所有的男人都会表现出那样的紧张。扎鲁丁掏出香烟，享受地抽着烟，讲着话。可以听出，他之所以讲话，仅仅是出于一种永远保持交谈状态的习惯，而他所想的却完全是另外的事情。

"今天我劝丽季娅·彼得罗夫娜放弃一切，认真学习歌唱。凭她那嗓音，保证有前途！"

"没什么说的，一条好出路呀！"诺维科夫忧郁地望向一旁，反驳道。

"有什么不好的呢？"扎鲁丁带着真心的诧异问，他甚至放下了香烟。

"知道女演员是什么东西吗？……就是妓女！"诺维科夫带着突如其来的愤恨回答。

他所讲的话使他自己既难受又激动，因为，他爱其肉体的那个女人将在其他男人的面前演出，也许还会穿着诱人的、暴露肉体的服装，那身服装会使她的肉体更有罪，更具诱惑力，一想到这些，他便生出一阵痛苦的妒意来。

"说得太过分了。"扎鲁丁扬了扬眉毛。

诺维科夫仇恨地看了扎鲁丁一眼：他认为，扎鲁丁正是那帮想追求他所爱女人的男人们中的一个，使他痛恨的是，扎鲁丁长得很漂亮。

"一点也不过分……女演员几乎是裸着身体上舞台的！她们忸怩作态，在人们眼前表演色情的东西，而那些人付了钱，第二天就会离她而去，就像离开一个妓女。没什么说的，太好了！"

"我的朋友，"萨宁反驳说，"每个女人都喜欢别人首先欣赏她的肉体。"

诺维科夫气恼地抖了抖肩膀。

"你居然说出这样下流的话来！"

"鬼知道这话下流不下流，但这是实话。丽达在舞台上一定很出彩，我是会去看的。"

虽说，听了这话，所有人的心里都涌起了一阵本能的、贪婪的好奇，但大家还是不自在起来。扎鲁丁自以为比别人要聪明、机灵一些，认定自己有义务将众人领出这一不自在的状态。

"您认为女人应该干什么呢？……出嫁？……上高校，毁掉自己的才能？……要知道，这可是反自然的罪过啊！而自然却使女人具备了各种优秀的天赋。"

"哟，"萨宁带着不加掩饰的嘲讽说道，"的确如此！我怎么就没想到这样一种罪过呢！"

诺维科夫幸灾乐祸地笑了起来，但为了维持体面，他还是对扎鲁丁进行了反驳：

"为什么是罪过呢？一位好母亲或一位好医生可比一个女演员要有用一千倍啊！"

"哼——！"塔纳罗夫愤愤地发出一个长音。

"你们尽说这些蠢话，难道就不感到无聊吗？"萨宁问。

扎鲁丁将正欲展开的反驳憋了回去，大家突然感觉到，说这些话的确无聊、无益。不过，大家还是有些生气。众人一时无语，于是，倒是彻底地无聊了。

丽达和玛利亚·伊万诺夫娜出现在凉台上。丽达听见了哥哥的最后一句话，但不明白是怎么回事。

"你们这么快就谈得无聊啦！"她开心地说，"我们到河边去吧。那边现在可好啦……"

接着，她挺了挺身子，从男人们旁边走过，在一瞬之间，她的眼睛变得神秘、深邃起来，像是在允诺什么，又像是在诉说着什么。

"你们去散步吧，晚饭前回来。"玛利亚·伊万诺夫娜说。

"非常高兴。"扎鲁丁表示赞同，并碰响马刺，向丽达伸出了手。

"我希望和你们一起去，可以吗？"诺维科夫问，他竭力想把话说得刻薄些，因此，他的整张脸都显露出了一副哭泣的表情。

"有谁妨碍您啦？"丽达笑着，回首问道。

"去吧，老兄，去吧。"萨宁劝道，"遗憾啊，如果她不那么坚定地认为我是他哥哥的话，我也会去的！"

丽达奇异地颤抖了一下，警觉起来，接着，她迅速地看了哥哥一眼，短促地、神经质地笑了起来。

玛利亚·伊万诺夫娜感到不高兴。

"你为什么要讲这样的蠢话？"丽达走后，她粗鲁地问道，"你老是标新立异……"

"我可没想。"萨宁反驳。

玛利亚·伊万诺夫娜不解地看了他一眼。她完全无法理解儿子，不知道儿子什么时候在开玩笑，什么时候说正经话，当她所能理解的其他那些人正进行着与她一样或几乎一样的思想和感受时，她却不知道自己的儿子在思想什么，感受什么。根据她的理解，一个人的感受、谈吐和行为方式，应该永远和所有那些与他教育水准、富裕程度和社会地位相当的人一样。在她看来，这一点是自然而然的：人应该不仅仅是具有一切天赋个性的人，而且还是具有某种共同标准的人。周围的生活强化了她的这一认识：对人的一切教育活动，目的就在于此，正是在这个意义上，知识分子和非知识分子得到了最清晰的区分，即后者能保持其个性，因而被其他人所鄙视，而前者却只会按所受教育的程度分为不同的群体。他们的信念并不总是与他们的个人素质相吻合，而是和他们的地位相吻合：每个大学生都是革命者，每个官吏都是资产阶级，每个演员都是自由派，每个军官都对外存的高贵持夸张的看法，如果一个大学生突然成了保守派，或者，一个军官突然成了无政府主义者，这就很奇怪了，有时还是令人不快的。就其出身和教育而言，萨宁完全不应该是这副样子，因此，和丽达、诺维科夫以及其他所有遇见萨宁的人一样，玛利亚·伊万诺夫娜也带着一种期望落空的不快感觉在看待萨宁。玛利亚·伊万诺夫娜以她母亲的敏感，发现了儿子在周围人心目中留下的印象，她因此感到痛心。

萨宁看出了这一点。他非常想安慰安慰母亲，可他不知道该怎样去做。起初，他甚至想到去装装样子，向母亲说些最能安慰她的话，但是，他却什么话都想不出来，他笑了笑，站起身来，进屋去了。在屋里，他躺在床上想到，人们想把整个世界都变成修道院宿舍，要大家全都遵循一种规章，而那规章的基础，显然就是对任何个性的毁灭，就是要个性服从某个神秘长老的强权。他开始思考基督教的命运和作用，可这一思考使他感到非常无聊，于是，他不知不觉地睡着了，直到黄昏过后才醒来。

玛利亚·伊万诺夫娜目送儿子离去，沉重地叹了一口气，同样沉思起来。她想到，扎鲁丁显然在追求丽达，她希望这事是当真的。

"小丽达已经二十了，"她的思绪在静静地流淌，"扎鲁丁看来是个好人。有人说，他今年就会带一个骑兵连……只是，他的债多得数不清！可我为什么做了这么个讨厌的梦……我自己也知道这是瞎扯，可脑子里就是抛不开它！"

玛利亚·伊万诺夫娜的这个梦，是在扎鲁丁第一次来他们家的那天做的，不知为何，这个梦的确使她感到痛苦。她梦见，丽达身穿白色的连衣裙，走在满是绿草和鲜花的原野上。

玛利亚·伊万诺夫娜坐到扶手椅里，像老太婆那样，用手托着脑袋，久久地看着渐渐暗淡下来的天空。一些细碎的然而却揪心烦人的思绪，又浮现在她的脑中，有什么东西使她感到忧愁和害怕。

三

天完全暗下来的时候，散步的人回来了。从淡淡黑暗笼罩着的花园深处，传来了他们兴奋、响亮的声音。

心情愉快、满脸通红的丽达跑到了玛利亚·伊万诺夫娜的身边。她周身撩人地散发着河流和美人那清新、青春的气息，这美人兴奋到了极点，因为有这群招她喜欢又为她而激动的男人。

"开晚饭，妈妈，开晚饭！"她亲热地拉着满面笑容的母亲，"维克多·谢尔盖耶维奇要给我们唱歌的。"

玛利亚·伊万诺夫娜走去安排晚饭，走着走着，她已经在想，像丽达这样一个有趣、漂亮而又健康的姑娘，一个为她所理解的姑娘，其命运是不会不幸福的。

扎鲁丁和塔纳罗夫走进大厅，来到钢琴旁边，而丽达坐到凉台上的一把摇椅上，灵巧而又性感地伸了一个懒腰。

诺维科夫默默地在凉台的砖地上走来走去，斜眼看着她的面孔和高耸的乳房，还有那从裙子下面露出来的、穿着黑袜的秀美的双腿，可她却既没有看到他的目光，也没有看到他本人，她整个人被初生的情欲那强烈、迷人的感觉所笼罩。她完全闭上眼，谜一般地独自笑着。

诺维科夫的心里有一种常在的斗争：他爱丽达，却无法弄清她的感情。他有时觉得她爱他，有时又觉得她不爱。在他以为"是"的时候，他就觉得，她那年轻、秀美、纯洁的身体将甜蜜地、彻底地属于他，这是完全可能的，是轻易的，美好的。而在他以为"不"的时候，那个念头便让他感到自己无耻、卑鄙，这时，他便觉得自己是受了肉欲的支配，视自己为一个下流的坏人，配不上丽达。

诺维科夫在砖地上走着，算起命来：

"如果我的右脚踏在最后一块砖上，就代表'是'，那就该表白，如果是左脚，那就……"

他不愿去想那就会怎样。

踏在最后一块砖上的，是他的左脚，他出了一身冷汗，马上自言自语道：

"呸，真愚蠢！就像一个老娘们……来吧……一，二，三……数到'三'我就直接跑过去，把话讲出来。我讲什么呢？随便什么。来吧，一，二……三……不，数它三次……一，二，三……一，二……"

他脑袋发热，嘴里发干，心脏跳得很厉害，连两条腿也在颤抖了。

"您老在这儿转悠！"丽达睁开眼睛，气恼地说，"您影响听歌啦！"

直到这时，诺维科夫才发觉扎鲁丁在唱歌。

年轻的军官唱的是一首古老的抒情歌曲：

> 我曾经爱过你，在我的心里，
> 我的爱也许还没有完全逝去……

他唱得不错，但他的唱法和那些缺乏训练的人一样：用叫喊和低音来取代表情。扎鲁丁的歌唱让诺维科夫感到非常不舒服。

"这是您自己编的歌吧？"他问道，带着一种愤恨和气恼的异常感情。

"别……您别碍事！老老实实坐着！"丽达任性地命令道，"如果不喜欢音乐，您就看月亮吧。"

的确，一轮非常非常圆的还有些发红的月亮，已缓慢而又神秘地从花园暗淡的树梢后面探出脸来。月亮那淡淡的、模糊的光芒，映在台阶上，映在丽达的连衣裙上，映在丽达那张正因自己的思绪而微笑着的脸庞上。花园里的暗影更浓了，四周更黑更深邃了，就像在密林中一样。

诺维科夫叹了一口气。

"最好还是看您。"他笨拙地说道。他在想："我也能讲出这样的下流话来！"

丽达笑了起来。

"去，多么笨的恭维话！"

"我可不会讲恭维话。"诺维科夫忧郁地反驳说。

"那就别说话了……听音乐吧！"丽达懊恼地耸了耸肩膀。

> 就让那爱情别再把您惊扰，
> 我无论如何也不想使您忧郁！……

钢琴的声音像响亮、清脆的涛声，在绿色的、潮湿的花园中回响。月光依然明亮，而暗影却越来越深、越来越黑了。在凉台下方，萨宁轻轻地走过草地，坐在一棵椴树下，他想抽烟，但又改变了主意，他一动也不动地坐着，似乎被晚间的寂静迷住了，钢琴声和那个年轻热情的歌手的歌声并没有打破寂静，不知为何反而充实了这片寂静。

"丽季娅·彼得罗夫娜！"诺维科夫突然喊了一声，似乎他立即意识到，不能失去这个时机。

"什么？"丽达机械地答道，她在看着花园，看着月亮，看着背衬月亮那明亮圆盘的几根黑黢黢的树枝。

"我早就在等待……我想说……"诺维科夫断断续续地接着说。

"说什么？"丽达心不在焉地问。

扎鲁丁唱完一支歌，停了一会，又唱起了另一首抒情歌曲。他认为他有一副罕见的好嗓子，他很喜欢唱歌。

诺维科夫感到，他的脸红了，又一块块地白了，他觉得不舒服，连头都晕了。

"我，您看……丽季娅·彼得罗夫娜，您愿做我的……妻子吗……"他结结巴巴地说，他感觉到话完全不该这么讲，在这个时刻也不该有这样的感觉，而且，在他说话之前，不知为何就已经自然而然地明白了，会有一个"不"字，会出现一个难堪、愚蠢、可笑到极点的场面。

丽达机械地反问道：

"做谁的妻子？"突然，她涨红了脸，站起身，想说点什么，但什么都没说出来，便慌乱地转过了身。月亮直直地盯着她。

"我爱您……"诺维科夫继续喃喃地说，他觉得，月亮不再发光，花园里闷得要死，一切都在倒向一个绝望、恐怖的深渊，"我……不会说话，但这是蠢话……我非常爱您……"

"我这是讲的什么……我像是在谈论奶油冰激凌……"他突然想到这一点，于是便沉默不语了。

丽达神经质地抓住一张落进她手里的树叶。她慌乱起来，因为这事太突然了，也没有必要，还会在她和诺维科夫之间造成一种悲哀的无法挽回的尴尬局面，她早已习惯了诺维科夫，几乎像亲人一样，她还有些爱他。

"我不知道，真的……我完全没想过……"

诺维科夫感到，他的心一阵隐痛，沉了下去，他脸色煞白，站起身，拿起了帽子。

"再见！"他说，自己都没有听到自己的声音。他的嘴唇奇怪地一斜，颤抖着做出了一个荒谬的、不得体的微笑。

"您去哪儿？再见！"丽达一边慌乱地回答，一边伸出手去，竭力露出无忧的笑容。

诺维科夫迅速地握了一下她的手，连帽子也没戴，迈开大步，踏过满是露水的草地，径直向花园走去。走到第一个暗影处，他突然停了下来，用力抓住自己的头发。

"我的上帝，上帝……我为何如此的不幸！……开枪自杀……这一切都一钱不值，开枪自杀……"他的脑袋里旋风般地旋起一阵凌乱的思想，他觉得自己是世界上最不幸、最可鄙、最可笑的人。

萨宁本想喊住他，但又改变了主意，笑了笑。他觉得可笑，因为诺维科夫抓住了他自己的头发，甚至还差点儿哭了起来，而这不过是因为，一个他爱其脸蛋、肩膀、胸脯和大腿的女人不愿委身于他。

令萨宁感到高兴的还有，漂亮的妹妹并不爱诺维科夫。

丽达一动也不动地在原地站了好几分钟，萨宁怀着强烈的好奇心打量着她那沐浴着朦胧月光的白色侧影。扎鲁丁从已被灯光映得金黄的房门里走出，来到凉台上，萨宁清楚地听到了他的马刺发出的小心翼翼的响声。大厅里，塔纳罗夫在轻轻地、忧伤地演奏一首古老的华尔兹，弹出一个个圆润、慵懒的长音。

扎鲁丁悄悄地走近丽达，柔软而又灵巧地搂住了丽达的腰，萨宁看到，两个侧影轻易地融为一体，在朦胧的月色中奇异地摇摆着。

"您在想什么呢？"扎鲁丁轻声问道，他眼睛闪着光，用嘴唇碰着她那小巧、鲜嫩的耳朵。

丽达的脑袋甜蜜、紧张地飘浮起来。像每次和扎鲁丁拥抱时一样，她产生了一种奇特的感觉：她知道，就智力和教育而言，扎鲁丁是远低于她的，她永远也不会服从扎鲁丁，但与此同时，允许一个有力、高大、漂亮的男人这样接触自己，使她感到既愉快又紧张，她就像是在怀着一个大胆的想法看着一座无底的、神秘的深渊：我马上就跳下去……我想跳就跳！

"别人会看见的……"她用几乎听不见的声音说道，她既没有靠近，也没有躲开，这种顺从的被动态度更加挑逗、更加刺激了扎鲁丁。

"就一句话，"扎鲁丁继续说道，他更紧地贴着她，浑身热血沸腾，"您来不来？"

丽达颤抖着。他已经不是第一次向她提出这个问题了，每一次，她都会感到苦恼，周身发抖，会变得软弱无力，优柔寡断。

"干吗？"她瞪着大大的、水汪汪的眼睛看着月亮，低声问道。

扎鲁丁不能、也不想对她说出实话，虽说，像所有与女人轻浮交往的男人一样，他在内心深处确信，丽达自己也想要，也清楚，她只是害怕罢了。

"干什么……就是自由自在地看看您，谈谈话。要知道，这是折磨……您在折磨我……丽季娅……您来不来？"他充满激情地将丽达那丰满、柔软、温暖的大腿紧贴在自己颤抖的双腿上，又重复了一句。

由于他俩那像烧红的铁一样滚烫的四条腿的接触，四周梦一样温暖、芬芳的雾更浓地升腾起来。丽达那灵巧、温柔、匀称的身子一动也不动，呈弓形向扎鲁丁靠去。她觉得非常舒服，也觉得非常可怕。四周也变得越来越奇怪，越来越难理解：月亮不再是月亮了，透过凉台的栅墙，它如此之近地照耀着，似乎就悬挂在被照得最亮的那片草地的上方；花园也不再是她所熟悉的那座花园了，它像是另一个黑暗、神秘的花园，逼近身边，形成一种包围。脑袋在缓慢地发晕。她带着一阵奇怪的倦意弓起身子，挣脱了扎鲁丁的双手，张开干燥、发烫的双唇，艰难地小声说道：

"好的……"

她摇摇晃晃，吃力地向屋里走去，她感到，有一种可怕的、诱惑的、注定的东西在将她拉向一处深渊。

"这是件蠢事……不是这样……我只是在开玩笑……我只是好奇，感到好玩……"她在竭力说服自己，站在自己房间里那面昏暗的镜子前，她只能看到自己黑色的侧影，这侧影刚好衬着亮着灯光的餐厅门洞。她缓缓地将两手举过头顶，用力向后弯去，性感地伸了个懒腰，同时打量着自己的柔软细腰和丰满大腿的每一个运动。

扎鲁丁独自留下，抖抖两条好看的、绷紧的腿，伸了个懒腰，他充满激情地眯起眼睛，咬紧浅色唇髭下的牙关，耸了耸肩膀。他一向幸运，他感到，等待着他的还有更大的幸福和快乐。丽达在委身于他的那个时刻，将会更加火热，将会非同寻常地性感、漂亮，他将因情欲而感受到肉体的痛苦。

起初，在扎鲁丁开始向她献殷勤的时候，甚至在她已经允许他拥抱她、亲吻她的时候，扎鲁丁仍然怕她。在她那双黑色的眼睛里，有某种他不熟悉、不明白的东西，似乎，她一面允许他爱抚自己，一面又在暗暗地鄙视他。他觉得她非常聪明，与他爱抚过的所有姑娘和女人都完全不同，在爱抚其他女性的时候，他都能骄傲地意识到自己的优越感，而丽达却如此高傲，使得他在拥抱她的时候会一动也不动，像是在等待一个耳光，而完全占有她的念头他却连想也不敢去想。有时觉得，似乎是她在玩弄他，他的处境是愚蠢、可笑的。但是，在今天的允诺之后，这允诺是用一种奇异的、断断续续的、优柔寡断的嗓音发出的，扎鲁丁在其他女人处听惯了这样的嗓音，在这样的允诺之后，扎鲁丁突然意识到了自己的力量和对目标突如其来的逼近，他知道，他肯定能如愿以偿了。于是，在欲望和期待——这甜蜜和醉人的感觉之中，又微妙地、不知不觉地搀杂进了一丝幸灾乐祸的意思：这个骄傲、聪明、纯洁、博学的姑娘也将躺在他的身下，像每个女人一样，他可以对她随心所欲，像对所有其他的女人那样。一个锐利、残酷的念头向他提供了这样一个模糊的、非常色情的场面，在那个场面中，丽达赤裸的身体、散乱的头发和聪明的眼睛，共同编织出了某种淫荡到极点的野蛮狂欢。他突然清楚地看到她躺在地板上，听到了皮鞭的呼啸，看到了柔嫩、温顺的裸体上的那道粉痕，于是，他颤抖了一下，热血直冲脑门，他差点儿摔倒。他的眼中，有一道道金色的圆圈在飞舞。

想到这些，甚至连肉体都觉得难以承受。扎鲁丁用颤抖的手点着一支香烟，又抖了抖有力的双腿，走进了房间。

没有听见什么的萨宁，却看到了一切，也明白了一切，他怀着一种近似嫉妒的情感，跟在他的后面。

"这些畜生总是走运！"他想到，"鬼知道是怎么回事！丽达和他！"

众人在房间里吃了晚饭。玛利亚·伊万诺夫娜心情不好。塔纳罗夫照例默默不语，一直在幻想着，如果他也能像扎鲁丁一样，也能得到丽达这样一位姑娘的爱，那该有多好。他觉得，他是不会像扎鲁丁那样去爱她的，扎鲁丁不会珍视那样的幸福。丽达脸色苍白，沉默不语，谁也不看。扎鲁丁既开心又谨慎，就像一头发情的野兽，而萨宁却像平常一样，打着哈欠，吃着东西，喝了很多的伏特加酒，似乎困得要死。但是，这并不妨碍他在晚饭后宣布，他不想睡觉，作为散步，他要去送送扎鲁丁。

夜已经深了，月亮在高天飘游。萨宁和扎鲁丁几乎默默无语地一直走到军官的住所前。萨宁一路上不时看看军官，在考虑是否要给他一个耳光。

"是啊，"已经到了那幢房子前，他才开口说道，"世上有许多各种各样的坏蛋！"

"您指什么？"扎鲁丁高高地扬起眉毛，不解地、吃惊地问道。

"泛泛而言……而坏蛋们，却都是一些最有趣的人……"

"你说的什么话啊！"扎鲁丁笑了笑。

"当然。世上就数诚实的人最无聊……什么叫诚实的人呢？诚实和高尚的规章早就人所共知了，那规章里也不会再有什么新东西了……由于这个老古董，人失去了一切多样性，生活被装进高尚这个无聊而又狭窄的框子里。勿偷盗、勿撒谎、勿背叛、勿通奸……而主要的是，这一切都牢牢地扎根在人的身上：每个人都撒谎，都叛变，而'通奸'则是量力而行的……"

"并不是每一个人！"扎鲁丁迁就地说。

"不，就是每一个人。只要仔细想想每个人的生活，就会在其中找出程度不等的罪孽……比如说，背叛。在我们将该谁做的事交给谁去做的时候，在我们安静地躺下睡觉的时候，在我们坐下吃饭的时候，我们就是在背叛……"

"您说的什么话啊！"扎鲁丁情不自禁地、几乎是愤怒地喊了起来。

"当然。我们纳税，我们服役，这就意味着，我们在将成千上万的人出卖给我们所愤恨的那场战争，那种不公。我们躺下来睡觉，却没有跑过去拯救那些在那一时刻为我们、为我们的理想而毁灭的人……我们多吃了一块面包，我们就是在将一些人出卖给饥饿，本来，如果我们是高尚的人，我们就应该终身关心那些人的幸福。如此等等。这是很清楚的！……坏蛋，真正的坏蛋就是另一回事了！首先，这样的人是完全真诚的，是自然的……"

"是自然的？！"

"一定是。他所做的，是对于一个人来说完全自然要做的事情。他看到一个不属于他、可又非常漂亮的东西，就会把它拿过来；他看到一个不愿委身于他的漂亮女人，就会用暴力或欺骗将她夺过来。这是非常自然的，因为，对享乐的需求和理解，正是自然人区别于动物的不多几个特征中的一个。动物，无论什么样的动物，都无法理解享乐，无法获得享乐。它们只能满足需求。我们大家都同意这个看法，人生来不是为了受苦的，苦难也不是人类追求的理想……"

"当然。"扎鲁丁赞同地说。

"这就是说，生活的目的就存在于享乐之中。天堂，就是绝对享乐的同义词，所有的人都在用不同方式幻想着人间的天堂。据说，天堂最初是在地上的。关于天堂的这个童话绝对不是胡说，而是一种象征，一个幻想。"

"是的，"萨宁停了一下，又说道，"节制不是人的天性，最真诚的人就是那些不掩饰自己欲望的人……也就是那些在社会上被称为坏蛋的人……比如说，您……"

扎鲁丁哆嗦了一下，闪开一步。

"您，当然，"萨宁继续说道，装做什么也没看到，"是世界上最好的人。至少，在您自己看来是这样的。您老实说，您遇到过比您更好的人吗？"

"很多……"扎鲁丁犹豫不决地回答，他已经完全弄不清萨宁的意思了，他也绝对不知道，此刻该不该动气。

"说出名字来。"萨宁接着说。

扎鲁丁困惑地耸了耸肩膀。

"瞧，"萨宁开心地说，"您就是最好的人，当然，我也是最好的人，可是，难道我们不想偷盗，不想撒谎，不想'通奸'……首先是'通奸'吗？"

扎鲁丁再次耸了耸肩膀。

"真—奇—特。"他嘟囔道。

"您这么认为？"萨宁带着一丝难以觉察的侮辱口吻问道，"我可不这么认为……是的，坏蛋都是最真诚的人，而且还是最有趣的人，因为，人类卑鄙的界限甚至是无法想像的。我非常高兴和一个坏蛋握手。"

萨宁带着不同寻常的坦率神情握了握扎鲁丁的手，直盯着后者的眼睛，然后突然沉下脸来，用完全另样的声音嘟囔了一句：

"再见，晚安！"然后便走了。

扎鲁丁在原地一动也不动地站了好几分钟，盯着离去的萨宁。他不知道该怎样接受萨宁的那些话，他的心里一片混乱，很不痛快。但是，他立即想到了丽达，他微笑着想到，萨宁是丽达的哥哥，萨宁实际上是对的，于是，他便对萨宁怀有了一种兄弟般的好感和友情。

"一个有趣的小伙子，见鬼！"他满意地想到，似乎，萨宁也已经在一定程度上属于他了。然后，他推开院门，穿过洒满月光的院子，朝自己的侧房走去。

萨宁回到家里，脱下衣服，躺了下来。他盖上被子，想读一读从丽达那儿找到的那本《查拉图斯特拉如是说》，可刚看了开头几页，他就觉得厌烦、枯燥了。那些高贵的形象并未打动他的心灵。他啐了一口，丢开书，立即入睡了。

四

退役上校、地主尼古拉·叶戈罗维奇·斯瓦罗日奇的儿子，一名工学院的学生，也来到了他父亲居住的这个城市。

他有参加革命组织的嫌疑，是在警察的监押下到这里来的。尤里·斯瓦罗日奇早就将自己被捕、坐了半年牢又被从都城流放出来的消息写信告诉了亲人，因此，他的到来对于家人来说并不突然。虽说，尼古拉·叶戈罗维奇与儿子的信念有所不同，他认为儿子的行为是小孩子家的疯狂举动，并为儿子的事情感到非常伤心，但是他爱儿子，亲切地接待了儿子，竭力避免去谈那个微妙的话题。

尤里在三等车厢里坐了两天，在那里，气闷、臭味和婴儿的哭声使他一直难以入睡。他很疲倦，对父亲和妹妹柳德米拉打了个招呼，他就在妹妹房间里的床上躺下了。城里的人都管他妹妹叫柳丽娅，这是她小时候给自己起的教名。

他醒来时已近傍晚，太阳落山了，晚霞斜斜地用红色的光斑将窗户的侧影描绘在墙壁上。隔壁的房间里响起勺子和杯子的磕碰声，还能听到柳丽娅开心的笑声和一个尤里不熟悉的、带有老爷派头的愉快男声。

起初，尤里觉得他仍坐在减震器和窗玻璃都轧轧作响的车厢里，听着邻座的陌生旅客们的声音。可是，他立即就清醒了过来，迅速地抬起身，坐了起来。

"是啊，"他伸了一个懒腰，皱着眉头，挠乱了自己那头又密又硬的黑头发，"我回来啦！"

他开始想到，他不该回这里来。他本来有权选一个居住地。他为什么选择了回家，尤里自己也说不清。他认为，或者想要认为，他是随口说出了他脑袋中想到的第一个地方，但是并非如此：尤里这一辈子从未靠自己的劳动生活过，而一直依赖父亲的帮助，孤立无援地落到一个陌生的地方，生活在陌生人中间，这让他感到害怕。他因这种感觉而羞愧，甚至面对自己都不愿承认这一点。但是此刻他却想到，这事办得不好。亲人们无法理解、支持他的事业，这是很清楚的；这中间还得搀杂进物质利益的关系——父亲养活的这些年都白费了——这一切加在一起，使他们之间不可能有良好、真挚而又和睦的关系。此外，在这个他已离开达两年之久的小城里，一定非常无聊。尤里不分青红皂白地认为，小县城里的所有居民都是小市民，他们对尤里视为生活之惟一意义和兴趣的那些哲学和政治问题，不仅无法理解，甚至不感兴趣。

尤里站起身，走到窗边，打开窗户，将身子探了出去，窗外是一个靠墙辟出的小园子。整个园子开满了红色、蓝色、黄色、紫色和白色的花朵，就像万花筒里的图案那样斑斓。小园子后面是一座郁郁葱葱的大花园，它像这个草木丛生的河畔小城里的所有花园一样，也一直延伸到河边。在一片树木的下方，那条小河像一块苍白的玻璃，泛着微光。黄昏静谧而又透明。

尤里忧伤起来。他在石头建造的大城市里住得太久了，虽说他一直以为自己是热爱大自然的，但是，大自然对于他来说还是显得荒凉了，不能使他感觉轻松，不能让他安静，不能使他高兴，却反而在他的心里激起了一种莫名的、幻想的、病态的忧愁。

"啊……你已经起来了，是时候啦！"柳丽娅走进屋来，说道。

尤里离开了窗户。

意识到自己独特的不确定处境之后而产生的沉重感觉，以及白日的逝去所激起的淡淡忧愁，使得尤里在看到妹妹开心的模样、听到妹妹无忧无虑的响亮嗓音时，竟有些不快。

"你开心吗？"他出乎自己意料地问道。

"你问的什么话啊！"柳丽娅瞪大眼睛，喊了起来，可她立即又更开心地笑了起来，似乎是哥哥的问题使她想起了什么非常有趣、非常高兴的事。"你怎么想起问我开心不开心……我从来不烦恼……也没时间。"

接着，她做出严肃的表情，想必在为自己所说的话而自豪，然后又添了一句：

"现在的日子非常有趣，要去烦恼简直就是罪过！……我现在给工人们上课，此外，图书馆工作也要占去很多时间……你不在家的时候，我们办了一个民众图书馆。图书馆很受欢迎！"

如果换一个时间，这事能唤起尤里的兴趣，引起他的注意，但是此刻，却有什么东西在妨碍着他。

柳丽娅摆出一副严肃的面孔，像孩子般好笑地等待着赞许，因此，尤里打起精神，说道：

"原来是这样！"

"我哪里还会烦恼呢！"柳丽娅满意地伸了个懒腰。

"我却老是感到烦恼。"尤里不由自主地再次反驳道。

"亲爱的，别说了！"柳丽娅玩笑地动了气。"到家才几个小时……这几个小时还在睡觉，可是已经烦恼了！"

"没办法，原因在上帝那儿！"尤里反驳说，心里带有一丝淡淡的自满。他认为，烦恼要比开心更好、更聪明一些。

"在上帝那儿，在上帝那儿！"柳丽娅假装生气地噘起嘴，唱歌似的说道，还冲他挥了挥手，"哼——哼！……"

尤里没有发觉，他已经开心起来。柳丽娅清脆的嗓音和乐观的情绪，迅速、轻易地驱散了那种他认为是严肃深刻的沉重感觉。在潜意识里，柳丽娅也不相信他的烦恼，因此，她一点儿也不因他的自白而生气。

尤里微笑着看着她的脸，说道：

"我从来没这样开心过！"

柳丽娅笑了，似乎他告诉了她什么非常有趣、非常高兴的事。

"那么，好吧，愁容骑士！从来没开心过，就从来没开心过吧。我们最好走吧，我要给你介绍一位年轻人……外表很好看……我们走！"

柳丽娅笑着，拉住了哥哥的手。

"等等，这位好看的年轻人是谁？"

"我的未婚夫！"柳丽娅直对着尤里的脸，响亮、开心地喊道，由于害羞和喜悦，她在房间里欢快地旋转着，连裙子都飘动起来。

先前，尤里从父亲和柳丽娅本人的来信中就已得知，有一位不久前来到他们城里的年轻医生正在追求柳丽娅，但他还不知道，此事已经定下来了。

"原来是这样！"他拉长声音吃惊地说。他感到奇怪的是，这个如此纯洁、如此鲜嫩的小柳丽娅，这个他一直以为还是个半大姑娘的柳丽娅，已经有了未婚夫，很快就要出嫁了，将变成一位妇人，一个妻子。他对妹妹生出了一种柔情，一种隐约的、淡淡的怜惜。

尤里搂着柳丽娅的腰，和她一起走进了餐厅，餐厅里已经点亮了灯，一座擦得锃亮的大茶炊闪着光芒。尼古拉·叶戈罗维奇和一位健壮、但很年轻的陌生人坐在那里，那人长得不像俄罗斯人，有一张黝黑的脸盘和一双运动迅速的、好奇的眼睛。

他大方、客气而又平静地站起身来，迎接尤里。

"喂，我们来认识一下……"

"阿纳托利·帕夫罗维奇·梁赞采夫。"柳丽娅带着喜剧式的庄重说道，同时淘气地向上亮出一只手掌。

"请多关照。"梁赞采夫也开玩笑地添了一句。

他俩带着真诚的好感握了握手，有一瞬间，他俩不知为何想彼此亲吻一下，但最终没有亲吻，只是友好、专注地相互对视了一下。

"她怎么会有这样一个哥哥！"梁赞采夫惊讶地想，他原以为，娇小的柳丽娅活泼漂亮，一头浅发，她的哥哥也应该同样是一头浅发，性格乐观。可是，尤里却长得既高又瘦，还很黑，虽说，他也像柳丽娅一样的漂亮，甚至连那清秀、端正的五官也都和她的一样。

而尤里一边看着梁赞采夫，一边想，就是这样一个男人，在将娇小、纯洁、像春天的早晨一样鲜嫩的小姑娘柳丽娅当做一个女人爱着。当然，他对柳丽娅的爱，和尤里自己对其他女人的爱完全一样。不知为何，看着梁赞采夫和柳丽娅，他有些不愉快，不自在，似乎他俩能猜透他的心思。

尤里和梁赞采夫都觉得，他们彼此应该多讲一些重要的话。尤里想问：

"您爱柳丽娅吗？……是纯洁、严肃的吗？……要知道，您如果欺骗她，那可是卑鄙的，可耻的……她是那样纯洁，那样天真！"

而梁赞采夫则会答道：

"是的，我非常爱您的妹妹，我也无法不爱她：您瞧，她是那样纯洁、鲜嫩、漂亮，她多么亲热地爱着我，她脖子下方的领口多么可爱……"

但是，他们没有进行这样的谈话，尤里沉默不语，梁赞采夫则问道：

"您要被流放很久吗？"

"五年。"尤里回答。

在房间里踱来踱去的尼古拉·叶戈罗维奇，突然停了下来，但镇静了一下情绪后，又继续迈着老军人那过于正规、匀称的步伐走了起来。他还不知道儿子被流放的细节，这个意外的消息一下闯进了他的脑袋。

"鬼知道是怎么回事！"他心里大为光火。

柳丽娅看懂了父亲的这个举动，她吓坏了。她害怕各种争吵、辩论和不愉快的事情，她试图岔开话头。

"我真蠢，"她在心里责备自己，"我怎么不事先提醒一下阿纳托利呢？"

但是，梁赞采夫并不了解事情的实质，在回答了柳丽娅向他提出的想不想喝茶的问题之后，他又盘问起尤里来。

"那您现在打算做些什么呢？"

尼古拉·叶戈罗维奇皱起眉头，默默不语。尤里突然感觉到了父亲的沉默，于是，在考虑到后果之前，他的心中已经腾起了一阵气恼和倔强。他故意回答说：

"暂时什么也不做……"

"怎能什么也不做呢？"尼古拉·叶戈罗维奇停下脚步，问道。他并未提高嗓门，但在他的声音中显然可以听得出暗含的责备。

"你怎么能说'什么也不做'呢？你怎么有良心说这样的话呢？就像我该养活你似的！……我已经老了，你早就该自己挣饭吃了，你怎能不记着呢？我什么也不说，你就活着吧，可你自己就是不明白这一点！"他的语气表达了这样的意思。

尤里意识到父亲有权这样想，可他的这一意识越是强烈，他的整个身心就越是感到屈辱。

"就这样，什么也不做……我又能做什么呢？"他挑衅地答道。

尼古拉·叶戈罗维奇想讲几句尖刻的话，但他没有开口，只耸了耸肩膀，又迈开沉重、匀称的步伐，从一个角落踱向另一个角落，三步一转身。绅士式的教育不允许他在儿子归来的第一天就动怒。

尤里眼睛放光地盯着他，已经控制不住自己了，他全身的毛都竖了起来，非常警觉，想抓住一个最小的理由发火。他清楚地意识到是他自己在挑起一场争吵，但是，他已经无法控制自己的倔强的脾气和气恼的情绪了。

柳丽娅差点儿哭了出来，她六神无主，用哀求的目光轮流看着哥哥和父亲。梁赞采夫终于明白了，他可怜起柳丽娅来。

他匆忙地、不太高明地调转了话题。

这个晚上过得很无聊，感觉很冗长。尤里无法认为自己有过错，因为他无法同意政治斗争不是他的事情这一观点，如尼古拉·叶戈罗维奇认为的那样。尤里觉得，父亲连最简单的事情都不明白，因为他既年老又不开通，尤里在潜意识里感到，父亲的过错就在于他的年老和不开通，于是，他生气了。梁赞采夫挑起的那些话头引不起他的兴趣，他心不在焉地听着，仍一直用他那双黑色的、放光的眼睛紧张而又气恼地盯着父亲。

快吃晚饭的时候，诺维科夫、伊万诺夫和谢苗诺夫来了。

谢苗诺夫是一个患了肺病的大学生，他已经在这个城市里教了好几个月的书。他非常难看，又瘦又弱，他未老先衰的脸上已呈现出逼近的死亡那淡淡的阴影，虽不易察觉，却十分可怕。伊万诺夫是一位乡村教师，他长头发，宽肩膀，举止笨拙。

他们一起在林荫路上散步，得知尤里回来了，便前来问候一下。

随着他们的到来，一切都活跃了起来。大家讲起俏皮话和玩笑话，响起了笑声。晚饭时，大家都喝了酒，伊万诺夫喝得最多。

向丽达·萨宁娜的那次不成功的求婚已过去好几天，诺维科夫平静些了。他开始觉得，丽达的拒绝是偶然的，是他自己的过错，没让丽达做好准备。但无论如何，到萨宁家去还是会让他感到非常害羞、不自在。因此，他竭力不在萨宁家里与丽达会面，而是显得很偶然似的，或是在熟人那里，或是在大街上与她相遇。丽达可怜他，也觉得自己似乎有错，所以对他便格外地亲热、关注，于是，诺维科夫又产生了希望。

"喂，先生们，"在大家已经要走开的时候，诺维科夫说道，"我们到修道院去野餐一次吧……啊？"

郊外的修道院是人们常去远足的地方，因为它坐落在一个山头上，四周是美丽、开阔的河岸，那儿离城不远，通向那儿的道路也很好。

柳丽娅在世上最喜欢的就是各种热闹：远足、游泳、划船和逛森林。她兴致勃勃地抓住了这个念头。

"一定去，一定去……什么时候？"

"明天就去！"诺维科夫答道。

"我们还邀请哪些人呢？"梁赞采夫问道，这个远足的念头也让他欢喜。在森林里，可以亲吻、拥抱，可以激动地与柳丽娅那鲜嫩纯洁、让他们动情的身体紧贴在一起。

"还请谁呢……我们一共……六个人。我们叫上沙夫罗夫吧。"

"他是谁？"尤里问。

"这里的一个年轻大学生。"

"好的……可柳德米拉·尼古拉耶夫娜要请卡尔萨维娜和奥尔迦·伊万诺夫娜。"

"请谁？"尤里又问。

柳丽娅笑了起来。

"你见了就知道啦！"她说道，并神秘地、意味深长地吻了吻指尖。

"原来是这样。"尤里笑了一笑。"我们呆会儿看，呆会儿看……"

诺维科夫迟疑了一下，用不自然的冷漠腔调添了一句：

"可以请请萨宁兄妹俩。"

"丽达一定要请！"柳丽娅喊了起来，这不仅因为她也喜欢萨宁娜，而且更因为她知道诺维科夫的爱情，她想让他高兴。她因自己的爱情而感到非常幸福，她也希望周围所有的人都同样地幸福、满足。

"那就不得不请上那两位军官。"诺维科夫尖刻地插了一句。

"那好吧，叫上吧……人越多越好。"

众人一起来到台阶上。

明亮的月光铺洒在地上。四周温暖而又宁静。

"多美的夜晚。"柳丽娅说着，悄悄地依偎在梁赞采夫的身上。

她不想让他离去。梁赞采夫的胳膊肘紧紧地夹着她那只圆滚滚、热乎乎的手臂。

"是啊，多美的夜晚啊！"他说道，在这句简简单单的话里，他添进了一种特殊的、只有他们两人才明白的含义。

"愿良宵长存。"伊万诺夫低音说道，"可我却想睡觉了。晚安，先生们！"

他迈开大步走在街道上，挥舞着双臂，就像风磨在转动翼片。

随后，诺维科夫和谢苗诺夫也走了。梁赞采夫和柳丽娅借口商量野餐的事，花了很长时间进行道别。

"喂，睡吧，睡吧。"他走后，柳丽娅开玩笑地对尤里说道，她伸个懒腰，叹了一口气，惋惜地离开了月光，离开了夜晚那温暖的空气，也离开了月光和空气在她年轻、蓬勃的肉体里所激起的感觉。

尤里想，父亲还没有睡觉，如果他们两人单独坐在一起，那么，一通不愉快的、毫无结果的解释将是不可避免的。

"不，"他说着，望着一边，望着黑色栅栏外漂浮在河面上的那片淡蓝色的雾，"我还不想睡觉……我出去散散步。"

"随你的便吧。"柳丽娅用轻轻的、非常温柔的声音说道。她又伸了个懒腰，像猫一样眯着眼睛，对着月光微笑一下，然后走了。尤里一个人留了下来。他一动也不动地站了一会，望着房屋和树木那显得既深邃又冷漠的黑色阴影，然后精神一振，朝谢苗诺夫缓慢离去的方向走去。

患病的大学生未及走远。他悄悄地走着，不时弯下腰，声音低哑地咳嗽，在被月色照亮的地上，他的黑色身影一直追随着他。尤里赶上他，立即看出了他身上发生的变化：在吃晚饭的时候，谢苗诺夫始终在开玩笑，几乎比所有人都笑得更多，可是此刻，他却满脸忧郁，正垂头丧气地行走着，在他低哑的咳嗽声中可以听出某种可怕的、悲哀的、绝望的东西，就像他所患的那种疾病一样。

"啊，是您！"他漫不经心地说道，在尤里听来，这声音是不友善的。

"我不知怎么不想睡觉。这不，来送送您。"尤里解释道。

"您就送呗。"谢苗诺夫冷漠地回答。

他俩默默无语地走了很久。谢苗诺夫一直在咳嗽，在弯腰。

"您感到冷吗？"尤里问道，因为，这悲哀的咳嗽声使他担心起来。

"我总是感到冷。"谢苗诺夫似乎有些气恼地说。

尤里不自在起来，似乎他在无意之间碰到了别人的痛处。

"您离开大学很久了吗？"他又问道。

谢苗诺夫没有马上作答。

"很久了。"他说。

尤里开始谈起大学生的情绪，谈起大学生们认为是最重要、最现实的那些问题。起初他讲得很简单，但后来他沉醉了，兴奋起来，讲得神采飞扬，热情洋溢。

谢苗诺夫听着，沉默不语。

后来，尤里不知不觉地将话题转向了群众中革命情绪的低落。听得出来，他在为他所讲的事情而深深地痛苦。

"您读过倍倍尔①的最近一次演说吗？"他问。

"读过。"谢苗诺夫回答。

"怎么样？"

谢苗诺夫突然气愤地挥了一下他那根有个大弯钩的手杖。他的影子也同样挥起了它黑色的手臂，这个动作使尤里联想到了一只黑色的什么猛禽那不祥的羽翼。

"我对您说什么呢，"谢苗诺夫匆忙地、不连贯地说道，"我说，我就要死了……"

他再次挥了挥手杖，那黑色的影子再次凶猛地重复了他的动作。这一次，谢苗诺夫发现了这个影子。

"瞧，"他痛苦地说，"死神就站在我的身后，监视着我的每个动作……倍倍尔与我有什么相干！……这个空谈家谈这一套，另一个空谈家将谈另一套，而我是死在今天还是死在明天都不知道。"

---

① 倍倍尔（1840—1913），德国社会民主党与第二国际的创建人和领导人。

尤里难堪地沉默了，听了这些话，他开始为某个人而感到悲哀、沉重和遗憾了。

"您以为，所有这些都很重要……大学里发生的事情，倍倍尔说的话……可是我以为，当您像我一样不得不死去，并且确知自己将要死去的时候，您的脑袋就不会去想倍倍尔、尼采、托尔斯泰或其他什么人的话了……他们的话有什么意义？！"

谢苗诺夫沉默了。

月光还像先前一样明亮，它均匀地铺洒在地上，黑色的影子紧紧地跟在他们身后。

"身体垮啦。"谢苗诺夫突然以一种完全不同的、柔弱可怜的声音说道。

"您知道吗，我真的不想死啊……尤其是在这样一个明亮、温暖的夜晚！……"他带着忧伤怨诉道，并将自己那张难看的、皮包骨头的脸转向尤里，眼睛里放射出不正常的亮光，"一切东西都活着，我却要死了……您会觉得，您也应该觉得，这句话是陈词滥调……而我却要死了。不是在小说里，不是在'以艺术的真实'写出的作品里，我是真的要死了，这句话我可不觉得是陈词滥调。总有一天，您也会有这样的感觉……我要死了，我要死了，一切都完了！"

谢苗诺夫咳嗽起来。

"我有时开始想到，我很快就将躺进完全的黑暗里，躺在冰冷的地下，鼻子塌下去，双臂腐烂，而大地上的一切却和我活着的时候完全一样。您还将活着，您将走动着，看着这月亮，呼吸着，从我的坟墓边走过，需要的话就会站在我的坟头上；而我却躺在那里，臭烘烘地腐烂。什么倍倍尔、托尔斯泰或其他千百万个装腔作势的驴子，与我有什么相干！"谢苗诺夫突然恶毒地尖声叫喊起来。

尤里沉默着，有些慌乱、沮丧。

"好吧，再见。"谢苗诺夫轻声地说，"我到了。"

尤里握了握他的手，带着深深的怜悯看了看他凹陷的胸口、拱起的双肩和他那根带有一个大弯钩的手杖，谢苗诺夫将那根手杖挂在他那件学生大衣的一粒扣子上。尤里想说些什么，安慰安慰谢苗诺夫，给他以希望，可他觉得，无论如何也难以做到这一点，便叹了一口气，答道：

"再见。"

谢苗诺夫抬了抬帽子，打开了院门。隔着栅栏，仍能听见他的脚步声和低哑的咳嗽声。然后，一切都静了下来。

尤里往回走。半个小时前还让他感到轻松、明朗而又安静的一切，如月光、星空、月光下的杨树、隐秘的暗影，此刻却让他感到僵死、不祥而又可怕，就像一座巨大的世界坟墓透出的寒意。

他回到家里，悄悄走进自己的房间，打开了朝向花园的窗户，这时，他才第一次想到，他那样深入、确信、忘我地从事的一切，并非必不可少。他想到，总有一天，他也会像谢苗诺夫那样死去，他痛苦不堪地感到可惜的，并不是人们未能由于他的努力而幸福起来，并不是他终身崇拜的理想未能在世上实现，而是他未及充分享受生活给予的一切便已死去，不再能观察、倾听和感受了。

然而，他很为这个念头感到羞耻，便强迫自己，想出了这样一个解释来：

"生活就存在于斗争之中！"

"是的，可是为谁而斗争呢……是为自己吗，还是为了阳光下自己的命运？"一个隐秘的念头忧郁地发了言。可尤里装做没听见，开始想起别的事情。但是，这样做起来既困难又乏味，那个念头每分钟都要出现一次，于是，他感到非常无聊、沉重和心烦，甚至流出了气恼、痛苦的眼泪。

五

收到柳丽娅·斯瓦罗日奇的字条后，丽达·萨宁娜把它交给了哥哥。她以为他会拒绝，她也希望他拒绝。她觉得，在夜晚，在月光下，在河边，她将被某种力量既专横又甜蜜地吸引到扎鲁丁身旁，那将是一种既可怕又有趣的享受，但届时如果当着哥哥的面，她就会感到害臊，因为这是与扎鲁丁在一起，而哥哥显然从心里就很蔑视这个扎鲁丁。

然而，萨宁却立即很高兴地同意前去。

这是一个万里无云的温暖的日子。望一眼天空都会觉得刺眼，由于空气纯净和太阳金光的照耀，天空始终在颤动着。

"顺便说一句，有几位小姐也要去，你能认识一下……"丽达机械地说道。

"这太好啦！"萨宁说，"而且天气也好极了。我们去。"

扎鲁丁和塔纳罗夫在约定的时间乘一辆骑兵连的宽大敞篷马车赶来了，车上套着团辎重队的两匹高头大马。

"丽季娅·彼得罗夫娜，我们等着哪！"扎鲁丁愉快地喊道。他干干净净的，一身白装，还洒了香水。

丽达穿一件薄薄的浅色连衣裙，裙子的领口和宽宽的腰带是用粉色的天鹅绒做成的。她从台阶上跑下来，向扎鲁丁伸出双手。扎鲁丁立即喜形于色地将她拉到眼前，迅速地用露骨的眼神打量着她的身体。

"我们走，我们走吧。"丽达喊道。她看懂了扎鲁丁的目光，那目光使她既害臊又激动。

过了一会儿，敞篷马车便在很少有车碾过的草原道路上疾驶起来，马车将原野上的硬草茎压向地面，那些野草在车后又挺起身来。草原上清新的风儿轻轻地吹拂着头发，然后又潜入了道路两旁像波浪一样翻滚的柔软的野草中。

在出城的地方，他们赶上了另一辆敞篷马车，那辆车上坐着柳丽娅和尤里兄妹俩，梁赞采夫、诺维科夫、伊万诺夫和谢苗诺夫。他们坐得很拥挤，很不舒服，但众人却因此而兴高采烈。只有尤里·斯瓦罗日奇一人，在昨日与谢苗诺夫的谈话之后，此时面对谢苗诺夫便有些不自在了。使他感到奇怪甚至有些不愉快的是，谢苗诺夫一直在讲着俏皮话，无忧无虑地笑着，和众人一样。尤里无法理解，在说了昨天的那些话后，谢苗诺夫如何还能笑得出来。

"那么，他是在炫耀吗？"尤里想，斜眼看了看这位有病的大学生，"或者，他病得根本没那么重？"

但是，他自己却因这个念头而难堪起来，于是便竭力不再去想。

两辆马车相互抛撒着俏皮话和问候，诺维科夫开起玩笑，从自己的马车上跳下来，跟着丽达在草地上奔跑。不知为何，他俩之间已达成了一种夸张地表达友谊的默契。于是，两人便过分地开着玩笑，在大胆地交好。

山显露出来，越来越清晰，越来越高，在那座山上，修道院的圆顶闪闪发亮，而墙壁则泛出白光。整座山都覆盖着树林，橡树那绿色的树梢，就像是山的鬈发。同样的橡树也长在河洲上，长在山脚下，在那两大片橡树林间，是一条宽阔、平静的河流。

马儿从现成的路上拐下来，在柔软、潮湿的草地上奔驰起来，车轮深深地碾着草地，马蹄在湿地上发出轻柔的声音。四处都是水和橡树林的气息。

在约定的地方，在众人都非常喜欢的那片牧场，在草地上，在铺开的小毯子上，先到的一位大学生和两位身穿小俄罗斯①服装的小姐已经等在那里了，他们欢笑着准备茶水和吃的东西。

马儿停了下来，打着响鼻，摆动尾巴赶着苍蝇。车上的人都因道路、空气以及水和树林的气息而兴奋起来，从两辆马车上一跃而下。

柳丽娅开始与两位备茶的小姐响亮地亲吻。丽达则矜持地问候了一声，并向他们介绍了自己的哥哥和尤里·斯瓦罗日奇。两位小姐带着年轻人神秘的好奇心看着萨宁和尤里。

"你们好像还不认识，"丽达突然想到，"这位是我的哥哥，弗拉基米尔·彼得罗维奇，这位是尤里·尼古拉耶维奇·斯瓦罗日奇。"

萨宁微笑着，柔和而又有力地握了握尤里的手，尤里对他却未给予任何的注意。萨宁对每一个人都很感兴趣，他也喜欢同新来的人见面；而尤里却坚信，世上有趣的人很少，因此，他对新认识的人向来都很冷淡。

伊万诺夫对萨宁已有所知，而且，他听说的关于萨宁的事

---

① "小俄罗斯"即乌克兰，系俄罗斯对乌克兰的蔑称。

情让他喜欢。他好奇地看了一眼萨宁，首先走过去，和他攀谈起来。谢苗诺夫则冷淡地和萨宁握了握手。

"好了，现在可以开心起来啦！"柳丽娅喊道，"让那些无聊的责任都见鬼去吧！"

起初，大家都还有些不自在，因为许多人彼此还是初次见面，但当大家开始吃东西的时候，当男人们喝了几杯伏特加，女人们喝了几杯葡萄酒后，那种不自在便消失了，众人快乐起来。大家喝了很多，笑了很多，还讲了很多俏皮话——有时是非常成功的俏皮话。大家相互追逐着跑去爬山。森林又绿又美，到处都显得宁静而明朗，任何人的心里都不再存有丝毫的阴暗、忧虑和气恼。

"瞧，"气喘吁吁的梁赞采夫说，"如果人们更多地这样跑跑跳跳，十分之九的病都不会再有了！"

"各种恶习也不会再有了。"柳丽娅说。

"喂，人身上的恶习总是足够用的。"伊万诺夫说道，虽然，谁也不觉得他的话讲得非常恰当、机智，但大家还是真诚地笑了。

在大家喝茶的时候，太阳开始西沉，河流变成了金色，树丛间是血红的夕阳投出的一支支长长的、斜斜的箭矢。

"喂，先生们，上船吧！"丽达喊道，她高高地撩起裙子，第一个朝岸边奔去，"看谁跑得快！"

有人跑了起来，有人则更稳重些，没有跑，大家跟在她的后面，欢笑着、嬉闹着登上了一条彩色的大船。

"开船！"丽达用年轻的、满不在乎的声音高喊。

船轻轻地离开了河岸，在船尾留下一道道宽宽的波纹，那波纹平稳地荡漾着向两岸散去。

"尤里·尼古拉耶维奇,您为什么不说话呀?"丽达问斯瓦罗日奇。

"没什么可说的。"尤里笑了一下。

"真的吗?"丽达拖长声音说,她仰着头,感到所有的男人都在欣赏她。

"尤里·尼古拉耶维奇不喜欢闲聊琐事,"谢苗诺夫开口说,"他……"

"啊,他是要谈严肃的话题?"丽达打断了他的话头。

"你们瞧,那有严肃的话题!"扎鲁丁用手指着河岸,喊了起来。

在那边的陡岸下方,在一棵倾斜的老橡树那疙疙瘩瘩的根部,一个狭窄、阴森、长满杂草的洞口泛着黑光。

"那是什么?"出生在外地的沙夫罗夫问。

"是个洞。"伊万诺夫回答。

"什么洞?"

"鬼知道……据说,这里有过一个造伪币的人开的厂子。他们照例全都被抓了起来……这'照例'是非常糟糕的。"伊万诺夫插话道。

"要不,你马上就会开一家厂子,专造二十戈比的假币?"诺维科夫问。

"干吗? ……造一个卢布的,朋友,造一卢布的!"

"哼……"扎鲁丁发出声音来,并稍稍地耸了耸肩。他不喜欢伊万诺夫,也不理解伊万诺夫的笑话。

"是啊……这不,他们被抓起来了,地洞也就废弃了。洞塌了,现在谁也不敢去那里。我小的时候爬进去过一次。洞里相当有意思。"

"那当然有意思啦！"丽达喊起来，"维克多·谢尔盖耶维奇，您到洞里去一趟吧……您是勇士！"

她的声调是奇怪的，似乎此刻，在众目睽睽、光天化日之下，她想取笑扎鲁丁，报复扎鲁丁，因为昨晚单独相处时，扎鲁丁曾使她受到了那种奇异的、可怕的诱惑。

"干吗去？"扎鲁丁莫名其妙地问。

"我去。"尤里说，他的脸红了，他担心大家认为他是在炫耀自己。

"好事——一件！"伊万诺夫在鼓劲。

"也许，你也去？"诺维科夫问。

"不，我最好还是坐在这里。"

众人大笑。

船靠上了岸，那个黑洞此刻就在头顶上方。

"尤里，请你别做蠢事啦。"柳丽娅对哥哥说，"真的，这是件蠢事！"

"当然是件蠢事。"尤里以开玩笑的口吻赞同道，"谢苗诺夫，请您递一支蜡烛给我。"

"我哪儿去找蜡烛？"

"就在您身后，在篮子里！"

谢苗诺夫漫不经心地从篮子里拿起一支蜡烛。

"您真的要去？"那两位小姐中的一位问道。这姑娘个子很高，长得很漂亮，胸脯很丰满，柳丽娅管这姑娘叫济娜，她姓卡尔萨维娜。

"当然去，为什么不呢？"尤里装出无所谓的样子反驳道。他自己想起，在从事危险的党的活动时，他也是竭力显出无所谓的样子。不知为何，这个回忆使他感到不愉快。

洞的入口处又湿又暗。萨宁朝洞里看了一眼，说了声："哟！"

尤里要爬进这个讨厌、危险的去处，只是因为其他人都在看着他，这使萨宁感到可笑。

尤里点燃蜡烛，竭力不去看其他人。一个隐秘的念头已经在折磨他了：他是不是显得太可笑了？似乎，他是有些可笑，但与此同时却又有一种奇怪的效果，觉得他不仅不可笑，反而令人吃惊，显得漂亮，在女人们身上激起了一种神秘的好奇心，那好奇心让人感到愉快而心惊。他等了一会儿，等蜡烛燃亮，他笑着，为保证自己不受嘲笑，便大步向前走去，很快就隐没在黑暗中。甚至连蜡烛也似乎熄火了。于是，众人真的为他而好奇地紧张起来。

"看着点，尤里·尼古拉耶维奇。"梁赞采夫喊道，"洞里时常躲着狼哪！"

"我有手枪！"尤里闷声闷气地答道。他的声音从地下传上来，不知为何有些奇怪，像是僵死的。

他小心翼翼地向前走去。洞壁低矮潮湿，凹凸不平，像是在一个很大的地窖里。洞底忽高忽低，有两次，尤里差点儿跌倒在那些深坑里。他想，最好是转回头，或者找个地方坐一会，然后说自己走了很远。

突然，身后传来一阵踩在湿黏土上的脚步声和断断续续的喘息声。有人跟在他的后面。尤里将蜡烛举过头顶。

"济娜伊达·帕夫罗夫娜！"他惊奇地喊道。

"是我！"卡尔萨维娜愉快地回答，她撩起连衣裙，想跳过一个坑。

尤里见是这位快乐、丰满、漂亮的姑娘，感到很高兴。他眼睛放光地看着她，微笑着。

"我们继续往前走吧！"姑娘有些害羞地提议说。

尤里听话地、轻盈地向前走去，已经完全不再考虑危险了，他竭尽全力，用蜡烛只照着卡尔萨维娜脚下的路。褐色湿黏土的洞壁时而迎面逼来，似乎充满无言的威胁，时而后退，让出一条路来。有些地方塌下整堆整堆的石块和泥土，塌方的地方便形成一个个黑色的深窝。悬挂在他们头顶上的大土块像是僵死的，但可怕的是，那土块并不塌下来，而是一动也不动地悬在那里，受到某种无形的强大规律的支撑。后来，所有的出路都汇集在一起，通向一个空气污浊的大黑洞。

尤里围着这个洞转了一圈，寻找出口，在他的身后是两个摇摆的影子和被黑暗吞噬的光点。出口有好几个，但都被土堵死了。在一个角落里，几块木板的残片在悲哀地腐朽，让人想到从地下挖出来又被扔在一边的腐烂的旧棺材板。

"没什么意思！"尤里说道，他不由自主地降低了嗓音，连他自己都没发觉。大土堆使人压抑。

"就是的！"卡尔萨维娜轻声地说，用那双被烛光映亮的眼睛看着四周，她有些紧张，便不由自主贴近尤里，似乎在寻求他的保护。

尤里发现了这一点，这使他高兴，使他对姑娘的美丽和软弱生出了一种动人的柔情。

"就像是被活埋了。"卡尔萨维娜继续说道，"也许，连喊声……都没人听得见！"

"也许。"尤里笑了笑。

突然，他的脑袋晕了起来。他斜眼看了看薄薄的小俄罗斯衬衫刚刚能包裹得住的那高耸的乳房，看了看那滚圆的肩膀。

实际上，她已经落在了他的手里，谁也听不到动静，这个想法如此强烈，如此突然，竟使他的眼睛一阵发黑。但是，他很快就控制住了自己，因为，他真诚、坚定地认定，强暴一位女性是丑恶的，对于他尤里·斯瓦罗日奇来说，更是完全不可思议的。尤里此刻非常想做那件事，精力和情欲使他整个身子都燃烧了起来，但他没有去做，只是说了一句：

"让我们试试。"

他嗓音中那种奇怪的颤抖吓了他一跳，他觉得，卡尔萨维娜猜到了他的心思。

"怎么试？"姑娘问。

"我要开一枪。"尤里解释道，掏出枪来。

"不会塌方吧？"

"不知道。"尤里不知为何这样答道，虽说他确信不会有塌方，"您害怕了？"

"不……好吧……您开枪吧……"卡尔萨维娜稍稍躲开一些，说道。

尤里伸直持枪的手臂，开了一枪。一道火光闪出，刺鼻的浓烟转眼便弥漫在四周，沉闷的响声在山中沉重、愤怒地回响着。但是，那块土还像先前一样静静地悬挂在那里。

"不过如此。"尤里说。

"我们走吧。"

他俩往回走，当卡尔萨维娜转身背对着尤里的时候，尤里看到了她那滚圆、健壮的大腿，那个欲念又涌上他的心头，很难抑制。

"喂，济娜伊达·帕夫罗夫娜，"尤里说道，被自己的嗓音和问题吓了一跳，但他又装出一副漫不经心的样子，"这儿有一个有趣的心理学问题：您跟我来这里，怎么不感到害怕呢？……您自己也说了，就是喊叫，也没人能听得见……要知道，您根本不了解我啊……"

黑暗中，卡尔萨维娜满脸通红，但她没有说话。

尤里沉重地喘着气。他极其愉快，似乎他正从一个深渊的上方一滑而过，与此同时，他又极其羞愧。

"我想，当然，您是一个正派人……"姑娘轻声地、神经质地嘟囔道。

"您想错啦！"尤里反驳道，那种强烈的感觉始终在使他开心。突然，他觉得与她谈话非常特别，这其中有某种美感。

"那我……就投水……"卡尔萨维娜用更轻的声音说，她的脸也更红了。

听了这话，尤里的心里生出一份温柔、怜惜的情感。激奋立即消失了，尤里也轻松了起来。

"多好的姑娘啊！"他温情、真诚地想。意识到这种温情和真诚的纯洁，他是如此的愉快，连眼中都噙满了泪水。

卡尔萨维娜对他幸福地一笑，在因自己的回答和尤里对她的默默赞许而骄傲。

在他俩向出口走去的时候，姑娘怀着奇怪的激动想到：尤里向她提出那个问题时，她为什么既不气恼也不害羞，反而还感到一种激动的愉快呢？

六

留在岸上的那些人，在洞口站了一会，说了些关于斯瓦罗日奇和卡尔萨维娜的玩笑话，然后便在河岸上散开了。男人们点燃香烟，然后将火柴棍扔进水里，观察着水面上荡漾开去的一圈圈平缓的波纹。丽达轻声地唱着歌，在草地上漫步，她两手叉腰，舒缓地移动她那双黄色的小皮鞋，像是在迈着舞步。柳丽娅则采了一朵花，将那花向梁赞采夫抛去，同时又用目光亲吻着他。

"我们现在是否喝点什么呢？"伊万诺夫问萨宁。

"是一个动人的想法。"萨宁赞同道。

他俩下到船上，打开一瓶葡萄酒，喝了起来。

"没良心的醉鬼！"柳丽娅说着，向他们扔来一把青草。

"好——哇！"伊万诺夫开心地喊道。

萨宁笑了起来。

"人们这样抗拒葡萄酒，总是使我感到吃惊。"他开玩笑地说，"我认为，只有醉鬼的生活才是合理的。"

"或者说，像动物那样。"诺维科夫在岸上说道。

"就算是这样的，"萨宁反驳道，"可是毕竟，醉鬼只做他想做的事情……他想唱歌就唱歌，他想跳舞就跳舞，并不为自己的喜悦和快乐而感到害羞……"

“有时还打架。”梁赞采夫指出。

“常有的事。有人不会喝酒……他们会被激得过头……”

“你醉酒的时候也打架吗？”诺维科夫问。

“不打，”萨宁说，“我更会在清醒的时候打架，醉酒的时候我就是一个最善良的人，因为我会忘掉许多卑鄙的事情。”

“并不是所有的人都是这样。”梁赞采夫又一次指出。

“很遗憾，当然，并不是所有的人……可说实话，别人与我毫不相干。”

“喂，话不能这样讲！”诺维科夫说。

“为什么不能？如果这是——一个真理呢？”

“一个出色的真理！”柳丽娅摇摇脑袋，说道。

“我所知道的最出色的真理。”伊万诺夫替萨宁说道。丽达在高声唱着歌，然后又气恼地停住了。

“他俩倒是不着急！”她说。

“他俩干吗要着急呢？”伊万诺夫反驳道，“任何时候都不应该着急。”

“而济娜……一个无所畏惧的女英雄……当然，也无可指责！”丽达讽刺地说道。

塔纳罗夫由于自己的猜想而高声笑了出来，过后又感到难堪。

丽达看了他一眼，叉起腰，富有弹性地摇摆着自己的身体。

“没什么，也许，他俩在那里非常开心！”她耸了耸肩膀，神秘地补充了一句。

“嘘！”梁赞采夫打断了话头。

黑洞里传来一个沉闷的响声。

"枪声！"沙夫罗夫喊道。

"怎么回事？"柳丽娅抓住梁赞采夫的衣袖，带着哭腔问道。

"你们别怕，如果是狼，它们在这个时候也是温驯的……不会攻击他们两个……"梁赞采夫安慰柳丽娅道，他因尤里和尤里那种孩子般的念头而感到气恼。

"唉，真是的！"沙夫罗夫也气恼地喊道。

"他俩马上就出来，就出来……你们别担心！"丽达轻蔑地撇了撇嘴唇，说道。

一阵沙沙的响声越来越近，不久，卡尔萨维娜和尤里便从黑暗处钻了出来。

尤里吹灭蜡烛，对大家温柔、迟疑地笑了笑，因为他还不知道，大家对他的举动持什么态度。他浑身都沾满了黄色的黏土，卡尔萨维娜那蹭过洞壁的一个肩膀，也满是泥土。

"喂，怎么样？"谢苗诺夫冷淡地问道。

"相当奇妙，"尤里有些犹豫地答道，似乎在为自己辩护，"只是通道并不长，被堵住了。洞里的地板腐烂了。"

"你们听到枪声了吗？"卡尔萨维娜两眼闪着兴奋的光芒，问道。

"先生们，我们已经喝光了所有的啤酒，我们的心灵快活极啦！"伊万诺夫在下面喊道，"我们走吧！"

当船儿再次划到河流的开阔处时，月亮已经升了起来。四周非常宁静、透明，天上和水中，上面和下方，都同样地闪烁着星星那金色的光芒，仿佛，船儿是在两个无底的深邃空间的夹缝里漂浮。岸上的树林及其在水中的倒影，都是黑色的，神秘的。有只夜莺在歌唱。当万籁俱寂,人们便依稀觉得,正在歌唱的不是一只鸟,而是一个幸福的、理性的、沉思的生物。

"多好啊!"柳丽娅说,她抬起眼睛,将头靠在卡尔萨维娜那圆圆的、温暖的肩头上。

随后,大家又一次久久地沉默着,谛听着。夜莺那响亮的啼啭溢满树林,在沉思的河面上激起颤音般的回声,越过在朦胧的月光下凝然静立的牧场上的草木和花朵,飘向远方,飘向寒冷的星空。

"它唱的是什么?"柳丽娅问道,仿佛是无意地将手背放在梁赞采夫的膝头上,她感觉到,那个坚硬、有力的膝盖颤抖了一下,这个动作使她既害怕又高兴。

"当然是爱情!"梁赞采夫半开玩笑半正经地回答,他伸出一只手,悄悄地覆盖了那个信赖地放在他膝头上的娇小、温暖、柔情的手掌。

"在这样的夜晚,无论是善还是恶,都不愿去想了。"丽达说道,她是在回应自己的思绪。

她在想,她正享受着可怕而又诱惑的游戏,这是好还是坏。她看着扎鲁丁那张在月光下显得更勇敢、更漂亮的脸,看着扎鲁丁那双闪着黑色光芒的眼睛,便全身心地感觉到了那种熟悉的甜蜜困倦和可怕的优柔寡断。

"想的完全是另外的事情!"伊万诺夫回答她。

萨宁笑了一下,目光始终盯着坐在他对面的卡尔萨维娜那高耸的乳房和在月光下泛着白光的漂亮脖子。

山冈那淡淡的暗影笼罩了小船,当船儿抛下几道镀银的蓝色光带又滑入月光照耀着的河段时,人们便觉得,周围更明亮、更开阔、更自由了。

卡尔萨维娜摘下她那顶宽边草帽，将高耸的乳房挺得更高一些，唱起歌来。她的声音不大，却很高很美。她唱的是一支俄罗斯民歌，既优美又忧伤，和所有的俄罗斯民歌一样。

"非常动听！"伊万诺夫低声说。

"好！"萨宁说。

卡尔萨维娜唱完那首歌时，大家都鼓起掌来，在幽暗的树林里，在河面上，掌声激起了奇异、尖利的回声。

"再唱一首，小济娜！"柳丽娅缠着不放，"要不，最好读一读你写的诗……"

"您还是一位女诗人？"伊万诺夫问道，"上帝能给一个人多——多少诗歌啊！"

"这难道不好吗？"卡尔萨维娜腼腆地开着玩笑，问道。

"不，这非常好。"萨宁答道。

"比如说，一个姑娘既年轻又迷人，那么，这与谁都不相干！"伊万诺夫附和道。

"读诗吧，小济娜！"柳丽娅劝道，由于爱情，她整个人儿都既温柔又热烈。

卡尔萨维娜害羞地笑着，面向水面稍稍转过身去，并不忸怩作态，用她那响亮、高亢的嗓音朗诵道：

> 亲爱的人啊，我不告诉你，
> 不告诉你，我在爱着你。
> 我要闭上这双热恋的眼睛，
> 让眼睛保守住我的秘密……
> 没有人会知道这个秘密……
> 知道的，只有忧郁的白昼，

> 只有那寂静的蓝色的夜晚，
> 只有星辰那金色的光芒，
> 只有相恋的树枝在夜的童话里，
> 织就的那些明亮的薄网。
> 它们全都知道……可谁也不讲，
> 不会将我隐秘的爱情宣扬……

大家又一次兴高采烈起来，热烈地为卡尔萨维娜鼓掌喝彩。大家鼓掌，并非由于她的诗写得好，而是因为大家的情绪都很好，都在渴望爱情、幸福和甜蜜的忧郁。

"夜晚，白昼，济娜伊达·帕夫罗夫娜的眼睛，请你们发发慈悲；请告诉我，莫非我就是那个幸运儿？！"伊万诺夫突然高声说道，他那奇异的男低音，使得众人为之一颤。

"这我可以告诉你，"谢苗诺夫答道，"不是你！"

"我之悲哀啊！"伊万诺夫哀叹。

众人皆笑。

"我的诗不好吗？"卡尔萨维娜问尤里。

尤里认为，她的诗毫无特色，就像千百首诸如此类的诗一样，但是，卡尔萨维娜是如此的漂亮，她那双黑色的、羞怯的眼睛在如此亲切地看着尤里，于是，尤里便摆出一副严肃的面孔，答道：

"我觉得您的诗很动听，很优美。"

卡尔萨维娜对他笑了一下，她自己也感到吃惊，尤里的赞赏竟使她非常开心。

"你还不了解我的小济娜，"柳丽娅满怀真诚的喜悦说，"她整个人儿都是很动听、很优美的。"

"瞧你说的！"伊万诺夫感到吃惊。

"是真的，"柳丽娅坚持道，似乎在为自己辩护，"她的声音既动听又优美，她自己是个美人，她的诗既动听又优美……甚至连她的姓名——也都既动听又优美！"

"瞧你，我的上帝！优雅，闪光，芳香，我们都会这样讲！"伊万诺夫感叹道，"不过，这些话我完全赞同。"

卡尔萨维娜害羞地红了脸，笑了起来，在因那些夸赞而高兴。

"该回家啦！"丽达尖声说道，大家对卡尔萨维娜的称赞使她感到不快。她认为自己比卡尔萨维娜更漂亮，更有趣，也更聪明。

"你不唱首歌吗？"萨宁问。

"不，"丽达生气地回答，"我今天嗓子不行。"

"的确，该回家了。"梁赞采夫附和说，他想到，明天要早起，要去医院做解剖。

而其他人则都在因要离去而惋惜。

回家的路上，众人均默默不语，在体验那种心满意足的倦意。

草原上此刻已看不见的青草，又噼啪抽打在腿上、车轮碾起的尘土在身后形成一团白雾，然后又很快地落在白色的道路上。被月光的薄雾映成浅蓝色的原野，显得更平坦、更荒芜、更无边了。

七

三天之后，很晚的时辰，困倦、不幸的丽达回到了家里。她很忧愁，有一种力量在吸引她去一个地方，可她不知道，究竟是去何方。

走进自己的房间，她停下脚步，两手握在一起，脸色苍白，久久地看着地板。

丽达突然恐惧地意识到，委身于扎鲁丁，她这是走得太远了。她第一次感觉到，从那个无法挽回的、莫名其妙的时刻起，在这个显然比她低下无数倍的愚蠢、空虚的军官身上，居然出现了某种有损她尊严的、凌驾于她之上的权力。现在，如果他需要，她就不能不去，她已经不能再那样任性地游戏，时而让他亲吻，时而躲开，欢笑着，而只能像一个女奴隶那样，软弱地、顺从地接受他那些最粗鲁的抚爱。

这事是怎样发生的，她无法弄明白：像往常一样，她仍控制着他，他的抚爱也都服从于她的意志，一切还是那样愉快、可怕而又有趣，可是突然，出现了这样一个瞬间，身体里的一团火冲向大脑，就像一阵白雾，这白雾淹没了一切，只剩下那种可怕的、将人推入深渊的好奇愿望。大地在脚下飘浮，身体变得软弱而又顺从，在她的面前只剩下那双黑色的、放光的、既可怕也无耻又诱人的眼睛，由于他赤裸、粗鲁的双臂那有力的触摸，她一丝不挂的两腿在无耻地、情欲极强地颤抖着，于是便一次又一次地想要这种好奇，这种无耻，这样的疼痛和快感。

回忆到这里，丽达全身都颤抖起来，她耸起肩膀，两手捂住了脸。

她摇晃着穿过房间，打开窗户，久久地望着高悬在花园正上方的月亮，她在倾听，却没有听到夜莺的歌声，在远处的什么地方，在宁静的花园里，那只孤独的夜莺正在歌唱。忧愁压上心头。一想到她为一个空虚、愚蠢的男人而毁掉了自己的一生，一想到她的堕落是愚蠢、龌龊而又偶然的，她的心中就会涌上一种由朦胧的愿望和忧郁的高傲交织而成的奇异、痛苦的混合体。某种可怕的开端出现在前方。她竭力想用固执、凶狠的逞强来驱散突然袭来的那些关于未来的慌乱预感。

"唉，睡了就睡了！"她一边思考着，一边皱起眉头，带着某种病态的快感道出了这个粗鲁的字眼，"这都是些鸡毛蒜皮！……我愿意，我就给了他！……毕竟是幸福的，那样地……"丽达颤抖一下，向前探出紧握的双手，伸了一个懒腰。"如果我不给他，那才是愚蠢呢！……没必要想这事……反正你是回不去了！"

她费力地离开窗户，开始脱衣服，她解开裙子上的带子，将裙子就脱在地板上。

"这没什么……生命只有一次。"她想到，清新的空气柔和地触到了她裸露的肩膀和手臂，使她颤抖起来，"即便我等到合法的婚姻，我又能赢得什么呢？……我干吗要那合法的婚姻呢？……反正还不是都一样吗，难道我已经如此愚蠢，竟然看重这样的事情……愚蠢！……"突然之间，她觉得，所有这一切的确都是区区小事，从明天起，所有这一切都会了结，她在这场游戏中得到了她觉得有趣的东西，而此刻，她自由得就像一只鸟儿，前面还有许多许多的生活、乐趣和幸福。

"我愿意爱就爱，我愿意不爱就不爱……"丽达轻声地唱道，她听了听自己的嗓音，满意地想到，她的嗓子比卡尔萨维娜的好。

"一切都是愚蠢的……我愿意，就委身给魔鬼吧！"带着一种她自己也觉得粗鲁、突然的冲动，她对自己混乱的思想作出了回答，然后，她将赤裸的双臂举到脑后，用力地、冲动地挺了挺身子，使她的乳房也颤动了。

"你还没睡吗，丽达？"窗外传来了萨宁的问话。

丽达恐惧地颤抖了一下，但立即露出一个微笑，她将一块大披巾披在肩上，走到窗前。

"你吓着我了……"她说。

萨宁走近来，肘部支着窗台。他的眼睛在闪亮，他在微笑。

"真是多此一举！"他快活地、轻声地说道。丽达不解地抬了抬头。

"你不披这披巾要好得多……"他同样轻声地、意味深长地解释道。

丽达困惑地转过身去，背对着萨宁，本能地将披巾裹得更紧了。

萨宁笑了起来。丽达害羞地将胸脯靠在窗台上，将脑袋探出窗外。萨宁的呼气喷到了她的面颊上。

"你真是一个美人！"他说。

丽达飞快地看了他一眼，恐惧地发现，他的面部表情显出了异样来。她冲动地侧身对着花园，整个身体都感觉到，萨宁正在有些怪异地看着她。她认为这非常可怕、卑鄙，于是便胸口发冷，心脏打战。所有的男人都这样看她，她也喜欢这样，可哥哥这样看她，不知为何却是难以想像的，不可能的。她竭力控制住自己，笑了一下。

"我不知道……"

萨宁默默不语，看着她。当她用两肘支着窗台，衬衫和披巾便滑落下去，于是，从侧面便可以看到她乳房的上部，那乳房沐浴着月光，现出洁白和朦胧的娇柔来。

"人们常常要用一座中国的长城来将自己和幸福隔离开来。"萨宁说道，他那颤抖的、轻轻的声音很是奇异，越发让丽达感到害怕，甚至是恐惧。

"什么？"她轻声问道，她的眼睛一直盯着黑暗的花园，她害怕和萨宁的目光相遇。她觉得，他俩的目光如果相遇，就会发生某种绝对不允许发生的事情。

与此同时，她已经不再怀疑，她清楚地知道，她感到可怕、可鄙、有趣。她的脑袋在发烧，看不清眼前的一切，怀着恐惧、厌恶和好奇，她在感受着面颊上那滚烫、急促的气息，由于那气息，她额角的头发飘动起来，一阵酥痒掠过了披巾下赤裸的后背。

"是这样……"萨宁回答，可他的声音却又半途中断了。

丽达感到，有一道闪电掠过全身，她迅速挺直身体，连自己也不知道自己在做什么，便朝桌子弯下腰，一下子扑灭了灯火。

"该睡觉啦！"她说着，关上了窗户。

灯火熄灭后，院子里显得亮了一些，萨宁的身影和他那张沐浴着蓝色月光的脸庞便清晰地显露了出来。他站在茂密的、落满露水的草丛里，面带笑容。

丽达离开窗户，机械地躺倒在床上。她浑身都在颤抖，在跳动，她的思绪一片纷乱。她听到了萨宁踏过草地时沙沙的脚步声，她用手按着剧烈跳动的心房。

"我这是怎么了，疯了吗？"她厌恶地想到，"真卑鄙！偶然的一句话，可我已经……这是色情狂吗？我难道是一个卑鄙、堕落的女人吗？……要堕落到什么地步，才会想到……"

突然，丽达将脑袋埋在枕头里，轻声地、痛心地哭了起来。

"我为什么哭？"她问自己，她不明白自己流泪的原因，只是觉得自己不幸、可怜、屈辱。她为自己已经失身于扎鲁丁而哭泣，为自己已经不像先前那样高傲和纯洁而哭泣，为自己所感觉到的哥哥眼神中的可怕和侮辱而哭泣。她认为，在此之前，他是不会那样看她的，他如今这样看她，就是因为她堕落了。

但是，对于她来说，有一种感觉更强烈，更痛苦，也更明了：痛苦和屈辱的是，她已经是一个妇人，在她尚且年轻、有力、健康和漂亮的时候，她最好的精力便将永远奉献给男人们，供男人们享乐，而且，她使他们和自己得到的享乐越多，她受到他们的鄙视也就会越多。

"为什么？谁给了他们这样的权利……要知道，我也同样是一个自由的人……"丽达用紧张的目光盯着房间里朦胧的黑暗，问道，"难道我永远也看不到另一种更好的生活了吗？！"

她整个年轻、有力的身体在强烈地发言，她有权利从生活中获取她感到有趣、愉快和必需的一切，她有权利用那仅仅属于她一个人的漂亮强健、充满活力的身体来做她想做的一切。

但是，思想却在一团乱麻中挣扎着，在绝境中左冲右突，然后软弱而忧郁地消隐了。

八

尤里·斯瓦罗日奇很早就学过绘画，他喜欢画画，将所有的空闲时间都花在了画画上。他曾幻想做一个画家，但起初因为缺钱、后来因为党的工作，他在这条道路上受到了阻碍，如今，他只在一时高兴时才拿起画笔，而且没有特定的目的。

因为他没有特定的目的，也没有受过专业训练，绘画没能使他获得愉快的满足感，却常常在他心中激起忧伤和失望。每一次，在画得不好的时候，尤里便会感到气恼和痛苦；而当画得好的时候，他又会陷入一种淡淡的、幻想的沉思，这沉思来自这样一种朦胧的意识，即所有这一切都是徒劳无益的，不会给他带来成功和幸福。

尤里非常喜欢卡尔萨维娜。他爱这类健美、丰满的高个子女人，爱这类嗓音动听、眼神温柔并有些伤感的女人。他认定她可爱、纯洁、内心有深度，可这一切都是由她的美丽和温柔传达给他的，但不知为何，尤里却不承认这一点，他竭力地要使自己相信，他喜欢这位姑娘，不是因为她的肩膀、乳房、眼睛和嗓音，而是因为她的贞洁与清纯。这样想来，他便觉得更轻松、更高尚、更优美了一些，虽说，正是这贞洁和清纯使他激动，使他热血沸腾，欲望勃发。从见到她后的第一个晚上开始，他的脑中便产生出了一个他所熟悉的但此次尚未意识到的朦胧、残酷的渴望，那便是夺去她的贞洁和清纯。见到所有的漂亮女人时，都会产生出这样一种坚定不移的渴望。

此刻，这位美丽、健康、充满阳光般欢乐活力的姑娘占据了尤里的思想，因此，他便起了一个描绘生命的念头。像往常一样，他轻易地激动起来，由于自己的念头而高兴不已，他觉得，这一次他一定能彻底地完成任务。

尤里备好一幅很大的画布后，像是害怕延误时间似的，带着一种亢奋的匆忙，立即画了起来。他刚刚抹上几笔油彩，画布上还只有几个美丽、鲜艳的色块，这时，他的内心便已由于喜悦和力量而颤抖起来，于是，他那幅未来的画便带着其全部的细节轻易而有趣地呈现在了他的跟前。但是，越往下画，尤里无法克服的技巧困难也就越多地出现了。在他的想像中显得鲜艳、有力和美妙的一切，在画布上却变得平淡而又无力。那些细节已不能吸引他，反而使他懊恼，使他生气。尤里不再停留于细节，大刀阔斧地画了起来，然而，鲜艳、有力的生命便开始为一个被画得花哨而又粗糙的愚蠢女人所取代了。在这个女人身上，已经没有任何一点能让尤里感到独特和美妙的东西，而只有委靡和陈腐。这时，尤里发现，他的画缺乏独创性，他不过是在模仿莫赫的画稿，就连这幅画的构思，本身也是平庸的。

于是，尤里像平常一样，又变得心情沉重和忧愁起来。

不知为何，他认为哭泣是可耻的，如果他没有这样的看法，他也许就会哭起来，就会脸对着枕头倒下去，抽泣不已，就会对什么人抱怨些什么，但不会抱怨自己的无能。然而，他没有这样做，他忧郁地坐在画前，他想到，生命就整体而言是无聊的，暗淡的，软弱的，生命中并没有任何还能让他尤里感兴趣的东西。这时，他恐惧地想到，他也许还要在这里、在这座小城里住上许多年。

"那就是死亡！"尤里想到，额头上冒出一阵凉意。

于是，他想来描绘一下死亡。他拿起刮刀，怀着一种他本人也感到沉重的愤恨，开始刮去他那幅《生命》。使他愤怒的是，他满怀喜悦创作出的东西，却很难消失。颜料不情愿地被刮了下来，刮刀弄脏了，脱落了，还两次扎破了画布。后来发现，炭笔在沾有油彩的表面画不出痕迹来，这给尤里带来了强烈的痛苦。他拿起画笔，直接用褐色颜料勾出轮廓，然后，他又缓慢地、潦草地画了起来，怀着沉重、忧郁的心情。他现在构思的这幅画，并没有因为潦草、因为那暗淡沉重的色调而失败，反而有所增色。但是，最初的死亡主题不知为何却自动消失了，尤里在画的已是《暮年》。他画的"暮年"，是一个疲惫、瘦削的老太婆，她正于寂静、忧郁的黄昏行走在一条注定的道路上。最后的晚霞即将消隐在地平线上，在晚霞那洇开的绿色里，有一些黑色的十字架和模糊的灰暗的人影。老太婆的背上驮着一个无比沉重的黑棺材，棺材压迫着老太婆那瘦骨嶙峋的肩头。老太婆的目光浑浊、凄凉，她的一只脚已经踏在了一个黑坑的边缘，整个画面都是阴郁、忧愁而又不祥的。

有人来唤尤里去吃午饭，但他没去，一直在画画。后来，诺维科夫来了，说起什么事来，可尤里既没有听，也没有回答。

诺维科夫叹了一口气，坐到沙发上。他很高兴能默默不语，静静思考，他来斯瓦罗日奇这里，仅仅是因为他不喜欢一个人坐在家里。他忧伤，痛苦，心情极坏。丽达的拒绝还在压抑着他，弄不清他是羞愧还是忧伤。他非常诚实，非常慵懒，对已在城里隐约流传的关于丽达和扎鲁丁的那些闲话，他也不大明白。他并不因为丽达而嫉妒任何人，而只是在为破灭的幻想而痛苦，他曾觉得那幻想非常之近，非常鲜明，使他已经成为一个幸运儿了。

诺维科夫开始认为，对于他来说，生活中的一切全都毁了，但是，他却依然没有想到，既然这样，那就不值得活下去了，应该死去。恰恰相反，他想到的是，此刻，当他个人的生活已经成为一种痛苦，他的义务就是不再关心个人幸福，而将自己的生命奉献给其他人。他无法弄清这一想法是怎样产生的，但他已朦胧地下了决心，要抛弃这一切，到彼得堡去，恢复与党的联系，不假思索地走向死亡。这一想法使他感到崇高而又美妙，而当他意识到，这一崇高而又美妙的想法竟是他自己的，他的忧愁便减轻了，变得高兴起来。在他的眼睛里，自己的形象高大起来，周围环绕着一道可爱、明亮而又忧郁的光环，于是，对丽达那种不由自主的、哀伤的责怪，竟差点儿使他哭了起来。

后来，他开始感到无聊了。斯瓦罗日奇一直在画画，丝毫也没注意他。诺维科夫站起身，走了过来。

画还没有完成，可正因为如此，它才具有了某种强烈的暗示效果。这幅画此时的效果，也许是尤里原本无法达到的。

诺维科夫觉得这幅画很怪。他甚至微微地张开嘴，带着孩子般天真的喜悦看了尤里一眼。

"喂，怎么样？"尤里问道，闪开了一点。

他自己觉得，虽说，这幅画当然不是没有缺点的，也许，这些缺点甚至是显而易见的，是很大的，但是，它仍然比他见过的所有的画都要更有意思。为什么会有这个感觉，尤里自己也弄不清，但如果诺维科夫说这幅画不好，他真的会感到屈辱和气愤的。然而，诺维科夫却轻声地、热情地说道：

"非—非常好！"

于是，尤里便觉得自己是一个天才，是一个对自己的创造持藐视态度的天才。他动听地叹了一口气，扔出画笔，那画笔弄脏了沙发床的一角，然后，他走到一旁，并不朝那幅画看上一眼。

"唉，兄弟！"他说道。

他几乎不想对自己和诺维科夫坦率地承认这样一个夺走了他成功喜悦的朦胧意识，这个意识就是，在这个成功草稿的基础上，他仍然是什么事情也做不成的。但他没这么做，他想了想，还是说了出来：

"所有这一切都没什么用！"

诺维科夫认为，尤里是在自我炫耀，但是，他自己那失望的忧伤又立即刺痛了自己的心，于是他又认为：

"是真话。"

但是，沉默了片刻，他又反驳道：

"哪里，没什么用？"

尤里无法准确地回答这个问题，便沉默不语了。诺维科夫又看了看那幅画，然后躺在沙发上。

"兄弟，我在《边疆》上读过你的文章，"他又说道，"很棒！……"

"让那篇文章见鬼去吧！"尤里想起了谢苗诺夫的话，便带着一种连他自己也不理解的懊恼回答道，"我能用那篇文章做什么呢？……人们照样判人绞刑，照样抢劫，照样横行不法……文章在这里起不到作用！我后悔写了它……又有什么用？也许，有两三个白痴会读它，可读了之后……归根结底，这与我又有什么相干呢？……请问，干吗要用脑袋去撞墙呢？！"

尤里的眼前，闪过了那些他为党的工作所吸引的最初年代：秘密集会，宣传，冒险和失败，个人的喜悦和尤里欲拯救的那些人的十足的冷漠。他在房间里走了走，摆了摆手。

"从这个观点来看，什么事情都不值得去做。"诺维科夫拖长声音说道。想到萨宁，他又添了一句："你们全都是利己主义者，仅此而已！"

"是不值得去做。"在那些回忆的影响下，在那已开始使房间里的一切变得苍白的黄昏的影响下，尤里热烈、真诚地说了起来，"如果谈到人类，那么，在我们甚至连人类将来的大致前景都难以设想的时候，我们所有的努力，宪法和革命，这一切又有什么意义呢……也许，我们所幻想的那种自由，本身就包含着毁灭因素，于是，人在抵达自己的理想之后就会后退，就会再一次地四肢着地……为了重新开始一切？……即使是仅仅为自己着想，那么……那么我又能得到什么呢？在最好的情形下，我能用自己的天赋和事业为自己博得荣光，得到那些比我还低下还渺小的人的尊敬，而那些人又恰恰是我所无法爱戴的人，那些人的尊敬，事实上与我不应有任何相干……然后，是生活，一直活到坟墓……不会再长了！一顶桂冠终于戴在了秃顶上，甚至让人讨厌……"

"仅仅为自己着想！"诺维科夫做作地、嘲讽地嘟囔了一句，"是这样的！"

但是，尤里没有听清，他继续说着，带着忧愁和病态的满足感听着自己的话语，他觉得自己的话既阴郁又美妙，它们在他心中激起了一种自尊的、热烈的情感。

"而在最坏的情形下，我将成为一个不被承认的天才，一个可笑的幻想家，一个幽默故事的描写对象……一个傻瓜，谁也不需要……"

"啊哈！"诺维科夫得意洋洋地打断他的话头，甚至还抬了抬身子，"'谁也不需要'——这么说，你自己也意识到啦！"

"你真是个奇怪的人，"尤里也同样打断了诺维科夫的话头，"难道你以为，可以为什么而生活，可以信仰什么，我全都不知道！？……如果我坚信我的死亡能拯救世界，我也许就会满怀喜悦地走向十字架！但是，这样一个信念我却没有：无论我做什么，归根结底，我丝毫也改变不了历史的进程，我所能带来的好处如此之小，如此微不足道，即便完全没有这一好处，世界也不会遭受到任何一小点损失。然而，为了这比一小点还小的东西，我却必须活着，必须受难，痛苦地等待着死亡！"

尤里没有觉察到，他讲的已是另一回事情，他不是在回应诺维科夫的话，而是在回应自己那些奇怪、沉重的感觉。他猛然想到了谢苗诺夫，便突然间再一次打住了话头，一阵讨厌的、凉凉的恐惧感掠过了他的后背。

"你知道，这种必然性在折磨我。"他机械地盯着暗淡下去的窗户，轻声地、信赖地说道，"我知道，这是自然而然的，我无法做出任何与此相对的事情，然而，这却是可怕的，丑恶的！"

诺维科夫觉得，此话不错，于是，他变得忧郁胆怯起来，但他还是反驳道：

"死亡，是一种有益的生理现象……"

"真是个傻瓜！"尤里在心里疯狂地想到。他气愤地反驳道：

"唉，我的上帝！……我们的死亡能否给其他什么人带来好处，这与我们又有什么相干？！"

"你这个背着十字架的死亡呢？"

"这是另一回事。"尤里犹豫不决地静了片刻，又反驳道。

"你这是自相矛盾啊。"诺维科夫带着一种优越感说道，并宽容地掉转眼睛，不去看尤里。

尤里听懂了那种声调，浑身起火，他挠着自己又黑又硬的头发，发起狠来。

"我永远不会自相矛盾……这是显而易见的，如果我自己死了，是按自己的愿望去……"

"都是一回事。"诺维科夫并不让步，用同样的声调继续说道，"你们大家不过是想获得赞美和掌声罢了……这全都是利己主义！……"

"就算是这样……这也改变不了事情的实质……"

谈话乱了套。尤里感到，事情的确不那么顺当，他无法抓住线索，几分钟前，他还觉得那条线索就像一根弦似的是紧绷着的。他在房间里来回走着，气呼呼地喘着气，他像在这种情形下一贯所做的那样，自我安慰着，想到：

"有的时候，我不知为何情绪不好……有时，话说得很清楚，就像一切都摆在眼前，有时，就像有什么人捆住了嘴里的舌头……一切都变得没有条理……愚蠢……这是常有的事！"

他俩沉默了片刻。尤里在房间里踱着步，在窗前站了一会，然后拿起了帽子。

"我们去走走吧。"他说。

"走吧。"诺维科夫赞同道。他怀着一种隐秘的希望、怀着恐惧和喜悦想到，他们有可能偶然遇见丽达·萨宁娜。

九

他俩在林荫路上来回走了两趟，没有遇见熟人，却听到了花园里经常出现的音乐声。那音乐演奏得不和谐、不准确，但远远地听着，倒也觉得既温情又忧伤。他俩不时遇到一些相互嬉闹着的男男女女。他们的笑声和喊叫声，与轻曼忧伤的音乐和轻曼忧伤的黄昏都很不协调，使尤里很生气。在林荫路的尽头，只见萨宁向他俩走来，并快活地向他俩问好。尤里不喜欢他，所以谈话未能持续下去。萨宁对他眼前出现的一切进行了一番嘲笑，后来，他看见了伊万诺夫，便要跟他一起离去。

"你们去哪儿？"诺维科夫问。

"我想去款待一个朋友！"伊万诺夫回答，他从口袋里掏出一瓶伏特加酒，得意洋洋地展示着。

萨宁快乐地笑了起来。

尤里觉得，这瓶酒和这笑声都是做作的，庸俗的，于是，他便厌恶地转过了身。萨宁看在眼里，但什么话也没说。

"感谢你，主啊，我没成为那样的人，就像这个收税人！"伊万诺夫笑着，话里有话地说道。

尤里的脸红了。

"同样一个……还说俏皮话！"他鄙夷地想着，耸了耸肩，走开了。

"诺维科夫，你这个无心的伪君子，和我们一起去吧！"伊万诺夫说。

"干吗去？"

"喝酒去呀！"

诺维科夫忧郁地朝林荫路瞥了一眼，可哪儿也不见有丽达的身影。

"丽达正坐在家里，忏悔自己的罪过。"萨宁笑着说道。

"胡说。"诺维科夫委屈地嘟囔道，"我还有一个病人……"

"那病人没有你的帮助也能死。"伊万诺夫说道，"不过，我们没有你的协助也能把酒喝光。"

"喝个醉，没什么大不了！"诺维科夫痛苦地想到。于是便说：

"那么好吧……我们走！"

他们走了，尤里老半天还能听见伊万诺夫粗鲁的男低音和萨宁那无忧无虑的、亲热的笑声。

他又沿着林荫路走去。有几个女性的声音在唤他。济娜·卡尔萨维娜和女教师杜博娃坐在林荫路的一个长椅上。天色已完全暗了下来，树下勉强可以看见两位穿着黑色连衣裙女性的身影，她俩没戴帽子，手里拿着书本。尤里急速地、很乐意地向她们走去。

"你们从哪儿来？"他问道，表示问候。

"我们去了图书馆。"卡尔萨维娜回答。

杜博娃默默地挪了挪身体，让出一块地方，尤里虽然想坐在卡尔萨维娜的身旁，可他感到不好意思，于是就挨着那位不漂亮的女教师坐了下来。

"您的脸色为什么这样忧愁、痛苦呢？"杜博娃问道，出于习惯，她又刻薄地撇了撇她那干燥的薄嘴唇。

"您为什么觉得我的脸色是忧愁的呢？我的脸色是最愉快的。不过，的确有些苦闷……"

"您看来没什么事情可做。"杜博娃嘲讽地反驳说。

"您有什么事情可做吗？"

"有，忙得连哭的时间都没有。"

"我可不哭。"

"那么，您只会抽泣……"杜博娃玩笑地说道。

"如今，我的生活已经把我弄得不会笑了。"

他的嗓音里透出一种痛苦的调子来，于是，三个人都不由自主地默不作声了。尤里沉默一阵，笑了一笑。

"我的一个朋友对我说过，我的生活是具有借鉴意义的。"他说道，虽然没有任何人这样说过。

"就什么意义而言呢？"卡尔萨维娜小心翼翼地问。

"就人不应该活着这一意义而言。"

"那么，请您讲讲吧。也许，我们能从这个榜样中得到一些好处……"杜博娃提议道。

尤里认为自己的生活非常不成功，认为自己是一个非常不幸的人。在这一想法中有着某种忧郁的满足感，对自己的生活和他人进行一番抱怨，也是愉快的。他从不向男人们谈到这一点，他本能地感觉到，男人们是不会相信他的，但是面对女人，尤其是年轻、漂亮的女人，他却非常乐意长时间地谈论自己。他很漂亮，口才也好，女人们对他总是满怀着怜悯和爱慕。

这一次，从玩笑开始，尤里轻松地步入了寻常的调子，长时间地谈论着自己的生活。根据他的谈话来看，他是一个能力很强的人，却为社会和环境所累，党内无人理解他，他没能成为人民的领袖，却成了一个由于微不足道的原因而被流放的普通大学生，其中的过错不在他本人，而在于命运的偶然和人们的愚蠢。像所有非常自尊的人一样，尤里没有想到，这一点并不能证明他有特殊的能力，每一个天才都被同样的偶然和同样的人们包围着。他觉得，那沉重的、无法抗拒的厄运只降临在了他一个人的头上。

由于他讲得非常动听，生动而又鲜明，结果，事情就像真的一样，姑娘们相信他，与他一起惋惜，一起忧伤。音乐演奏得还是那样不和谐，但却如怨如诉、黄昏幽暗、沉静，他们三人全都陷入了幻想和忧伤。在尤里沉默不语的时候，杜博娃想到，她的生活也是无聊、单调的，她很快就要老了，却还没有体验到幸福和爱情，想到这里，她便轻声地问道：

"请问，尤里·尼古拉耶维奇，您从来没有产生过自杀的念头吗？"

"您为什么向我提出这样一个问题呢？"

"没什么。"

有一会儿他们全都没有做声。

"这么说，您在委员会里工作过？"卡尔萨维娜好奇地问道。

"是的。"尤里简短地、仿佛愿不情愿地回答，可是，承认这一点使他感到很愉快，因为他认为，在这位漂亮、年轻的姑娘的眼中，这一点能使他具有某种阴郁的吸引力。

然后，尤里送两位姑娘回家。路上，他们说了很多，笑了很多，已经不再忧伤了。

"他真可爱。"尤里走后，卡尔萨维娜说道。

"当心，别爱上他！"杜博娃伸出一个手指，吓唬道。

"得了吧！"带着一种隐秘的、本能的恐惧，卡尔萨维娜喊道。

尤里怀着激动、美好的心情回到了家里。他朝那幅未完成的画瞥了一眼，什么感觉也没有，便心满意足地躺下睡觉了。夜间，他梦见了几个色情的、灿烂的场面，梦见了一些年轻的、漂亮的女人。

十

第二天傍晚，尤里又来到了他与卡尔萨维娜和杜博娃相遇的地方。整整一天，他都在愉快地回忆着与两位姑娘一起度过的那个傍晚，他想再遇见她们，进行同样的交谈，在那双快乐、温柔的眼睛里再看到同情和爱慕。

傍晚是绝对纯净、安静、炎热的。街道上方的空气中，弥漫着细小、干燥的尘土，林荫路上除了很少几个偶然路过的行人外几乎没有人。

尤里生气地摇了摇脑袋，想摆脱胸中腾起的懊恼，似乎有人欺负了他，他低头盯着双脚，缓慢地走在林荫路上。

"多么无聊啊。"他想到，"怎么办？"

大学生沙夫罗夫迎面朝他疾步走来，挥着他那只空着的手，离得老远，他就彬彬有礼地对尤里笑了起来。

"您怎么在这里闲逛啊？"他友好地问道，停下脚步，向尤里伸过来他那只又宽又大的手掌。

"有点无聊，没什么事情好做。您去哪儿？"尤里懒懒地、轻蔑地问道。他总是这样和沙夫罗夫说话，作为一个前委员会委员，他认为沙夫罗夫是一个以革命为游戏的天真大学生。

沙夫罗夫幸福、自满地笑了一下。

"我们今天有个读书会。"他说着，展示了那个装有多本各色簿册的文件夹。

尤里机械地从他手里拿过一本小册子，翻开来，读到一个枯燥的长题目，那是一篇通俗的社会性文章，他自己早就读过此文，并已经淡忘了。

"你们在哪里读书？"尤里还回小册子，仍带着那种轻蔑的微笑问道。

"在城里的学校。"沙夫罗夫回答，他提到的那所学校，就是卡尔萨维娜和杜博娃教书的地方。

尤里想了起来，柳丽娅对他谈起过这些读书会，可他当时没有给它们以关注。

"我可以和您一起去吗？"他问沙夫罗夫。

"请吧。"沙夫罗夫开心地笑着，连忙同意了。

他认为尤里是一个真正的活动家，看大了尤里的党派角色，对尤里怀有一种近乎爱慕的尊重。

"我对这样的事情很感兴趣。"尤里认为有必要补充一句。他愉快地想到，晚上有事情做了，还能见到卡尔萨维娜。

"请吧，请吧。"沙夫罗夫又说道。

"好吧，我们走。"

于是，他俩沿着林荫路快步走去，转弯上了一座桥，桥的两旁散发着清新的气息和水的味道，接着，他俩走进了两层楼的学校，那儿已经聚了许多人。

在一个还没点灯的大厅里，一排排椅子摆放得很整齐，一块幻灯幕布泛出朦胧的白光，还能听见压低了的快乐笑声。透过窗户，可以看到变暗的天空和深绿色的树冠，窗户旁边，站着柳丽娅和杜博娃。她俩发出了欢乐的惊叹，迎接尤里的到来。

"你来了，这太好啦！"柳丽娅说。

杜博娃紧紧地握了握他的手。

"你们怎么还不开始？"尤里问道，同时偷偷地环顾着昏暗的大厅，没有看到卡尔萨维娜。"济娜伊达·帕夫罗夫娜没来参加吗？"他不恰当地、失望地添了一句。

但就在这时，在讲台上，在幕布旁边，一根火柴燃着了，映亮了正在点蜡烛的卡尔萨维娜。她那美丽、娇嫩的脸庞被从下方来的光照得很亮，她在快乐地微笑。

"我当然要参加啦。"她响亮地应道，从上面向尤里伸过手来。

尤里高兴地但默默地向她伸过手去，她稍稍地倚着他的手臂，轻轻地跳下讲台，将一阵健康、清新的气息投在尤里的面颊上。

"该开始啦。"沙夫罗夫从另一个房间里走出来，说道。

门卫吃力地迈动那双大靴子，走过大厅，一盏接一盏地点亮了明亮的大灯，于是，大厅便被耀眼、愉快的光芒照得通明。沙夫罗夫打开通向走廊的门，高声说道：

"请进，诸位！"

响起一阵脚步声，起初是胆怯的，然后是匆忙的，人们开始进门。尤里好奇地看着他们；鼓动家特有的那种敏锐的注意力，又在他身上复活了。这里有老人，也有年轻人，还有孩子。谁也不坐第一排，后来占了这排位子的，是尤里所不认识的几个太太和一位胖胖的校长，还有尤里已经认识的几个从男子中学和女子中学来的男女教师。大厅的其他地方，则挤满了身穿长短大衣的人，挤满了士兵、农民、女人，还有许多穿着各色衬衫和裙子的孩子。

尤里和卡尔萨维娜并排坐在一张桌子后面，开始听沙夫罗夫的朗读。沙夫罗夫在读一篇谈普遍选举权的文章，他读得很平静，但读得很糟糕。他的嗓音是嘶哑的，没有表现力，因此，他朗读的一切便具有了统计表的性质，然而，大家却在认真地听他朗读，只有坐在第一排的那几个知识分子很快就交头接耳、坐立不安起来。尤里因那几个知识分子而感到气恼，也因沙夫罗夫糟糕的朗读而感到惋惜。当那位大学生读累了，尤里轻声地对卡尔萨维娜说：

　　"让我来读完它吧。"

　　卡尔萨维娜温柔地看了他一眼，那眼神像是透过睫毛射出的。

　　"好啊……您读吧。"

　　"这不合适吧？"尤里对卡尔萨维娜微笑着，像一个同谋者，问道。

　　"那有什么不合适！大家都会高兴的。"

　　于是，她就利用休息的间隙，把尤里的意思对沙夫罗夫讲了。沙夫罗夫读累了，他也因自己读得不好而难堪，他不仅同意让尤里来读，甚至还感到很高兴。

　　"请吧，请吧。"他按自己的习惯重复地说道，让出了位子。

　　尤里善于朗读，也喜欢朗读。他谁也不看，径直走上讲台，用响亮、有力的嗓音读了起来。他朝卡尔萨维娜看了两次，两次都与她明亮的、富有表情的眼神相遇了。他害羞地、快乐地对她微笑着，然后俯向书本，用更洪亮、更有表情的声音朗读起来，他觉得，他是在为她做一件莫名的好事，一件有趣的事。

在他朗读结束的时候，第一排的人向他鼓起了掌。尤里严肃地鞠了一躬，走下讲台，冲着卡尔萨维娜咧嘴一笑，似乎想对她说："这都是为了你！"

听众们脚步踢踏，相互交谈着，挪动椅子，开始退场。尤里认识了两位太太，她俩对他的朗读说了几句赞赏的话。

然后，开始熄灯了，房间里比先前更暗了。

"谢谢您。"沙夫罗夫握着尤里的手，热情地说，"我们要一直有这样的朗读者就好啦！"

朗读本是他的事，因此他认为自己该感谢尤里，因为尤里帮了自己的忙，虽说他是以人民的名义向尤里道谢的。沙夫罗夫是坚定、自信地说出这句话来的。

"我们这里很少为人民做事，"他说道，他的神情就像是在告诉尤里一个很大的秘密，"如果做了，似乎也是……敷衍了事的。这真让我感到奇怪：为了取悦那些百无聊赖的老爷，他们成行成打地雇来一流的演员、歌手和朗诵者，可面对人民，却只有我这样的朗诵者坐下来朗读……"沙夫罗夫带着宽厚的嘲讽挥了挥手，"大家都还满意……再说，他们还能得到什么呢！"

"是这样的，"杜博娃说，"读起来都让人讨厌：报上整栏整栏地报道，演员们表演得多么出色，而这里……"

"一件多么美好的事情啊！"沙夫罗夫衷心地说道，并爱恋地开始收拾自己的小册子。

"神圣的天真！"尤里想到，但是，卡尔萨维娜的在场和自己的成功阅读使他变得善良、温和了，因此，这种纯朴甚至使他有些感动。

"您现在去哪里？"在他们来到外面的时候，杜博娃问道。

院子里要比房间里亮得多，天空中已经闪现出星星。

"我和沙夫罗夫要去拉多夫家，"杜博娃说，"您送送济娜吧。"

"非常高兴。"尤里真诚地说。

于是，他们分手了。

卡尔萨维娜和杜博娃共同租住一间小侧房，那房子坐落在一个很大的但并无多少花草的花园里。在去她们住处的路上，尤里和卡尔萨维娜就读书会留下的印象进行了交谈，尤里越来越强烈地感觉到，他做成了一件非常大、非常好的事情。

在篱笆门前，卡尔萨维娜说：

"去我们那儿坐坐吧。"

"好的。"尤里愉快地同意了。

卡尔萨维娜打开篱笆门，他俩走进一个杂草丛生的小院子，院子后面是一座幽深的花园。

"您到花园去吧，"卡尔萨维娜笑着说，"我本想请您去房间，可是又很担心：我一大早就离开了家，不知道我们的房间收拾得能不能接待客人！"

她进了侧房，尤里则缓步走向那座芬芳的绿色花园。他没走太远，在小道上停下脚步，怀着贪婪的好奇心望着侧房那几扇敞开着的黑色窗户，他觉得，那里正发生着什么独特、美妙、神秘的事情。

卡尔萨维娜出现在台阶上，尤里好容易才认出她来：她脱下了黑色的连衣裙，换上一件薄薄的、大领口短袖子的小俄罗斯式衬衫，下面配着一条蓝色的裙子。

"是我……"她不知为何有些害羞地笑着，说道。

"我知道……"尤里带着一种神秘的、只有她才理解的表情回答道。

她微微一笑，轻盈地转过身去，于是，他俩便漫步在了小道上，那小道延伸在低矮的绿色灌木丛和高高的青草之间。

树木很小，大多是樱桃树，新鲜的树叶发出胶水般浓烈的气味。花园后面是一片牧场，牧场上野花盛开，高高的牧草还没有收割。

"我们就坐这里吧。"卡尔萨维娜说。

他俩坐在快要倾塌的篱笆上，向牧场望去，向透明的、渐渐熄灭的晚霞望去。

尤里将一根柔软的丁香树枝拉近身边，众多细小的露珠从枝头上洒了下来。

"想听我给您唱支歌吗？"卡尔萨维娜问。

"当然想听！"尤里回答。

卡尔萨维娜就像那天在河上那样，挺了挺薄衬衫下突出的乳房，唱道：

精美的爱情之星……

她的嗓音轻盈、纯净，奇异地响彻在傍晚的空气里。尤里一动也不动，连大气都不喘，紧紧地盯着她。她感觉到了尤里的目光，闭上眼睛，将乳房挺得更高了，唱得也更动听、更响亮了。仿佛，一切都静了下来，都在谛听，于是，尤里想起一种寂静，当夜莺在春天的森林里歌唱的时候，四周就会笼罩着那样一种虚幻的、凝神的、神秘的寂静。

在一段高亢的、银铃般的乐句之后，她停了下来，这时，四周仿佛更静了、晚霞完全熄灭，天空更暗，也更深了。勉强可以看到，可以听到，树叶在摇摆，小草在颤动，有什么温柔、芬芳的东西飘浮在空中，就像一声叹息，从牧场飘过来，在花园里荡漾开去。卡尔萨维娜用她那双在黑暗中闪亮着的眼睛看了尤里一下：

"您为什么不说话呢？"她问。

"这太好啦！"尤里低语道，又拉了拉一根滴着露水的树枝。

"是啊，很好！"卡尔萨维娜若有所思地答道。

"活在世上就是好！"沉默了片刻，她又补充道。

尤里的脑中闪过某种习惯性的并不真正忧郁的东西，但它尚未成形，就消失了。

牧场那边，有人尖声地打了两声口哨，然后，一切又都静了下来。

"您喜欢沙夫罗夫吗？"卡尔萨维娜突如其来地问道，她自己也因这突如其来的问题而笑了起来。

尤里的胸中涌起一阵妒意，但他稍稍控制了一下自己，严肃地回答：

"他是个好小伙子。"

"他多么热情地献身于自己的事业啊！"

尤里没有说话。

牧场上腾起一层轻盈的白雾，露水染白了草地。

"越来越湿了。"卡尔萨维娜缩了缩肩膀，说道。

尤里不由自主地看了看她那圆圆的、柔软的肩膀，害羞起来，她看到了尤里的目光，也害羞起来，但是，她却感到很愉快，很开心。

"我们走吧。"

于是，他俩遗憾地往回走去，沿着窄窄的小道，彼此轻轻地碰触着。花园空旷了，黑暗了，当尤里环顾四周，他感到，或许，如今就在这花园里，自己那谁也不知道的、隐秘的生活就要开始了：阴影行进在低矮的树木之间，行走在落满露珠的草地上，黑暗在延伸，寂静在用某种难以听见的绿色声音讲起话来。他将这个感觉告诉了卡尔萨维娜。姑娘环顾四周，那双沉思的、暗淡的眼睛久久地看着黑暗的花园。尤里想，如果她突然脱掉衣服，裸体的、白皙的、欢乐的她，踩着沾满露珠的草地奔向绿色的、隐秘的树林，那将不会是奇怪的，反而是美好的，自然的，那将不会破坏黑暗花园的绿色生活，反而能有所添加。尤里想把这话说给卡尔萨维娜听，可他没敢说，而是又谈起了读书会，谈起了人民。但是，交谈持续不下去，中断了，似乎，他俩所谈的全都是不必要谈的东西。接下去，他俩一路无言，彼此微笑着，肩头不时碰着沾满露珠的潮湿灌木，就这样走到了篱笆门前。他俩觉得，一切都静了下来，一切都如此静默，如此幸福，就像他俩一样。

院子里像先前一样安静、空旷，白色侧房的那几扇敞开的窗户像是几个黑洞。可是，开向街道的篱笆门却敞着，房间里也传出一阵急促的脚步声和打开柜橱抽屉的声音。

"奥丽娅回来了。"卡尔萨维娜说。

"济娜，是你吗？"杜博娃自屋里问道，从她的声音可以听出，有什么不好的事情发生了。

她来到台阶上，惊慌失措，脸色苍白。

"你到哪儿去了……我到处找你……谢苗诺夫快要死了。"她喘着气，急促地说道。

"什么？"卡尔萨维娜恐惧地问道，跑到了杜博娃的身边。

"是的，快死了……他大口地吐血……阿纳托利……帕夫罗维奇说，他要完了……他被送进了医院……真是奇怪，真是突然……我们坐在拉多夫家里，喝着茶，他还那样高兴，正和诺维科夫争论着什么，可后来就突然咳嗽起来，他站起身，歪了一下，血就喷了出来……就喷在桌布上，喷在果酱碟里……又浓又黑！……"

"那他……知道吗？"尤里怀着可怕的好奇心问道。他突然回忆起了那个月夜，那个黑色的身影，以及那种既恼怒又忧愁的微弱声音："您还将活着……从我的坟墓边走过，需要的话就会站在我的坟头上，而我却……"

"他好像知道，"杜博娃神经质地摆动双手，答道，"他看了我们大家一眼，问道：'怎么回事？……'然后，他整个身子都颤抖起来，又说道，'已经到时候了？……'唉，太糟糕了，太可怕了！"

三个人都没再说话。

天色已经完全暗了下来，四周虽说还像先前一样透明和美妙，可他们却觉得，一切似乎立即变得黑暗而又忧伤了。

"死亡是个可怕的东西！"尤里说道，脸色变得苍白。

杜博娃叹了一口气，垂下头。卡尔萨维娜的下巴颤抖起来，她悲哀而又负疚地笑了一下。她没有别人那种难受的感觉，因为她的整个身体都充满了活力，那活力不让她去专注于死亡。她甚至不能相信，也难以想像，此刻，在这样一个明净的夏日的夜晚，在她无比幸福、充满着光明与欢乐的时候，竟有某个人会痛苦，会死去。产生这种感觉是一件自然而然的事情，可不知为何她却觉得这很不好。她为自己的感觉而害臊，不由自主地努力抑制那些感觉，努力唤起另样的感觉，因此，她便比大家表现出了更多的同情和恐惧。

"唉，可怜的……他怎么样了呢？"

卡尔萨维娜想问：他快要死了吧？但是，她把这些字眼咽了回去，她抓住杜博娃，提出了一些毫无意义、毫无用处的问题。

"阿纳托利·帕夫罗维奇说，他就要死了，不是今天夜里，就是明天早晨。"杜博娃低声说道。

卡尔萨维娜胆怯地、轻声地说：

"我们去看看他吧……也许，不该去？……我不知道……"

于是，大家的心里都生出了同样一个问题：是否该去看谢苗诺夫如何死去，这样是好还是坏？大家都想去，可又怕看到死亡，这样似乎很好，又似乎很坏。

尤里犹豫地耸了耸肩膀。

"我们去吧……到那儿可以不进去，也许……"

"也许，他想见见谁。"杜博娃轻易地同意了。

"我们去吧。"卡尔萨维娜坚定地说。

"沙夫罗夫和诺维科夫在那里。"杜博娃又添了一句，仿佛是在为自己辩解。

卡尔萨维娜跑进屋里去取帽子和上衣，然后，大家紧锁眉头、表情忧郁地穿过城市，来到一座很大的三层楼前。楼的外墙抹成灰色，抹得很糟，这座楼里就是医院，如今，谢苗诺夫就可能死在这里。

在拱顶很低、回声很响的走廊里，光线很暗，有一股刺鼻的石碳酸和碘酒的气味。在他们走过疯人病区时，听见有人用一种奇怪的紧张声音在生气地、急速地说着话，可是却看不见一个人影，因此很是吓人。他们恐惧地朝一个漆黑的方形小窗口看了一眼。一位白发老头与他们在走廊上相遇了，那老头蓄着长长的、白色的、像胸甲一样的胡须，围着长长的、白色的围裙，踢踏着一双大靴子。

"你们找谁？"他停下脚步，问道。

"找一个被送到你们这儿来的大学生……叫谢苗诺夫……今天送来的……"杜博娃说。

"在六号病房……请上楼吧。"那工友说道，然后走开了。大家听见，他响亮地往地上吐了一口痰，又用脚蹭了蹭。

楼上要亮一些，干净一些，天花板也不带拱顶。有一扇门是开着的，门上钉有一块"医生办公室"的小牌子。屋里亮着灯，有个人在丁丁当当地摆弄一些玻璃器皿。

尤里朝屋里看了一眼，招呼了一声。

玻璃器皿不再响了，梁赞采夫走了出来，他像他惯常的那样，抖擞而又愉快。

他响亮、愉快地啊了一声，显然，他已经习惯了这种别人感到压抑的环境，接着他说道："我今天值班。你们好，小姐们！"

紧接着，他又高高地扬起眉毛，用一种完全别样的、忧伤的、意味深长的声音说道：

"好像，已经神志不清了。我们去吧。诺维科夫和其他一些人在那里……"

他们一个接一个，沿着非常干净、空旷的走廊鱼贯而行，走过一个个标有黑色数字的白色房门。这时，梁赞采夫说道：

"已经派人去请神父了。这么快就把他折磨垮了，真是奇怪！甚至连我都感到吃惊……不过，他最近老是伤风，这对于他那样的状态来说，就太糟糕了！……瞧，他在这里……"

梁赞采夫打开一扇高高的白色房门，走了进去。其余的人挤在门口，笨拙地磕碰着，也随他进了房间。

病房很大，也很干净。四张病床是空着的，床上整齐地蒙着硬邦邦的、带有一道道褶子的灰被子，不知为何，这些被子让人联想到了棺材；有一张病床上，坐着一个满脸皱纹、身穿病号服的小老头，他吃惊地看着走进屋里来的人，又看了看第六张病床，在第六张病床上，直挺挺地躺着谢苗诺夫，盖着同样硬邦邦的一床被子。在他身旁的一把椅子上，诺维科夫弓着腰坐在那里，伊万诺夫和沙夫罗夫则站在窗边。大家都觉得，当着濒临死亡的谢苗诺夫的面彼此问候和握手，是奇怪的，不自在的，但不知为何，不问候，也不握手，又似乎是在强调死亡的临近，同样是不自在的，因此，出现了一个短暂的冷场。有人问了好，有人却没有。众人全都站在原地不动，带着胆怯、害怕的好奇心看着谢苗诺夫。

谢苗诺夫的呼吸很微弱，很艰难。他已经完全不是大家所认识的那个谢苗诺夫了。他已经整个儿地不像是活人了。虽说，他的五官还和他活着的时候一样，他的四肢仍与所有人的四肢无异，但是，他的五官和身体却显得有些特别，有些可怕，一动也不动。那在别人的身体中显而易见、活动自如的东西，对于他来说似乎是不存在的。在他那奇怪地一动也不动的身体之深处的某个地方，发生了某种匆忙、可怕的事情，似乎正忙于一件必需的、已无法避免的工作，他的整个生命已去向那里，似乎是在观看那项工作，带着紧张的、难解的注意力在倾听那项工作的进行。

吊在天花板正中的那盏燃着的灯，明亮、清晰地映着他那一动也不动、既不看也不听的五官。

大家站在那里，目不转睛地看着，沉默不语，屏住呼吸，像是害怕破坏了某种伟大的东西。寂静中，可以特别清晰地听到谢苗诺夫那反常的、嘶哑的、艰难的呼吸。

门打开了，响起了一阵老年人的细碎的脚步声。一位矮胖矮胖的神父走了进来，跟着他的是一位诵经士，那是个又瘦又黑的人。与他们一起来的，还有萨宁。神父咳嗽了几声，向大夫问了好，又彬彬有礼地向众人鞠了一躬。不知为何，众人非常匆忙地、过于恭敬而又齐刷刷地回了他的礼，然后又都不响了。萨宁没有发出问候，他坐到窗台上，好奇地看着谢苗诺夫和在场的人，他竭力想弄明白，谢苗诺夫和在场的人都有什么感觉，都在思考什么。

谢苗诺夫还那样呼吸着，一动也不动。

"失去知觉了？"神父轻声地问，并未朝向任何人。

"是的……"诺维科夫急忙回答。

萨宁发出一个含混的声音。神父询问地看了他一眼，可什么也没听清，便转过身去，整理一下头发，披上长巾，接着就亮出尖细、甜腻的男高音，富有表情地朗诵起基督徒临死时必须听的经文。

诵经士的嗓子是嘶哑的、不好听的男低音，他们两个相互不谐调的声音合在一起，又分散开来，就这样不谐调地在高高的天花板下形成悲伤而又奇异的声响。

当刺耳、响亮的诀别曲响起，众人都怀着不由自主的恐惧，向濒死者的脸看了一眼。离濒死者最近的诺维科夫，觉得谢苗诺夫的眼皮微微抖了一抖，那双视而不见的眼睛也朝歌声响起的方向稍稍转动了一下。但是，其余的人却觉得，谢苗诺夫仍是那样奇异地一动也不动。

歌声刚一响起，卡尔萨维娜就轻轻地、伤心地哭了起来，她也不去擦自己那张年轻、漂亮的脸上流淌着的眼泪。大家都看着她，杜博娃也哭了，男人们也感到自己热泪盈眶，却咬紧牙关，努力不让眼泪流出来。每一次，当歌声更响的时候，姑娘们都会哭得更厉害些，可萨宁却皱着眉头，懊恼地晃着肩膀，他在想，如果谢苗诺夫能听得见，那么，这种甚至连健康的、远离死亡的人都感到沉重的歌声，一定会让他难以忍受。

"你们应该小声点。"他生气地对神父说。

神父客气地伸过一只耳朵来，但是，在听清了萨宁的话后，他皱起眉头，唱得更响了。诵经士严厉地看了萨宁一眼，大家也都胆怯地看着萨宁，似乎他说了什么难听的、不得体的话。

萨宁遗憾地摆摆手，不再言语了。

当一切结束，神父将十字架包进了长巾，这时，气氛却变得更沉重了。谢苗诺夫还像先前一样，一动也不动。

于是，众人的心里便出现了一个他们觉得可怕却又无法克服的想法：想让一切尽快结束，想让谢苗诺夫最终死去。众人怀着羞愧和恐惧，竭力掩饰、压抑着这一愿望，害怕相互对视。

"哪怕快些也好。"萨宁轻声地说，"真是件难受的事情！"

"是啊！"伊万诺夫答应道。

他俩的声音很轻，谢苗诺夫显然听不见。可其他人还是愤怒地瞪了他俩一眼。

沙夫罗夫想说点什么，可就在这时，响起了一个无比可怜、悲哀的新声音，它使众人全都病态地颤抖了一下。

"咿……咿—咿……"谢苗诺夫呻吟道。

后来，他好像是找到了需要的东西，开始持续地发出这种长长的呻吟，已不再住口，只有那嘶哑、艰难的呼吸才能时而打断这呻吟。

起初，周围的人似乎不明白是怎么回事，但是，卡尔萨维娜、杜博娃和诺维科夫却立即哭了起来。神父开始缓慢、庄重地念起送终祈祷。他那浮肿、忠厚的脸上，流露出深深的感动和崇高的忧伤。又过去了几分钟，谢苗诺夫突然没声了。

"他去了……"神父低声说道。

但就在这时，谢苗诺夫缓慢而又艰难地动了动紧闭的双唇，他的脸扭曲了，像是在微笑，大家全都听到了他那嘶哑的、极其微弱的可怕声音，那声音像是发自他胸腔最深处的某个地方，仿佛是从棺材盖的下面传出来的：

"你是个真—真正的骗子！"他直盯着神父，说道。

然后，他抖动了一下，带着疯狂的恐惧睁开眼睛，挺直了身体。

大家都听见了他的话，但谁也没动，只不过，崇高忧伤的表情却立即从神父那汗津津的红脸膛上消失了。他担心地环顾一下四周，可谁也没看他，只有萨宁笑了一笑。

谢苗诺夫又动了动嘴唇，却没发出声音，只有他那稀疏、色淡的唇髭垂了下来。然后，他再次挺了挺身体，身体也变得更长、更可怕了。

再没有一个声音，再没有一个动作。

此刻，谁也没哭。死亡的临近比死亡的到来更可怕，更可悲。这件痛苦的、折磨人的事情竟结束得如此之快，如此简单，大家甚至感到有些奇怪。他们仍站在床边，看着那张僵死的、瘦削的脸庞，似乎还在等待着什么，他们在努力地唤起自己的怜悯和恐惧，聚精会神地看着诺维科夫怎样替谢苗诺夫合上眼睛，放平手臂。然后，大家小心翼翼地迈动脚步，走了出去。走廊里的灯已经点亮，这里还是那么简朴，那么家常，于是，大家便较为轻松地吐一口气。神父走在前面。他迈着细碎的步子，为了讨好年轻人，他努力想说些客气话，于是便叹了一口气，轻声地说道：

"这个年轻人真可怜，而且，他显然没有忏悔就死了……可是，你们知道吗，上帝的仁慈就连这样的人也会……"

"那……当然！"沙夫罗夫离神父最近，出于礼貌，他答道。

"他有家吗？"神父问道，来了精神。

"真的，我不知道。"沙夫罗夫困惑地回答。

众人交换一下眼色，大家都觉得奇怪，觉得不好，因为谁也不知道，谢苗诺夫是否有家，家在何处。

"他有个妹妹在什么地方读中学。"卡尔萨维娜说。

"啊！……好吧，再见吧！"神父说道，用胖胖的手指抬了抬帽子。

"再见！"众人齐声回答。

来到街上，他们松快地缓了一口气，停了下来。

"喂，现在去哪儿呢？"沙夫罗夫问。

起初，大家全都犹豫不决地挪着脚，后来，不知为何，又都立即相互道了别，四散而去。

十一

当谢苗诺夫看到血时，当他感觉到四周和自己内部那不祥的虚空时，当人们把他扶起、抬走、放下并替他做那些他终身都是自己去做的事情时，他明白他要死了，可使他感到奇怪的是，他竟完全不恐惧死亡。

杜博娃曾说到他的恐惧，她之所以对谢苗诺夫做出这样的判断，是因为她自己害怕，处在一个健康人目睹死亡的恐惧状态中，她必然会认定，濒死者本人对死亡的恐惧要强烈得多。还有，谢苗诺夫那由于衰弱和失血而出现的苍白面色和恍惚眼神，也被她，还有其他人，当成了恐惧的表现。但是，这并不是恐惧的表现，同样，谢苗诺夫向大夫提出的那个"已经到时候了？"的问题，也不是恐惧的表现。

谢苗诺夫一直怕死，尤其是在他得知自己患的是肺结核病之后。在知情后的最初一段时间里，他非常痛苦，这心情无异于一个无望获得赦免的死囚犯的心情。

他几乎觉得，世界从那一瞬间起便不再存在了，他谢苗诺夫先前在世界上所看到的美好、愉快和欢乐的一切，全都一去不返地消失了。一切都在死去，一切都处在痛苦的濒死状态中，每一分钟，每一秒钟，这一濒死状态随时都可能无比可怕地结束，结束于一个张着大口的黑色深渊。

谢苗诺夫所想像的死亡，就是这样一个巨大的、圆形的、漆黑一片的深渊。无论他到哪里，无论他做什么，这个圆形的黑洞总出现在他的面前，于是，所有的声响、色彩和感觉，便都消失在这深渊的黑色的虚空之中。

　　这是一种可怕的心情，但是，这一心情很快就弱化了。时间越久，谢苗诺夫离死亡越近，死亡对于他来说却变得越远，变得越是难以理解，越是朦胧。

　　周围的一切，所有的声响、色彩和感觉，依旧是谢苗诺夫一贯所知晓的那样。

　　太阳依旧那样照耀，人们依旧做着自己的事情，就连谢苗诺夫自己，也不得不做着那些重要的或空虚的事情。像从前一样，他清晨起床，认真地洗漱，中午吃饭，有好吃的就高兴，没好吃的就不高兴；像从前一样，他因太阳和月亮而高兴，又因落雨和泥泞而生气；像从前一样，他每天晚上都要和诺维科夫以及其他人玩一玩台球；像从前一样，他阅读书籍，并一定会发现，有些书重要而又有趣，有些书则枯燥而又愚蠢。不仅在自然界之中和周围人的身上，而且在他自己的身上，一切都像从前一样。起初，这使他感到奇怪，屈辱，甚至痛苦。他尝试着改变这一状况，强迫大家对他和他的死亡感兴趣，明白他所处状态的可怕，明白他的一切都完了。但是，当他向自己的熟人谈起这一点的时候，他却发现不该谈。熟人们起初感到惊讶，后来是不相信，虽然也表示了同情，表示了对医生诊断的不信任，再后来，熟人们竭力驱赶不愉快的印象，坚决地谈起其他的事情，一分钟之后，谢苗诺夫自己也忘了那个话题，与熟人们谈论的已不再是死亡，而是生活。他想把整个世界都吸引过来，关注在他身上发生的事情，可他为此付出的所有努力都完全是无用的。

于是，他便竭力离群索居，沉湎于自我，孤独地承受着因充分、坚定地意识到了其死亡的恐惧而有的痛苦。但是，正因为周围的一切和他生活中的一切都仍像从前一样（如果换一个样子，如果他谢苗诺夫不像现在这样一直生活下去，那就是荒谬绝伦的了），那先前曾尖锐地刺痛他心的死亡念头，开始变得迟钝了，他松开了紧缩的心灵。完全忘却死亡的时刻越来越多，生活复又现出了丰富的色彩、运动和声响。

只有在晚上，当他一个人的时候，他心中才会出现那样一种圆形黑洞逼近的感觉。如果他熄了灯，他就会觉得，黑暗中，有一个无形的、面目不清的东西在他的上方缓缓地立起，不停地低语着：唏……唏……唏……于是，在他自己的身上，便会有某种东西发出忧伤、可怕的低语，来呼应黑暗那悄悄的、持续的低语。这时，他就会感到，一切都越来越紧密地与这低语、虚空和黑暗融合在一起，自己的身体也在这低语、虚空和黑暗构成的混乱中摇摆起来，就像一支细小的、可怜的松明，每时每刻都准备在燃尽自己后消失得无影无踪。

于是，他便开始点着灯睡觉。灯光下，低语听不见了，黑暗退开了，吸人的虚空感觉也消失了，因为这虚空已经被成千上万的生活琐事填满了，这些生活琐事都是他所习惯和了解的：椅子，光线，墨水瓶，自己的双腿，一封尚未写完、却必须写完的信，一座圣像，它的前面摆着一盏从未点燃的长明灯，谢苗诺夫忘了摆到门外去的一双靴子，以及其他许多缠身的东西和操心的事情。

但是，从灯光照不到的那些角落依然传来了低语：角落里的黑暗更浓了，像无底的沼泽一样吸人的虚空依然那么奇特。

谢苗诺夫害怕看黑暗，害怕想黑暗。只要他一想到黑暗和虚空，它们便会从各个角落里涌出，充满房间，包围起谢苗诺夫，使灯光熄灭，淹没了操心事，用一层密实的可怕冷雾将他与世界隔离开来。这非常可怕，非常让他痛苦。在这样的时刻，他真想像一个小孩子那样痛哭一场，用脑袋去撞墙。

但是，随着谢苗诺夫生命一天天地缩短，这些感觉也一天天地变得越来越习以为常了。有时，某个字眼，某个手势，葬礼、墓地和棺材的样子，也会提醒谢苗诺夫，他终究是要死的，只有在这个时候，那些感觉才会更加强烈，并带有新的可怕力量。于是，他便避开这些提醒，甚至不再往通向墓地的街道上走，也从不仰面躺着，两手交叉放在胸前。

在他身上似乎形成了两个生命：一个是先前的生命，它是硕大的，显在的，它无法负载死亡的念头，它忘了死亡，做着自己的事情，无论如何都希望恒久地活下去；另一个生命则是秘密的，难解的，隐在的，就像苹果里的一条虫，穿透第一个生命，留下一片黑暗，就像一种毒药，在毒害第一个生命，使它遭受难以忍受、难以摆脱的痛苦。

在这双重的生命中有某种东西，它能使谢苗诺夫在最终面对死亡、知道生命已到尽头的时候，几乎不感到恐惧。

"已经到时候了？"他之所以这样发问，仅仅是为了能确切地知道。

根据周围人的脸色，谢苗诺夫明白"已经到时候了"，在这之后，他感到惊讶的仅仅是，这一切来得如此之快，如此自然，就像一件烦恼不堪的难事有了结局。但是，他借助一种特殊的、新的内在意识立刻就明白了，事情已无法改变了，因为，死亡在他的机体已不再具有活力的时候来了。

他感到遗憾的只是，他再也看不见任何东西了。在他被用出租马车拉向医院的时候，他默默不语，用睁得大大的、充满泪水的眼睛看着四周，努力想一眼便抓住一切，使他痛苦的是，他无法完完全全地将整个世界都印在记忆中，连同它的天空、人们、绿阴和在天边闪烁着的蓝色。他以前从未发现的那些细枝末节，此刻都和那些他曾认为是重要和美好的东西一样，让他觉得无比珍贵和可爱：镶有金色星星的微暗而又透明的天空，车夫裹在破旧的蓝呢布上衣中的后背，面色忧伤而又恐惧的诺维科夫，尘土飞扬的道路，窗户透出闪亮灯火的人家，默默地向后闪去的黑黢黢的树木，车轮的响声，温暖的晚风——他所见、所闻、所感受到的一切，都是珍贵的，可爱的。

后来，在医院里，他再次匆忙而又贪婪地扫了一眼病房，他观察着，在记忆每一个动作、每一张面孔和每一件事情，直到肉体的痛苦开始取代周围的一切，使他陷入孤独。他的所有感觉都转向了胸腔深处的某个地方，转向了痛苦的源头。渐渐地，他开始从生命的旁边移开了。当什么东西出现在他的面前时，他已经觉得那东西是陌生的、不需要的了。生命与死亡的最后斗争开始了，这斗争充满他的全身，构成了一个由犹豫、生命的火花、衰竭、心慌和绝望的努力交织而成的独特、孤独的世界。

有时会有片刻的清醒，痛苦平息了，呼吸变得较为深入、平缓，于是，透过那层白雾，形象和声响多少有所显露。但是，那些形象和声响却都是微弱的，像是来自遥远的地方。

谢苗诺夫清楚地听到了声响，却又像是没有听见，人影像是在无声地移动，如同银幕上的影子；时而，一些熟悉的面孔出现在视野里，可那些面孔又像是陌生的，在记忆中没有任何留存。

邻床上有个人，他的脸有些奇怪，刮得光光的，他正在读报，可谢苗诺夫已经无法弄清楚，他为什么读报，在给什么人读。他清楚地听到，议会选举延期了，大公被暗杀了，可是，这些话似乎是虚空里的，像气泡一样，在虚空中生成，又在虚空中爆裂，不留一点痕迹，没有一点声响。嘴唇在嚅动，牙齿忽隐忽现，圆圆的眼睛在转动，报纸被翻动，天花板上的灯发出平稳的光芒，似乎有几只不祥的黑色大苍蝇正围着那盏灯无声地、不停地飞舞。

有个东西在大脑中产生，阴燃起来，就像一个亮点，接着又冒出火光，越来越亮地照耀四周。于是，谢苗诺夫突然完全清楚而又自觉地想到，如今对于他来说一切都不需要了，人世间的一切奔忙都无法给应该死去的谢苗诺夫再增添一个时辰的生命了。

于是，谢苗诺夫再次陷入那片黑色迷雾的滚滚波涛之中，两种可怕的、隐秘的力量间的无声的决死斗争再次展开，两种力量你死我活，其努力难以觉察，却使他的整个世界都为之痉挛了。

谢苗诺夫第二次恢复神志的时候，大家正在为他而哭泣，为他而歌唱，这是完全不必要的，与他身上所发生的一切也没有任何关系。但是，这哭声和歌声霎时间却在他的心中点燃、煽旺了一个亮点，于是，谢苗诺夫便看清并彻底地明白了，这是一张带有崇高忧伤的人脸，这脸庞与他没有任何相干，他与这脸庞也没有任何相干。

这便是谢苗诺夫生命的最后时刻，随后出现的事情，已经是活着的人们所完全无法理解、无法想像的了。

十二

"去我那里吧，我们为死者祈祷祈祷！"伊万诺夫对萨宁说。

萨宁默默地点了点头。

他俩去商店买了伏特加酒和下酒菜，接着赶路，追上了尤里·斯瓦罗日奇。尤里正低着头，在林荫路上缓慢地走着。

谢苗诺夫的死给尤里留下了一种模糊的、难以理解的印象，对它加以分析，似乎是必要的，却又是不可能的。

"瞧，这一切都非常简单。"尤里试图在大脑中理出一条直接、简短的线索来，"一个人在他出生之前是不存在的，这并不让人感到可怕和不解……当这个人死了，他也就不再存在了，这同样是简单、明了的……死亡就像一台制造生命力的机器的彻底的停转，它是完全明了的，其中并无恐惧……曾经有过一个名叫小尤里的小男孩，他进了中学，曾打得二年级的敌人们鼻子流血，曾砍过荨麻，他有过自己独特的、惊人的、复杂的、有趣的生活……后来，这个小尤里死了，取代他而行走、而思考的，是一个完全别样的人，即大学生尤里·斯瓦罗日奇。如果让他俩聚在一起，那个小尤里或许难以理解如今的尤里，甚至会因此而仇恨如今的尤里，将他当成一个什么补习教师，当成一个会给自己带来一大堆麻烦的人！……这就意味着，他俩之间已有了一道鸿沟，这就意味着，小男孩尤里的确死了……小尤里死了，我自己死了，"可我至今都没有觉察到这一点。就这么完成了。这样简单、自然！……是啊……而我们在死去的时候又会失去什么呢？……老实说，会失去什么呢？……无论怎么说，生活中的坏事总比喜事多……不错，欢乐毕竟是有的，失去欢乐会让人感到沉重，然而，死亡使人摆脱了众多的恶，因此而获得的轻松毕竟也应该是一种添加。是的，这非常简单，一点也不可怕！"尤里轻舒一口气，出声地说道。可是马上，他又敏锐地感觉到了内心一阵最细微的隐痛，便在心里打断了自己："不！……那整个的世界，一个活生生的、异常精致和复杂的世界，一瞬之间就变成了虚无，变成了一根木头，变成了一截冰冷的劈柴……这已不是小男孩尤里再生为尤里·斯瓦罗日奇，而是荒诞的、极其讨厌的，因而也是可怕的、难解的！……"

一阵凉爽的微风掠过尤里的额头。

他竭尽全力地开动脑筋，想弄清楚那每个人都无法经受、但每个人却都得经受的处境，就像谢苗诺夫刚刚经受过的那样。

"他不是因恐惧而死的！"尤里一面窃笑这念头的古怪，一面想到，"相反，他还嘲笑了我们，嘲笑了这位神父，嘲笑了歌声和眼泪……"

似乎，这里有某一个点，如果突然理解了它，一切问题便都会明朗了。但是，在他的心灵和这个点之间，却似乎横亘着一堵密实的、难以逾越的厚墙。智慧滑过非常光滑的表面，意义仿佛已近在眼前，可就在这时，思维又再次沉了下去，沉在了原来的地方。那张由最纤细的思维和概念结成的网，无论撒向什么方向，落入网中的都必定是那些平庸的、讨厌之极的字眼：可怕和不解！……接下来，思维就不再前行了，显然，它也无法前行了。

这是令人痛苦的，它也削弱了大脑、心灵和整个身体。忧愁涌上心头，思绪变得委靡不振、毫无色彩，脑袋疼痛，真想马上在林荫路上坐下来，不再关注一切，甚至无视生命这一事实本身。

"谢苗诺夫明知再过片刻一切都将完结，可这时他居然还在嘲笑！……难道他是个英雄？……不，这里没有英雄业绩。这就是说，死亡完全不像我想像的那样可怕？……"

就在这时，伊万诺夫突然高声地招呼了他。

"啊，是你们！去哪儿呀？"尤里颤抖了一下，问道。

"去为刚死奴隶的遗骸祈祷！"伊万诺夫粗鲁而又快乐地回答，"和我们一起去吧，您干吗要一个人呆着！"

也许，由于尤里此时正处在恐惧和忧愁之中，萨宁和伊万诺夫便不像往常那样使他感到不快了。

"好吧，我们走！"他同意了，可是马上，他就又意识到了自己面对他们的优越，他在对自己说，"我和他们一起能做什么呢？喝酒，讲粗话？"

他已经想强迫自己发出拒绝了，可是，他的整个身体都在本能地与孤独抗衡，于是，尤里跟着去了。

伊万诺夫和萨宁默默不语。就这样默默不语地，他们一直走到伊万诺夫的家。

天色已经完全黑了，在篱笆门旁的凳子上，有一个模糊的人影，那人手持一根粗粗的曲柄手杖。

"啊，是舅舅，彼得·伊里奇！"伊万诺夫高兴地喊道。

"是我。"那人用低沉的男低音应道，他那有力的声音在空气中勇敢地鸣响。

尤里记起来，伊万诺夫的舅舅是教堂合唱队中一个贪杯的老歌手。他留着花白的唇髭，就像一位尼古拉一世时期的士兵，他那件破旧的黑上衣，总是发出难闻的味道。

"嘣—嘣！"当伊万诺夫介绍尤里与他认识时，他的嗓子发出一种像是轻击木桶产生的声音。

尤里不自在地向他伸出手去，他不知道该说些什么，该如何与这种人相处。但是，他马上又想起来了，对于他尤里·斯瓦罗日奇来说，所有的人都应该是平等一致的，于是，他便与老歌手并肩而行，尽量给老歌手让路。

伊万诺夫住的那间屋子，满是灰尘和破烂，杂乱无章，与其说它是一个住处，不如说是一间储藏室。但是，当主人点起灯，尤里却发现，房间的四壁上挂着根据瓦斯涅佐夫①的画翻作的版画，而那一堆堆破烂，原来是一摞一摞的书。

尤里还是觉得有些不自在，为了掩饰这一点，他开始认真地看那些版画。

"您喜欢瓦斯涅佐夫？"伊万诺夫问道，没听到回答，他便抽身去拿茶具了。

萨宁告诉彼得·伊里奇，谢苗诺夫死了。

"愿他升入天国。"像从木桶中发出的声音再次响起。彼得·伊里奇沉默了一会，又添了一句：

"没什么……很好。就是说，一切都了结了。"

尤里若有所思地看了他一眼，突然对这位老歌手产生了

———————————

① 维克多·瓦斯涅佐夫（1848—1926），俄国画家，属巡回展览画派。

同情。

伊万诺夫走进来，带来一些面包、一盘腌黄瓜和几只杯子。将这些东西摆在铺着报纸的桌子上，他抓起酒瓶，用简捷的、几乎难以觉察的动作打开瓶子，一滴酒也没洒出来。

"真是灵巧！"彼得·伊里奇赞许道。

"马上就能看出来，谁是明白人！"伊万诺夫洋洋得意地开着玩笑，将那淡绿色的液体斟进几只酒杯。

"好吧，先生们，"他端起自己的酒杯，提高嗓门说道，"为亡灵的安息和其余的一切干杯！"

他们吃起下酒菜来，然后，一杯又一杯地喝酒。他们很少说话，更多的是喝酒。小房间里很快就热了起来，很闷人。彼得·伊里奇抽起烟来，一道劣质烟草的青雾，很快就笼罩了一切。由于饮酒，由于烟雾和闷热，尤里头晕起来。他又想起了谢苗诺夫。

"死亡真是个可恶的东西！"

"为什么？"彼得·伊里奇问，"死亡？……噢—噢！……可这是……这是必不可少的！……死亡！……如果永远活下去呢？……噢—噢！……您别这么说……永恒的生命！……那是什么东西？！"

尤里突然想到，如果他永远地活下去……他想像出一条无尽头的灰色长带，那长带在虚空中令人厌倦地、毫无目的地伸展着，仿佛是在两根轴之间来回缠绕。关于色彩和声响的所有概念，关于体验之深刻和丰富的一切想像，不知为何都模糊了，苍白了，汇成一股灰色的沉积物，它没有河床，也没有运动。这已经不是生命，这就是那样的死亡。

尤里真的害怕起来。

"是的，当然……"他嘟囔道。

"看来，这事给您留下了深刻的印象。"伊万诺夫说。

"谁又能不留下印象呢？"尤里以问代答。

伊万诺夫含混地摇了摇头，对彼得·伊里奇说起谢苗诺夫弥留时的情形。

房间里已闷得让人难以忍受了。尤里机械地看着，伏特加酒在灯光下闪耀着，流进了伊万诺夫那薄薄的红嘴唇，他觉得，周围的一切都开始静静地旋转起来，又四下漂浮开去。

"啊—啊—啊—啊—啊……"一个纤细、神秘而又悲哀的声音在他的耳朵中唱了起来。

"不，死亡真是个可怕的东西！"他不由自主地又说了一遍，似乎在回答那神秘的声音。

"您过于激动啦！"伊万诺夫轻蔑地说道。

"您不会这样吧？"尤里机械地问。

"我？……不—不会！……当然，我不想死，这是一件空虚的事情，活着可要开心得多……但是，如果非死不可，我就一下子死掉，一点也不啰唆。"

"你没死过，你不会知道的。"萨宁笑了笑。

"倒也是真话！"伊万诺夫也笑了起来。

"所有这些话都有人讲过，"尤里突然带着郁闷的恼恨说道，"这些话全都可以说，可死亡毕竟是死亡！……它本身就是可怕的，一个人……在其一生中会意识到，这个无法避免的强制性结局终将毁灭各种各样的生活欢乐！……有什么意义呢！？"

"这话也有人讲过。"伊万诺夫同样突然地恼恨起来，他带着嘲讽打断了尤里的话，"您总是以为，只有您才……"

"有什么意义呢？"彼得·伊里奇沉思着又问了一遍。

"没有任何意义！"伊万诺夫高声喊道，仍带着那种莫名其妙的恼恨。

"不，这不可能，"尤里反驳道，"周围的一切过于复杂……"

"可我认为，没什么好东西。"萨宁说道。

"您说的什么话……大自然呢？"

"大自然也没什么。"萨宁带着淡淡的微笑，挥了挥手。"要知道，通常总是听人说，大自然是完美的……可是说实话，大自然也像人一样地糟糕：我们每个人，甚至不用去费太大的劲，就都能想像出一个世界，它比现有的世界要好上一百倍……为什么不能有永恒的温暖和光明呢，为什么不能有大片大片永远披着绿色、让人赏心悦目的花园呢？……有意义吗？意义当然是有的……不可能没有，这仅仅是因为，目的决定事物的进程，没有目的就可能出现混乱。但是，这个目的是处在我们的生活之外的，存在于整个世界的基础之中……这是显而易见的……我们无法成为它的开端，因此，也无法成为它的结局。我们的作用纯粹是次要的，显然，也是被动的。我们生活着，这个事实就是我们使命的实现方式……我们的生命是需要的，因此，死亡也就是需要的……"

"是谁需要？……"

"我哪里知道！"萨宁笑了起来。"再说，这与我又有什么相干！……我的生活，就是我这些愉快的和不愉快的感受，在此范围之外的东西，就让它见鬼去吧！……无论我们提出什么假说，那也只是假说而已，把自己的生活建筑在假说的基础上，也许是愚蠢的。谁需要，就让他去操心此事吧，而我则要生活下去。"

"让我们为此干上一杯！"伊万诺夫提议。

"您信上帝吗？"彼得·伊里奇将他那双昏花的眼睛转向萨宁，问道，"现在没人信了……甚至对可能有信仰这样的事情，人们也不信了……"

"我信上帝，"萨宁又笑了起来，"我从小就怀有对上帝的信仰，无论是去和这个信仰斗争，还是去巩固这个信仰，我都认为是毫无必要的。最好的态度是这样的：如果上帝存在，我就向他献上真诚的信仰，如果他不存在，那我最好就……"

"可是，生活是建立在信仰或无信仰的基础之上的。"尤里指出。

"不，"萨宁摇了摇头，他的脸上露出了一种冷漠而开心的笑容，"我可没在这样的基础之上建立自己的生活。"

"那是在什么样的基础之上呢？"尤里疲惫地问。

"啊—啊—啊……不要再喝了……"他用手摸着满是冷汗的额头，忧郁地想到。

萨宁也许说了些什么作为回答，也许没说，但是，尤里什么都没听到：他的脑袋晕了起来，立刻就觉得天旋地转了。

"……我相信上帝是存在的，但这个信仰是自然而然地存在于我的心中的。"萨宁继续说道，"上帝存在，也许不存在，而我却不知道，我也不知道他需要我干什么……再说，即便有最热烈的信仰，我又怎能知道这一点呢！……上帝就是上帝，而不是人，不能用任何人间的尺度去丈量他。在我们所看到的他的创造中，应有尽有：有恶，有善，有生，有死，有美，有丑……应有尽有……由于所有的确定性和所有的意义在这里都消失了，混乱出现了，因此，他的意义也就不是人间的意义，他的善和恶也就不是人间的善和恶……我们的上帝定义总是偶像崇拜式的，我们总是要给自己的偶像披上一层适合地方气候条件的容貌和服装……愚蠢啊！"

"对啊！"伊万诺夫哼哼道，"正确！"

"那么，活着的目的是什么呢？"尤里厌恶地推开自己的酒杯，问道。

"死亡的目的又是什么呢？"

"我只知道一点，"萨宁回答，"我活着，我不想让我的生活变成苦难……为此，首先就必须满足自己的种种自然愿望……这愿望就是一切：当一个人心中的愿望死亡了，他的生命也就死亡了，当他扼杀愿望，他就是在扼杀自己！"

"但愿望也可能是罪恶的呀？"

"有可能。"

"那会怎样呢？……"

"就那样呗。"萨宁温和地回答，用那双明亮的、一眨也不眨的眼睛看了看尤里的脸。

伊万诺夫高高地抬起眉毛，疑心地看了萨宁一眼，没有说话。尤里也沉默不语，不知为何，他有些害怕看那双明亮、清澈的眼睛，可不知为何，他又竭力地不垂下目光。

有几分钟，场面很是安静，可以清楚地听到，一只飞动的夜蛾在孤独而又绝望地撞击窗玻璃。彼得·伊里奇忧愁地摇了摇头，将醉醺醺的脸庞垂向洒满酒水的脏报纸。萨宁一直在微笑。

这一成不变的微笑激怒了尤里，也很吸引尤里。

"他有一双多么透明的眼睛啊！"他无意识地想到。

萨宁突然站起身来，打开窗户，放走了那只蛾子。一阵清新而又凉爽的空气轻盈地、非常怡人地吹进房间，就像一只柔软的巨大翅膀在翩翩扇动。

"是啊，"伊万诺夫说道，他是在回答自己的思绪，"人是各种各样的，让我们为此干上一杯。"

"不，"尤里摇了摇头，"我不再喝了。"

"为—为什么？"

"我通常很少喝酒……"

伏特加和闷热的空气已经使尤里头疼起来，他想出去透透气。

"喂，我得走了。"他说着，站起身来。

"去哪儿呀？……我们再喝点！……"

"不，真的，我要……"尤里心不在焉地答道，同时在找帽子。

"喂，再见！"

就在尤里正要带上房门的时候，他听到萨宁在反驳彼得·伊里奇。萨宁说：

"是啊，就算您不会像孩子那样吧，可是要知道，孩子是不分善恶的，他们只会真诚地……在这一点上，他们的……"

他带上门，四周立刻静了下来。

月亮已经高高地挂起，轻盈而又明亮。一阵凉爽的空气带着露水的潮湿向尤里吹来。一切都沐浴着月光，美妙而又沉静。当尤里独自走在因洒上月光而显得平坦的街道上，他又想到，在什么地方有那间沉寂的黑房间，房间里的桌子上，躺着蜡黄色的、僵死的、一动也不动的谢苗诺夫，这想法使他感到奇怪、难受。

但不知为何，他没能重新唤起那些沉重、可怕的思绪，不久之前，那些思绪还在压抑着他的整个灵魂，用一层黑雾遮蔽了整个世界。他只是觉得平静、忧伤，他想一刻不停地看着遥远的月亮。

走在空旷的、在月光下显得宽阔而又异常平坦的广场上，尤里想到了萨宁。

"这是一个什么样的人呢？"他问道，久久地拿不定主意。

出现了这么一个人，他尤里竟然无法立即对这个人做出判断，这使尤里感到不快，因此，他想做出一个必定糟糕的判断。

"一个空谈家。"他怀着缺乏善意的满足感想到，"他们曾经炫耀过对生活的厌恶，炫耀过那些莫名其妙的最高需求，可是现在，他们又在炫耀兽性……"

于是，尤里抛开萨宁，开始想自己，他想到，自己没有炫耀什么，自己身上的一切，无论是痛苦还是沉思，都是独特的，与众不同的。这是令人愉快的，但似乎是不够的，于是，尤里便回忆起了过世的谢苗诺夫。

他忧愁地想到，他再也见不到那位有病的大学生了，于是，他从未特别喜爱过的谢苗诺夫，对他而言却变得亲近、可爱起来，可爱得让人落泪。尤里想像着，那位大学生躺在坟墓里，面孔腐烂，躯体上爬满蛆虫，在那件长了绿毛的潮湿、油腻的制服下面，蛆虫缓慢地、令人恶心地在腐烂的饲料中蠕动。由于厌恶尤里全身颤抖了一下。尤里想起了死者的话：

"……我将躺着，而您将走过，需要的话就会站在我的坟头上……"

"可这里全都是人啊！"尤里恐惧地想到，仔细地盯着路上厚厚的尘土，"我走着，就是在践踏大脑、心脏和眼睛……啊！"

他感到膝盖以下有一阵讨厌的软弱。

"我也会死的……我会死的，人们也会这样踩着我，也会想着我此刻想的问题……是的，趁着不晚，应该生活，再生活！……要好好地生活，要生活，不让我生命中的任何一个瞬间白白地流失……可怎样做到这一点呢？"

广场上空旷，明亮，在整个城市的上方，笼罩着一片敏感而又神秘的月夜的寂静。

"歌手们响亮的琴弦，不—不会再将他颂—颂扬……"尤里轻轻地唱道。

"无聊，忧愁，可怕！"他高声说道，仿佛在抱怨什么，可他却被自己的声音吓了一跳，他环顾一下四周，看有没有人听见。

"我醉了……"他想。

夜晚明亮而又沉静。

十三

在卡尔萨维娜和杜博娃到什么地方做客去的时候，尤里·斯瓦罗日奇的生活便是平稳而又单调的了。

尼古拉·斯瓦罗日奇忙于家业和俱乐部的事情，柳丽娅和梁赞采夫显然把任何人的在场都看成是累赘，这使得尤里和他俩在一起时很不自在。结果，很自然地，他开始早早地躺下睡觉，起床却很晚，几乎临近午饭时才起。整整一天，他或是坐在花园里，或是坐在自己的房间里，紧张地思考着，期待着精力的迸发，以便开始做某种重大的事情。

这种"大事"每天都获得一种新的表现：有时是一幅画，有时是一系列文章（连尤里本人都没有发觉，这些文章应该能够向全世界证明，社会民主党人没有让尤里·斯瓦罗日奇在党内扮演首要角色，他们犯下了一个多么深刻的错误），有时是与民众的交往和在民众中进行的生动、直接的工作。但是，所有这些大事都是重要的、有力的。

然而，一天也就这么过去了，除了烦闷，没带来什么东西。诺维科夫和沙夫罗夫来过他这里一两次，尤里自己也去过读书会，也出门做过客，可这一切都让他感到陌生，感到凌乱，与他内心的郁闷毫无关联。

一次，尤里去了梁赞采夫那里。医生住在一套干净、宽敞的房子里，他的几个房间中，有许多供一个健康有力的人消遣的东西：体操器械，哑铃，橡皮带，剑，捕鹌鹑的网，烟嘴和烟斗。这一切东西都散发着一种健康男人的体味，散发着一种自满的气息。

梁赞采夫亲热、随意地接待了尤里，向尤里展示了自己的各种东西，不时笑着，说着一些笑话，请尤里抽烟喝酒，最后，他邀尤里去打猎。

"我没有枪。"尤里说。

"您把我的枪拿去吧，我有五枝枪。"梁赞采夫说。

他见尤里是柳丽娅的哥哥，便想和尤里搞得近乎一些，讨他的喜欢。因此，他便那样热情、固执地要尤里从他的枪中任选一枝，那样愉快、乐意地拿出所有的枪，拆开来，解释其构造，甚至还向院子里的目标开了一枪，于是，尤里终于产生了一种愿望，也想那样愉快地笑着，那样活动，那样射击，因此，他同意拿走一枝枪和一些弹药。

"嘿，这太棒了。"梁赞采夫由衷地感到高兴。"正好，我打算明天去打野禽……我们一起去吧，啊？"

"好的。"尤里同意了。

回到家里，他收拾起枪来，查看一番，将枪带调得适合自己的肩膀，又举起枪托，对灯瞄准，还仔仔细细地给那双打猎穿的旧靴子擦了油，一忙就是两个来小时，连他自己都没察觉。

第二天，临近傍晚，满面春风、精神焕发的梁赞采夫，驾着由一匹肥膘枣红马拉着的轻便马车，来到了他这里。

"准备好了吗？"他对着窗户向尤里喊道。

尤里已经把猎枪、子弹袋和猎物包全都挂在了身上，他笨拙地迈着步，身上的东西磕磕碰碰的，他不好意思地笑着，走出门来。

"准备好了，准备好了。"他说道。

梁赞采夫穿得很松快，很轻便，他有些惊讶地看了看尤里的装束。

"这样您会很沉的，"他微笑着说道，"您把这些东西全都解下来，放在这里。我们到了地方，您再披挂上阵。"

他帮尤里卸下武装，将那些装备放在马车的座位底下。然后，他们的马车很快就驰骋起来，那匹良马在全速奔跑。白昼已近尾声，但天气依然很热，尘土飞扬。车轮摇晃着马车，尤里不得不用手抓紧座位。梁赞采夫一刻不停地说着，笑着，尤里带着友好的满足感看着梁赞采夫那裹在丝绸上衣中的结实后背，见梁赞采夫的腋下已经汗湿了，不由自主地，他也模仿起梁赞采夫来，不停地笑着，说着笑话。当他们驶上原野，原野上的硬草便轻轻地拍打起他们的双腿，四周变得凉爽些了，轻松些了，尘土也不再飞扬了。

前方出现一片无边无际的、平坦的瓜地，瓜地上，一个个西瓜泛着白光，梁赞采夫在瓜地旁勒住浑身是汗的马，把两手拢在嘴边，用他那响亮的男中音喊了很久：

"库兹马—马……库兹马—马—马……"

在瓜地的另一端，勉强可以看到几个很小的人影，他们抬起头，久久地看着喊话的人，然后，有一个人离开那些人影，沿着垄沟走了很久才走到近旁，他俩这才看清，来人是一位身材高大、满头白发的农夫，他蓄着大胡子，一双粗糙的手耷拉在胸前。

他慢慢地走近来，满面笑容，说道：

"你好，阿纳托利·帕夫罗维奇，是你在喊啊！"

"你好，库兹马，过得怎样啊？……这马放你这儿，行吗？"

"行啊，放我这里吧。"农夫拉住马缰绳，平静、亲切地说道，"看来，是去打猎？……这位是谁啊？"他亲热地看着尤里，问道。

"尼古拉·叶戈罗维奇的儿子。"梁赞采夫高兴地回答。

"啊……难怪我看着，面容很像柳德米拉·尼古拉耶夫娜……是这样，是这样……"

听这个殷勤的老农夫说认识自己的妹妹，并如此朴实亲热地谈起她，尤里不知为何感到很高兴。

"喂，我们走。"梁赞采夫愉快、兴奋地说道，从马车的前部取出猎枪和袋子，挎了在身上。

"祝你们好运。"库兹马在他们身后说道。然后听到，他向马儿吆喝了一声，将马儿牵到了草棚的后面。

到沼泽还得走上里把路，太阳已经完全落了下去，这时，大地变得清新了，牧场上遍地都是鲜嫩的青草、苔草和芦苇。水面泛着白光，四周弥漫着湿气，天色黑了下来。梁赞采夫不再抽烟了，他叉开两腿站着，突然变得非常严肃了，似乎要着手做一件非常重要的事情。尤里离开他，向右边走去，在芦苇后面选中一小块不太泥泞、便于站立的地方。他的面前就是水面，明亮的晚霞映在水中，使那水面显得纯净而又深邃，对岸的景物构成了一道绵延的黑线。

几乎就在此时，一群野鸭突然出现，它们费力地扇动翅膀，三三两两地飞了起来。它们从芦苇丛中突然蹿出，在人头上飞动，在尚还明亮的天空中可以清楚地看到，它们正左右摇摆着它们的小脑袋。梁赞采夫首先开了一枪，很成功。被他打中的那只公鸭蜷缩着在空中翻了一个身，沉沉地落在旁边的什么地方，溅起一阵水声，还传来了芦苇被压倒的声响。

"要满载而归啦！"梁赞采夫响亮地、满意地高喊着，哈哈大笑起来。

"他的确是个棒小伙子！"不知为何，尤里在心里想到。

然后，他自己也开了一枪，也同样成功，但被他打中的那只鸭子却落到了很远的地方，尽管他的手被苔草划破了，人也落入了齐膝深的水中，可无论怎样还是没找到那只鸭子。然而，这次的失败却只会使他兴奋起来：此刻，无论发生什么样的事情，都是美好的。

在河面上那透明、凉爽的空气中，火药的硝烟散发出某种非常好闻的味道，在已经暗淡下来的绿阴间，射击的火花在美妙、明亮地闪现，并伴有愉快的噼啪声。被击中的野鸭在同样美妙地翻滚着，背衬着灰绿色的天空。晚霞在天幕上渐渐隐退，最早现出的小星星已泛出微弱的光芒。尤里感到，体内涌起一阵非同寻常的力量和欢乐，他觉得，他从未有过比这更有趣、更生动的体验。

后来，飞起的野鸭越来越少了，在越来越浓的昏暗中，也已经很难瞄准了。

"喂——喂！……"梁赞采夫喊道，"该回家啦！"

尤里舍不得离开，但还是朝梁赞采夫的方向走去，他已弄不清哪里是水，只是啪嗒啪嗒地踩着水洼，在芦苇丛里乱撞。两人会合了，眼睛里都闪着亮光，都在使劲地、却又轻松地喘着气。

"怎么样，"梁赞采夫问道，"走运吗？"

"那还用说！"尤里答道，指了指装得满满的猎物包。

"您的枪法比我好啊！"似乎，梁赞采夫甚至高兴起来。

这句夸奖使尤里感到高兴，虽说他一直认为，肉体上的力量和灵巧没有任何意义。

"哪里好啊！"他满意地反驳说，"只是运气好！"

他们走近草棚时，天已经黑透了。瓜地沉浸在黑暗中，只有最近处的几垄小西瓜在火光的照射下泛着白光，投下长长的、扁平的阴影。草棚旁边，那匹看不清的马儿打着响鼻，用干蒿草燃起的一堆篝火虽然不大，却烧得很旺很亮，劈劈啪啪地作响，还能听到一个男人响亮的说话声、女人的笑声和尤里觉得耳熟的一个平稳愉快的声音。

"这是萨宁。"梁赞采夫吃惊地说，"他怎么到这里来了？"

他俩走近篝火。坐在火光中的白胡子的库兹马，抬起头来，对他们亲切地点了点。

"运气好吧，啊？"他问道，低沉的男低音从他下垂的唇髭间钻了出来。

"还行。"梁赞采夫回答。

坐在一个大南瓜上的萨宁也抬起头来，冲他们笑了一下。

"您怎么来这里了？"梁赞采夫问。

"我和库兹马·普罗霍罗维奇是老朋友啦。"萨宁解释道，他笑得更厉害了。

库兹马满意地亮出一嘴虫牙的黄色牙根，用自己僵硬的、不能弯曲的手指友好地拍了拍萨宁的膝盖。

"是这样，是这样。"他说，"阿纳托利·帕夫罗维奇，请坐，吃口西瓜吧。老爷，您也……您怎么称呼啊？"

"尤里·尼古拉耶维奇。"尤里有些客气地微笑着，答道。

他感到有些不自在，但他已经很喜欢这位说话亲切、带有半俄罗斯半乌克兰口音的平静老农夫了。

"尤里·尼古拉耶维奇，是这样……好了，我们认识了。坐下吧，尤里·尼古拉耶维奇。"

老农夫向尤里和梁赞采夫滚过来两个又沉又硬的南瓜，他们在火边坐了下来。

"喂，你们给看看，给看看，都打了些什么。"库兹马来了兴趣。

一堆死禽从猎物包里滚出来，污血染红了地面。在跳动的火光下，这堆死禽具有一种奇异的、令人不快的样子。血像是黑色的，弯曲的爪子仿佛还在抖动。

库兹马摸了摸一只公鸭的翅膀下面。

"很肥。"他赞许地说道，"你给我两只吧，阿纳托利·帕夫罗维奇……你要那么多也没处放啊！"

"您拿我的吧，全拿去都行。"尤里兴奋地提议道，脸也红了。

"干吗全拿呢……瞧，您真是个好人。"老人笑了起来。"我只要两只……让谁都别受委屈！"

其他的农夫和农妇也走近观看。但是，尤里刚刚从火苗上移开的眼睛，却看不清他们。一会儿是这张脸，一会儿是另一张脸，落入带状的光亮，从黑暗中明亮地闪现出来，接着又消失了。

萨宁皱着眉头，看了一眼那些被打死的野禽，转过身，很快地站起身来。看到这些躺在尘土和血泊中、羽毛被折断的美丽有力的鸟儿，他感到不愉快。

尤里好奇地盯着这一切，贪婪地吃着一块块熟透的、多汁的西瓜，那个西瓜是库兹马用一把带有黄色骨柄的折刀切开的。

"吃吧，尤里·尼古拉耶维奇，好瓜……我认识您妹妹柳德米拉·尼古拉耶夫娜，也认识您爸爸……随便吃吧。"

尤里喜欢这里的一切：像是面包味加羊皮味的农夫的气味，篝火那灵巧的闪动，他屁股底下坐着的南瓜；他喜欢，当库兹马向下看时，他的脸就能被看清，而当他抬起脑袋，那张脸就消失在了暗影中，只有眼睛在闪亮，似乎，那黑暗就悬垂在脑袋的上方，并使那被照亮的地方具有了一种愉快的舒适，当尤里举目向上看的时候，起初什么也看不清，后来，那高高的、庄严平静的深色天空和遥远的星辰，却突然显现了出来。

但与此同时，他不知为何却有些不自在，他也不知道该和农夫们谈些什么。

而其他的人，库兹马也好，萨宁也好，甚至梁赞采夫，显然都完全不用去寻找谈话的题目，他们竟能如此简单、自如地谈起他们看到的一切，这使尤里惊讶不已。

"喂，你们这里的土地情况怎么样啊？"在大家全都没有言语的时刻，他问道，可他自己也感觉到，这个问题是生硬的，不合适的。

库兹马看了他一眼，回答说：

"我们在等，一直在等……也许会有点什么。"

于是，又谈到了瓜地、谈到了西瓜的价格，还谈到了其他一些自家的事情，不知为何，尤里觉得更不自在了，他更乐意坐在这里，听别人说话。

传来一阵脚步声。一只使劲卷着白尾巴的棕红色小狗出现在光亮中，它摇头摆尾，闻了闻尤里和梁赞采夫，然后就在萨宁的膝盖上蹭了起来，萨宁则在抚摩小狗身上又粗又硬的毛。在小狗之后又出现一个小老头，周身被火光映得发白，他满脸都是稀稀拉拉、一绺一绺的大胡子，还生有一双小眼睛。他手里拿着一支棕红色的单筒猎枪。

"咱们的更夫……一个老爹……"库兹马说道。

小老头坐在地上，放下猎枪，看了看尤里和梁赞采夫。

"打猎回来的……是这样的……"他含混地说着，露出了光秃秃的坏牙床。"喂……库兹马，该煮土豆了，喂……"

梁赞采夫拿起小老头的那支猎枪，笑着，将那枪展示给尤里看。这是一支生了锈的、沉重的、用铁丝绑着的火枪。

"这就是燧发枪！"他说。

"大爷，用这杆枪你不害怕吗？"

"唉……差点没打死自己……斯捷潘·沙普卡对我说，不用雷管也能开火……唉……不用雷管……他说，只要有硫磺，不用雷管就能打……我就把枪放在膝头上，一扣扳机……一扣扳机，指头一动……它就砰的一声！……差点没打死自己！……唉，唉……一扣扳机，它就砰的一声……差点没打死自己……"

大家全都笑了起来，尤里甚至连眼泪都笑了出来，他觉得，这个留着一绺一绺白胡子、说话口齿不清的小老头，竟是这样地感动人。小老头也笑了起来，他那双小眼睛也涌出了泪水。

"差点没打死自己！……"

在光亮之外的黑暗中，传来一阵姑娘们的笑声和说话声，那些姑娘见到陌生老爷就害羞。萨宁擦亮一根火柴，尤里这才发现，萨宁所在的位置完全出乎尤里的意料，就在几步之外，当粉色的火苗燃起，尤里看到了萨宁那双平静、带着温情的眼睛和一张年轻姑娘的面孔，那位黑眉毛的姑娘正在用她那双深色的女性的眼睛，天真、愉快地看着萨宁。

梁赞采夫冲那个方向挤了挤眼，说道：

"大爷，你可得看住孙女，啊？"

"干吗要看住她呢？"年迈的库兹马大度地摆了摆手，"这是他们年轻人的事情嘛！"

"嘿—嘿！"小老头呼应道，赤手从篝火中取出一小块炭来。

萨宁在黑暗中愉快地笑了起来。但是，那位女子大概是害臊了，因为不一会儿他俩就走开了，他俩的声音也几乎听不到了。

"好了，该走了。"梁赞采夫说着，站起身来。"谢谢你，库兹马。"

"没啥可谢的。"库兹马亲热地应道，同时用衣袖抹去了白胡子上粘着的几粒黑瓜子。

他把手递给了尤里和梁赞采夫。握着库兹马硬硬的、不能弯曲的手指，尤里再次感到不自在，也再次感到了愉快。

当他们离开火光，眼睛便能看得更清一些了。寒冷的星辰在天上闪烁，天空显得非常美丽、静谧，也显得更加广阔无垠。坐在篝火旁的人影暗淡了，马匹和装满西瓜的大车的轮廓也暗淡了。尤里踩到一个圆圆的南瓜上，差点摔倒。

"小心点，这边来……"萨宁说，"再见。"

"再见。"尤里答道，望着萨宁那高大的黑色身影，他觉得，似乎有一个身材高大、匀称的女子依偎在萨宁身上。尤里的心紧缩起来，在甜甜地作痛。他突然想到了卡尔萨维娜，于是便嫉妒起萨宁来。

马车的轮子又响了起来，那匹歇好的良马又打起响鼻。篝火落在了身后，说话声和笑声也听不见了。四周一片寂静。尤里慢慢地抬起眼睛，望向天空，他看见了一张由无数钻石般闪亮的星星构成的网。

城里的一排排栅栏和一家家灯火展现出来，狗也叫了起来，这时，梁赞采夫说道：

"这个库兹马倒是个哲学家，啊？"

尤里看了看梁赞采夫黑黢黢的后脑勺，努力想理清自己各种深沉的、忧郁的、带有温情的思绪，弄明白梁赞采夫的话是什么意思。

"啊……是啊……"他迟疑地回答道。

"可我不知道，萨宁也是条好汉！"梁赞采夫笑了起来。

尤里彻底清醒了，他想到萨宁，想到他曾借着火柴的光看到的那张非常温柔、漂亮的女性脸庞。他不禁又嫉妒起来，他因此突然想到，萨宁对这位农家姑娘的行为应该是卑鄙的。

"我也不知道！"他讽刺地说道。

梁赞采夫没理解他的语调，他抽了一下马，沉默了片刻，又犹豫不决却有滋有味地说道：

"一个漂亮姑娘，啊？……我认识她……她是那个老头的孙女……"

尤里沉默不语。那种宽厚、愉快、沉思的迷恋在他心中迅速地消失了，先前那个尤里就已经明确、坚定地明白了，萨宁是个卑鄙的坏人。

梁赞采夫不知为何奇怪地耸了耸肩膀，摆了摆脑袋，决然地叹了一口气。

"唉，见鬼……多好的夜晚！……连我都给煽起来了！……喂，我们去不去，啊？"

尤里一下子没弄明白。

"有几个漂亮姑娘……我们去吧，啊？"梁赞采夫嬉笑着继续说道。

尤里在黑暗中满脸通红。一种被禁止的情感带着兽性的渴望在他的胸中涌动，种种可怕、好奇的想像刺激了他那发热的大脑，但是，他竭力控制住了自己，干巴巴地回答道：

"不，该回家了……"

接着，他又恶毒地添了一句：

"柳丽娅在等我们哪。"

梁赞采夫突然蜷缩起来，不知为何竟变得瘦削了，也更矮小了。

"是啊……不过……的确该……"他急忙嘟囔道。

尤里由于愤恨和厌恶而紧咬着牙关，充满敌意地盯着那个裹着白上衣的宽大后背，说道：

"我完全不是此类艳遇的爱好者。"

"啊，是的……哈—哈……"梁赞采夫胆怯地、不怀好意地笑了起来，没有说话。

"唉，见鬼……弄得不自在了。"他想。

他俩默默无言地把车赶到了家门口，他们觉得回家的路似乎是没有尽头的。

"您进屋去吗？"尤里问道，没拿眼睛看梁赞采夫。

"不—不了，我还有一个病人，您也知道……啊？再说也晚了，啊？"梁赞采夫犹犹豫豫地反驳道。

尤里下了马车，甚至连猎枪和野味都不想拿了。凡是属于梁赞采夫的东西，此刻都让他感到讨厌。可是，梁赞采夫却说道：

"枪也不拿上？"

尤里这才违心地转过身，厌恶地拿起装备和野禽，不自在地握了握手，就走开了。梁赞采夫驾车悄悄地走着，走了几丈远，便突然间急速地拐进一个胡同，车轮轧轧响着，驶向了另一个方向。尤里听了一会，心头涌上一阵恨意和无意识的、隐秘的妒意。

"一个俗人！"他嘟囔了一句，可怜起柳丽娅来。

十四

尤里把那些东西搬进家，不知道自己该干什么，便又轻轻地出了门，来到面对花园的台阶上。

花园里很暗，就像深渊一样，因此，花园上方星光灿烂的天空看上去便有些奇异。

柳丽娅沉思着坐在台阶边上，她那娇小的身影在黑暗中隐约可见。

"是你，尤里？"她问道。

"是我。"尤里答道，并小心翼翼地走下台阶，坐在她的身旁。柳丽娅带着幻想的神情，把脑袋靠在他的肩膀上。她那没披头巾的头发散发出一阵新鲜、纯洁、温暖的气息，扑向尤里的脸庞。这是一种女性的气息，尤里怀着无意识的却又是慌乱的快感呼吸着这气息。

"你们打猎打得好吗？"柳丽娅亲热地问道。沉默片刻，她又悄悄地、温柔地添了一句："阿纳托利·帕夫罗维奇去哪儿了？……我听见你们的马车过来了。"

"你的阿纳托利·帕夫罗维奇是一个肮脏的畜生！"尤里的心中突然涌起一阵愤恨。他想大声喊出来，但是他没有喊，只是不乐意地答道："我真的不知道……他看病人去了。"

"看病人……"柳丽娅机械地重复了一遍，沉默起来，望着星星。

梁赞采夫没来看她，她并不感到伤心：姑娘想一个人待着，以免他的到来妨碍她的思考，她正在思考那一充满她年轻心灵和躯体的、她非常珍重的感觉，那一隐秘的、重要的感觉。这是某种期望的、必然的却又是可怕的转折之感觉，在这个转折之后，先前所有的生活都应该成为过去，新的东西将要开始出现。新的东西非常之新，使得柳丽娅本人也应该完全变成另一个样子。

看到一向开心、爱笑的柳丽娅如此安静，这般沉思，尤里感到很奇怪。由于尤里自己浑身都充满一种忧郁、气恼的情绪，他便觉得一切——柳丽娅也好，遥远的星空也好，阴暗的花园也好——一切全都是忧伤和冷漠的。尤里不明白，在这无声、静止的沉思背后隐藏着的，并不是忧愁，而是充实的生活：在那遥远的天空，有一种无比强大的无形力量飞驰而过；阴暗的花园里的植物在竭尽全力地从土壤里吸取生命的乳汁；而在静静的柳丽娅的胸中，则充满了幸福，使得她竟害怕起任何一个运动，任何一个印象，因为任何一个运动和印象都可能破坏这种陶醉，都可能终止在她心中不停鸣响着的爱情和愿望的音乐，那音乐像星空一样灿烂，像阴暗的花园一样神秘诱人。

"柳丽娅……你很爱阿纳托利·帕夫罗维奇吗？"尤里轻轻地、小心地问道，似乎害怕惊动她。

"难道能提这样的问题吗？"柳丽娅猛然感到这一点，但她立即清醒过来，感激地靠在哥哥身上，因为此刻哥哥和她谈起的可不是别的什么事，可不是那种不必要的、她觉得陈腐的事情，而是谈到了她爱着的人。

"很爱。"她回答得那么轻，尤里与其说是听见的，不如说是猜到的，柳丽娅作出一种勇敢的努力，想用微笑抑制住眼中涌出的幸福的泪水。

然而，尤里却从她的声音中听出一种忧愁的调子，于是，他心中便产生了对柳丽娅更多的怜悯和对梁赞采夫更多的仇恨。

"因为什么？"他不由自主地问道，被自己的问题吓了一跳。

柳丽娅吃惊地看了看他，但没有看清他的脸，便轻声地笑了起来。

"愚——蠢！……因为什么！……因为一切……难道你自己从来没恋爱过？……他是那么出色，那么善良，那么诚实……"

"……那么漂亮，那么强健！"柳丽娅本想再加两句，可她的脸在黑暗中羞得通红，连眼泪都要流出来了，因此就没再说出来。

"可你非常了解他吗？"尤里问。

"唉，不应该这样讲。"他忧郁、气恼地想到，"干吗呢？……她当然认为他是世界上最好的人！"

"阿纳托利什么事情都不瞒着我！"柳丽娅带着羞怯的得意回答。

"这你也敢肯定？"尤里佯笑了一下，感到自己已经不可能停下来了。

在柳丽娅回答时，她的声音里已经传出了一种不安的疑虑。

"当然，怎么，难道有什么不对吗？……"

"没什么，我不过……"尤里害怕地答道。

柳丽娅沉默了片刻。此时无法弄清她心里正在想什么。

"也许，你知道什么……事情？"她突然问道，她那奇异的病态的声音使尤里感到吃惊和害怕。

"没什么……我随便说说。我能知道什么呢，何况又是阿纳托利·帕夫罗维奇呢？"

"不……你不是随便说说的！"柳丽娅高声说道。

"我只是想说，一般地说……"尤里颠三倒四地说着，已经窘得呆住了，"我们男人们，都相当地坏……全都……"

柳丽娅沉默片刻，突然轻松地笑了起来。

"唉，这我知道……"

但是，尤里却觉得她的笑声是非常不合适的。

"这并不像你想像的那么轻松！"他气恼地、带着恶毒的讽刺反驳道，"再说，你也不可能知道一切……你还想像不出生活中所有的丑恶……对于这样的事情来说，你还过于单纯！"

"是的。"柳丽娅得意地笑了笑。可是马上，她又将手放在哥哥的膝盖上，严肃地说道："你以为我没想过这件事吗？我想了很多，我也总是感到痛心，感到气恼：为什么，我们如此珍惜自己的纯洁，珍惜自己的名声……我们害怕迈出那一步……害怕堕落，可男人们却几乎把引诱女人当成功勋……这太不公平了，是吗？"

"是的。"尤里痛苦地回答，他带着快感鞭挞了自己的回忆，与此同时也意识到，他尤里毕竟是完全不同于其他男人的。"这是世界上最大的不公平之一……问一问我们中间的任何一个人，他是否愿娶……一个婊子，"尤里本想这样说，可他笑了笑，说道，"一个娼妓，每个人都会做出否定的回答……可是说实话，每个男人又有什么地方比娼妓好呢？……娼妓充其量是为金钱和面包而卖身，可男人简直……就是放纵的淫荡，总是以一种最卑鄙的、变态的方式……"

柳丽娅沉默不语。

一只看不清的蝙蝠急速地、胆怯地飞到凉台下方，沙沙作响地用翅膀在墙壁上蹭了两三下，又带着轻轻的声响立即溜走了。尤里沉默片刻，听着这神秘的夜间生活的声音，然后又说了起来，他越来越激动，越来越迷醉于自己的话语。

"最糟糕的是，所有的人都知道这种事情，却默不作声，仿佛理应如此，甚至还上演出许多复杂的悲喜剧……人们在教堂里举行婚礼……可以说就是在撒谎，当着上帝的面，当着众人的面！……而且，那些最纯洁、最神圣的姑娘，"他补充一句，想到了卡尔萨维娜，因她而嫉妒起什么人来，"总是被一些最堕落、最肮脏、有时甚至是有传染病的男人们弄到了手里……死去的谢苗诺夫有一次说，女人越是纯洁，占有她的男人就越是肮脏。这话不假！"

"真的吗？"柳丽娅奇怪地问道。

"唉，那还用说！"尤里笑了笑，一阵苦楚涌上心头。

"我不知道……"柳丽娅突然说道，在她的声音中有眼泪的颤抖。

"什么？"尤里没有听清，又问了一遍。

"难道托利亚也和所有的人都一样吗？！"柳丽娅问道，她第一次当着哥哥的面说出梁赞采夫的爱称，接着，她突然哭了起来。

"当然……都一样！"她含着眼泪说了出来。

尤里恐惧地、痛心地抓起她的双手。

"柳丽娅，小柳丽娅……你怎么啦！……我完全没想……亲爱的……别哭，别哭了！"他不连贯地反复说着，将柳丽娅被泪水沾湿的小手从她的脸上拿开，并吻着那双手。

"不……我不知道……这是真的……"柳丽娅反复说着，眼泪使她喘不过气来。

虽然她说她已经想过这件事情了，可那也仅仅是她的朦胧感觉；事实上，她从来没有想像过梁赞采夫的秘密生活。她当然知道，他无法像爱初恋的人那样爱她，她也知道这意味着什么，但是，这个意识不知为何没有转变成一个明确的认识，只是在心里一闪而过。

她先前觉得，她爱他，他也爱她，这是最重要的，其余的一切就无关紧要了，但是现在，由于哥哥带着谴责和蔑视的强烈感情说了那番话，她感到在她的面前裂开了一道深渊，这是不成体统的，无法挽回的，她感到那幸福已在她的心中永远地破灭了，她已经无法再去爱梁赞采夫了。

尤里自己也差点哭了出来，他劝着她，亲吻、抚摩着她的头发，可她仍一直哭个不停，哭得痛心而又绝望。

"唉，我的上帝，我的上帝！"柳丽娅说道，像个孩子似的喘不过气来，由于天色昏暗，她显得如此瘦小，如此可怜，她的眼泪让她显得如此无援，如此痛心，使尤里生出一阵钻心的怜惜。

他脸色苍白，惊慌失措，跑进屋去，太阳穴在门上撞得生疼，他端来一杯水，溅出的水洒在地上和自己的脚上。

"小柳丽娅，别哭了……哪能这样！……你怎么啦！……也许，阿纳托利·帕夫罗维奇是比别人都好……柳丽娅！"他绝望地说道。

柳丽娅由于痛哭而浑身颤抖，她的牙齿无力地碰着水杯的边沿。

"怎么回事？"女仆出现在门边，惊慌地问道，"小姐，您怎么啦？！……"

柳丽娅倚着台阶，站起身来，仍哭个不停，她摇摆着，颤抖着，走进了房间。

"小姐，亲爱的，您怎么啦？……也许，叫老爷来？……尤里·尼古拉耶维奇！……"

尼古拉·叶戈罗维奇迈着坚定、平稳的脚步走出自己的书房，站在门边，吃惊地看着哭泣的柳丽娅。

"出了什么事？"他问道。

"没什么……一些小事。"尤里勉强笑着，答道，"我谈到了梁赞采夫……瞎说八道！"

尼古拉·叶戈罗维奇探询地看了尤里一眼，想了一下，然后，在他那张昔日绅士的老脸上突然流露出极端的愤怒。

"鬼知道是怎么回事！"他高高地耸了耸肩，转向左边，走了出去。

尤里的脸涨得通红，他想说几句粗话，可他又感到非常羞愧，也有些害怕。怀着对父亲冒犯的愤恨，对柳丽娅惘然若失的怜悯，对自己病态的轻蔑，他悄悄地出门来到露台上，走下楼梯，向花园走去。

一只小青蛙发出一声尖叫，像一颗橡实被压碎一样地爆裂了，在他脚下抽搐着。尤里滑了一下，浑身颤抖，他叫了一声，远远地跳到一旁。他机械地、长时间地在湿草上擦着脚，感到背上掠过一阵神经质似的、厌恶的冷意。

心中的愁闷和脚上的嫌恶感，使他病态地皱起了眉头。尤里觉得一切都是无聊的、讨厌的。他在黑暗中摸索着找到一条长椅，坐了下来，用紧张、冷漠而凶狠的眼睛看着花园，可除了一些模糊的黑色斑点，他什么都没看清。他的脑袋里翻滚着模糊而沉重的思绪。

他看着一个地方，在那儿，昏暗的草地的某处，被他踩着的小青蛙即将死去，或者，已经在可怕的折磨中死去了。一个充满独特而又自在生活的完整世界在那里走到了尽头，但是，它那真正可怕的、无比痛苦的结局却既听不见，也看不到。

于是，一个痛苦的、尤里所不习惯的想法，难以察觉地潜入了他的脑海：那占据他生活的一切，甚至连那最重要的一切，他为之而有所爱、有所恨的一切，他为之而违心地有所拒绝、违心地有所接受的一切，所有这一切，善和恶，都不过是他周围的一片轻飘的薄雾。对于世界来说，在世界那巨大的整体之中，他所有那些最痛苦的、最真诚的感受，就像那个小动物不为人知的种种痛苦一样，也是不存在的。他认为，他的苦难、他的智慧、他的善与恶对某人而言是非常重要的，除了对他自己，这样，他便有意地、显然是枉然地在自己和世界之间编织了一张复杂的网。而死亡的瞬间却会立即撕破所有这些网，无偿地、无结果地抛下他一人。

他再次想起了谢苗诺夫，想起了那位已故大学生对那些最珍贵的思想和目标的冷漠，而那些思想和目标曾深深打动过他尤里，打动过与他类似的千百万人，由于那种对生活、娱乐、女人、月亮和夜莺的啼鸣所持的天真、坦白的欣赏，谢苗诺夫的冷漠突然间便显得格外地突出了，尤里因此而大为吃惊，甚至在与谢苗诺夫那次悲伤交谈后的第二天还感到了不快的刺痛。

当时他曾难以明白：在有意识地抛弃了那些最深刻的思想和崇高的观念之后，他谢苗诺夫又如何能赋予诸如划船、姑娘们的美妙身段这样一些琐事以意义呢？但是此刻，尤里却轻而易举地明白了，非这样不可：所有这些琐事就是生活——真正的生活，充满迷人感受和诱人快感的生活，而所有这些崇高的观念都不过是词语和思想的空洞结合，丝毫也洞察不出生与死的巨大秘密。无论这些观念多么重要，多么彻底，在它们之后还将、还必将出现更重要、更新的词语和思想。

这个结论大大出乎尤里的意料，是由他的善恶观念突然交织而成的，因此，尤里竟不知所措起来。他的眼前呈现出空旷的一片，刹那间，他的脑中闪现出一种明朗而自由的强烈感觉，那感觉就像是在梦中，人被举到空中，任他飞向何方。但是，尤里害怕了，他非常紧张地集中起所有那些分裂开来的关于生活的寻常概念，于是，那个吓人的、大胆的感觉消失了，一切又变得阴暗和复杂了。

有一会儿，尤里已准备认同，真正生活的意义就在于个人自由的实现，只为享乐而活着是自然的，因此也是美好的，甚至，在少数下流者看来，梁赞采夫要比尤里更纯真、更合理一些，因为梁赞采夫追求尽可能多的性享乐，将其当做最强烈的生活感受。然而，根据这一思想，就应该认同，关于放荡和纯洁的概念，就是覆盖在新鲜草地上的枯叶，甚至连那些最诗意、最贞洁的姑娘，甚至连柳丽娅和卡尔萨维娜，也都有权利自由地投入感官享乐的洪流。尤里被自己的这个想法吓了一跳，认为它是肮脏的、亵渎的，这个想法刺激了他，使他恐惧，于是，他便用一些寻常、沉重、可怕的词语将这个想法挤出了大脑和心房。

"是的,"望着深邃的、星光灿烂的天空,他想到,"生活就是一种感觉,但是,人不是无意义的野兽,人应该使自己的愿望朝向善良,别让愿望主宰自己……""但愿天上有上帝!"尤里记起这句话,于是,一种朦胧景仰的可怕感觉将他压向地面。他目不转睛地看着大熊星座尾部那颗闪亮的大星星,无意识地记起,在瓜地里,农夫库兹马曾称这些大星星为"大车"。

不知为何,同样是无意识地,这个回忆显得不太合适,甚至似乎使他感到屈辱。他便看起花园来,看过星空之后,花园显得一片漆黑,于是,他又想了起来:"女性的纯洁就像早春的花朵,它还完全是胆怯的,却又那般美丽,那般动人,世界如果失去了这女性的纯洁,人的心中还会留下什么神圣的东西呢……"

他想像到,在灿烂的阳光下,在春天的草地上,在繁花似锦的树下,有成千上万个年轻的姑娘,她们美丽而又纯洁,就像春天的花朵。不太高的胸脯,浑圆的肩膀,灵活的双手,匀称的大腿,害羞地、神秘地蜿蜒着,在他的眼前纷纷闪过,于是,他的脑袋便在情欲的狂喜中甜蜜地晕眩起来。

尤里用手缓缓地摸了摸额头,突然清醒过来。

"我的神经错乱了……该去睡觉了。"

尤里感到不满、伤心,还因那瞬间的情欲幻象而苦恼不堪,怀着无来由的气恼,他匆匆走进屋去。

已经躺在了床上,他竭力想要入睡,却无法做到,于是,他便想到了梁赞采夫和柳丽娅。

"梁赞采夫不止爱柳丽娅一个,柳丽娅也不是他的初恋,老实说，这为什么就会叫人生气呢？……"

这个念头没有给他以答案，但是，济娜·卡尔萨维娜的形象却浮现在他的面前，激起他一阵静静的柔情，在无比愉快地爱抚着他那滚烫的脑袋。无论他怎样掩饰自己的感觉，这时也都清楚了，他为什么需要她是一个纯洁的、无人染指的姑娘。

"要知道，我是爱她的啊！"尤里第一次想到这一点，这个念头突然排挤了其他所有念头，并以其新鲜的感受引出了感动的泪水……但是紧接着，尤里便已带着恶意的嘲笑在问自己了："为什么在她之前我还爱过其他的女人呢？……不错，我那时还不知道她的存在，可要知道，梁赞采夫先前也不知道柳丽娅。我们两人当时都认为，我们想要占有的那个女人，就是真正的时刻里'真正的那位'，就是我们最需要也最合适的一位。我们当时错了，但也许，我们现在也是错的！……这就是说，要么保持永久的贞洁，要么就给自己以完全的自由……当然，也给女人以完全的自由，自由地享受爱情和情欲……""不过，说到我，"尤里轻松地打断了自己，"梁赞采夫……他的恶劣并不在于他曾经爱过，而在于他如今还继续享有好几个女人，我却不是这样……"

这个念头使尤里充满了骄傲和纯洁的感觉，但只是在一瞬之间，接下来，他又回忆起他在看到阳光下成千上万灵活而又纯洁的姑娘们时所产生的感觉，他因完全无力控制自己、克服感觉和思想的混乱而羞愧。

尤里觉得，面朝右边躺着很不舒服，便笨拙地翻了一个身。

"实际上，"他想，"我所认识的所有女人，都不可能让我一辈子满意……这就是说，那被我称做真正爱情的东西，是无法实现的，对它的幻想也就完全是愚蠢的！……"

面朝左边躺着也让尤里不自在，于是，他在凌乱的、火热的被子下面折腾着汗津津、黏糊糊的身体，又翻了一个身。很热，很不舒服。脑袋痛了起来。

"贞洁是一个理想，但这个理想如果实现，人类就会灭亡，"他的脑中突然出现这一想法，"也就是说，这是荒谬的。而……那么，全部的生活也就是荒谬的！"尤里几乎说出声来，他愤恨地紧咬牙关，竟咬得眼前金花飞舞。

怀着隐约的绝望，就以这种沉重的、不舒服的姿势躺着，尤里一直躺到天亮，脑子里一直翻滚着一些相互矛盾的、像石头一样沉重的思绪。

最后，为了从这些思绪中解脱出来，他开始要自己相信，他自己就是一个坏人，一个过分淫荡、非常自私的人，他的怀疑不过是一种隐蔽的淫欲。但是，这却只能使他的内心更沉重，使他脑中的各种不同概念乱作一团，最终摧毁这一痛苦状态的，是这样一个问题：

"说到底，我为何要这样折磨自己呢？"

于是，带着对任何一种思维过程本身的反感，尤里在迟钝的、神经质的困倦中入睡了。

十五

柳丽娅把脸埋在枕头里，在自己的房间里一直哭到入睡。早晨起床，她脑袋疼痛，眼睛也是肿肿的。

她的第一个想法就是不应该哭，因为，梁赞采夫今天要来吃午饭，自己这张哭得很难看的脸会让他不愉快的。但是，她立刻就想了起来，一切反正都结束了，无法再爱了，于是，她感到一阵剧烈的痛苦和炽热的爱意，便又哭了起来。

"多么丑恶，多么卑鄙！"柳丽娅低语道，她感到，那些苦涩的、还没有流尽的眼泪使她喘不过气来，"为什么？……为什么？……"她反复说道，心里对那永远逝去的、无法挽回的幸福产生出无尽的忧伤。

梁赞采夫竟能如此轻易、如此经常地欺骗她，这使她感到惊讶和厌恶。

"也不止他一个人，就是说，所有的人都在骗。"柳丽娅困惑地想到，"要知道，所有的人，的确是所有的人，他们为我们的婚姻而高兴，他们说他是一个诚实的好人！……不，可是……他们不是在骗人，而只是认为这……不是坏事……多么丑恶啊！"

看着屋里寻常的陈设，柳丽娅感到厌恶，因为这陈设使她想到了她如今讨厌的那些人。她把脸贴在窗玻璃上，透过眼泪看着花园。

外面是阴天，落着稀疏的雨，但雨点却很大。雨点重重地敲打着玻璃，又急速地落下，柳丽娅很难辨别清楚，什么时候是泪水，什么时候是雨水，遮蔽了她眼前的花园。花园里很潮湿，低垂的湿树叶是暗淡的，在悲哀地颤动。树干由于雨水而发黑，潮湿的青草也伏倒在泥泞的地面上。

柳丽娅觉得，她整个一生都是不幸的，未来是无望的，过去是黑暗的。

女仆来请她去喝茶，可柳丽娅好久都没明白她的意思。后来，在餐厅里，当父亲与她谈话时，她感到很羞愧。她觉得，父亲是带着特别的怜悯在与她谈话，所有的人都已经知道，她所爱的人卑鄙、可恶地欺骗了她。在每个词中，她都听出了这种令人屈辱的怜悯，于是，柳丽娅回到了自己的房间。她又坐到窗前，哭泣着望着灰蒙蒙的花园，想到：

"他干吗要口是心非呢？……他干吗要欺负人呢？……这就是说，他不爱我？……不，托利亚是爱我的……我也爱他！那么，究竟是怎么回事呢？是的，他欺骗了我：他先前还爱过其他一些下流女人！她们也爱过他……像我一样？"柳丽娅带着天真、可怕的好奇问自己，"这是废话，这事现在与我有什么相干！要知道，他和她们一起欺骗了我，如今一切都结束了！我是多么的可怜，多么的不幸！……哦不，有件事与我有关：他欺骗了我！要是他承认了呢？反正都一样！这很可恶……他已经爱抚了别的女人，像爱抚我一样，甚至更亲热……这太可怕了！我是多么的不幸啊！……"

"路上有只小青蛙，伸开小腿在蹦跳！"柳丽娅若有所思地唱道，盯着一小团灰暗的东西，那东西正胆怯地跳过又湿又滑的小路。

"是的，我是不幸的，一切都结束了！"当青蛙跃进草丛的时候，她又想到，"这种事对于我来说如此神奇，如此美妙，可对于他来说却是件平常、陈旧的事情……就是这个原因，他才一直避免谈论过去！所以我才觉得，他的面孔老是那个样子，好像在想什么事情……他是在想：所有这一切我全都知道，你感觉如何，我全都知道，你马上要做什么，我也知道……可我！……多么羞耻，多么可恶……我再也、再也不会爱任何人了！"

柳丽娅哭了起来，脸蛋贴在冰凉的窗台上，透过泪水看着那一团团乌云正飘向何方。

"托利亚今天要来吃午饭啊！"她突然恐惧地想到，从原地跳了起来，"我对他说些什么呢？在这样的情况下该说什么呢？"

柳丽娅张着嘴巴，惊恐、困惑地盯着墙壁。

"应该去问问尤里！"想到这一点她便安下心来。

"可爱的尤里！他多诚实、多好啊。"柳丽娅眼中挂着温情的泪水想到，接着，她便像平常那样雷厉风行，急忙去见尤里了。

然而，却见沙夫罗夫坐在尤里那儿，正在谈什么事情。柳丽娅犹豫不决地站在门口。

"您好。"她若有所思地说道。

"您好，"沙夫罗夫问候道，"您请进来吧，柳德米拉·尼古拉耶夫娜，这里有件事情，没您的帮忙可不成。"

柳丽娅的脸上仍是那副犹豫不决的神情，她顺从地坐到桌旁，机械地翻阅起随处堆放的红红绿绿的小册子。

"您瞧，是这么回事，"沙夫罗夫说道，他向她转过身来，看他那神情，似乎是要向她说明一件非常混乱、冗杂的事情，"库尔斯克几位同志的处境非常窘迫……一定要帮帮他们。我就想起办一场音乐会……啊？"

听到最后这个熟悉的添加词"啊"，柳丽娅想起她来这里的目的，于是，她便带着信赖和希望看了尤里一眼。

"可以，这很好……"她机械地回答。让她感到奇怪的是，尤里一直没有看她。

在柳丽娅昨天流下眼泪和自己夜间思考之后，尤里感到自己精疲力竭，还没有做好回答柳丽娅的准备。他料到妹妹会来求教，可他又完全无力找到一个满意的答案，他因此而手足无措。他既不能收回自己的话，说服柳丽娅，将她送回到梁赞采夫那里去，又不能再给她那天真、微薄的幸福以致命的一击。

"我们是这么决定的，"沙夫罗夫继续说道，他挪得离柳丽娅更近，似乎，事情是越来越复杂、越来越混乱了，"请萨宁娜和卡尔萨维娜唱歌……开始她俩是独唱，然后是二重唱……一个中音，一个高音，会很棒的……然后我来拉小提琴。然后是扎鲁丁唱歌，由塔纳罗夫伴奏……"

"军官们难道也会来参加那场音乐会吗？"柳丽娅仍是那样机械地问道，与此同时，她却完全在想着别的事情。

"啊，他们会来参加的！"沙夫罗夫挥挥手。"只要萨宁娜同意，他们会寸步不离地跟着她的。而且，扎鲁丁也喜欢唱歌，只要有歌唱，随便在哪儿都行。这又会吸引一些军官来我们这里，我们能把聚会办得很棒……"

"您去请请卡尔萨维娜。"柳丽娅建议道，同时带着忧伤的困惑看着哥哥。"他不可能忘了，"她想，"他怎么可能谈起这傻瓜音乐会呢，当我……"

"我说的就是她啊！"沙夫罗夫感到吃惊。

"啊哈，是的。"柳丽娅淡淡地笑了一下。"那么……丽达·萨宁娜呢……是的，不过您也说到了……"

"是啊，是啊。"沙夫罗夫不住地点头。"可还要请谁呢，啊？"

"我不知道，"柳丽娅慌乱地说，"我的头有点疼。"

尤里匆匆地看了她一眼，痛苦地转过身去，看起书来。妹妹那苍白的小脸庞和暗淡的大眼睛，使他觉得妹妹非常脆弱，非常哀伤。

"唉，干吗，我干吗要对她说那些话，"他想，"对于我自己来说，这都是没想明白的，对于所有的人来说，这都是一个该死的问题，可对于她那个娇小的灵魂来说……我干吗要对她说！"

他几乎要捶胸顿足了。

"小姐，"女仆在门外说道，"阿纳托利·帕夫罗维奇来了……"

尤里再次恐惧地看了柳丽娅一眼，正遭遇了她那呆滞、痛苦的眼神，于是，他便慌乱地对沙夫罗夫说道：

"您读过查尔斯·布莱德洛吗？"

"读过。我是和杜博娃、卡尔萨维娜一起读的。很有意思的东西。"

"是吗……难道她俩已经回来了？"

"是的。"

"什么时候？"尤里怀着隐秘的激动问道。

"前天。"

"真的？"尤里又问了一遍，同时在听着柳丽娅的动静。他感到非常羞愧，非常害怕，似乎是他欺骗了柳丽娅。

柳丽娅站了一会，摸了摸桌上的什么东西，然后犹豫不决地向门口走去。

"我都干了什么啊！"怀着真诚的情感，听着柳丽娅那反常的、凌乱的脚步，尤里想到。

柳丽娅走进客厅，觉得自己内心的一切都凝固成了紧张、屈辱的犹豫，似乎，她迷失在了云雾弥漫的森林中。半途中，她朝一面镜子扫了一眼，在镜子里看到了一张暗淡的、病态的脸。

"唉，就让……就让他看吧！"她想。

梁赞采夫站在餐厅的中央，正用他那愉快的、老爷般自信的嗓音对尼古拉·叶戈罗维奇说：

"这个现象当然是奇怪的，可它却完全是无害的。"

听到他的声音，柳丽娅的胸中有什么东西颤抖一下，坠落了。看见柳丽娅，梁赞采夫立即打住话头，走到她身边，向她伸出双手、似乎想要拥抱她，但他的这个动作做得很隐蔽，只有柳丽娅一个人能够觉察，能够理解。

柳丽娅抬头看了看梁赞采夫的脸，她的嘴唇颤抖了一下。她默默地、使劲地抽回自己的手，然后走进客厅，打开了通向阳台的玻璃门。梁赞采夫带着不动声色的诧异看了看她的背影。

"我的柳德米拉·尼古拉耶夫娜生气了。"他带着戏谑的温情对尼古拉·叶戈罗维奇说道。

尼古拉·叶戈罗维奇哈哈大笑起来。

"那么，你们就去和解吧！"

"没办法啊！"梁赞采夫滑稽地叹了一口气，便追着柳丽娅来到了阳台上。

雨一直在下，那细微的雨声一刻不停地在空气中响着。但是，乌云却越来越淡，越来越稀，已经在高天上飘散开了。

柳丽娅把面颊贴在一根潮湿、寒冷的木头柱子上，将脑袋伸进雨中，立刻，她的头发就被打湿了。

"我的公主生气了……小柳丽娅！"梁赞采夫说道，将柳丽娅揽了过来，用嘴唇吻着她潮湿、芳香的头发。

由于这个接触，这如此熟悉、如此幸福的接触，柳丽娅胸中的一切都融化了，还没有弄清是怎么回事，她的一双手就几乎是违背意志地搂住了梁赞采夫结实的脖子，在两次醉人的长吻之间，柳丽娅说道：

"我恨死你了……你这个坏蛋！"

连她自己也感到奇怪的是，既没有任何可怕的事情，沉重的事情，也没有什么无法挽回的东西，说到底，那一切又与她有什么相干！只要去爱，并为这个高大、漂亮、胸宽肩阔的男人所爱就行了。

但是在午饭时，她却羞于看尤里，尤里则带着困惑的神情看着妹妹。柳丽娅找到一个间歇，哀求地对尤里说道：

"我是一个坏女人……"

尤里苦笑了一下。一切都如此顺利地结束了，这让他在内心深处感到高兴，但是，他也在竭力唤起自己对这种小市民之容忍和小市民之幸福的蔑视。他回到自己的房间，一个人坐着，几乎一直坐到了傍晚，临近黄昏时，纯净的天空现了出来，尤里拿起猎枪，出门打猎去了，他去的仍是昨天和梁赞采夫一起去过的地方。对于已经发生过的事情，尤里竭力不去想它。

雨后，整个沼泽都活跃了起来。传来许多各种各样的新声响，四处可见的青草像能自主活动的一样，似乎正在其内部隐藏的神秘活力的左右下不停地摆动。众多的青蛙竭尽全力地齐声鸣唱，一只不知名的鸟儿发出不太复杂的，类似"吱……吱……"的乐声，一群野鸭大胆地嘎嘎叫着，它们就在近处的一丛湿苔草里，但没有飞到射程之内。尤里也不想开枪。他把枪背在肩上，往家走去，一路上听着各种水晶般清脆的声响，看着傍晚那时明时暗的浓重色彩。

"多美，"他想，"一切都是美好的，只有人是丑恶的。"

老远地，他就看到了瓜地里的火光和两个被火光映亮的身影，库兹马和那位萨宁正坐在火堆旁。

"他难道是住在这里了？"尤里惊讶、好奇地想到。

库兹马在说着什么，他不停地笑着，挥动着手臂。萨宁也在笑。火光还是粉色的，像支蜡烛似的，而不像在夜间那样是通红的，火堆的上方是一片宁静、柔和的天空。新鲜的大地和洒满雨水的草地散发着清新的气息。

不知为何，尤里害怕他们看见自己，他感到忧伤的是，他无法到他们那儿去，在他们和他之间隔着一层莫名其妙的东西，它甚至像是不存在的、空洞的，但又完全是难以摆脱的，就像一方没有空气的空间。

他感到自己是完全孤独的。这世界，连同它傍晚的色彩、火光、星星、人和声响，这轻盈的、纯净的世界，与尤里是相互隔离的，尤里的内心是狭小、暗淡的，就像一个黑暗的房间，其中有什么东西在受难，在哭泣。尤里那孤独的忧愁感如此强烈，使得他在走过瓜地时，竟将那几百个在暮色中泛着白光的西瓜当成了被抛弃在荒野的人的颅骨。

十六

夏天伸展开来，充满着温暖和光明，在闪亮的蓝天和因暑热而疲惫不堪的大地之间，似乎有一层金色的薄雾在颤动，在流淌。在滚烫的热气中，树木因酷热而变得懒洋洋的，垂下纹丝不动的树叶，睡意朦胧地站在那里，短短的、稀疏的树影无援地印在滚烫的、尘土飞扬的草地上。

但是，房间里却很凉爽。花园的反光，在天花板上涂了一层淡淡的绿色，当一切都在酷暑的寂静中伫立不动的时候，窗户上的帘子却在轻轻地摇摆，显得异常活跃。

扎鲁丁敞开白制服，在房间里踱步，从一个角落走向另一个角落，带着一副独特的、他特意养成的慵懒、随意的神情，亮出大大的白牙，抽着烟。塔纳罗夫则浑身是汗，只穿一件衬衣和一条马裤，躺在沙发上，用一双黑色的小眼睛偷偷地、忧虑地瞅着扎鲁丁。他急需五十卢布，可为借这五十卢布他已经两次向扎鲁丁开口了，他还未打定主意第三次开口，正愁苦地等待着扎鲁丁自己想起来。

扎鲁丁想起来了，但是，最近这个月他赌钱输了七百卢布，便有些舍不得钱了。

"他已经欠我二百五十卢布了。"他想到，并不去看塔纳罗夫，酷热和委屈使他有些生气，"说实话，真是奇怪！……

我们的关系当然不错，可他老是这样怎么就不害臊呢……他欠了那么多的钱，还有其他诸如此类的事情，他哪怕来道声歉也好啊！……我不借！"他带着残忍的欢乐暗自想到。

一个满脸雀斑、身上粘着鸡毛的矮个子勤务兵走了进来。他歪歪斜斜、委靡不振地立正站着，眼睛没看扎鲁丁，说道：

"报告老爷，那位老爷要喝啤酒，可啤酒没了。"

扎鲁丁不禁愤怒地看了塔纳罗夫一眼。

"瞧！"他想，"鬼才知道，终于叫人忍无可忍了！……他明明知道我一个多余的子儿也没有，可他还想喝啤酒！……"

"伏特加也快完了。"那士兵又添了一句。

"什么，见你的鬼……你那里还剩两个卢布，需要什么，就去买吧。"扎鲁丁挥挥手，他越来越懊恼了。

"没钱了。一个子儿也没剩下。"

"怎么可能呢，你在胡说！"扎鲁丁停下脚步，反驳道。

"那位老爷吩咐给洗衣女工付账，我就给了一卢布七十戈比，剩下的三十戈比放在书房的桌子上了，老爷……"

"是这样……"塔纳罗夫红了脸，激动起来，但他却做出一副很随意的样子说道，"我昨天是说了……这不合适，你知道吗……那女人往这里跑了整整一个星期……"

红色的斑点出现在扎鲁丁刮得精光的腮帮上，在腮帮上那层薄薄的皮肤下，颧骨在不祥地运动着。他默默地在房间里走着，然后突然停在了塔纳罗夫的面前。

"听着，"他以一种异样的颤抖着的、尖刻伤人的声音说道，"我请求你不要支配我的钱……"

塔纳罗夫浑身冒火，也动了起来。

"哼，奇怪……这么点小事……"他耸着肩膀，委屈地嘟囔道。

"问题不在于事小，"扎鲁丁带着残忍的满足感反驳道，似乎在为什么事情向塔纳罗夫复仇，"从原则上讲……为什么要这样做，请问！"

"我……"塔纳罗夫正要开口。

"别说了，我求你了！"扎鲁丁仍用那种压迫人的语调，坚决地打断了塔纳罗夫的话。"再说，你也可以告诉我一声嘛……这非常地不合适！"

塔纳罗夫无助地动了动嘴唇，垂下头去，颤抖的手指摆弄着珠母做成的烟嘴。扎鲁丁又等了片刻，等待回答，然后突然转过身去，把钥匙弄得哗哗响，将手伸进了抽屉。

"喏，需要什么，就去买吧……"他对那士兵说道，递给士兵一百卢布，他还在生气，但已经平静一些了。

"是。"士兵回答，然后猛地向左一转，走了出去。

扎鲁丁缓慢地、小心地用钥匙锁上钱盒，将抽屉推了回去。塔纳罗夫匆匆瞥了一眼那钱盒，那里就有他所需要的五十卢布，他用胆怯忧愁的眼神看了看那些钱，叹了一口气，又谦卑地抽起烟来。他感到非常委屈，但与此同时，他又害怕表现出这种委屈，以免扎鲁丁生更大的气。

"两个卢布对他算什么……"他想，"他明明知道我需要钱……"

扎鲁丁在房间里来回走着，他的心脏还在因为气愤而颤抖，但他已经稍稍平静了一些。勤务兵端来啤酒的时候，扎鲁丁自己享受地喝了一杯那冰镇的、冒着泡沫的液体，舔着唇髭的末梢，说起话来，就像什么事情都没发生过似的：

"小丽达昨天又来我这里了……老弟，是个有味道的姑娘啊！……是一团火！……"

塔纳罗夫满怀委屈地默默不语。

扎鲁丁并未留意，他缓慢地在房间里走着，因一些回忆而兴奋地微笑着。他那健康、强壮的身体由于暑热而显得懒洋洋的，一些火热的、兴奋的思绪在他心中翻滚。突然，他响亮地笑了起来，像是马儿短促的嘶鸣，然后停下了脚步。

"你知道吗……昨天我想要……"他说出一个粗俗的、对女人来说极具侮辱性的专门字眼，"开头她死活不肯……你知道吗，她的眼睛里有时会闪出非常骄傲的火花……"

塔纳罗夫感到他的整个身体都迅速、贪婪地紧张起来，脸上不由自主地露出了呆滞、兴奋的笑容。

"后来就……弄得我自己差点痉挛起来！"扎鲁丁因这难以忍受的强烈回忆而颤抖不止，于是便打住了话头。

"你真走运，见鬼！"塔纳罗夫嫉妒地喊道。

"扎鲁丁在家吗？"伊万诺夫的大嗓门在外面喊道，"可以进来吗？"

由于意外，扎鲁丁颤抖了一下，像往常一样，他害怕有人听见他讲到丽达·萨宁娜。然而，伊万诺夫是在围墙外面喊叫的，甚至连他的身影都看不见。

"在家，在家！"扎鲁丁对窗外喊了一声。

前厅里传来一阵说话声和笑声，似乎那里挤进了一大群人。来人是伊万诺夫、诺维科夫、骑兵大尉马林诺夫斯基，还有两位军官和萨宁。

"乌——拉！"马林诺夫斯基震耳欲聋地喊道，他斜斜地迈过门槛，赤红的脸庞泛着光，肥胖的面颊颤动着，浓密的唇髭就像两捆黑麦，"你们好，弟兄们！……"

"唉，见鬼……又要花出去二十五个卢布了！"扎鲁丁懊恼地想到，他懊恼得直眨眼睛。但是，他在世上最怕别人不把他当成一个最慷慨、最善交际的富人，因此，他便咧开嘴笑着，也喊道：

"你们这帮人从哪里来啊？你们好！……喂，切列帕诺夫！……再拿点伏特加过来！……你再到俱乐部去一趟，让他们送一箱啤酒来……先生们，你们想喝啤酒吗？……天气太热了！"

伏特加和啤酒出现之后，喧闹就越发厉害了。众人嘻嘻哈哈地笑着，满怀着疯狂的喜悦，喝着，喊着。只有诺维科夫一个人愁眉不展，他那一向温和、慵懒的脸上闪现出某种不幸的神情。

昨天他才得知那件事情，虽说全城都已经在谈论此事了，可他却一直不知道。在知情后的最初时刻，难以忍受的屈辱感和强烈的嫉妒感将他击昏了。

"这不可能！谎言，闲话！"他起初想到，他的脑袋无法想像，那个高傲的、绝顶漂亮的丽达，那个非常纯洁、他敬重地爱着的丽达，竟与他一直认为要比自己低得多、蠢得多的扎鲁丁发生了肮脏不堪的关系。但是后来，野性的、动物般的嫉妒从心底升起，遮蔽了一切。有过一分钟痛苦的绝望，然后便是可怕的、几乎是自发的仇恨，他恨丽达，但主要是恨扎鲁丁。对于他那温和、慵懒的心灵来说，这种情感是非同寻常的，它让人难以忍受，它在寻求宣泄。他整夜都处在痛苦的自我怜悯的病态之中，起了阴暗的自杀念头，但天快亮的时候，他不知为何却冷静了下来，心里只剩下一个奇怪、恶毒的愿望，那就是要去见见扎鲁丁。

此刻，在喧闹中，醉态的叫喊声中，他坐在一旁，机械地喝着啤酒，喝了很多，他那紧张肌体中的每一个原子都在监视着扎鲁丁的一举一动，就像一头野兽在森林中遇见了另一头野兽，它已经匍匐下身体准备一跃而起了，却又装出一副什么也没看见的样子。

扎鲁丁的一切，那露出白牙的笑容，那漂亮的外貌，那笑声，那嗓音，都犹如一把把尖刀，在不停地扎向那似乎是诺维科夫肌体之构成的病态的东西。

"扎鲁丁，"一位又高又瘦的军官说道，他那副不成比例的长臂在胸前晃动着，"我给你带来一本书……"

透过喧闹和嘈杂，诺维科夫立即听见了扎鲁丁的名字和扎鲁丁的声音，似乎，所有的人都静了下来，只有扎鲁丁一个人在说话。

"什么书？"

"托尔斯泰的《论妇女》。"高个子军官骄傲地但又像汇报那样清晰地回答道。从他那张没有血色的长脸上可以看出，他因自己阅读和谈论托尔斯泰而欣喜。

"您在读托尔斯泰？"伊万诺夫发现了这种骄傲、天真的表情，便问道。

"封·捷伊茨是个托尔斯泰主义者！"醉醺醺的马林诺夫斯基解释说，然后哈哈大笑起来。

扎鲁丁拿过那本薄薄的红皮小册子，翻了几页，问道：

"有意思吗？"

"你看看就知道了！"封·捷伊茨说道，兴奋得喘不过气来，"这本书，我对你说，充满了智慧！……也许，你自己也全都清楚……"

"干吗呀……维克多·谢尔盖耶维奇干吗要读托尔斯泰呢，他自己的妇女观已经非常明确了……"诺维科夫声音不响地说道，眼睛并未离开杯子。

"您根据什么得出了这个结论？"扎鲁丁小心翼翼地问道，他本能地感觉到了进攻，但还猜不透是什么样的攻击。

诺维科夫没有说话。他身上的一切都想冲出来叫喊，去揍扎鲁丁的那张脸，那张漂亮的、自满的脸，把他放倒在地，带着野性的、残酷的、放任的愤怒去把它践踏。但是，他的舌头没能吐出词来，他自己也感觉到，他所说的话并非是该说的，意识到这一点，他更加痛苦，更加疯狂，于是，诺维科夫斜着眼笑了笑，说道：

"只要看您一眼就足以……得出结论了！"

他奇怪、恶毒的声音终止了众人的喧闹，四周立刻静了下来，就像面临一场凶杀。伊万诺夫猜出了是怎么回事。

"我认为……"扎鲁丁冷冷地说道，他的脸色有点变了，但他轻易地很快就控制住了自己。

"喂，先生们，先生们……还要干吗呀？"伊万诺夫喊了起来。

"别管他们，让他们打一架！"萨宁笑着说道。

"我倒不是认为，事实就是这样……"诺维科夫继续说道，脑袋仍然俯在杯子上方，没抬起来，说话的声调也仍然是老样子。

但是，一堵由叫喊、摆手、不自然的笑脸和劝说构成的活墙却出现在他俩之间。封·捷伊茨和马林诺夫斯基推开了扎鲁丁，伊万诺夫和另一位军官则推开了诺维科夫。塔纳罗夫开始往一个个杯子里倒酒，还喊着什么，却不针对任何人。掀起一阵虚假的、故作开心的忙乱。诺维科夫突然觉得，他再也无力坚持下去了。他荒谬地歪了歪嘴唇，挤出一个笑容，望着正在交谈并引起他注意的伊万诺夫和一位军官，慌乱地想到：

"我这是怎么了……应该打啊！……直接冲过去，给他一下！……否则我就会落入一个愚蠢的境地，大家都已经猜出来了，是我在挑起争端……"

但是，他没动，相反，却已经带着假装的兴致听起伊万诺夫和封·捷伊茨的谈话来。

"您知道吗，在对女人的看法上，我并不完全同意托尔斯泰的观点……"那军官自负地说道。

"女人就是荡妇，这是最主要的！"伊万诺夫回答，"在一千个男人中间，总还能找到一个能称得上是人的人，可女人们呢……她们中间连一个也没有！……一些赤裸的、粉色的、肥胖的、没尾巴的猴子，仅此而已！"

"讲得精彩！"封·捷伊茨满意地指出。

"也是实话！"诺维科夫痛苦地想到。

"唉，亲爱的！"伊万诺夫在封·捷伊茨的鼻子跟前挥了挥手，说道，"您就去这样对人们说：我告诉你们，每一个充满欲望看着男人的女人，就已经在自己的内心里与那男人私通了……于是，有相当多的人都会认为，他们听到了一段非常精彩的话！……"

封·捷伊茨嘶哑地笑了起来，就像一只公猎狗在叫，并嫉妒地看了伊万诺夫一眼。他没能理解这个嘲讽，他只是感到嫉妒，因为他的话讲得没这么漂亮。

诺维科夫突然向他伸过手去。

"什么？"封·捷伊茨吃惊地问道，好奇地、充满期待地看着那只递给他的手掌。

诺维科夫没有作答。

"去哪儿？"萨宁也问道。

诺维科夫还是不做声。他感到，再有一分钟，那闷在他心里的痛哭就会喷涌而出。

"我知道你出了什么事，别管它！"萨宁说。

诺维科夫用可怜的目光看了萨宁一眼，他的嘴唇在颤抖，然后，他挥挥手，没有道别就走了出去。他心里涌起一阵沉重的软弱感觉，就像一个举不起重物的人那样，为了自我安慰，他想到："那又怎样……打了这个恶棍的脸，我又能证明什么呢？结果只能是一场卑鄙的斗殴……再说，还不值得弄脏双手呢！"

然而，没有消解的妒意和讨厌的软弱感还在继续，于是，诺维科夫便怀着深深的忧愁回到家里，脸对着枕头倒了下去，就这样几乎睡了一整天，他感到痛苦的是，自己任何事情都做不了……

"你们想玩牌吗？"马林诺夫斯基问。

"来吧！"伊万诺夫赞同道。

勤务兵铺好了呢面牌桌，绿色的呢布在冲着大家的眼睛欢乐地微笑。一种专注的兴奋控制着大家，马林诺夫斯基坚定地抖动他那长满汗毛的短手指，开始发牌。五颜六色的纸牌飞散在绿色的小桌子上，形成一个个规则的圆圈，银卢布哗啦哗啦地响着，从一个托盘滚向另一个托盘，抓钱的手伸向四面八方，就像是一只只贪婪的蜘蛛。只能听见一些短促的字眼和一模一样的感叹，大家似乎是在习惯性地表达遗憾和满意。扎鲁丁牌运不好。他每一圈都固执地押上十五卢布，每次都被人吃光。他那张漂亮的脸上现出了无来由恼恨的不祥斑点。在最近一个月里，他已经输掉了七百卢布，此刻，他甚至不愿去算他输了多少。他的情绪传染给了其他人。封·捷伊茨和马林诺夫斯基彼此用粗话对骂着。

"我押的是边。"封·捷伊茨气愤地、但有节制地说道，使他感到十分惊奇的是，醉醺醺的、愚蠢的马林诺夫斯基竟然还能和他、和既聪明又体面的封·捷伊茨进行争论。

"您跟我胡扯些什么啊！"马林诺夫斯基粗鲁地喊道，"见鬼！……我赢的时候，都说押的是边，可我输的时候……"

"是押的边，您就让让吧！"封·捷伊茨火了，像往常一样，他一激动，俄语就说得很糟糕。[①]

"我一点也不让……您拿回去……不，您拿回去！……"

"我在对您说话哪！"封·捷伊茨用尖细的嗓门喊道。

"先生们！鬼知道这是怎么回事！"扎鲁丁突然火了，扔下了牌。

但是立即，自己刺耳的叫喊，这些吵闹的醉汉，纸牌和酒瓶——这整个粗野、狂饮的场面使他感到害怕了，因为，他在门口看到了一张新面孔。

这是一位又高又瘦的先生，他穿一身宽大的白色套服，套服的领子很高，很紧，他带着吃惊的神情站在门口，正用目光寻找扎鲁丁。

"啊哈，帕维尔·里沃维奇！……什么风把您给吹来了！……"扎鲁丁满脸通红，喊了一声，急忙起身去迎接。

---

① 从姓氏来看，封·捷伊茨可能是个德国人，故这里说他一激动就说不好俄语。

那位先生犹犹豫豫地走进房间，众人全都不由自主地首先发现了他那双雪白的皮鞋，那双白鞋踏进了由啤酒、瓶塞和踩扁的烟头构成的沼泽。他的全身如此洁白、干净、芳香，如果他不那么孤单瘦小，不那么紧张敏捷，如果他没长着那样一张脸，没有满口的坏牙和纤细的唇髭，那么，在烟雾之中，在这些醉得满脸通红的人当中，他真像是一朵沼泽中的百合。

"您从哪里来？……早就离开了彼得尔①？"扎鲁丁说道，紧紧握住了来人的手，与此同时，他也在过于费神地、担心地暗想，他用了"彼得尔"这个俗称，这会不会有什么问题。

"我昨天才到的。"白衣先生终于答话了，他的嗓音很自信，但很尖细，就像被掐住脖子的公鸡发出的叫声。

"这都是我的同事，"扎鲁丁介绍道，"封·捷伊茨，马林诺夫斯基，塔纳罗夫，萨宁，伊万诺夫……先生们，这位是帕维尔·里沃维奇·沃罗申。"

沃罗申微微躬了躬身。

"我们会相互认识的。"醉醺醺的伊万诺夫答道，这使扎鲁丁感到很可怕。

"这边来，帕维尔·里沃维奇……您想喝点葡萄酒吗，要不，来点啤酒？"

沃罗申小心翼翼地坐到扶手椅里，在椅子那层粗糙的漆皮包面的衬托下，他显得更惨白了。

"我一会儿就走……您别费神！"他环视那群人，带着厌恶的冷漠回答。

---

① 彼得尔是彼得堡的俗称。

"不，那怎么能行……我让人送点白葡萄酒来……您好像爱喝……"

扎鲁丁向前厅冲去。

"今天可要把这个混蛋摆平！"在吩咐勤务兵去弄酒的时候，他懊恼地想到，"这个沃罗申会对彼得尔的所有熟人瞎说一通，弄得体面人家往后就再也不会接待我了！"

与此同时，沃罗申继续打量着这伙人，他并不掩饰自己，他似乎觉得自己要远远高于所有这些人。他那双玻璃球一样的灰眼睛中射出的目光，公然是猎奇式的，似乎他看到的是一群奇怪的野兽。萨宁的身材和服装，萨宁那骨骼粗大的肩膀所显示出的力量，引起了沃罗申的注意。

"一个有趣的家伙……一定很有劲！"他怀着真诚的情感想到。所有矮小、软弱的人对高大、有力的人都怀有这样一种情感，而且，他还想和萨宁说说话。

但是，萨宁胸口倚着窗台，在看着花园。

沃罗申将已经开了头的话又咽了回去，他因自己那尖细的、不连贯的嗓音而气恼。

"一群无赖！"他想到。

这时，扎鲁丁回来了。

他坐到沃罗申身边，向沃罗申打听起彼得堡的情况，打听起沃罗申的工厂，以便让周围的人明白，这位客人是一个多么富有、多么重要的人物。在他那张漂亮的脸上，那张强壮的大型动物才有的脸上，却出现了一种渺小的、奇异的得意神情。

"一切都是老样子，您也知道。"沃罗申漫不经心地说道，"您怎么样？"

"我能怎样呢！……混日子呗！"扎鲁丁说道，忧伤地叹了一口气。

沃罗申默默不语，轻蔑地看着天花板，花园的绿色反光在天花板上无声无息地移动。

"我们这里永远只有这一种消遣！"扎鲁丁继续说道，他张开手臂灵巧地做了一个手势，把酒瓶、纸牌和自己的客人都括了进去。

"是——吗……"沃罗申含义不明地拉长声音，在他的声调里，扎鲁丁听到了这样的话："你自己也是！"

"噢，我可得走了……我住在此地林荫路上的那家旅馆里。我们，当然还要见面的啰？"沃罗申变换声调说道，接着站起身来。

就在这时，勤务兵走了进来，他委靡不振地立正站着，说道：

"老爷，小姐来了……"

"什么？"扎鲁丁颤抖一下，问道。

"是的。"

"啊哈……我知道了……"扎鲁丁说道，他的眼睛迅速地、不自在地四下张望，一瞬间有某种不祥的预感刺痛了他的心。

"难道是小丽达？"他吃惊地想到。

沃罗申的眼睛闪出贪婪、好奇的火光，他那孱弱的身体在宽大的白色西服中晃个不停。

"是啊……好吧，再见！"他张开嘴，富有表情地说道，"您可还是老样子啊！……"

扎鲁丁做作地、自满地、担忧地笑了一笑。

沃罗申由扎鲁丁陪着，立刻走了出去，他闪动着那双白色的皮鞋，用锐利的目光打量着四周。

扎鲁丁回到屋里。

"喂，先生们……牌玩得怎么样？……塔纳罗夫，替我摸两把，我马上……"他匆忙地、不住地闪着眼睛，说道。

"胡扯！……"已醉成一摊烂泥的、公牛一般的马林诺夫斯基说道，"我们可要看看，那是位什么样的小姐！"

但是，塔纳罗夫扶住他的双肩，使劲让他坐在了桌旁。其他的人也纷纷落座，不知为何，都竭力不去看扎鲁丁。萨宁也坐了下来，正儿八经地微笑着。

他猜到，来找扎鲁丁的是丽达，于是，他心里便对漂亮的、如今显然已遇到不幸的妹妹产生出一种朦胧的、含有嫉妒的怜悯。

十七

丽达·萨宁娜微微侧身坐到扎鲁丁的床上，心慌意乱地搓揉着一块头巾。

她身上发生的变化甚至连扎鲁丁都感到吃惊：那个高傲的、优雅的、有力的姑娘已经荡然无存，坐在他面前的竟是一个拱肩驼背的、慌乱的、病弱的女人。她的脸消瘦了，苍白了，那双黑眼睛在惊慌地四下张望。

当扎鲁丁进来的时候，这双黑眼睛迅速地抬起来，看了他一下，然后又垂了下去，于是，扎鲁丁本能地感到，她是怕他的。他的胸中非常意外地生出一股怨恨和气恼，竟使他打起哆嗦来。他紧紧地关上门，完全不像从前那样，而是粗鲁地径直走到她跟前。

"你真是个奇怪的女人。"他说着，勉强控制住了自己，不知为何感觉到一种可怕的愿望，想揍她一顿，"我这里满屋子都是人……你哥哥也在这里……难道就不能再找个时间……真见鬼……"

那双黑眼睛抬了起来，带着奇异的愤恨表情，于是，扎鲁丁像往常一样，又因自己的粗鲁而感到害怕了，他讨好地龇着白牙，拉住丽达的手，在她身边坐了下来。

"好吧，不过，反正也无所谓，我是为你担心啊……我很高兴，我很想你……"

扎鲁丁托起她那只微微湿润的、滚烫的、散发出淡淡幽香的手臂，在手套以上的部位亲了一下。

"这话当真？"丽达带着一种他所难以理解的表情说道。她再次抬起眼睛看着扎鲁丁，那眼神在说话：你真的爱我吗？你看，我如今多么可怜，多么不幸……完全不像从前那样了……我怕你，我感到了自己可怕的低三下四，可是，我却无人可以依靠……

"你还怀疑吗？"扎鲁丁模棱两可地反驳说，这句话传导出一股淡淡的寒意，连他自己都觉得沉重。他再次托起她的手臂，吻了一下。

在他的心中，各种情感和思想奇异、复杂地交织在一起。仅仅两天之前，丽达那深色的头发就散落在这个白色的枕头上，她那柔软的、火热的、富有弹性的身体曾在情欲的爆发中扭曲挣扎，她的双唇在燃烧，使他的全身都感觉到了难以承受的快感那隐秘的烈焰。在那一瞬间，整个世界、成千上万的女人、所有的快感和整个生命对于他来说都融为一体了，好让他更淫荡、更温情、更粗暴、更无耻、更残忍地折磨那个火热的、渴求的、顺从的身体，可是此刻，他却突然感觉到，他讨厌她了，他想要离去，躲开她，不再看见她，也不再听见她的声音。这一愿望如此强烈，如此地难以压抑，以致连坐在这里都变成了一种折磨。但与此同时，面对丽达产生的那种隐秘的、不时冒出的恐惧，却让他丧失了意志，迫使他留在了原地。他全副心身地意识到，他是不受任何约束的，他是在征得丽达的同意后才占有她的，他没有任何许诺，他有所获得，可他也给了她同样的东西，但与此同时，他却觉得，他已深深地陷入某种黏稠的物质之中，难以自拔。他等着丽达向他提出什么要求，他要么是同意，要么会做出什么卑鄙、艰难和肮脏的事情来。扎鲁丁觉得自己完全是软弱无力的，四肢的骨头好像统统被人抽走了，他们还在他嘴里挂起一块湿抹布来代替舌头。这使人难堪，让人生气。他想大喊一声，一劳永逸地说出来，她没有权利向他提出任何要求，但是，扎鲁丁没有这样做，他的心在胆怯地发呆，于是，他道出了一句连他自己显然也感到意外的、完全不合时宜的蠢话来：

"唉，女人啊，女人，正像莎士比亚说的那样……"

丽达恐惧地看了他一眼。突然，一道明亮的、无情的光芒映亮她的大脑。她立即知道自己完了：她可以作出的那巨大、纯洁而又崇高的奉献，却被她给了一个并不存在的人。那美好的生活、一去不返的纯洁和勇敢的高傲，都被抛在了这个卑鄙、怯弱的野兽的脚下，这野兽没有心怀感激地接受它们，将它们当做欢乐和幸福，而只是用阴暗、愚蠢的淫荡行为将它们给玷污了。有一瞬间，一阵绝望差点使她仆倒在地，让她万分痛苦地、无力地恸哭，但是，那绝望却极其迅速地变成了一股要复仇似的强烈怨恨。

"您难道不明白您有多愚蠢吗?！"她在他面前挺起身子，咬牙切齿地说道，她的声音很尖，很轻。

优雅、温情的丽达居然说出了这样粗鲁的话，投出了这样恶毒、灼人的目光，这是非常意外的，扎鲁丁甚至躲开了一些。但是，他并未理解这种目光的全部含义，还试图把一切都化解成一个玩笑。

"什么个意思?"他惊讶地、委屈地说道，同时瞪大眼睛，高高地耸起肩膀。

"我没什么意思！"丽达痛苦地反驳道，无助地搓着双手。

"嘿，干吗这样悲哀啊！"扎鲁丁皱了皱眉头，反驳道，然后又带着突然涌起的激奋，情不自禁地盯着丽达那由纤细的圆胳膊和斜溜的肩膀构成的曲线。

这个绝望、无援的姿势又在他心中唤起了自信，一种对自我之优越的自信。

似乎，他俩是站在一架天平的两端，一个人落下去的时候，另一个马上就会升起来。因此，扎鲁丁非常满足地感觉到，这个姑娘，他曾不由自主地认为她高于自己，甚至在纵情亲热的时候他也本能地对她怀有恐惧，但如今，这个姑娘却在扮演着一个在他看来是既可怜又可耻的角色。这个感觉使他开心，也使他温和起来。扎鲁丁温柔地抓住她那双无力的、低垂的手臂，稍稍往自己身边拉了拉，他已经激动起来，呼吸也变得更急促了。

"喂，够了……什么可怕的事情也没发生！"

"您这么认为？"丽达问道，她在嘲讽中获得了力量，用一种奇异的专注眼神看着扎鲁丁。

"那当然！"扎鲁丁回答，试图拥抱她。他的拥抱方式是独特的，挑逗的，厚颜无耻的，他深知这种拥抱的力量。

但是，从她身上流露出的却是冷漠，于是，他的手臂也就软了下来。

"好吧，再说……你生的什么气啊，我的小猫！"他带着温情责备道。

"请您放开我……我要……请您放开我！"

丽达狠狠地一使劲，从他的手臂里挣脱出来。

扎鲁丁的那股情欲落空了，这使他生出了深切的怨恨。

"见鬼！"他想，"与他们鬼混去吧！"

"你怎么了？"他生气地问道。他的颧骨上现出了一些红色的斑点。

这个问题仿佛向丽达挑明了什么，她突然用手捂住脸，痛哭起来，这完全出乎扎鲁丁的意料。她痛哭的方式，和乡下女人的完全一样：双手掩面，整个身体向前倾着，拉长声音不停地抽泣。一绺绺长长的头发顺着满是泪水的脸庞耷拉下来，因此，她变得一点也不漂亮了。扎鲁丁手足无措。他微笑着，又害怕这微笑会使她生气，他试着将丽达的手从她的脸上挪开，可丽达却顽强、坚定地不松手，一直在哭。

"唉，上帝啊！"扎鲁丁感叹道。

他又想冲她大喊，拉住她的手，讲出一些粗话。

"你到底在嚷什么啊？……不错，你跟我睡过觉……那又怎么啦？这就痛苦啦！？为什么偏偏要在这个时候，怎么回事？别哭啦！"他尖声喊着，拉住她的手。

丽达满脸泪水，头发散乱，她的脑袋被扎鲁丁拉得直晃，突然，她停住了哭泣，垂下手臂，蜷缩起来，带着孩子般的恐惧，从下往上地看着扎鲁丁。如今每个男人都可以揍她一顿，这个疯癫的念头突然在她的脑中闪现。但是，扎鲁丁却又软了下来，他讨好地、犹豫地说道：

"喂，小丽达……得了！你自己也有错……干吗演这些戏……不错，你失去很多东西，可是也得到了很多幸福啊……我们永远也不会忘记这些……"

丽达又哭了起来。

"别哭啦！"扎鲁丁喊道。

他在房间里走动着，扯着颤抖的嘴唇上方的小胡子。

四周很静，在窗外轻轻摇曳的，应该是那些被鸟儿所触动的纤细的绿枝。扎鲁丁吃力地控制住自己，走到丽达身边，小心翼翼地拥抱了她。可丽达却立即挣脱了，笨拙地扬起肘部，突然打在扎鲁丁的下巴上，打得他的牙齿都磕出了声响。

"嘿，见鬼！"扎鲁丁叫道，疼痛使他愤怒，但更使他愤怒的是，那牙齿磕响的声音非常意外，非常可笑。

丽达虽然没听见那牙齿磕响的声音，但她本能地感觉到了扎鲁丁的可笑，她利用了这一点，带着女性的残忍说道：

"什么个意思！"她嘲讽地模仿道。

"不管是谁赶上这事，都会发火的！"扎鲁丁带着畏惧的愤恨反驳说，"说到底，哪怕能知道是怎么回事也好啊！"

"您不知道吗？"丽达带着同样的嘲讽拉长声音说道。

一阵沉默。丽达执拗地看着他，她的脸在冒火。突然，扎鲁丁的脸迅速地、均匀地苍白起来，像有一层灰色蒙住了他的脸。

"喂，您怎么啦？……您干吗不说话啊？……说点什么吧，安慰安慰人！"丽达说道，她的声音变成了一种歇斯底里的叫喊，连她自己也感到害怕。

"我……"扎鲁丁说道，他的下唇颤抖起来。

"是啊，不是别人！遗憾的是，就是您！"丽达几乎是大喊出来的，她被愤怒和绝望的泪水噎得喘不过气来。

那层优雅、美丽和温柔的外衣似乎从他俩的身上脱落了，一头野蛮、丑陋的野兽越来越清晰地从那外衣下面露了出来。

一系列的计谋以闪电般的速度在扎鲁丁的脑海中闪过，似乎有一大群机灵的耗子奔向了那里。第一个计谋就是立即与丽达断绝关系，给她一些钱，让她去堕胎，结束这段恋情。然而，尽管扎鲁丁认为这样做对他很好，也非常必要，可他却没把这个意思告诉给丽达。

"真的，我没料到……"他嘟囔道。

"没料到，"丽达野性地喊道，"您竟然没料到？"

"丽达……我可什么也没……"扎鲁丁说道，他为他想说的话而感到害怕，他觉得他是会将那话说出来的。

虽然他没把话说出来，丽达还是明白了他的意思。绝望的恐惧扭曲了她那张漂亮的脸。她无援地垂着手臂，坐到了床上。

"那么我该怎么办呢？"她带着奇异的沉思状说道，好像是在自言自语，"难道去投水？"

"唉—唉……干吗要那样……"

"您知道吗，维克多·谢尔盖耶维奇，"丽达突然洞察地、专注地盯着他的眼睛，缓慢地说道，"我就是去投水，您甚至也不会很反对吧！"

在她的眼睛里，在她那漂亮嘴巴的颤抖中，有一种非常悲哀、非常可怕的东西，扎鲁丁不由得移开了视线。

丽达站起身来。她突然感到可怕和恶心，因为她居然曾将他视为救星，曾想永远和他生活在一起。不知为何，她很想挥挥手，向他说出自己的轻蔑，为自己遭受的屈辱进行报复，但是她又觉得，如果她一开口，就会哭起来，就会使自己遭受更大的屈辱。最后的高傲，先前那个美丽、有力的丽达的残存之物，阻止了她，出乎自己的意料，也出乎扎鲁丁的意料，她转而低声地但清晰而又富有表情地说了一声：

"畜—生！"

她向门口冲去，衣袖的花边挂在门锁的把子上，被扯破了。

浑身的血液都涌到了扎鲁丁的头部。如果她骂他"坏蛋"、"恶棍"，他也许会完全平静地承受，可"畜生"这个字眼如此不雅，与扎鲁丁关于自己的看法如此地矛盾，于是他便惊慌失措了，甚至连他漂亮的鼓眼睛中的眼白都气红了。他慌乱地笑了笑，耸耸肩，扣好制服，又再次解开，他感到自己非常不幸。

但与此同时，在他体内的什么地方却生出一种自由和欢乐的感觉，不管怎样，一切都结束了。一个胆怯的念头在告诉他，像丽达这样的女人永远也不会再来找他了。有一刹那，他感觉到了遗憾，因为失去了这样一位漂亮的、有味道的情妇，但他还是摆了摆手。

"让她见鬼去吧……女人有的是！"

他整一整制服，用还在颤抖的嘴唇抽起烟来，然后，成功地在脸上摆出一个无忧无虑的表情，出了门，向客人们走去。

十八

除了马林诺夫斯基外，赌徒们全都对赌牌失去了兴趣。

大家都非常好奇，来的是位什么样的女人，来找扎鲁丁干什么。那些猜到来者就是丽达·萨宁娜的人，不由得都嫉妒起来，他们在勾画着他们所看不见的她的裸体以及她与扎鲁丁的亲近，他们的想像妨碍了打牌。

萨宁坐着玩了一小会牌，然后站起身来说道：

"我不想玩了。再见。"

"等一等，朋友，你去哪儿？"伊万诺夫问。

"我去看看那边在做什么。"萨宁回答，指了指那扇紧闭的房门。

大家听了他的话，全都笑了起来，像是听了一个笑话。

"会出丑的！你还是坐下来，我们喝酒吧！"伊万诺夫说。

"你自己才是个小丑！萨宁冷冷地反驳了一句，走了出去。

他来到一个狭窄的胡同，胡同里长满了多汁的、茂密的荨麻。萨宁判断了一下，扎鲁丁住房的窗户该朝着哪个方向，然后小心翼翼地踩倒荨麻，来到围墙前，灵巧地爬了上去。站在围墙上，他差点忘了他爬上来的目的，在高高的围墙上俯视绿色的草地和茂密的花园，他感到非常开心，他浑身紧绷的肌肉在感受清新、柔和的微风，那微风降低了暑热，自如地穿透了他那件薄薄的衬衣。

然后，他跳了下来，落在荨麻丛中，他悲哀地挠了挠被扎痛的地方，走过了花园。当他走近窗户的时候，丽达正在说：

"您不知道吗？"

根据她那奇异的语调，他立即就明白是怎么回事了。他肩膀贴着墙壁，眼睛看着花园，有滋有味地听着那两个变调的、伤心的、激动的嗓音。于是，他可怜起漂亮的、受委屈的丽达，"怀孕"这个粗俗、沉重的兽性字眼与丽达那迷人的脸庞是如此地不协调。但是，比对话更让他着迷的，是房间里两个人野蛮凶狠的嗓音和大自然赋予这两个人的这座绿色花园中纯净的寂静这两者之间奇异而又荒谬的对比。

一只白蝴蝶翩翩飞舞，沐浴着透着灿烂阳光的空气，萨宁非常专心地追踪着蝴蝶的飞翔，一如他在追踪着他所听见的一切。

在丽达喊了一声"畜生！"的时候，萨宁愉快地笑了起来，他整个身体都离开了墙壁，已不去想窗内的人会不会看见他，然后缓步走过了花园。

一条蜥蜴从他脚下的路面上急匆匆地爬过，引起了他的注意，于是，萨宁便久久地追踪起那个柔软的、草绿色的小身体，那小身体灵活地钻进了一处绿色的草丛。

十九

丽达没有回家，而是往相反的方向走去。

街道很空旷，闷热的蒸汽在空中流动。短短的阴影紧贴在围墙和山墙的旁边，其阴凉也被威严的暑热破坏了。

丽达只是凭习惯撑开了小伞，并没有发觉是热还是凉，是明还是暗，她沿着围墙急速地走着，围墙上满是披着尘土的青草，丽达低垂脑袋，那双冷漠的、闪亮的眼睛盯着脚下。偶尔，她会碰见几个表情冷漠、气喘吁吁、热得发蔫的行人，但行人不多，夏日午后的寂静笼罩着整个城市。

一条小白狗跟着丽达，匆忙而又小心地闻着她的裙子，操心地跑到前头，又回头一望，摇着尾巴，在表明它和丽达是同路人。转弯的地方站着一个男孩，他个子很小，胖得很滑稽，穿一件小衬衣，衬衣的后摆从裤衩里跑了出来，他鼓着沾满了接骨木树浆的腮帮，在拼命地吹响一枚荚果。

丽达对小狗摆摆手，对男孩笑了笑，但所有这一切都是在她意识的表层一滑而过的，而她的心灵却是封闭的。一股黑暗的力量切断了她与整个世界的联系，推着孤独的、死一般的她急速地行进，走过绿阴和阳光，走过生活的欢乐，一步步地走向一个黑洞，她心中怀着冷漠、委靡的忧伤，已经感觉到了这黑洞的临近。

一位熟悉的军官骑马从一旁经过，看见丽达，他勒住他那匹稍有些出汗的枣红马，太阳将精美的金色斑点洒在那匹马光滑的毛皮上。

　　"丽季娅·彼得罗夫娜，"他用愉快、响亮的声音喊道，"这么热的天，您这是去哪儿呀？"

　　丽达无意识地向他那顶小帽子扫了一眼，那帽子歪扣在他汗津津的、半边红半边白的脑门上，丽达没有说话，只是像惯常那样卖弄风情地笑了一下。

　　在这一时刻，她也在困惑地问自己："现在是去哪儿呀？"

　　她对扎鲁丁既无怨恨，也无思念。当她自己也不明白为什么要去找他时，她曾觉得，没有他就无法活下去，就无法消除自己的痛苦，可是现在，他干脆从她的生活中消失了。所有这一切都过去了，死去了，而剩下的事情则仅与她有关，应该由她一个人来解决。

　　她的思维在迅速、激动而又清晰地工作着。最为可怕的是，那位高傲、美丽的丽达即将消失，取代她的将是一个弱小的、被追赶的、劣迹斑斑的动物，所有的人都可以取笑这个动物，它在流言蜚语面前也将完全是孤立无援的。应当保全自己的高傲和美丽，应当离开这污浊之地，去一个缠人的波浪打不到她身上的地方。

　　丽达刚刚让自己明白了这一点，就立即感到，周围是一片虚空，阳光、生活和人们都已经不是为她而存在的了，在这一切当中，她是孤独的，她无处可去，应当去死，去投水自尽。

　　这对于她来说是非常清楚的，仿佛有一个石头圆环将她围了起来，使她与已经发生的一切和可能发生的一切相互隔离。

一瞬之间，甚至连那种因其多余和注定而显得可恶而又可怕的感觉也消失了，从她猜到自己已经怀孕的那一时刻起，她就始终怀有那种感觉，觉得内心有某种尚不明了的东西，可它却已经毁了她的生活。

周围形成一个轻盈的、没有色彩的虚空，虚空之中是死亡的冷漠。

"其实，这非常简单！……再也不需要任何东西了！"丽达想着，环顾四周，但什么都没看到。

丽达猛地加快了脚步，虽然她已经不是在走，而几乎在跑，宽大的时髦裙子不时绊着她的脚，可她还是感觉慢得难以忍受。

"这里是幢房子，那边还有一幢，带有绿色的百叶窗，然后就是一片空地……"

对于那条河、那座桥和即将发生在那里的事情，丽达还没有一个明确的概念。有的只是一个朦胧的空白点，一切都将在那之中结束。

但是，这种状态仅仅延续到丽达上桥之前。当她在桥栏杆旁停下来，看到桥下浑浊、发绿的河水，那个轻松的感觉立即消失了，她的整个身体都充满了强烈的恐惧和一种要活下去的顽强愿望。

于是，她马上就重新听见了人的嗓音和麻雀的啾唧，看见了阳光，看见了岸边浓密的如茵绿草间那朵白色的野菊花，看见了那只最终认定丽达就是自己法定女主人的白色小狗。这条小狗在丽达的对面蹲下来，蜷起一只前爪，愉快地在地上蹭着白色的尾巴，在沙土上留下了一些滑稽的字符。

丽达仔细地看了看那条小狗，几乎想充满激情地一把抱住它。她的眼睛里涌出大滴大滴的泪水。对自己即将毁灭的那娇小、美丽生命的惋惜竟如此深重，使得丽达的脑袋都晕眩起来，她赶忙将胳膊支在被太阳晒热的桥栏杆上。在她做这个动作的时候，她的一只手套掉进了河里，她带着困惑的、无言的恐惧盯着那只手套。

那手套急速地旋转着，向水中飘去，无声无息地落在平静的、令人困倦的水面上。一圈圈不断扩大的涟漪迅速地向岸边荡去，丽达看到，那只被浸湿的浅黄色手套怎样变成了深色，然后缓慢地沉入幽暗的、发绿的水底。它奇怪地翻转了一两下，似乎在悲哀地挣扎，然后便慢慢地旋转着沉了下去。丽达聚精会神地看着，竭力不让那手套从自己的视线中消失，但是，在暗绿色的河水中，那黄色的斑点还是越来越淡了，它又闪现了一两次，然后就无声地消失了。丽达的眼前，又是一片像先前一样的平静、幽暗、令人困倦的水的深渊。

"您这是干吗，小姐！"旁边响起一个女人的声音。

丽达恐惧地闪开一步，看了看那个翘鼻子胖女人的脸，那女人正带着好奇、惋惜的神情看着丽达。

虽说这惋惜只是针对那只沉没的手套的，丽达却以为，这位善良的胖女人知道原委，在可怜自己，于是，丽达的脑子里立即产生出这样一个念头：如果把一切都说出来，也许就会轻松些，简单些。但是，丽达此时好像分裂成了两个人，她意识到这是不可能的。她满脸通红，慌乱起来，低声说道：

"没什么……"她像一个半醉半醒的人，匆忙地、磕磕绊绊地从桥上走了下来，

"不能再在这里……会给捞起来的……"丽达冷漠、空虚的脑袋里闪过一个念头。

她向下走去，往左一拐上了河岸，走在一条狭窄的小道上，那小道蜿蜒在河流和一座花园密实的篱笆之间，是在荨麻、野菊花、牛蒡和散发着苦味的艾蒿等花草丛中踩出来的。

这里非常安静、平和，就像在乡村的教堂里一样。柳树垂下纤细的枝条，若有所思地望着水面，阳光照耀着陡峭的绿色河岸，映出一个个光斑，一条条光带；叶子阔大的牛蒡静静地站在高高的荨麻丛中，许多带钩的刺实轻易地粘在丽达宽大的裙边上。一株叶子茂盛、像小树一样高大的野草，将细小的白色花粉撒在了她的身上。

此刻，丽达已经在强迫自己走向她要去的地方，拂逆着其内心抗争不止的强大力量。

"必须，必须，必须，必须……"丽达在内心深处反复说着，她的双脚艰难地挪动着，似乎每一步都在挣脱某种富有弹性的绊绳，她离桥越来越远，走向一个地方，不知为何，丽达突然将那个地方想像成了道路的终点。

当丽达走到那个地方，透过纤细、杂乱的柳枝看见陡岸下急速奔涌着的黑色、冰冷的河水，她明白了，她是多么想活下去，她是多么怕死，可她毕竟还是要死去，因为她无法活下去。她目不斜视，将伞和剩下的那只手套扔在草地上，离开小道，径直走进了茂密的草丛。

就在这时，丽达百感交集，回忆起许多东西：在她心灵的最深处，那个早已被忘却的、被诸多新思想所压倒的童年游戏，又在带着天真的哀求和恐惧不断地重复："主啊，救我……主啊，助我……"不知自何处传来了一段咏叹调的旋律，不久之前她在钢琴上练过这曲子，此刻，这段旋律完整地在她的脑中闪过；她想到了扎鲁丁，但没在他身上多耽搁；母亲的脸庞闪现在她的面前，在这个时刻，她觉得母亲的脸庞无比珍贵，无比可爱，可正是母亲的脸庞将她推向了河水。无论是以前还是后来，丽达都未如此清晰、深刻地意识到，母亲以及其他那些爱丽达的人，其实爱的并不是她，不是带有各种缺点和欲望的真实的她，他们爱的是他们希望在她身上看到的东西。如今，当她显露出真相，偏离了那条他们认为是她惟一可行的道路，于是，正是这些人，尤其是母亲，就该来折磨她了，他们先前爱得越深，此刻就会折磨得越狠。

然后，一切都混乱了，就像是在梦中：有恐惧，有活下去的愿望，有对不可避免性的意识，有怀疑，有万事皆休的信念，有对什么东西的期望，有绝望，有她感到痛苦的对自己死亡之地的确认，还有一个人，像是她哥哥，正越过篱笆快步向她跑来。

"这是你能想出的最蠢的事情！"萨宁气喘吁吁地喊道。

由于人脑中各种思想和动机的难以捉摸的聚合，丽达来到的地方，恰好是扎鲁丁家花园的尽头，就是在这快要倾塌的篱笆上，在月光照不到的黑色树影里，她以一种很不舒服的姿势，把自己的身体给了扎鲁丁。萨宁老远就看见了她，认出了她，并猜出她想干什么。他的第一个动作就是想要走开，不去妨碍她，随她去，然而，她那些激动的举动，那些显然是下意识的、痛苦的举动，却使萨宁的心因怜悯而紧缩起来，于是，他奔跑着，越过花园里的丛丛灌木和几条长凳，向丽达冲了过来。

哥哥的声音带着可怕的力量影响到了丽达：在与自我的斗争中紧张到了极限的神经，立即松弛了，脑袋晕眩起来，一切都离开了原地，平稳地向四周散去。丽达已经无法弄清自己在什么地方，是在水中还是在岸上。萨宁恰好在河边抓住了她，他非常欣赏自己的灵巧和力量。

"原来是这样！"他说道。

然后，他将丽达领到篱笆前，让她坐在篱笆的一处豁口上，自己又困惑地四下张望了一下。

"我现在拿她怎么办呢？"他想。

但是，丽达却马上清醒了过来，她脸色苍白，惊慌失措，软弱得像是被拦腰折断了，她禁不住痛哭起来。

"我的上帝啊，上帝！"她像孩子似的抽泣着说道。

"你真是愚蠢啊！"萨宁温柔地、怜悯地说。

丽达没有听清萨宁的话，但当萨宁一动，她就颤抖着紧紧抓住萨宁的手，哭得更响了。

"我在做什么！？"她恐惧地想到，"不该哭，应该把一切都转化成一个笑话……他会猜到的！"

"喂，你哪有什么痛苦啊！"萨宁温柔地抚摩着她的肩膀说道，他很高兴能如此亲切、温柔地说话。

丽达完全像个孩子似的，从帽檐下抬眼向上看了看萨宁的脸，不再哭了。

"我可是全都知道……"萨宁说，"早就知道了……这整个故事……"

虽然丽达知道许多人都已猜到了她的艳情，但她还是像挨了萨宁的一个耳光似的移动着整个灵巧的身体，躲开了他，她斜着那双睁得大大的、立刻没了泪水的眼睛，带着被捕获的美丽动物所具有的那种美丽的恐惧，盯着哥哥。

"喂，你还要怎样！……就像我踩了你的尾巴似的！"萨宁大度地笑了笑，心满意足地扶着丽达那浑圆的、柔软的、在他的指头下面恐惧地颤抖着的肩膀，又把她按坐在篱笆上。丽达顺从地坐了下来，表情还像先前那样沮丧。

"其实，你有什么好伤心的呢？"萨宁问，"哦，是因为我知道了一切？你把自己给了扎鲁丁，可你对自己的行为难道就有如此糟糕的看法吗，甚至害怕去承认它？……这我就不明白了！……至于扎鲁丁不愿娶你，这倒是要谢天谢地了。你自己现在也知道了……在这之前你也就已经知道了，那个男人虽然很漂亮，适合谈情说爱，可他却既恶劣又下流……他身上仅有的好东西就是美貌，可他的美貌已经被你足足地享用过了！"

"是他享用了我，而不是我……或许我也……是啊！……上帝，上帝啊！"丽达滚烫的脑袋里闪过这个念头。

"是因为你怀孕了……"

丽达闭上眼睛，将脑袋垂向肩膀。

"这当然很糟糕，"萨宁柔和地、轻声地继续说道，"首先，因为生孩子是一件最无聊、最肮脏、最痛苦、最无意义的事情，其次，因为人们会折磨你，这是主要的问题……小丽达，你啊，我的小丽达啊！"带着一阵强烈的、善良的爱意，萨宁打断了自己的话头，"你没对任何人做过坏事，哪怕你生出一打的孩子来，这对任何人来说都不是灾难，只会让你一个人受苦！"

萨宁沉默了一会，若有所思地咬了咬唇髭，将双手抱在胸前。

"我可以告诉你该怎样做，可是要做这种事情，你还太软弱、太不聪明了……你的胆量和勇气都不够……但是，还是不值得去死。你看，这有多美啊……太阳在照耀，河水在流淌……你想想，在你死后，人们会知道你是因为怀孕才自杀的，这对你有什么好处！……也就是说，你去死，并不是因为你怀了孕，而是因为你害怕别人，害怕他们不让你活下去。你的不幸之所以可怕，并不因为它是不幸的，而是因为，你将它横在了自己和生活之间，你以为，在它的后面就什么也没有了。而实际上，生活仍一如既往……你不怕那些不认识你的人，当然，你只怕那些很亲近的人，尤其是那些爱你的人，对于他们来说，你的'堕落'是一个可怕的打击，这仅仅是因为，你的'堕落'不是发生在婚床上，而是发生在树林里、草地上的什么地方。但是要知道，他们是不会止步不前的，他们会因你的罪过而惩罚你，这样一来，你又何必在意他们呢？……也就是说，他们是愚蠢的，残忍的，平庸的，而你又何必为了这些愚蠢、残忍、平庸的人而折磨自己，想要去死呢？……"丽达慢慢地抬起了询问的大眼睛，看着哥哥，在那双大眼睛里，萨宁看到了理解的火花。

"我该怎么办……怎么办呢？"她忧伤地问道。

"你有两条出路：要么弄掉这个世界上谁也不需要的孩子，你自己也知道，如果生下他，除了痛苦，他也不会给全世界任何一个人带来任何东西……"

丽达的眼里现出了阴郁的恐惧。

"杀死一个已经懂得生命欢乐和死亡恐惧的生物，是残忍的；而杀死一个胎儿，这团不懂事的血肉……"

丽达心中有一种奇异的感觉：起初是强烈的羞耻，如此地羞耻，似乎有人脱光了她全身的衣服，在用粗鲁的手指戳她身体最隐秘的地方。她害怕向哥哥看上一眼，以免两个人都羞得要死。然而，萨宁那双灰色的眼睛一眨也不眨，射出明亮、坚定的目光，他的嗓音也不颤抖，很平静，就像在说着一些最平常的、毫无出奇之处的话语。在这些话语的镇定作用下，那羞耻散开了，失去了力量，甚至似乎失去了意义。丽达看清了这些话语那深刻的底部，她也感觉到，她心中已经既没了羞耻也没了恐惧。于是，她被自己这个大胆的想法吓了一跳，绝望地用双手按住太阳穴，她那轻盈的袖子飘了起来，就像一只受惊的鸟儿张开的翅膀。

"我不能……我不能！"她打断了话头，"也许，这样做是对的，也许……可是我不能……这太可怕了！"

"好吧，你不能，好吧，那么……"萨宁在她的面前跪了下来，轻轻地把她的双手从脸上拿开，说道，"那么我们就来隐瞒这件事……我要这样来做，让扎鲁丁离开这里，而你……就嫁给诺维科夫，你会幸福的……我是知道的，如果没有这个漂亮的牡马军官出场，你是会爱上诺维科夫的……再说……"

在听到诺维科夫的名字时，有某种明亮、可爱的东西如同一道亮光在丽达的心中闪过。由于扎鲁丁使得她如此不幸，由于她想到诺维科夫是不会这样做的，丽达竟在一瞬间觉得，所有这一切都似乎是一个简单的、可以改正的错误，这错误没任何可怕之处：她马上就会站起身来，走过去，说点什么，微笑一下，生活又会在她面前展现出其全部的灿烂色彩。她又可以生活了，又可以恋爱了，只是会爱得更美好，更强烈，更纯洁。但是，她马上就想到，这是不可能的，她已经是肮脏的了，已经被那不体面的、无意义的放荡所玷污了。

一个非常粗鲁的、她不大知道也从未使用过的字眼，从她的记忆中突现出来。她带着病态的快感把这个字眼烙在了自己的身上，将它当做一记沉重的耳光，这使她自己也感到害怕了。

"我的上帝……可难道是这样的,我难道是这种人?……好吧,好吧……就是这种人,这种人……活该!……"

"你说的什么话啊!"她绝望地低声对哥哥说道,她为自己那像从前一样动听的嗓音而感到非常羞愧。

"怎么了?"萨宁问道,俯视着妹妹那诱人的白皙的脖子上方纷披着的漂亮头发,金色的阳光从树叶的缝隙间透过来,那轻盈的光斑在她的脖子上来回晃动。

他突然觉得这太可怕了,如果他不能说服她,这个美丽的、灿烂的年轻女人,这个可以给很多人以幸福的女人,就会步入那毫无意义的虚空。

丽达无援地沉默着。她在竭力压抑自己内心的一个期望,这个期望拂逆她的意志,控制着她颤抖不止的整个身体。她觉得,在所有这一切发生之后,不仅活着是耻辱的,甚至连想活下去的愿望也都是耻辱的。但是,这个强有力的、充满阳光的年轻躯体在拒绝此类丑陋、软弱的想法,像是在拒绝毒药,不愿承认那些畸形儿是自己的思想。

"你为什么不说话呢?"萨宁问。

"这不可能……这是卑鄙的,我……"

"请你别说这样的胡话了……"萨宁不满地反驳道。

丽达又斜着那双充满泪水和隐秘愿望的美丽眼睛,看了看萨宁。

萨宁沉默了一会,捡起一根细树枝,把它咬断,又扔开了。

"卑鄙,卑鄙……"他说,"瞧,我说的话让你大吃了一惊……为什么?无论是你,还是我,对于这个问题都无法给出一个明确的答案……我们给出了，那也不会是答案！罪行？什么叫罪行！

"母亲生孩子的时候如果面临死亡的威胁，就要用铁钳把那个已有生命、已准备叫喊的婴儿肢解，将他的脑袋压碎——这不是罪行！……这只是一个不幸的被迫选择！……而去中止一个无意识的生理过程，中止某种不存在的东西，中止某种化学反应——这却是罪行，可怕！……可怕，虽说这关系到母亲的生命，甚至还关系到比生命更重要的东西，即母亲的幸福！……为什么要这样？谁也不知道，但所有的人都叫好！"萨宁笑了笑。"唉，人啊，人……就这样马马虎虎地制造着征兆、条件和幻象，在不停地受苦。有人却在叫喊：'人啊，伟大，重要，不可思议！人是帝王！'这个自然之王，从未登上过王位：他一直在受苦，始终害怕自己的影子！"

萨宁沉默了片刻。

"是啊，不过，问题还不在这里。你说，这是卑鄙的。我不知道……也许是的。但是，只要把你的堕落告诉给诺维科夫，他就会承受一场残酷的悲剧，也许会开枪自杀，可他却不会不再爱你。他自己也会有错，因此他将与那些他其实并不相信的偏见作斗争。如果他的确聪明，他就丝毫不会在意你和什么人睡过觉，请原谅我这句粗话。无论是你的身体还是你的灵魂，都没有因此而变坏……我的上帝，比如说，他也可能娶一个寡妇呀！显然，问题不在于这个事实，而在于他脑袋里出现的那种混乱。而你……如果一个人只能恋爱一次，那么，在做第二次尝试的时候就什么结果也不会有，就会痛苦，厌恶，不舒服。可事实却不是这样。一切都同样地让你愉快，同样地让你幸福。你会爱上诺维科夫的……如果爱不上，那也……跟我走吧，小丽达！生活到处都有！……"

丽达叹了一口气，竭力想吐出内心那个沉重的东西。

"也许，一切真的会重新好起来……诺维科夫……他可亲可爱……也很漂亮……不，是啊……我不知道……"

"是啊，如果你投水自杀了，那又会有什么呢？善和恶都不会有所收获，也不会有所损失……你那泡胀的、难看的尸体会陷在淤泥里，然后被人捞出来，埋掉……如此而已！"

在丽达的眼前，有一个发绿的不祥的深渊在轻轻晃动。一些黏腻的线条和气泡在做着缓慢的蛇形运动，一切都突然变得可怕、可恶了。

"不，不，决不……就算是羞耻吧，就算是诺维科夫吧，怎么都行，只要别这样！"她想到，脸色煞白。

"瞧你都被吓傻了！"萨宁笑着说。

丽达含着眼泪笑了一下，这个偶然的微笑似乎在表明她还是能笑得出来的，它给了丽达一阵温暖。

"不管怎样，我都要活下去！"怀着一种奇异的、几乎是庄严的冲动，她想到。

"好了。"萨宁开心地说道，迅速、愉快地站起身来，"没有什么东西能比死亡的念头更烦人了，但是，如果你的肩膀能承受这一切，你还能听到生活，看见生活，那么你就活下去吧！是这样吗？……喂，把你的小爪子递给我！"

丽达把手递给他，在她那胆怯的、女性所特有的动作中，有一种孩子般的感激。

"好了，就这样……你的小手多漂亮啊！"

丽达笑了一下，没有做声。

并不是萨宁的话对她起了作用。她身上本来就有着一种巨大、顽强而又勇敢的生命，只不过，那瞬间的绝望和软弱将这生命像根弦似的紧绷了起来。再有一个动作，这根弦就会被绷断，但是，这个动作却没有做出，于是，她的整个灵魂便更和谐、更响亮地奏出了勇敢、生的渴望和无畏的力量的乐章。在一种陌生的振奋状态中，丽达带着喜悦和惊异看着，听着，用自己肌体上的每一个细胞捕捉着另一种同样强大、欢乐的生命，这生命就充斥于四周，在阳光中，在绿色的草地上，在被阳光映得透亮的奔流的河水里，在哥哥那平静的笑脸上，也在她自己的心中。她觉得，她是第一次看到这样的场面，第一次获得这样的感受。

"活下去！"一个声音在她心中大声地、欢乐地喊道。

"这就好了，"萨宁说，"在斗争的艰难时刻，我帮了你的忙，为这你该亲亲我，因为你是一个美人！"

丽达默默地笑了一下，这微笑像林中仙女的笑容一样神秘。萨宁搂住她的腰，觉出那个富有弹性的温暖身体在他肌肉发达的双臂中颤抖着，伸展着，于是便紧紧地、大胆地抱住了她。

丽达的心里涌起一种奇异的却又无比愉快的感觉：她身上的一切都活了过来，在贪婪地渴望更多的生活，于是，不知不觉地，她缓慢地用双手搂住哥哥的脖子，半闭着眼睛，抿起嘴唇，等着亲吻。当萨宁滚烫的嘴唇长时间地、狠狠地吻她时，她感觉到了难以抑制的幸福。在这一时刻，她已无所谓是谁在将她亲吻，就像一朵沐浴着阳光的小花，无所谓是谁在将它晒暖。

"我这是怎么了，"她带着愉快的惊奇想到，"哎，是啊……我曾想要投水……多愚蠢啊！……干吗？……唉，多好啊……不管他是谁……只要活下去就行。"

"瞧……"萨宁说着，放开了她，"一切美好的东西，就是美好的……用不着再去附加任何意义！"

丽达慢慢地整理着头发，带着幸福的、傻傻的微笑看着哥哥。萨宁将雨伞和一只手套递给了她，丽达起初还为少了一只手套而奇怪，后来回忆了起来，想到她曾将那手套的简简单单的掉落当成多么重大、不祥的事情，她轻轻地笑了，笑了好久。

"得了，就这样！"她想到，和哥哥一起走在河岸上，将高高的胸脯挺向炽热的阳光。

二十

诺维科夫亲自给萨宁开的门，一见是萨宁，他便皱起了眉头。一切会让他想起丽达的东西，那种在他内心像薄花瓶一样被打碎的莫名的美，都让他感到沉重。

萨宁看出了这一点，便和蔼可亲地微笑着，走进屋里。诺维科夫的房间又脏又乱，像有一阵旋风扫过，满地都是纸张、干草和各种破烂。各种书籍、服装和用具，杂乱无章地堆在床铺上、椅子上和敞开的柜橱抽屉里。

"你要去哪儿？"萨宁不解地问。

诺维科夫竭力不去看萨宁，默默地将一些杂物挪到了桌子上。

"我要去闹饥荒的灾区，老弟……接到了一个文件……"他笨拙地回答，并因自己的笨拙而生气。

萨宁看了看他，然后看了看箱子，然后又看了看他，突然大笑了一下。诺维科夫默默不语，机械地将一双靴子和一些玻璃管子放在一起。他很痛苦，他感到了愁苦的、完全的孤独。

"如果你这样收拾东西，"萨宁说道，"等你到了地方，用具没了，靴子也没了。"

"啊……"诺维科夫说着，匆匆看了萨宁一眼，他那双充满泪水的眼睛却在说，"饶了我吧……你看我多难受啊！"

萨宁明白了，没再做声。

夏日的朦胧暮色已飘进窗户，在花园里淡淡的绿阴之上，那像水晶一样明亮、纯净的天空也暗淡了。

"我倒认为，"萨宁停了一会，开口说道，"你与其去那个鬼知道在哪儿的地方，还不如娶了丽达！"

诺维科夫不自然地迅速向萨宁转过身来，浑身突然颤抖起来。

"我求求你……别开这些愚蠢的玩笑了！"他用尖利的嗓音喊道。

他的声音飘进了沉静的、凉爽的花园，在静静的树林间发出了奇异的回响。

"你发什么火呢？"萨宁问。

"听着……"诺维科夫嘶哑着说道，他的两只眼睛瞪得圆圆的，面孔也变了，完全不像是萨宁所熟悉的那张善良、柔和的面孔了。

"你是想说和丽达结婚不是幸福？"萨宁问道，只在眼角露出了愉快的笑容。

"住口！"诺维科夫尖叫一声，像醉汉一样摇晃着，向萨宁冲过去，他抓起那只脏靴子，以一种前所未有的力量将靴子举过头顶。

"你安静些，见鬼！"萨宁生气地说着，不由自主地躲开了。

诺维科夫厌恶地扔下靴子，气喘吁吁地站在萨宁的面前。

"竟要用这只破靴子来砸我！"萨宁责备地摇着脑袋。他很可怜诺维科夫，又对诺维科夫所做的一切感到可笑。

"是你自己的错……"诺维科夫反驳道，他立即软了下来，并感到害羞。

于是，他立即感觉到了自己对萨宁的温情和信赖。萨宁是那么高大、镇静，可诺维科夫却像一个小孩子，想要得到爱抚，想要诉说一番他有多么痛苦。他的眼中甚至涌出了泪水。

"你要是知道我有多么难受就好了！"他断断续续地说道，同时使劲绷着喉咙和嘴巴，以免哭出来。

"是的，亲爱的，我全都知道。"萨宁温柔地回答。

"不，你不可能知道！"诺维科夫坚决地反驳道，同时机械地在近旁坐了下来。他觉得，他的心情如此难受，谁也不可能理解他。

"不，我知道……"萨宁说，"你要是愿意听，我可以发誓！……如果你不再朝我扔那只破靴子，我就来证明给你看。你不会再扔了吧？"

"是的……对不起，瓦洛佳。"诺维科夫害羞地嘟囔道，他叫了萨宁的爱称，他以前从未这样叫过萨宁。

萨宁很喜欢这样的称呼，这样一来，他心中那个助人一把、摆平一切的愿望就变得更强烈了。

"听着，亲爱的，我们来坦率地谈一谈。"他说着，亲热地将手放在诺维科夫的膝盖上，"要知道，你打算离开这里，仅仅是因为丽达拒绝了你。那天在扎鲁丁那里，你认为来找他的女人就是丽达。"

诺维科夫沮丧地垂下脑袋。他觉得，萨宁揭开了他身上那块疼痛难忍的新伤疤。

萨宁看了他一眼，想到："唉，你呀，真是一个善良、愚蠢的动物！"

"我不会要你相信，"他继续说道，"丽达没有和扎鲁丁发生过关系，这我也不清楚……我不认为……"看到诺维科夫的脸上闪过痛苦的表情，就像一阵飞驰的乌云投下的阴影，萨宁急忙补充了一句。

诺维科夫带着朦胧的希望看了萨宁一眼。

"他俩的关系开始不久，"萨宁解释道，"不可能有什么严重的后果。尤其是，如果考虑到丽达的性格的话……你可是了解丽达的。"

诺维科夫的眼前又出现了他所了解、他所爱过的那个丽达：一位身材匀称的骄傲姑娘，她那双时而温柔、时而威严的大眼睛透着纯净的冷漠，像是镶了一圈冰。他闭上眼睛，相信了萨宁的话。

"就算他俩之间有过通常的那种年轻人的调情，那么现在，一切显然都已经结束了。一个还是自由的、正在寻找自己幸福的姑娘有过这个小小的迷醉，这与你有什么相干呢，再说，与此同时，你自己甚至不用费劲就能回忆起几十起诸如此类的迷醉，甚至比这还要糟糕得多。"

诺维科夫向萨宁转过身来，由于充盈在他内心的那份信任，他的眼睛变得明亮、透明了。有一株幼芽在他心中摇曳，但它非常柔弱，随时都可能消失，他自己也害怕，自己的某个不慎的字眼或思想会夺去这株幼芽的生命。

"你知道吗，如果我……"诺维科夫没有说完，因为，他自己无法表达出他想说的意思，却感到一阵被自己的痛苦和别的感受激起的甜蜜泪水涌上了喉头。

"什么如果？"萨宁提高嗓音，两眼放光，得意洋洋地说，"我只能告诉你一点，过去和现在，丽达和扎鲁丁之间什么事都没有！"

诺维科夫慌乱地看了萨宁一下。

"我原来想……"他恐惧地说道，觉得不能相信。

"你原来想的是蠢事。"萨宁带着真心的愤怒反驳说，"你难道不理解丽达吗：她既然犹豫过那么长时间，又怎么会有这样的爱情呢！"

诺维科夫抓住萨宁的手，喜悦地盯着萨宁的嘴巴。

突然，一阵可怕的恼恨和厌恶控制了萨宁。他默默地盯着这个人的脸，看了许久，这个人一想到，他想与之做爱的那个女人此前还没和任何男人做过爱，就变得幸福起来了。在那双善良的、人的眼睛里，那双因真诚的痛苦和磨难而变形的眼睛里，竟射出了赤裸裸的、兽性的妒意，像爬虫一样平庸的、贪婪的妒意。

"唉—唉！"萨宁恶狠狠地发出一声长音，站起身来。

"好吧，我就这么跟你说吧：丽达不仅爱过扎鲁丁，与他发生过关系，现在甚至还怀着他的孩子！"

房间里是一片轰鸣之后的寂静。诺维科夫奇异地笑着，看着萨宁，搓了搓手。他的嘴唇颤抖了一下，动了动，却只吐出一个微弱的、短促的叫声。萨宁站在他的上方，盯着他的眼睛，在他的下颌和嘴角出现了一道残忍的、危险的褶皱。

"喂，你干吗不说话呀？"萨宁问。

诺维科夫很快地抬眼看看萨宁，又极快地垂下目光，还是那样默默不语，慌乱地微笑着。

"丽达遭逢了一场可怕的悲剧。"萨宁轻轻地说道，似乎是在自言自语，"如果不是被我碰上，那么她现在已经不在这个世界上了，昨天那个漂亮、活泼的姑娘就会躺在岸边的淤泥里，赤身裸体，丑陋不堪，被鱼虾咬得满身窟窿……问题不在于她会死去……每个人都会死的，然而，和她一同死去的，也许还有她给周围人的生活带来的巨大欢乐……丽达……当然，她不是惟一的女人……但是，如果年轻的女性全都死去了，世界也许就会成为一个坟墓。每当有人无聊地谋害一位年轻、漂亮的姑娘，我自己就会体验到一种想杀人的愿望！……听着，你是和丽达结婚，还是去见鬼，我反正都无所谓，但是，我想告诉你这一点：你是一个白痴！你的脑壳里哪怕能有一个健康、纯洁的思想也好啊，你如此痛苦，你把自己和别人都弄得很不幸，难道这仅仅是因为，一个自由、年轻的女人选中了一个色鬼，犯了一个错误，她又是自由的了，只不过这已是在性行为之后的自由，而不是在性行为之前……我对你说，可也不止你一个……你们这些白痴成千上万，你们把生活变成了一座无法忍受的监狱，没有阳光，没有欢乐！……瞧你自己：你自己有多少次睡在随便哪个妓女的肚皮上，淫荡地扭动着，醉醺醺的，脏兮兮的，就像一条狗！……在丽达的堕落中还有激情，还有诗意的勇敢和力量，可你呢？你有什么权利躲开她？你认为自己是一个聪明的、有知识的人，在这样一个人的智慧和生活之间似乎没有什么屏障吧！……她的过去对你有什么影响？她变坏了，她给出的快感就会少一些吗？你自己不是也曾经想夺去她的贞洁吗？……啊？"

"你自己知道，不是这样的……"诺维科夫用颤抖的嘴唇说道。

"不，是这样的！"萨宁喊道，"如果不是这样，那又是怎样的呢？……"

诺维科夫沉默了。

他的内心是一片空旷和黑暗，只有那由宽恕、牺牲和功勋交织而成的忧愁的幸福，如同黑暗旷野中一扇明亮的窗户，在遥远、遥远的地方闪亮。

萨宁看着他，觉得自己已经捕捉住了诺维科夫复杂的大脑里所有的思绪。

"我看出，"他用轻轻的但却尖锐的声音又说道，"你想到了自我牺牲……你已经有了一个解决方式：我宽恕她，我在众人面前为她掩饰，如此等等……你已经在自己的眼睛里变得高大了，就像动物尸体中的蛆虫！……不，你是在欺骗！你没有片刻的忘我精神：如果丽达真的被天花毁了容貌，你也许会鼓足勇气去建立功勋，但过上两天你就会毁了她的生活，借口说她命不好，或是逃走，或是折磨她，心怀绝望地走向功勋。而此刻，你把自己看成一尊圣像了！……这还用说：你满脸放光，每个人都会说，你是神圣的，可你却几乎毫无损失，因为在丽达那儿，还是同样的手臂，同样的双腿，同样的乳房，同样的情欲，同样的生命！……你在愉快地享受，同时你却觉得你是在做一件神圣的事情！……这还用说！"

听到这些话，在诺维科夫的心中，那种感人的、已开始绽放的自尊胆怯地缩成一团，消失了，就像一只被捻死的蛆虫，他那柔和的心灵给出了一种新的情感，它要比第一种情感更朴实，更真诚。

"你把我想得比我实际上更坏些！"他带着伤心的责备说道，"我完全不像你说的那么蠢……也许……我不会去争辩，我的偏见是重是轻，但我是爱丽季娅·彼得罗夫娜的……如果我知道她也爱我，我难道还会顾虑这些……"

最后一句话他是吃力地说出来的，说出自己相信的话竟然如此吃力，这已使他自己感到了强烈的痛苦。

萨宁突然冷静了下来。他沉思着，穿过房间，在那扇敞向昏暗花园的窗户前停了下来，轻声地回答：

"她现在很不幸，她还顾不上恋爱……她是不是爱你，没人知道。我只是认为，你如果去找她，你就会成为这世界上第二个不因她那个短暂、偶然的幸福而惩罚她的人，这样的话……谁知道她会怎样呢！？……"

诺维科夫若有所思地看着眼前。他的心里既有悲伤也有欢乐；这悲伤的欢乐，这欢乐的悲伤，在他心中创造出一种明亮、动人的幸福，就像渐渐逝去的夏日的傍晚。

"我们去找她吧。"萨宁说，"无论怎么样，在那些掩藏着野兽嘴脸的面具中看到一张人的面孔，她总会轻松一些……你，我的朋友，相当愚蠢，这是实话，但在你那种愚蠢中，却有一种别人所没有的东西……是啊，世界就在这样的愚蠢中长久地建造自己的幸福和自己的希望……我们走吧。"

诺维科夫胆怯地冲他一笑。

"我就走……不过她本人是否会高兴呢？"

"你别考虑这一点，"萨宁将两手放在他的肩膀上，"如果你认为你做的是件好事，你就做吧，到时候就清楚了……"

"好吧，我们走！"诺维科夫决然地说道。

在门口，他站了下来，直盯着萨宁的眼睛，带着一种他从未有过的力量说道：

"你知道吗，只要有可能，我就要让她幸福……这话太平庸了，可我又无法用别的语言来表达我此刻的感受……"

"没什么，朋友，"萨宁温情地回答，"这样我也能理解！……"

二十一

酷热的夏天笼罩着城市。夜晚，一轮圆圆的明月在高天上徘徊，空气温暖而又浓郁，伴着花园里鲜花的气息，它引起了一种困倦、威严的感觉。

白天，人们工作，搞政治，搞艺术，将各种思想付诸实施，吃饭，喝水，洗澡，但是，只要暑热一消退，得到安抚的沉甸甸的尘埃就落了下来，在黑暗的地平线上，从远处的树林或近处的屋顶后面，那明亮、神秘的圆盘露出了边沿，将神秘的冷光洒满花园，一切都静止了，像是从自己身上脱下了各种五颜六色的衣衫，那些轻盈的、自由的东西便开始了它们真正的生活。人越是年轻，这样的生活也就越是充分，越是自由。花园被夜莺的叫声吵烦了，被轻盈的女性衣裙触碰的青草，在神秘地摇晃着它们的小脑袋；暗影越来越深，爱的慵懒闷人地弥漫在空气中，眼睛时而闪亮，时而朦胧，腮帮露出粉红，嗓音也变得神秘、诱惑了。

就这样，在冷冷的月光下，在吐出清凉的静静的树阴里，在多汁的草被踩倒的草地上，一代又一代的年轻人自发地诞生了。

就这样，尤里·斯瓦罗日奇和沙夫罗夫一起，搞政治，组织自修小组和新书读书会。他认为，这才是他真正的生活，这样才能排遣他所有的顾虑和怀疑。但是，无论他读了多少书，无论他组织了多少活动，他还是觉得无聊和苦闷，生活中也没有火花。只有在感到自己健康有力的时候，只有在爱上女人的时候，尤里才会激动起来。

起初，所有年轻漂亮的女人都同样地引他关注，同样地令他激动，但是很快，有一个女人在她们中间凸现出来，渐渐地，她将她们所有的色彩和所有的美丽都集于一身，她开始单独地亭亭玉立于他的面前，美丽而又可爱，就像春天里森林边的一株白桦。

她非常漂亮，个子很高，她丰满、健美，每走一步，都要向前挺着高耸的、漂亮的乳房，健美、白皙的脖子上是微微昂起的脑袋。她笑得很响亮，唱得很好听。她虽然读了很多书，喜欢聪明的思想和自己的诗句，但是，只有在那样的时候，当她不得不使出力气，用那富有弹性的胸脯抵着什么，竭尽全力地抓住什么，两腿绷紧，当她笑着，唱着，看着健壮、漂亮的男人，她的全副身心才能感受到充分的满足。有时，当太阳照耀，有力地驱散一切黑暗，或者，当月亮在暗淡的天空上发光，她就想脱掉衣服，赤裸着身体在绿色的草地上奔跑，跳进暗淡的、荡漾的水中，发出动听的喊声，期待、寻找着什么人。

她的在场会使尤里激动，在他心里唤起那些无形的，还没有使尽的力量。当着她的面，他的话语就更清晰，他的肌肉就更有力，他的心就更坚强，他的大脑也就更灵活。他整天想着她，晚上要去找她，可他甚至对自己也掩饰着这一点。

但是在他的心中，却有着某种遭到破坏、使人厌恶的东西，它违背了内在的自由力量。他让自己内心出现的每一种情感都停下来，对其加以审问，于是，那情感便僵死了，枯萎了，失去了花瓣，就像严寒中的花朵。当他询问自己，是什么使他迷恋卡尔萨维娜，他总是回答：是性欲，仅仅是性欲——虽然他自己也不知道原因何在。然而，这个直截了当的字眼却在他心中唤起了一种不经意的、对他自己而言却是很沉重的蔑视。

然而，在他俩之间，却已经无声无息地建立起了一种神秘的关系，就像是在一面镜子里，他的每一个动作都会在她身上得到反映，她的每一个动作也都能在他身上反映出来。

卡尔萨维娜并没有考虑过自己内心里发生了什么，但她却为自己的情感而高兴。她害怕这种情感，想在别人面前掩饰这一情感，并努力地这样做了，好让这一情感完完全全地属于她一个人。使她感到痛苦的是，她无法理解这位漂亮的、她感到可爱的男人心灵和身体里发生的一切。有时她觉得，他俩之间什么事情也没有，这时她便会痛苦，哭泣，难受，像是丧失了什么财富。但是，当其他一些男人走近她，用奇异的、明白或不明白的目光看着她的时候，他们的关注还是会让她感到宽慰和激动。因此，尤其是在卡尔萨维娜坚信她为尤里所爱、她像一个未婚妻一样光彩照人的时候，她还是很能让其他男人激动的，她自己也会因那些秘密的贪婪愿望而激动不已。

当萨宁带着他宽大的肩膀、平静的眼神和自信有力的举止走近她的时候，她就会感觉到一阵特别奇异的激动。捕捉到了自己这份隐秘的激动，卡尔萨维娜觉得害怕，认为自己是个放荡的坏女人，可她仍旧好奇地看着萨宁。

就在丽达经受了其沉重悲剧的那天晚上，尤里和卡尔萨维娜在图书馆里相遇了。他俩简单地打了个招呼，各自做起自己的事情：卡尔萨维娜在挑选书籍，尤里在阅读彼得堡的报纸。但是最后，他俩不知不觉地走到了一起，走在已经空无一人的、被月光照得很亮的街道上。

四周不同寻常地安静，只能听到更夫敲出的被距离弱化了的梆子声，以及谁家院子里一条小狗的叫声。在林荫路上，他俩碰见了树阴下坐着的一帮人。那儿响起一阵热烈的说话声，还能看见时明时暗的烟头，烟头的火光在刹那间映亮了某人的唇髭和络腮胡。当他俩从一旁经过时，只听一个纯净、欢乐的男声唱道：

> 美丽姑娘的心啊，
> 就像田野的微风！……

在走到卡尔萨维娜的住处之前，他俩在别人家门旁的一条长凳上坐了下来，坐在浓浓的暗影里，从那里可以看到一条宽宽的、月光遍洒的街道。街道的尽头，是教堂的白色院墙和黑黢黢的椴树，院墙和椴树之上，一个十字架在空中泛出冷冷的光，就像是一颗星星。

"您看，多好啊！"卡尔萨维娜用手指着，悦耳地说道。

尤里匆匆地、享受地看了一眼她那白皙丰满的肩膀，透过那件小俄罗斯式服装的宽大领口，她圆圆的肩头泛着光泽，尤里感觉到一个难以抑制的愿望，想去搂抱她，去吻那丰满红润的唇，这微微张开的红唇离他的嘴唇非常地近。他突然觉得应该这样做，觉得她也在等待他这样做，她既害怕，又渴望。

但是，他不知为何错过了机会，软了下来，他歪着嘴，嘲讽地哼了一声。

"您说什么？"卡尔萨维娜问。

"没说什么……"尤里抑制着由于情欲激荡而出现的腿部的颤抖，答道，"的确太好了。"

他俩默默不语，敏感地倾听着那遥远的声响，那些声响是从黑暗的花园和月光照亮的屋顶的后面传来的。

"您从前恋爱过吗？"卡尔萨维娜突然问道。

"爱过……"尤里缓慢地回答，"我要是说出来，那会怎么样呢？"他呆呆地想到，然后说，"我现在就在恋爱。"

"爱的是谁啊？"满怀自信和恐惧的卡尔萨维娜声音颤抖地问道。

"就是您啊！"尤里竭力用开玩笑的口吻回答道。可他的声调却变了，他俯下身体，看着她那双在黑暗中闪出奇异光泽的眼睛。

她迅速地、恐惧地看了他一眼，她那恐惧的、幸福的脸庞则充满了期待。

尤里想拥抱她。他已经感觉到了自己怀抱中那柔软的凉凉的肩头和那富有弹性的乳房，可是他却害怕了，再一次错过了时机，他没有力量，也没真的想到去做他想做的事情，便难为情地、佯装地打了一个哈欠。

"他是在开玩笑！"卡尔萨维娜痛苦地想到，突然，由于痛苦和屈辱，她内心的一切都冷却了下来。她觉得她马上就会哭出来，她慌乱地使劲忍住眼泪，咬紧了牙关。

"蠢话！"她匆忙站起身来，用变了声的嗓音嘟囔道。

"我说的是真话！"尤里声音不自然地说，他的话已经是违背意志的了，"我爱您，您可以相信我，非常地爱！"

卡尔萨维娜没有作答，开始收拾自己的书。

"干吗这样……为什么呢？"她愁苦地想到，又突然恐惧地意识到，她暴露了自己，他很看不起她。

尤里将一本掉在地上的书递给了她。

"该回家了……"她轻轻地说道。

尤里非常舍不得她走开，可与此同时，他也觉得这个结果很独特，很美，远没有任何的庸俗。

于是，他竟莫名其妙地答了一句：

"再见！"

但是，当卡尔萨维娜把手伸给他，尤里却违背意志地弯下腰，吻了吻她柔软温暖的手心，他感觉到了那手心散发出的可爱、温柔的气息。卡尔萨维娜轻轻地喊了一声，立即把手抽了回去。

"您干吗呀！？"

但是，嘴唇与那柔软的、处女般凉润的躯体相互接触时的瞬间感受如此强烈，竟使尤里的脑袋眩晕了，他只能幸福地、傻傻地笑着，听着她急促的、渐渐远去的脚步声。

很快，院门响了一下，尤里仍然那样微笑着，往家里走去，他竭尽全力地呼吸着新鲜的空气，感到自己是强有力的，幸福的。

二十二

然而，在月夜的开阔和凉爽之后，自己的房间就显得既闷人又狭窄了，就像监狱一样，于是，尤里在房间里又想到，活着仍然是无聊的，这一切也都是渺小的，庸俗的。

"我强索了一个吻！你想，这是多大的幸福，多大的功勋！这一切多么恰当，多么富有诗意：月亮，主人公在用火热的话语和亲吻诱惑一位姑娘……呸，庸俗！在这该死的穷乡僻壤，你不知不觉就变得庸俗了！"

尤里住在大城市里的时候曾以为，他只要一到乡下，就会投身于简朴的、黑土地上的生活，伴着那儿的工作，真正的并非臆想出来的工作，伴着那儿的田野、太阳和农夫，让生命最终获得真正的意义，可是此刻他却觉得，如果没有这片蛮荒之地，如果去到都市，生命就会在真正的旅途上沸腾起来。

"都市里热闹，有很多善言者侃侃而谈！"尤里带着若有所思的神情和无意识的激情，朗诵似的说道。

但是立即，他捕捉到了自己这种孩子气的喜悦，便挥了挥手。

"不过，那也没什么……反正都一样！……政治，科学……所有这一切，只有从远处看，在理念中看，整体地看，才是巨大的，而在一个人的生活中，却只有一种手艺，像其他每一种手艺一样！斗争，巨大的努力……是啊……但在当代生活中这都是不可能的。这能有什么：我真诚地受难，我斗争，我克制……可后来呢？最终呢？斗争的终点处在我的生命之外。普罗米修斯想把火偷给人们，他给了——这是一个胜利。而我们呢？——我们只能往那火里添一些刨花，那火不是我们点燃的，也不该我们去熄灭。"

这时，他突然产生一个想法，其中的原因就在于他尤里不是普罗米修斯。这个想法使他不快，但他还是带着病态的自虐抓住了它：

"我算什么普罗米修斯！我的一切如今都处在个人的立足点上，我，我，我！……为了我，为了我！……我如此地软弱，如此地渺小，就像所有这些我打心眼儿里藐视的人一样！"

这一比较对于尤里来说如此痛苦，他竟乱了套，在一段时间里，他呆呆地看着眼前，在为自己寻找辩白。

"不，我和其他人不一样！"他如释重负地想到，"就凭我想到了这一点……梁赞采夫、诺维科夫和萨宁就不会想到这一点。他们离悲剧性的自我鞭笞很遥远，他们是心满意足的，就像查拉图斯特拉那些洋洋自得的猪猡！他们的一生都处在自己的小我之中，他们的庸俗还传染了我……和狼生活在一起，你就会像狼一样地嚎叫！这是自然而然的！"

尤里在房间里来回走动，像通常那样，他的思想也在随着位置的变化而变化。

"那么好的……就是这样，可是应该想一想的事情依然很多：我和卡尔萨维娜是什么关系？我爱不爱她反正都一样，这又会有什么结果呢？如果我娶了她，或者只与她保持一段时间的关系，这对于我来说就是一种幸福吗？去欺骗她，也许是罪过，可如果我爱她，那么……那么好的：她会生出一堆孩子，"尤里不知为何红了脸，慌慌张张地想到，"这当然也不是什么坏事情，但这毕竟会把我拴住，永远夺走我的自由！家庭幸福，这是小市民的欢乐！不，这可不是为我而准备的！"

"一，二，三……"尤里想着心思，机械地迈动脚步，竭力想每一步都迈过两块地板，踏在第三块上，"如果能确切地知道不会有孩子……或者，如果我能爱自己的孩子，爱得愿意为他们付出生命……不，这同样庸俗……要知道，连梁赞采夫也会爱自己的孩子，那么我和他之间还有什么区别呢？活着，并作出牺牲！这才是真正的生活！……是啊……但为什么要作出牺牲呢？怎样作出牺牲呢？……无论我走上了什么样的道路，无论我确定了什么样的目的，那个我不惜为之去死的纯洁的、无疑的理想又究竟何在呢？……是的，不是我软弱，而是生活不值得去牺牲，去爱。而如果这样的话，也就不值得活下去了！"

这样一个结论从未如此清晰地出现在尤里的大脑里。

他的桌子上一直放有一把手枪，此刻它就在那里，每个抛了光的零件都泛出光泽。每一次，当尤里走到桌旁，又转过身去的时候，都能看到那把枪。

尤里拿起枪来，仔细地察看着。手枪的子弹已经上了膛。尤里扳起扳机，将手枪顶在太阳穴上。

"就这样……"他想，"一下子，一切就都结束了？开枪自杀是愚蠢还是聪明呢？自杀是怯懦……那么，这就是说，我是怯懦的！"

冰凉的铁器和滚烫的太阳穴的小心翼翼的接触，使人感到既舒服又可怕。

"而卡尔萨维娜呢？"尤里的脑子里无意中闪出一个念头，"这样一来，我就不能拥有她了，而要把这个我可能获得的幸福留给他人？"

一想到卡尔萨维娜，他内心的一切便都激动地、温柔地麻木了。但是，尤里以坚忍的意志力强迫自己去想，所有这一切都是区区小事，完全无法与那些重要、深刻的思想相提并论，他觉得，那些思想充满了他的头脑。但是，这只是一种强迫，受到强迫的情感带着不满的忧伤和不想活下去的念头对他进行了报复。

"为什么不真干呢？"尤里问自己，他的心脏都快要停止跳动了。

再一次，这一次的意图已经是尤里所不相信的了，受到了他害羞的嘲讽，带着这样的意图，尤里将手枪顶在太阳穴上，还没有想清楚自己的动作，就扣动了扳机。

有一种冰冷的、锐利的东西带着强烈的恐惧在他心中颤动了一下。两耳嗡嗡直响，整个房间似乎都在向什么地方滑去。然而，没有子弹射出，只听到扳机发出一声轻微的金属撞击声。

尤里被一阵从头到脚的疲软所包裹，他缓慢地放下了持枪的手。他体内的一切都在颤抖，在呻吟，脑袋在旋转，嘴巴里一下子干燥起来。在他放下手枪的时候，他两手直抖，手枪与桌子磕碰了好几次。

"好。"他想到，接着控制住自己，走到镜子前，看了看镜子那幽暗、冷漠的表面。

"这么说，我是一个胆小鬼？不，"他脑中闪过一个骄傲的念头，"我不是胆小鬼！我毕竟开了枪，枪没打响，这可不是我的错！"

像往常一样的那张脸，在幽暗的镜子里看着尤里，可尤里觉得，那张脸此时很庄重，很严峻。不过，他竭力在使自己相信，他不会赋予这个自我克制的举动以任何意义，他心满意足地对自己吐了吐舌头，走开了。

"这就是说，不是这个命啊！"他大声说道。这句话安慰了他，也鼓舞了他。

"如果有人看见了我，那可怎么办呢？"他带着担心的羞怯立刻想到，不由自主地看了看四周。

但是，四周一片静谧。紧闭的房门外像是没有任何东西。似乎，房间之外也什么都没有，在无边无际的虚空中，只有尤里一个人在生活，在受难。他熄了灯，使他感到惊讶的是，粉白色的朝霞已经透过百叶窗的缝隙射进了房间。

他躺下来睡觉，他在睡梦中看到，有个沉重、巨大的人坐在他身上，浑身冒着不祥的红光。

"这是鬼！"他在心里恐惧地叫道。

尤里慌乱地使着劲，试图摆脱。但是，那红鬼没有离去，他不说话，也不笑，只是咂响着舌头。无法弄清他的咂舌是嘲笑还是同情，这很叫人难受。

二十三

暮色带着青草和鲜花的气息，柔和地、充满爱意地飘进了敞开的窗户。

萨宁坐在桌旁，借着白昼最后的余光读着他已经读过多次的一个故事。那故事讲的是，一个年老的高僧，他曾为民众的膜拜和手提香炉的烟雾所围绕，他曾身披金色的法衣，戴着钻石十字架，拥有普遍的尊重，可最后却悲惨地、孤独地死去了。

房间里像外面一样凉爽、纯净，傍晚那轻盈的气息自如地荡漾在房间里，充满了萨宁的胸腔，吹拂着他柔软的头发，抚摩着他那认真严肃地俯在书本上方的肩膀。

萨宁读着，想着，动着嘴唇，像个被书迷住的大孩子。他读得越多，他心中那些忧愁的思绪便越强烈，越深刻。他想到，人的生活中有多少恐惧啊，人们是多么笨拙、多么愚蠢啊，他距离那些人又是多么遥远啊。于是他觉得，如果他认识这位高僧，那就好了，那位老僧也许就不会那样孤独了。

房间的门被推开了，有人走了进来。萨宁回头看了一眼。

"啊！……你好。"他说道，推开了书本，"你有什么新闻吗？"

诺维科夫软软地握了握萨宁的手，带着苍白、忧伤的神情笑了一下。

"没什么。一切都还那么糟，像从前一样！"他回答，然后摆摆手，朝窗边走去。

从萨宁坐着的地方看去，只能在逐渐暗淡下去的晚霞中看到他那高大优美的、淡淡的侧影。萨宁久久地、专注地看着他。

在萨宁第一次领腼腆的、痛苦的诺维科夫去见丽达的时候，可怜的、慌乱的丽达已经完全不像前不久的那个漂亮、大胆、骄傲的姑娘了，当时，他俩心底的话一句也没讲。萨宁也明白，如果他俩讲了，他俩就将是不幸的，但如果他俩不讲，他俩就会加倍地不幸。他觉得，他俩只有经过痛苦，才能摸索着找到那对于萨宁来说是很明确、很普通的东西，因此，他没去触动他俩，可他当时就已经发现了，这两个人都处在同一个封闭的圆圈中，他俩的相遇是不可避免的。

"唉，算了。"萨宁想，"就让他俩受点苦吧……他们会因痛苦而变得温和、纯洁起来……让他们去吧！……"

可是现在，他却感到，这样的时候到来了。

诺维科夫站在窗前，默默地看着那渐渐暗淡下去的天空。

他心里充满一种奇异的情感，在这种情感中，对难以挽回的损失的眷念和难耐地期待新幸福的颤抖微妙地结合在了一起。在这些忧伤温情的黄昏里，他更加清晰地想像出了丽达的胆怯和不幸，众人给她的侮辱和贬损，于是他觉得，如果有足够的力量，他可以跪在丽达的面前，用亲吻去温暖她冰凉的手指，用自己那宽恕一切的伟大爱情使丽达返回新生活。去建立这一功勋的渴望，面对自己所产生的感动，以及对丽达的爱的怜悯，使他热血沸腾，可是，他却没有勇气去见她。

萨宁明白了这一点。他慢慢地站起身，摇了摇头，说道：

"丽达在花园里……我们去吧。"

带着可怜的痛感，诺维科夫的心既忧愁又幸福地紧缩起来。一阵轻微的痉挛掠过他的脸庞，又消失了。可以发现，他捋着唇髭的指头颤抖得很厉害。

"怎么了？……我们去找她吧？"萨宁又说了一遍，他的嗓音是有所暗示的，也是平静的，他似乎要去办一件重要的却又是众所周知的事情。

仅凭这种声调，诺维科夫就明白萨宁看清了他内心的一切活动，于是，他感觉到了一种巨大的释然和天真的孩子般的恐惧。

"我们去吧，我们去吧……"萨宁柔和地继续说着，扶着诺维科夫的肩头，将他推向门口。

"好吧……我……"诺维科夫嘟囔道，突然感觉到了一阵感动的温情和一种想吻一吻萨宁的愿望。但是，他没敢这样做，只是用那双深邃的、湿润的眼睛看着萨宁。

花园里很暗，温暖的露水散发出气息。晚霞那淡绿色的余辉在树干间显现出来，就像一扇扇哥特式的窗户。最初的雾霭薄薄地笼罩着暗淡的草地。仿佛，有一个静静的、无形的人正行走在旷野的小道上，小道旁是沉默不语的树木，在他走近的时候，入睡的青草和花朵都轻轻地颤动了起来。

岸上要稍亮一些，半空中的晚霞悬在河面上方，这明亮的河流蜿蜒在深暗的牧场上。丽达坐在那里，就坐在水边，她那微俯着的纤细侧影在草地上泛着白色，就像一个在水面上方发愁的神秘的幽灵。

她在哥哥镇静嗓音的作用下产生的那种明朗、大胆的情绪，来得快，去得也同样地快。羞耻和恐惧这两种黑色的情感再次出现，来到身边，使她有了这样一个想法，她不仅没有追求新幸福的权利，甚至没有活下去的权利。

一整天一整天地，她拿着书本，坐在花园里，因为她无法直接、坦然地看着母亲的眼睛。数千次地，她心里的一切都在发怒，数千次地，她在对自己说，面对她的个人生活，母亲什么也不是，但是每一次，当母亲走近她，丽达的嗓音就会变调，不再悦耳动听了，她的眼睛里就会闪现出某种负罪的、胆怯的神情。而她的害羞、脸红、犹豫的嗓音和躲闪的眼神，又使母亲不安。那些烦人的问题，那些担忧，那些追究的、审视的目光，都让丽达感到非常难受，于是她便开始了躲避。

这个晚上，她就这样坐着，忧郁地盯着黑暗的地平线上渐渐隐没的晚霞，想着自己沉重的、没有出路的心思。

她想到，她是不懂生活的。有一种无比巨大的、混乱的、黏糊的、有力的东西，像章鱼一样，竖立在她的面前。

一系列阅读过的书籍，一系列伟大、自由的思想，掠过她的大脑，于是，她意识到，她的行为不仅是自然的，甚至是很好的。她的行为没有使任何人遭殃，却使她和另一个男人得到了快感。没有这样的快感，她也许就没有青春，她的生活也许就是凄凉的，就像秋天里落光了叶子的树木。她与男人的结合没有得到宗教的祝福，这个想法也让她觉得好笑，这个想法的所有基础都早已被人类的自由思想所侵蚀、所摧毁了。这样一来，她就应该高兴起来，就像在阳光明媚的早晨被新生活授了花粉的那朵鲜花一样地高兴，可她却在痛苦，感到自己身处深渊的底部，低于所有的人，是卑贱者中最为卑贱的一个。无论她如何呼唤那些伟大的思想和颠扑不破的真理，面临耻辱的明天，这些思想和真理都会融化，就像蜡因为火而融化一样。因此，丽达没有踩着那些人的脖子，虽然那些人的愚昧和狭隘使丽达蔑视他们，丽达所想的，仅仅是如何自救，如何蒙骗他们。

于是，丽达时而独自哭泣，不让别人看见她的眼泪，时而用假装的开心蒙骗他们，时而又陷入痛苦的绝望，她只倾向于诺维科夫，就像花朵倾向于温暖的光照。他能救她，这个想法似乎是罪恶的，卑鄙的，有时，想到她可能就依赖于他的宽恕和爱情，她就会涌起一阵愤恨，但是，自己是软弱的，是热爱生活的，这样一种意识却比信念更强大，比反抗更强大。因此，她没有去因人们的愚蠢而愤怒，反而是战战兢兢的，她没有去自如地盯着诺维科夫的眼睛，反而像个女奴似的，在他面前谨小慎微。因此，在这个双重人格的姑娘身上，有某种可怜的、无援的东西，这姑娘就像一只被折断了翅膀的鸟儿，再也飞不起来了。

在自己的痛苦变得难以忍受的时候，丽达总是会想到哥哥，于是，她的心灵便会充满一种天真的惊喜：她清楚，在哥哥那儿没有任何神圣的东西，他总是用色鬼的眼睛看着她，看着自己的妹妹，他是自私的，非道德的，但与此同时，这又是她可以与之轻松交往的惟一一个人，和他在一起，她可以毫不害羞地道出自己生活中隐藏最深的秘密。有他在场，一切就都显得简单了，无足轻重了：她怀孕了，是的，可这又有什么呢？她与人发生了关系，是的，可是她喜欢！人家会蔑视她，侮辱她，这也没什么；她的面前有生活、阳光和旷野，而人到处都有。母亲会痛苦，那也随她去呗！……丽达没有见过母亲年轻时的生活，母亲死后也就不会再盯着丽达了，她俩在人生的道路上偶然相遇，一同走过一段路程，她俩不会也不应该彼此挡道。

丽达知道，她自己永远也不会成为这样一个自由的人，丽达知道，她有这种思想的时候，只是在服从这位镇静、坚定的人所具有的魅力，然而，她还是怀着巨大的惊喜和敬佩的温情看着哥哥。于是，一阵奇异的、自由的念头闪过她的心头。

"如果他不是哥哥，而是另一个男人……"她犹豫而又胆怯地想到，赶紧打消了这个羞耻然而却诱人的想法。

于是，她又回过头去想起了诺维科夫，并像女奴一样，胆怯地等待着、期望着他的宽恕和爱情。

这个有魔力的圆圈就这样形成了，丽达无力地在其中挣扎，丧失了其年轻、明朗的心灵中最后的力量和色彩。

她听到一阵脚步声，便回头看了一眼。

诺维科夫和萨宁踏着高高的青草，默默地径直向她走来。在傍晚暗淡的暮色中，看不清他俩的面孔，但丽达不知为何却立即感觉到，那个可怕的时刻正在逼近。生命仿佛离她而去了，她变得非常苍白，非常软弱。

"瞧，"萨宁说道，"我把诺维科夫给你领来了，他想要什么，他自己会告诉你的……你们在这里坐一坐，我去喝口茶。"

他猛地一转身，大步迈过草地，走开了。

有一会儿，他的衬衣还闪着白光，但它渐渐融入黑暗，然后就隐没在了树林的后面，四周一片寂静，还不能相信，他已经彻底走远了，而没停在树林的阴影中。

诺维科夫和丽达目送着萨宁，他俩凭借这一动作就明白了，一切都已谈妥，只需要出声重复一遍。

"丽季娅·彼得罗夫娜。"诺维科夫轻轻说道,他的声音如此悲伤,如此动人地真诚,竟使得丽达的心也温柔地紧缩了起来。

　　"他也是一个不幸的人,一个可怜的好人……"丽达怀着忧郁的欢乐想到。

　　"我全都知道了,丽季娅·彼得罗夫娜……"诺维科夫继续说道,他觉得,一种因自己的举动而生的感动和对丽达那哀伤胆怯的身影而产生的怜悯,在自己的心中涌起,"但我像从前一样爱您……或许,您什么时候能爱上我……请问,您……愿做我的妻子吗……"

　　"不要对她多谈'这件事',"他想,"甚至别让她知道,我为她作出了什么样的牺牲……"

　　丽达没有说话。四周如此安静,连河中急速的水流在柳树丛中溅出的水声都能听见。

　　"我俩都是不幸的。"诺维科夫突然发自内心最深处地说道,连他自己也觉得意外,"但或许,我们两人在一起能活得轻松些!……"

　　感激的、温情的泪水涌上了丽达的眼睛。她冲他仰起脸,说道:

　　"是的……或许!"

　　"上帝作证,我会成为一个好妻子,永远爱你,永远心疼你!"她的眼睛道出了这样的话语。

　　诺维科夫感受到了这一目光,便迅速地、冲动地跪在她的身边,吻起她那只颤抖的手。由于感动,由于突然苏醒的欢乐的欲望,他自己的整个身体也在颤抖。这一欲望也显明地、深深地感染了丽达,使那种痛苦的、可怜的畏惧感和羞耻感一下子就消失了。

"瞧，一切都结束了……我又将是幸福的了……亲爱的他，可怜的他！"她噙着幸福的泪水想到，她没有将手缩回来，自己也在吻着她一直很喜欢的诺维科夫那头柔软的头发。关于扎鲁丁的回忆在她心中清晰地闪现了一下，但很快就消失了。

萨宁认为，给解释留出的时间已经足够了，于是便走了回来，在他走来的时候，丽达和诺维科夫手挽着手，在轻声地、信赖地说着什么。诺维科夫说，他将永远爱丽达；丽达在说，她此时已经爱他了。这是实话，因为丽达渴求爱情和幸福，她希望在他身上找到这爱情和幸福，她爱的是自己的希望。

他俩觉得，他俩从来没有如此幸福过。见到萨宁，他俩默不作声了，却用害羞、喜悦和信赖的目光看着他。

"好了，我明白了。"萨宁看了他俩一眼，自高自大地说道，"谢天谢地。祝你们幸福！"

他还想再说点什么话，然而，却对着河流打了一个喷嚏。

"太潮湿了……你们可别伤风啰！"他擦了擦眼睛，添了一句。

丽达幸福地笑了起来，于是，她的笑声响彻在河面上，又是神秘而动听的了。

"我要走了！"萨宁沉默了片刻，说道。

"去哪儿？"诺维科夫问。

"斯瓦罗日奇来找过我，还有那个军官……托尔斯泰的崇拜者……他叫什么？……那个高个子的德国人！"

"封·捷伊茨！"丽达没由头地笑着，提醒道。

"就是他。他们来叫我们去参加一个什么聚会。不过我说了，你俩不在家。"

"那是干吗？"丽达问道，她一直在笑，"或许，我们要去参加呢。"

"你就坐在这里吧。"萨宁反驳道，"要是有个伴儿，我自己也会坐在这里的！"

于是，他再次走开了，这次，他可是真的走了。

夜幕降临。在那幽暗的、流动的河水中，有繁星在不停地摆动。

二十四

　　夜晚是幽静的。在那些黑色的、静立的树木的头顶上，一团团乌云在沉重地翻滚，它们急速地从天的这边涌向天的那一边，似乎正匆忙地赶向一个看不见的目的地。在乌云那微微发绿的缝隙间，苍白的星星时隐时现。在空中，一切都充满了连续不断的凶险运动；而在地上，一切都在紧张的期待中静息了下来。

　　在这样的静谧之中，人们争论的声音就显得格外尖利，格外刺耳，就像一些受到刺激的小动物发出的尖叫。

　　"无论如何，"封·捷伊茨喊道，他笨拙地、磕磕绊绊地挪动着两条长腿，就像是一只鹤，"基督教作为一个惟一完整、明了的人文学说，还是给了人类一笔取之不竭的财富！"

　　"是啊……"走在后面的尤里执拗地晃着脑袋，生气地看着封·捷伊茨的后背，反驳道，"但是，在与动物性本能的斗争中，基督教已经显得同样无能，就像其他……"

　　"怎能说'已经显得'呢！？"封·捷伊茨愤怒地喊道，"未来全都仰仗基督教，怎能把它当做一个已经完结的现象来谈论呢……"

　　"基督教没有未来！"尤里打断了他的话头，带着无由头的仇恨盯着那军官制服的模糊斑点，"如果说，基督教在它最发达的时期都没能战胜人类，反而无助地落到了一小撮坏蛋的手里，沦为可耻的欺骗工具，那么如今，甚至连'基督教'这个字眼本身都已经变得平淡无味了，在这个时候，再去期待什么奇迹就是奇怪、可笑的了……历史是无情的：什么东西一旦退出了舞台，就再也无法返回了！……"

木头铺成的人行道在脚下泛出微微的白光；走在树下，有时是漆黑一片，与道边木桩相撞的可能性给人以过度的刺激，人的声音显得不自然，因为看不见人的面孔。

"基督教？……退出了舞台！"封·捷伊茨喊道，他的声音中有一种夸大的惊讶和愤怒。

"当然，退出了……"尤里固执地继续说道，"您这样吃惊，好像甚至不能允许这样的事情……就像摩西律法退出了舞台一样，就像佛和希腊诸神都已经死了一样，基督也死了……这是进化的规律……这有什么让您害怕的呢？……您不是也不相信他的学说的神性吗？"

"当然不！"封·捷伊茨委屈地、气呼呼地说道，他与其说是在回答问题，不如说是在回击尤里那种让人屈辱的腔调。

"难道您认为，人创造出永恒法则的可能性是存在的吗？"

"一个白痴！"这是他此时对封·捷伊茨的看法，他坚定不移、非常愉快地确信，这个人比起他尤里来要愚蠢得多，这个人永远也理解不了那些在他尤里看来是一清二楚的东西。在尤里的大脑里，这一想法与一种被激起的愿望荒谬地交织在一起，那种愿望就是，无论如何也要完全驳倒并说服这个军官。

"我们就假定是这样的……"高个子军官反驳道，他激动了，也已经同样发起狠来，"但基督教还是未来的基础……它没有死去，它落进了土壤，像每一粒种子一样，将结出自己的果实……"

"我说的不是这个意思……"尤里回答，他有些惶惑，因此就更加恼恨了，"我想说的是……"

"不，对不起……"封·捷伊茨怕失去优势，便得意地打断了尤里，又再次环顾着四周，走下了人行道，"您说的就是这个意思……"

"既然我说不是这个意思，那就不是这个意思……奇怪！"尤里又抢过了话头，想到这个愚蠢的封·捷伊茨竟能在哪怕是片刻之间觉得他自己要更聪明一些，尤里心里便涌起一阵强烈的愤恨，"我想说的是……"

"好吧，也许……对不起，我没那样理解！"封·捷伊茨带着迁就的嘲讽耸了耸瘦削的肩膀，丝毫也不掩饰自己的感觉，即他已经抓住了尤里，此刻无论尤里说出什么话来，那一切也都将是为时已晚的退却。

尤里明白了封·捷伊茨的心思，于是，他感觉到一阵强烈的愤恨和屈辱，甚至像是被卡住了脖子。

"我完全不否认基督教的巨大作用……"

"那您就是自相矛盾了！"一阵新的得胜的喜悦使封·捷伊茨喘不过气来，他感到高兴的是，尤里比他要愚蠢得多，看来，对他封·捷伊茨大脑中那些严密、美好的思想，尤里甚至连一个大致的理解都难以做到。

"您以为我是自相矛盾，可事实上……恰恰相反，我……我的思想完全是符合逻辑的，您……不愿理解我，这可不是我的过错。"尤里痛苦着，断断续续地却已完全是尖声刺耳地喊了起来，"我过去说过，现在还要说，基督教是一个已被嚼得稀烂的东西，在它那里，已经等不到什么拯救了，也没必要等待……"

"好的……可是您是否否认基督教的良好影响……也就是那由它奠定基础的……"封·捷伊茨匆忙抓住这话题转换时闪现出的念头，也提高嗓门说道。

"我不否认……"

"我就否认！"一直默默不响地走着的萨宁，突然从后面嘲讽地答了一句。他的声音是愉快的，镇静的，奇异地插进了那场激动、尖锐的争论。

尤里没再说话。这个镇静的声音及其传导出的公然的、宽宏的嘲讽使尤里生气，但他又不知该如何作答。不知为何，与萨宁争论总让他感到不自在、不痛快，似乎他惯于使用的所有那些字眼，一拿来对付萨宁就完全不管用了。尤里始终有这样一个感觉，似乎自己是站在光滑的冰面上去推倒一堵墙。

可是，封·捷伊茨绊了一下，马刺发出一阵刺耳的响声，他用恶狠狠的声音高喊道：

"请问您，这是为什么呢？"

"不为什么。"萨宁带着难以捉摸的神情回答。

"怎么能不为什么呢！？……如果说出什么话来，就必须对此加以证明！……"

"我为什么要证明呢？……"

"怎么能不证明！……"

"我没什么要证明的。这是我的信念，而我没有丝毫的愿望想去说服您，再说，也没必要。"

"如果这样看问题的话，"尤里克制地说道，"也许就应该销毁一切出版物啰？"

"不，干吗要销毁！？"萨宁说道，"出书是一件伟大、有趣的事情。出版物！……就我对出版物的理解而言，它是真实的，它不去与偶然遇到的懒汉争辩，那样的懒汉无事可做，只想让所有的人都相信他是非常聪明的……出版物能改造整个生活，渗透进人类的血液，一代又一代。如果销毁出版物，生活就会失去许多色彩，暗淡下去……"

封·捷伊茨停下脚步，让尤里上前，等着与萨宁并排，然后问道：

"不，对不起……我对您提出的那个想法非常感兴趣……"

"我那个想法非常简单。"萨宁笑了起来，"如果您想听，我可以把它解释一下。在我看来，基督教在生活中扮演了一个可悲的角色……在那样的时候，当人类已经完全忍无可忍了，几乎所有被压迫、被侮辱的人都开始觉醒，一举推翻沉重不堪的、不公正的世界秩序，干脆消灭那靠别人的血而生活的一切，恰好是在那样的时候，出现了这安安静静的、谦虚贤明的、许诺很多的基督教。它谴责斗争，许诺内在的幸福，引起甜蜜的梦，给出一种不以暴力抗恶的宗教，简单地说，就是把所有的气都放掉！……那些在长期的屈辱中学会了斗争的大人物，无论是不是白痴，都登上了舞台，并带着那种本可以运用得极好的勇气，差点用自己的双手剥下了自己的皮！……他们的敌人，当然不需要比这更好的事情了！……而如今，为了重新激起愤怒，又需要再过上一千年，需要无穷无尽的屈辱和压迫……基督教给过于桀骜、难以成为奴隶的人披上一件忏悔的外衣，并用这件外衣掩盖了自由的人类精神的所有色彩……基督教欺骗了那些有力的人，那些人也许在此刻、在今天就能获得自己的幸福，基督教将那些人的生活重心移向了未来，移向了对不存在之物的幻想，幻想他们当中谁也见不到的东西……生活中一切的美都消失了：勇敢死去了，自由的激情死去了，美死去了，只剩下了义务，只剩下了对于未来黄金世纪的无意义的幻想……当然，那是别人的黄金世纪！……是的，基督教扮演了一个负面的角色，基督的名字还将在人类中受到长时间的诅咒！……"

封·捷伊茨突然停住了脚步，在黑暗中也能看到，他那双长胳膊抬起来，又放了下去。

"瞧，您倒清楚！"他用一种恐惧和困惑的奇异腔调说道。

而在尤里的心里却产生了一种复杂的情感，似乎在萨宁的话中并没有什么独特的东西，无论是萨宁还是尤里自己，都可能道出愿讲和想到的一切；但是，面对那不可知者却有一种巨大的恐惧，尤里在内心已经忘记了这恐惧的存在，也不愿想到它，可此时这恐惧却像一道阴影，投射在那个停滞的思想上。尤里感觉到了这隐秘的恐惧，并为这恐惧而感到耻辱。

"您是否想到过那血腥的弥撒，如果不是基督教预报了它，它也许就会降临到人类的头上？"他带着一种奇怪的、神经质的怨恨问萨宁道。

"嘿！"萨宁摆了摆手。"在基督教的掩护下，首先是受难的舞台流满了鲜血，然后，人们被杀，被投进监狱，投进疯人院……血一天接一天地流淌，任何一场世界转折也不会造成比这更多的流血！……最糟糕的是，为了任何一次的生活改善，人们都照例要借助鲜血、革命和无政府状态，而他们却仍然要将人道和对亲人的爱作为其生活的基础……结果是一场愚蠢的悲剧，是欺骗和谎言……非驴非马！……我宁愿要一场立刻出现的世界性灾难，也不愿要这还得再延续两千年的委靡、无聊、糟糕的生活！"

尤里沉默了一会。奇怪的是，他的思绪没有停留在萨宁那些话的含义上，而是停留在了萨宁的个性上。他觉得，萨宁那种显而易见的自信是非常令人生气的，甚至是完全无法容忍的。

"请问，"他突然说道，自己也没料到，竟陷入到了一种想要招惹萨宁的强烈愿望之中，"您干吗老是用那种腔调说话，像是在教训小孩子……"

封·捷伊茨大吃一惊，感到不好意思，他嘟囔了一句，和解地用马刺磕了磕地面。

"哪儿的话呀！"萨宁遗憾地说道，"您干吗要生气呢？"

尤里觉得自己的话讲得不合适，应该打住话头，但是深藏在内心的气恼和充满了神经系统的自尊却控制了他。

"是的，这腔调叫人不愉快！"他用执拗的、威胁的腔调答道。

"这是我习惯的腔调。"萨宁带着一种遗憾的、希望安抚一番的奇异神情说道。

"这种腔调并不总是合适的。"尤里继续说道，并不由自主地提高了嗓门，使嗓音变得刺耳了，"我不知道，您这种自信是从哪里来的……"

"可能是由于我意识到了我比您聪明。"萨宁回答，他已经平静了一些。

尤里猛然停住了，他从头到脚，全身都在颤抖，就像一根紧绷的弦。

"喂!"他的嗓门发出尖叫,虽然看不清他的脸,但能感觉到,他的脸色变得苍白了。

"您别生气。"萨宁带着温情接过了话头,"我不想侮辱您,我只想表达出自己真诚的看法……您对我有同样的看法,封·捷伊茨对我俩也有同样的看法,如此等等……这是很自然的……"

萨宁的嗓音如此真诚,如此温柔,再继续喊下去就显得有些奇怪了,于是,尤里便沉默了片刻。封·捷伊茨显然在替尤里难过,他没有说话,而在踏响马刺,吃力地喘着气。

"可我对您说的不是这个……"尤里嘟囔道。

"用不着解释了……我刚刚听了你们的争论,在你们的每个字眼里,都清晰地、遗憾地表达着同样一个意思……问题仅在于形式。我所说的是我所想的东西,而你们所说的却不是你们所想的东西……这一点意思也没有。如果我们更真诚一些,事情也许就会有趣得多!"

封·捷伊茨突然尖声尖气地笑了起来。

"这倒新鲜!"他说,高兴得喘不过气来。

尤里没有说话。他的愤恨消散了,甚至似乎高兴了起来,但是,使他感到不愉快的是,他毕竟退让了,而且不想表现出这一点来。

"只不过,这也许会过于简单了!"封·捷伊茨不再笑了,庄重地说道。

"而您一定想把事情弄得纷繁复杂吗?"萨宁问。

封·捷伊茨耸了耸肩膀,陷入了沉思。

二十五

他们绕过林荫路，在郊外那空旷、光溜的马路上，显得要稍亮一些。人行道上铺着的干燥木板，在黑色的地面上显眼地泛出白光，头顶上则是极其宽广的苍白天空，天上翻滚着乌云，有稀稀疏疏的几颗星星在闪烁。

"这边来。"封·捷伊茨说着，打开一扇低矮的院门，往低处一走，不见了身影。

立刻，一条声音嘶哑的老狗在什么地方叫了起来，又听有人在台阶上高喊：

"苏尔坦，别动！"

眼前是一个荒芜的巨大院落。院子的尽头，一座蒸汽磨坊现出模模糊糊的黑影，磨坊上那根细细的黑烟囱，在忧伤地、孤独地向着遥远的乌云，周围是一些黑色的仓库，除了侧房窗前的小花园，四下里不见一棵树。侧房中的一扇窗户是开着的，一道明亮的光带穿过混浊的黑暗，映亮了一片片透明的绿叶。

"一个凄凉的地方！"萨宁说。

"磨坊早就停了吧？"尤里问。

"哦，是的……早就停了。"封·捷伊茨回答。接着，他又顺便朝那扇亮着灯的窗户看了一眼，用非同寻常的满意口吻说道："啊！……人来得够多的……"

尤里和萨宁也朝小花园那边看了一眼。在那个明亮、欢乐的四边形里，有黑色的人头在攒动，有香烟的青雾在飘动。有个人将身子探出窗外，伸进黑暗中，于是，这个黑黝黝的、宽肩膀的、一头鬈发被映得透亮的人影，便遮挡了一切。

"谁呀？"他高声问道。

"自己人。"尤里回答。

他们走上台阶，碰见一个人，那人立刻开始友好地、匆忙地与大家握手。

"我还以为你们不来了呢！"他带着很重的犹太口音高兴地说道。

"这位是索罗维伊契克，这位是萨宁……"封·捷伊茨说着，介绍他们相互认识，并友好地握着看不清面容的索罗维伊契克那只冰凉的、异常颤抖的手掌。

索罗维伊契克腼腆地、胆怯地笑了。

"非常高兴……我听说了许多关于您的事，您知道，这非常……"他没有条理地说着，往后退去，一直握着萨宁的手。

他的后背撞上了尤里，他又踩了封·捷伊茨的脚。

"对不起，雅科夫·阿多尔福维奇！"他喊道，丢开萨宁，又握住了封·捷伊茨。

于是，他们在黑暗的过道里乱作一团，很长一段时间里，他们谁都找不着门，也分不清彼此。

在前厅里，在细心的索罗维伊契克特意为这个晚会钉上的钉子上，挂有各种各样的帽子，窗台上则密密麻麻地摆满了深绿色的啤酒瓶。前厅也已经充满了烟雾。

到了灯光下才看清，索罗维伊契克原来是一个年轻的犹太人，他黑眼睛，鬈头发，有一张漂亮、瘦削的脸庞，当他现出讨好的、胆怯的笑容便会不时露出那一口坏牙。

众多兴奋、洪亮的嗓门齐声欢迎来客。

尤里首先看见了坐在窗台上的卡尔萨维娜，于是，对于他来说，一切都立即具有了一种特别欢乐的模样，似乎这不是烟雾弥漫的闷人房间里的一次聚会，而是春天里林中空地上的一顿野餐。

卡尔萨维娜愉快地、腼腆地冲他微笑着。

"喂，诸位……现在，看来都到齐了？"索罗维伊契克做着奇怪的手势，喊了起来，他竭力想把话说得响亮而又愉快，但那细嗓门发出的却是病态的、失真的声音，"对不起，尤里·尼古拉耶维奇，我好像老是碰着您……"他全身躬着，露着牙齿，自己打断了自己的话头。

"没什么。"尤里善意地扶住了索罗维伊契克的胳膊。

"没到齐，就让他们见鬼去吧！"一个胖胖的、漂亮的大学生说道，凭借他那圆润的但有力的商人嗓门，马上就能听出，这是一个自信的、见多识广的人。

索罗维伊契克跳到桌边，突然摇响了一个小铃铛，这个他一大清早就备下的发明，让他露出了欢乐、狡猾的微笑。

"唉，您别摇啦！"那个胖大学生生气了。"您老是干蠢事！……完全多余的得意！"

"我没什么，我只是……"索罗维伊契克难为情地笑了笑，将铃铛装进了衣袋。

"我认为，桌子可以放在房间当中。"胖大学生说。

"马上，我……"索罗维伊契克又忙乎起来，带着软弱无力的紧张，抓住了桌子的一边。

"灯……别碰着灯！"杜博娃喊道。

"唉，您别忙乎了，又没人求您！"胖大学生恼火地用拳头捶着膝盖。

"让我来帮帮您。"萨宁提议。

"请吧。"索罗维伊契克脱口而出，匆忙间他只道出了这一声"请吧"。

萨宁将桌子搬到了房间当中，在他搬桌子的时候，不知为何，大家全都在专注地看着他那件薄衬衫下运动自如的脊背和肩膀。

"喂，戈日延科，您是发起人，该说段开场白呀。"面色苍白的杜博娃说道，从她那双聪颖的并不漂亮的眼睛中很难看出，她是在当真地说话，还是在嘲讽那位胖大学生。

"诸位，"戈日延科提高嗓门，用软绵绵的但却动听的男低音说了起来，"当然，大家都已经知道了这次聚会的目的，因此，没有开场白也是可以的……"

"老实说，我就不知道聚会的目的，但这也没什么。"萨宁笑着说道，"他们说这里有啤酒。"

戈日延科透过那盏灯匆匆瞥了萨宁一眼，继续说道：

"我们这个小组的目的，就是要通过相互阅读，通过讨论读过的东西和独自做出的摘要……"

"怎么可能是'相互'阅读呢？"杜博娃问道，还是无法弄清楚，她的发问是当真的，还是在开玩笑。

胖子戈日延科的脸稍稍有些发红。

"我想说的是'共同'阅读……是这样的，因此，我们这个小组目的，就是在促进其成员之发展的同时，阐明一些个人观点，促进具有社会民主党纲领的党小组在本城的建立……”

“啊—哈！”伊万诺夫拉长声音说道，并滑稽地挠了挠后脑勺。

“但这是将来的事情……首先，我们要给自己提出一些广泛的……”

“或者是狭隘的。”杜博娃用一种奇异的声调提示道。

“……任务，”胖子戈日延科装做没有听见杜博娃的话，继续说道，“我们就从制定阅读书目开始，我提议今天的聚会就讨论这个问题。”

“索罗维伊契克，您那些工人会来吗？”杜博娃问。

“肯定会来的！”索罗维伊契克一跃离开原地，跳到杜博娃的身边，像是有谁咬了他。“已经派人去请他们啦！”

“索罗维伊契克，您别尖声叫喊！”戈日延科打断了他的话。

“他们已经在往这边赶了。”沙夫罗夫说道，他一直在严肃、专注地听着戈日延科的话，甚至带着一副一本正经的神情。

窗外传来了院门的吱呀声，又再次响起了嘶哑的狗叫声。

“他们来了。”索罗维伊契克怀着难以名状的喜悦高喊一声，一下子冲出了房间。

“苏尔—坦……别—动—动！”他在台阶上尖声地叫喊。

传来一阵沉重的脚步声、说话声和咳嗽声。走进来一个工科大学生，他个子很矮，与戈日延科非常相像，可他的皮肤却很黑，长得也不好看。在他后面，有两个人腼腆、笨拙地走了进来，他俩的手很黑，肮脏的红衬衣外面套着一件外衣。其中的一位个子很高，很瘦，在他那张没有胡须、没有血色的脸上，常年的家族"遗传"的饥饿，被压抑的内心深处隐藏着的永久的忧患和永久的仇恨，都留下了阴郁的、苍白的印记。另一个看来是位大力士，他宽肩膀，鬈头发，长得很漂亮，他看着四周，就像一个农村小伙子初次步入了陌生的、他还觉得可笑的城市。在他们身后，索罗维伊契克侧着身子溜了进来。

"诸位，瞧……"他得意地开了口。

"您得了吧。"戈日延科照例打断了他的话，"你们好，同志们。"

"这两位是皮斯佐夫和库德里亚维伊。"工科大学生把他俩介绍给了大家。

让所有的人都感到奇怪的是，皮斯佐夫是一个满脸胡须的漂亮大力士，而库德里亚维伊却是一个瘦弱、面色苍白的工人。①

他俩迈着沉重的、小心翼翼的步伐，走过整个房间，他们直着手指头，抖动着大多数人不知为何特别殷勤地向他俩伸去的手。皮斯佐夫难为情地笑着，库德里亚维伊却让他那又细又长的脖子做着那样的运动：似乎是衬衫的领子使他喘不过气来了。然后，他俩在窗边坐了下来，靠近坐在窗台上的卡尔萨维娜。

"尼古拉耶夫怎么没来啊？"戈日延科不满地问道。

"尼古拉耶夫他来不了了。"皮斯佐夫殷勤地回答。

"尼古拉耶夫醉成一摊烂泥了。"库德里亚维伊迅速地转动脖子，阴郁地、生硬地接过了话头。

---

① 在俄文中，"皮斯佐夫"有"抄写员"、"文书"等含义，"库德里亚维伊"则有"鬈发"、"枝繁叶茂"等含义，两人的长相与其姓氏的含义似乎矛盾，故让人奇怪。

"啊……"戈日延科不自在地点了点头。

不知为何，他的这种不自在让尤里·斯瓦罗日奇非常反感，尤里很快就感觉到，这位胖大学生就是自己的敌人。

"他选择了一种幸福的命运。"伊万诺夫说道。

院子里的狗又叫了起来。

"又有谁来了。"杜博娃说。

"别是警察吧？"戈日延科故作随意地说道。

"您非常乐意警察来吧？"杜博娃立即应道。

萨宁看了看杜博娃聪颖的眼睛。杜博娃的脸庞不好看，但是，两条披到肩上的金色发辫毕竟给那张脸镶上了一个可爱的边框，于是，萨宁想到："一个好姑娘啊！"

索罗维伊契克想躲开，但很快又害怕了，便装出一副模样，似乎是想去拿桌上的香烟。

戈日延科觉察出了索罗维伊契克的举动，于是，他没有去回答杜博娃的话，却说道：

"您真讨厌，索罗维伊契克！"

索罗维伊契克满面通红，眨着眼睛。那双眼睛在一刹那间变得忧郁了，变得若有所思了，似乎，在他那胆怯的、糊涂的脑袋里终于闪过了这样一个念头，即他那欲服务、帮助众人的愿望完全不应该受到如此粗暴的遏制。

"您就让他安安静静的吧！"杜博娃气恼地说道。

诺维科夫脚步匆匆、动静很大地走进了房间。

"喂，是我呀！"他说道，并愉快地微笑着。

"我看见了。"萨宁回答他道。

诺维科夫害羞地笑了笑，他握着萨宁的手，像是在为自己辩解，匆匆忙忙地低声对萨宁说道：

"丽季娅·彼得罗夫娜有客人。"

"噢！……"

"喂，怎么，我们就这样扯来扯去的吗？"工科大学生阴郁地问道。

"我们开始吧，好吗……"

"你们难道还没有开始吗？"诺维科夫高兴地问道，握住了急忙起身迎接他的那两个工人的手。

两个工人感到很不自在，因为，这位大夫在医院接诊时是居高临下地对待他们的，此刻却像同志一样向他们伸出了手。

"是啊，等您来了就开始！"戈日延科透过牙缝不高兴地说道。

"好的，诸位，我们大家，当然都想拓宽自己对世界的认识，由于我们发现，自我教育和自我发展的最好方式，就是系统的共同阅读，就是阅读心得的交换，所以我们决定建立一个不大的小组……"

"是这样的。"皮斯佐夫叹了一口气，用他那双闪亮的黑眼睛快活地打量着众人。

"现在的问题是，要读什么样的书？……也许，有人能提出一个简单的书目？"

沙夫罗夫扶了扶眼镜，慢慢地站起身来，手里拿着一个笔记本。

"我认为，"他开口用那干巴巴的、枯燥的嗓音说道，"我们的阅读必须划分为两个部分。毫无疑问，任何一种发展都是由两种因素构成的：在生活的进化起源中研究生活，以及在生活的本身中研究生活……"

"沙夫罗夫，请您讲得流畅些。"杜博娃说道。

"第一种研究要通过阅读那些科学、历史类的图书来获得，第二种研究要通过阅读那些能使我们深入生活的文学作品来获得……"

"如果我们这样讲下去，我们大家全都会睡着的。"杜博娃忍不住了，这温情的嘲笑像一个愉快的火星在她的眼中闪现出来。

"我尽量说得叫大家都能理解……"沙夫罗夫简短地应道。

"好吧，愿上帝保佑您……随您讲去吧……"杜博娃摆了摆手。

卡尔萨维娜也亲切地笑起沙夫罗夫来，她笑得仰起了脑袋，于是便露出了丰满、白皙的脖子。她的笑声是女低音，很是悦耳。

"我列出了一份书目，但它读起来也许很枯燥。"沙夫罗夫看着杜博娃，慌慌忙忙地说道，"因此我建议，开头只读《家庭的起源》，同时读达尔文，小说类读托尔斯泰……"

"当然要读托尔斯泰！"高个子的封·捷伊茨得意地赞同道，点起一支烟。

不知为何，沙夫罗夫一直等到那支香烟冒出了烟，才又有条有理地继续说道：

"契诃夫、易卜生、克努特·汉姆生……"

"可这些书我们都已经读过了呀！"卡尔萨维娜感到惊讶。

尤里怀着爱怜的欣赏听着她那浑圆的嗓音，然后说道：

"当然！……沙夫罗夫忘了，他这并不是在星期天的读书会上，而且，这些名字混杂在一起也是奇怪的：托尔斯泰和克努特·汉姆生……"

沙夫罗夫平静地、冗长地举出好几个理由来捍卫自己的书目，但谁也没弄清楚他想说的是什么。

"不，"尤里响亮、坚决地反驳道，他觉得卡尔萨维娜正用一种特别的目光注视着自己，他因那目光而高兴，"我不同意您的看法……"

于是，他开始阐述自己的观点，为了赢得卡尔萨维娜的赞赏，他越说越来劲，他觉得他获得了成功，他无情地抨击沙夫罗夫，甚至连他与沙夫罗夫曾经一致持有的那些看法也不放过。

胖子戈日延科开始反驳尤里。他认为自己比所有的人都更有学问，更聪明，更能言善辩。在组织这个小组时，他首先想要的就是在其中扮演首要角色。尤里的成功刺激了他，迫使他出来发言。尤里的观点他事先不清楚，因此，他无法与尤里展开全面的争论，而只能抓住其某些薄弱之处，激动地钉着不放。

一场持久的、显然是没完没了的争论开始了。工科大学生、伊万诺夫、诺维科夫都发了言，那些已经激动起来的人的脸庞在烟雾中快速地闪现，各种讲话乱作一团，几乎分辨不出任何意义来。

杜博娃沉思起来，默默地看着灯火。卡尔萨维娜也几乎什么都没在听，她打开身边那扇敞向小花园的窗子，将丰满的双臂交叉抱在胸前，后脑勺靠在窗框上，若有所思地看着夜间的黑暗。

起初她什么都看不见，后来，深暗的树木和被照亮的小花园的篱笆，都从黑暗中显现了出来，在篱笆的那边，朦胧的、晃动的光斑越过小路，一直延伸到草地。柔和而又饱满的风将凉爽洒在她的肩膀和手臂上，微微拂动着她鬓角的几丝头发。卡尔萨维娜抬起头，在慢慢变亮的黑暗中勉强地分辨着黑云那连续不断的、异常紧张的运动。她想到了尤里，想到了自己的爱情，于是，那些思绪，那些幸福而又忧愁、忧愁而又幸福的思绪，激动着她，抚慰着她，充满了她那年轻的女性的头脑。这有多好啊，坐在这里，将整个身体交给凉爽的黑暗，全神贯注地倾听那个令人激动的男人嗓音，那嗓音在一片喧嚣之中显得尤其突出，似乎比其他所有的嗓音都更响亮。

房间里连续不断的叫喊已经开始了，情况变得越来越清楚，每个人都认为自己比所有的人更聪明，都想去开导别人。在这一点上有某种沉重的、不愉快的东西，它能叫最平和的人也感到生气。

"是的，如果这么说的话，"尤里起劲地说道，他执拗地闪动眼睛，害怕当着卡尔萨维娜的面退让，卡尔萨维娜正听着他说呢，她不在听他的发言，而只是在听着他的嗓音，"那就应该回到各种思想的源头……"

"在您看来，那该读些什么呢？"戈日延科不怀好意地、嘲讽地问道。

"读什么……孔子，新约，旧约……"

"赞美诗和圣徒传！"工科大学生嘲讽地插话道。

戈日延科幸灾乐祸地笑了起来，他没有想起，这些书他连一本也没读过。

"嘿，干吗读这些！"沙夫罗夫拉长声音，失望地说道。

"就像是在教会里！"皮斯佐夫嘿嘿地笑了。

尤里的脸猛地红了。

"我不是在开玩笑！……如果你们想变得富有逻辑性的话……"

"可您关于基督是怎么说的来着！？"封·捷伊茨得意地打断了尤里的话。

"我说了什么？……既然要研究生活，要使自己具有一个明确的世界观，这个世界观就全然地表现为一个人对他人、一个人对自己的态度，那么，最好的办法难道不就是去钻研那些人物的巨著吗？那些人物是人类的优秀典范，在自己的个人生活中，他们首先试图去运用那些面对人类的最具可能性的最复杂而又最简单的态度……"

"我不同意您的观点！"戈日延科打断了尤里的话。

"可我同意！"诺维科夫又激烈地打断了大学生的话。

于是，再次开始了混乱的、杂乱的叫喊，在这样的叫喊声中，已不可能理清各种观点的结尾和开头了。

大家刚一说起话来，索罗维伊契克就静了下来，他坐到角落里，一直在听着。起初，他的脸上是充分的、热忱的、有些孩子气的专注，但后来，在他的嘴角和眼角就开始出现困惑和痛苦的明显特征了。

萨宁默默地喝着啤酒，抽着烟。他的脸上流露出无聊和烦恼的表情。当那杂乱的叫喊中已经响起刺耳的吵闹声时，他站起身来，掐灭香烟，说道：

"你们知道吗……这成了一桩无聊的事情！"

"太无聊了！"杜博娃应声道。

"一场虚空，精神痛苦！"伊万诺夫用那样一种声音说道，似乎他一直在想这个问题，只不过在等待一个机会将它说出来。

"这是为什么呢？"黑皮肤的工科大学生恶狠狠地问。

萨宁没理睬他，只朝尤里转过身去，说道：

"难道您真的认为，根据随便一些什么书籍，就能使自己确立一个什么世界观？"

"那当然。"尤里惊讶地看了他一眼。

"瞎说，"萨宁反驳道，"如果是这样的话，那么就可以按照自己的模式去改造整个人类了，让全人类只读一种倾向的书籍……世界观是由生活本身给出的，在生活的整个范围之内，在这样一个范围中，出版物和人类的思想本身，都只是一个微不足道的部分。世界观不是生活的理论，而只是单个的人的情绪，而且，这种情绪还是一直变化着的，直到这个人的心灵失去生命力……因此，总的说来，您所极力追求的那种明确的世界观是不可能存在的……"

"怎么不可能！"尤里生气地喊了起来。

萨宁的脸上再次现出了无聊的神情。

"当然，不……如果作为终极理论的世界观是可能的，那么，人类的思想就会完全停止……但事实并非如此：生活的每一时刻都要给出自己新的话语……应该去倾听和理解这样的新话语，不要事先给自己划定尺度和界限。"

"不过，说到这一点，"他自己打断了自己的话头，"您愿意怎么想，就怎么想吧……我只是还想问您一句：您读了几百本书，从旧约到马克思，可是您为什么还没有为自己制定出一个明确的世界观呢？"

"为什么说我没制定？"尤里带着强烈的委屈反驳道，阴郁地闪动着那双充满威胁意味的深色眼睛，"我有世界观……它也许是错误的，可它是存在的！"

"那您还打算去确立什么呢？"

皮斯佐夫嘿嘿一笑。

"你……"库德里亚维伊扭动脖子，蔑视地对他嘟囔道。

"他多聪明啊！"卡尔萨维娜带着天真的赞赏，对萨宁产生了这样的想法。

她看着萨宁和尤里，于是，在她的整个身体里出现了一种既害羞又欢乐的、她所不理解的感觉：似乎，他俩不是在为争论而争论，而只是为了她，争论的目的在于占有她。

"由此可见，"萨宁说，"您并不需要你们的聚会所能达到的目的。我明白，我看得很清楚，这里所有的人都只想强迫别人接受自己的观点，最怕不能让别人改变看法。坦白地说，这很无聊。"

"对不起！"戈日延科使劲绷紧嗓门反驳道。

"不，"萨宁不满地说，"您有最美妙的世界观，您读了大量的书籍，这立即就能看出来，可您却在生气，因为并非所有的人都和您的想法一致，此外，您还欺负索罗维伊契克，他可没对您做过任何不好的事情……"

戈日延科惊讶地住了口，他那样看着萨宁，似乎萨宁说了什么绝对不同寻常的话儿。

"尤里·尼古拉耶维奇，"萨宁愉快地说道，"您别生我的气，我对您的反驳有些言重了。我发现，您的内心有一种实在的矛盾……"

"什么矛盾？"尤里问道，他的脸红了，不知道自己是否应该动气。于是，就像在来这里的路上那样，此刻，萨宁那亲切、镇静的嗓音又不知不觉地感动了他。

"您自己知道。"萨宁笑着回答，"应该抛弃这种孩子气的游戏，否则将来会很难过的。”

“喂，”戈日延科满脸通红，说了起来，“您太放肆了！”

“还比不上您……”

“怎么？……”

“您想一想，”萨宁愉快地说，“您所做的事，所讲的话，比起我的话来，都要粗暴得多，讨厌得多……”

“我不明白您的意思！”戈日延科恶狠狠地喊了一声。

“喂，这可不是我的过错！”

“什么！”

萨宁没有答话，他拿起帽子，说道：

“我要走了……这事变得无聊透顶了！”

“太棒啦！再说，啤酒也没了！”伊万诺夫附和道，也向前厅走去。

“是啊，看得出来，我们什么结果也不会有的。”杜博娃说。

“尤里·尼古拉耶维奇，请您送送我。”卡尔萨维娜招呼道。“再见。”她对萨宁说道。

在一刹那间，他俩的目光相遇了，这一相遇不知为何使卡尔萨维娜感到害怕，但又使她觉得愉快。

“唉！”杜博娃在离开的时候说道，“小组还没来得及开花，就枯萎了！”

“为什么会这样呢？”索罗维伊契克突然忧郁地、慌乱地问道，他像根木桩似的出现在路边，出现在大家的身边。

直到此刻，大家才想起他来，而他脸上那种奇怪的忧伤表情则让许多人大为吃惊。

“喂，索罗维伊契克，”萨宁若有所思地说道，“我最近会去找您聊聊天。"

"欢迎。"索罗维伊契克匆忙地、开心地又鞠了一躬。

刚从明亮的房间里走出来，便觉得外面非常黑暗，连站在身边的人也看不清，只能听到他们响亮的说话声。

两个工人离开其他人，径自走了。当他俩已远远地走进了黑暗，皮斯佐夫笑了起来，说道：

"就是这个样子……在他们那里老是这个样子：他们想做点事情，可每个人都要做主！……只有那个壮汉倒叫我喜欢！"

"在听那些有学问的人聊天的时候，你能明白很多事情……"库德里亚维伊反驳道，他扭动脖子，像是感到憋气，他的嗓音是呆滞的、怨恨的。

皮斯佐夫自信地、嘲讽地吹了一声口哨。

二十六

索罗维伊契克久久地、静静地站在台阶上，望着阴暗的、没有星星的天空，搓着干瘦的手指。

在那几幢黑色的库房后面，风吹响屋顶的铁皮，压弯了树梢，那些树像幽灵一样拥挤在一起，而在天上，一阵阵乌云在坚定不移地迅速推进。那大团大团的乌云在地平线上悄无声息地腾起，聚集着，升向难以抵达的高空，然后又沉重地落向另一道地平线的深渊。仿佛，在那黑色大地的尽头，有望不到尽头的团队在焦急地等待这些乌云，那些团队一个接一个，举着招展的、暗色的旗帜，威风凛凛地走向未知的战斗。时而，不安的风儿捎来了远方鏖战的轰鸣声。

索罗维伊契克怀着孩子般的恐惧望着天上，他从未像今夜这样明确地感觉到，在这无比巨大的、旋转不止的混沌之中，他是多么的渺小，多么的软弱，就像完全不存在似的。

"哦，上帝，上帝啊！"他道出一声叹息来。

面对天空和黑夜，他就不像在他人面前那样了。他那些不自然的举止所体现出的慌乱的奉承，消失在了什么地方，他那口坏牙，像小狗讨好时常常龇出的那口坏牙，躲在了犹太青年那薄薄的嘴唇后面，他那双黑眼睛也流露出了忧伤、严肃的目光。

他慢慢地走过几个房间，熄灭那盏不再需要的灯，笨手笨脚地将桌子搬回原处，又把椅子给摆整齐了。一阵阵淡淡的烟雾在房间里翻滚，地上有很多尘土、被踩扁的烟头和用过的火柴。索罗维伊契克立即拿来扫帚，将地板清扫干净，像平常一样，他总是带着一种奇异的、若有所思的爱意，竭力想把自己的住处弄得更漂亮、更雅致一些。然后，他从储藏室里端出一只陈旧的泔水桶，把面包撕碎了投在桶中，接着弯着身子提起桶，迈着碎步，摆动一只手，穿过了黑暗的院子。

为了能亮些，他已经将一盏灯摆在了窗口，但院子里还是显得很荒凉，很可怕，可当索罗维伊契克跑到苏尔坦的狗窝前，他却是高兴的。

在黑暗中看不太清的苏尔坦，浑身毛茸茸的，散发出一股热气，它呼哧着，爬出来迎接索罗维伊契克，弄得那根铁链子发出了哀伤、刺耳的响声。

"喂……苏尔坦，吃吧！"索罗维伊契克喊道，用自己的响亮声音为自己壮胆。黑暗中，苏尔坦冰冷、潮湿的嘴巴伸到了索罗维伊契克的手里。

"喂，这儿……"索罗维伊契克说着，将桶递了过去。

苏尔坦响亮地吧嗒着嘴，在桶里弄出一阵动静，索罗维伊契克站在它的旁边，在黑暗中露出了忧郁的微笑。

"我又能做什么呢？"他想到，"难道我能强迫人们改变看法吗？……应该怎样生活，怎样思想，我自己还想有人来告诉我呢！……上帝没有赋予我先知的声音！……我又能做出什么事情来呢？"

苏尔坦发出了友好的呼噜声。

"吃你的，吃吧……喏！"索罗维伊契克说道，"我倒想放开链子，让你溜达一会，可是我没带钥匙，我也累了！"

"大伙儿是些多么出色、多么聪明的人啊……他们知道得很多，知道基督的学说，而……也许，是我自己的过错：应该讲出那句话，可那样的话我却不会讲！"

在遥远的地方，在城外，有什么人拖长声音，打了一个忧郁的口哨。苏尔坦抬起脑袋，听了起来。可以听见，大颗大颗的水珠从它的嘴巴上滴下来，响亮地落进了小桶。

"吃吧，吃你的……那是火车在叫！"索罗维伊契克将狗的这个动作看在眼里，说道。

苏尔坦发出一声沉重的叹息。

"人们有朝一日是否会这样生活呢……或者，他们完全无法做到。"索罗维伊契克忧郁地耸着肩膀，大声地说道。

于是，他在黑暗中看到了一个无边无际的人海，就像永恒一样，人们从黑暗中走出，又向黑暗里走去。一个又一个世纪，没有开始，也没有结束，一条苦难的锁链，没有间隙，没有意义和终端。在那儿，在上帝所在的天上，只有永恒的沉默。

苏尔坦把空桶弄得直响，它推开空桶，摇起尾巴，铁链子发出一阵轻微的响声。

"怎么，吃完了？……喂……"

索罗维伊契克摸了摸苏尔坦那生有一绺绺毛的硬脊梁，立即感觉到了手掌之下那个有活力的、亲热地弯曲着的身体，然后，他朝房子走去。

在他的身后，苏尔坦弄响了链子：院子里似乎亮了一些，但正因为如此，那巨大的黑黢黢的磨坊，连同它那根伸向天空的烟囱和那些狭窄的、像棺材一样的库房，似乎显得更黑、更可怕了。一道长长的光带从窗口射出，穿过小花园，在那光带中可以看到一些美丽、柔弱的花朵那一动也不动的神秘的小脑袋，这些花朵在狂暴、黑暗的天空下胆怯地呆立着，天空则不祥地展示着它那绵延不绝的深暗旗帜。

索罗维伊契克感到一阵钻心的忧愁、恐惧和孤独，感到无可挽回地丧失了什么，他走进房间，坐到桌旁，哭了起来。

二十七

一个淫荡的肉体，就像是裸露的神经的末梢，被几乎是强加的快感折磨到了极点，一听到"女人"这个字眼就会产生痛苦的反应。在沃罗申一生的每个时刻，女人都一直赤身裸体地、一直唾手可得地站在他的面前，裹在荡妇那柔软、丰满躯体上的每一件女式衣裙，都会使他激动，使他的两膝产生病态的颤抖。

他离开彼得堡，将许多奢侈的、娇惯的女人扔在那里，那些女人每个夜晚都要用疯狂的、赤裸裸的抚爱去折磨他的身体。当他来到这里，一桩复杂、重大的事情便摆到了他的面前，为他干活的那许多人的生活都取决于这件大事。对于沃罗申来说，一个最重要、最明确的公然愿望，就是得到几个外省僻乡里的年轻、鲜艳的小荡妇。在他的想像中，她们是胆怯的、畏惧的、健壮的，就像林中的小蘑菇，离得老远，他就已闻到了她们那青春和纯洁的撩人气息。

尽管沃罗申觉得扎鲁丁那伙人很不体面，可当他刚一摆脱掉那些饥饿、肮脏、暗藏愤恨的人，便立即用香水和浅色西服的雪白纯洁使自己那瘦弱、委靡的身体焕然一新了，他雇上一辆马车，由于急不可耐而浑身颤抖着，跑去找扎鲁丁了。

那位军官正坐在对着花园的窗户前，喝着凉茶，竭力想愉快地呼吸暗淡的花园里涌来的那柔和的傍晚的清凉。

"多好的傍晚啊！"他机械地重复道，可他的思绪却走远了，于是，他感到很不自在，感到可怕而又羞愧。

他怕丽达。自他俩摊牌的那天起，他一直没见到她。此刻，他想像中的她，已完全不同于她委身于他时的模样了。

"无论如何，事情还没结束！……好歹都得弄掉那个孩子……还是，别去费那个神？"扎鲁丁胆怯地自问。

她现在在干什么呢？

在他的面前，出现了姑娘那张美丽的却又威严的、复仇的脸庞，以及那副紧抿着的薄嘴唇和那双神秘莫测的黑眼睛。

"她会突然弄出什么把戏来的……这样的女人是不会就此罢休的！……应该想个什么……"

一个神秘的但却可怕的丑闻，像个幽灵，模模糊糊地出现在扎鲁丁的面前，于是，他的心畏惧地紧缩了起来。

"其实，她又能对我做出什么样的事情来呢？"他时而也这样问道，这时，在他的大脑中，有什么事情便清晰起来，变得简单了，一点也不沉重了，"投水自杀？……那就让她见鬼去吧……我又没去推她！……她会说她做过我的情妇？……那有什么！……这只能证明，我是一个漂亮的男人……我又没答应娶她！……真是奇怪！"扎鲁丁耸耸肩膀，可这时他却感觉到，一种阴暗的、可怕的压迫又压在了他的心头上。"闲话会流传开来，没地方可露面了！"他想到，伸出微微颤抖的手，机械地将盛有甜腻凉茶的杯子端到了嘴边。

他如此整洁，如此漂亮，浑身喷香，像往常一样，但是，他却觉得，在他的身上，在他的整个身体上——脸上，雪白的制服上，手上，甚至是心上——都沾有一个肮脏的、越来越大的斑点。

"唉，随着时间的推移，一切都会过去的……这又不是第一次！"他安慰自己，可他的内心却不愿相信这一点。

沃罗申放肆地踏响鞋底，故做姿态地亮出细小的牙齿，走进屋来，于是，整个房间立即充满了香水、烟草和麝香的气味，它们取代了凉爽的气息和绿色花园的气息。

"啊哈，帕维尔·里沃维奇！"扎鲁丁有些恐惧地跳了起来。

沃罗申道过问候，在窗边坐下，抽起烟来。在扎鲁丁看来，沃罗申是如此的自信，如此的优雅和整洁，竟使得这位军官感觉到了一阵淡淡的妒意，竭尽全力地摆出了同样一副无忧无虑、十分自信的样子。然而，他那双眼睛却一直在不安地东张西望：自从丽达直冲着扎鲁丁的脸喊了一声"畜生！"之后，他就一直觉得，每个人都知道了这件事，每个人都在心里笑话他。

沃罗申微笑着，自信地但却不成功地讲着笑话。他讲起一些杂事，可他却很难控制住自己的腔调，于是，那急不可耐的谈"女人"的愿望，便迅速排挤掉了他关于彼得堡、关于那家罢工工厂的所有笑话和故事。

他利用重新点燃一根烟的机会，沉默了片刻，意味深长地看了看扎鲁丁的眼睛。

他的眼睛里流露出的某种机灵而又无耻的神情，传到了军官的眼睛里，于是，他们彼此理解了。沃罗申正了正夹鼻眼镜，笑了一下，露出了牙齿。立即，这个微笑便在扎鲁丁那张漂亮的、因笑容而显得厚颜无耻的脸上得到了反映。

"我想，您在这里也没浪费时间吧？"沃罗申问道，狡猾地、特意地眯起了眼睛。

扎鲁丁炫耀地、傲慢地抖了抖肩膀，答道：

"噢！这是照例行事啊！在这里还能干什么呢？"

他俩笑了起来，又沉默了一会。沃罗申在贪婪地等待细节，在他的左膝盖下面，有一根细细的血管抽搐起来，而在扎鲁丁眼前刹那间闪过的那些细节，却不是沃罗申想听的东西，而是近些天来一直折磨着扎鲁丁的东西。

他稍稍侧过身去，面对花园，用手指敲打着窗台。

然而，沃罗申却在默默地等待着，于是，扎鲁丁感到，他不得不再次操起他所需要的那种腔调。

"我知道，"他佯装自信地说道，"你们这些都市居民都认为，这里的女人是特别的。你们大错特错啦！的确，她们身上有新鲜感，但是却没有优雅……不，怎么说呢……没有爱的艺术！……"

沃罗申刹那间便兴奋起来，他的眼睛闪闪发亮，连嗓音也变了。

"是啊，当然……可是这一切归根结底是会叫人厌恶的……我们彼得堡的女人没有身体……您明白吗？……那是一小团神经，而不是女人的身体，而这里……"

"是这样的。"扎鲁丁赞同道，他也不知不觉地兴奋起来，自得地捻起了嘴唇上的小胡子。

"您要是从一位最优雅的都市太太的身上脱下紧身胸衣，您就会看到……您就会……您知道这样一个新笑话吗？"沃罗申突然打断了自己的话头。

"什么笑话？……不知道……"扎鲁丁满怀被激起的兴趣，向沃罗申探过身去。

"是这样的……这很典型……有一位巴黎交际花……"

于是，沃罗申详尽地、很有技巧地讲述了一个非常无耻的故事，在这个故事里，一位女人赤裸裸的淫欲和干瘦的乳房交织为一个如此狂热、可怕的形象，使得扎鲁丁神经质地笑了起来，浑身颤抖不止，像是有人在拿针扎他。

"是啊，女人身上最重要的东西，就是乳房！对于我来说，身材不好的女人就不是女人！"沃罗申最后说道，眨着那双蒙有一层白翳的眼睛。

扎鲁丁想到了丽达的乳房，那非常柔嫩、白里透粉的乳房，勾勒出两道富有弹性的弧线，就像是一对神秘、美妙的果实。他想到，在他亲吻她的乳房时，她是多么高兴啊，于是，他突然觉得，和沃罗申谈这事是不自在的，所有这一切都过去了，再也不会重现了，这个意识使他感到痛心和忧愁。

然而，扎鲁丁觉得，这种情感对于一个男人、一个军官来说是不相称的，于是，他竭力控制自己，不自然地夸张着说道：

"萝卜青菜，各有所爱！……对于我来说，女人身上最重要的东西是后背，是曲线……"

"是啊！"沃罗申神经质地拉长声音说道，"您知道吗，在有些女人身上，尤其是那些非常年轻的女人……"

勤务兵吃力地拖着那双沉重的农夫长靴，进屋来点灯，当他站在桌边忙乎、弄响玻璃罩、划着火柴的时候，扎鲁丁和沃罗申都没有说话，在燃着的灯光下，只能看到他俩放光的眼睛和抽搐一般闪亮着的烟头。

而在勤务兵离开后，他俩则又谈了起来，"女人"这个字眼，这个赤裸的、肮脏的字眼，便以被歪曲了的、几乎是无意义的形式悬挂在半空中。色鬼的自我炫耀欲控制了扎鲁丁，一种试图超越沃罗申的难耐愿望在将他折磨，使他想吹嘘一番，有一个如何优雅的女人曾经属于他，说着说着，扎鲁丁越来越多地暴露了其淫欲的秘密，他谈起了丽达。

于是，她便完全赤身裸体地出现在了沃罗申的面前，毫无羞耻地暴露着其身体和情欲的那些最深藏的秘密，她是低俗的，就像一头被牵到市场上去的牲口。他俩的思想在她的身上爬行，舔她，揉她，侮辱她的身体和情感，一种难闻的毒药便渗入了这位富有欢乐和爱情的美丽姑娘的身体。他俩并不爱这个女人，并不为她所给出的欢乐而感激她，却要竭力去贬低她，凌辱她，给她制造出最为可恶的、无法形容的痛苦。

房间里很闷人，充满了烟雾。他俩满是汗水的身体散发出一种让人不安的、浓重难闻的气味，两双眼睛闪着模糊的光亮，两个嗓子发出不连贯的、被压低的声音，就像是狂怒的野兽发出的呼哧声。窗外，月夜静静地而又明朗地降临了，可整个世界，却带着它所有的色彩、声响和财富，去了什么地方，失去了踪影，只有一个裸体的女人留在了他俩的眼前。很快，他俩的想像力就变得非常专横，非常渴求，竟使得他俩绝对要去看一眼这位丽达了，此刻，他俩对她所用的既不是正式的称呼丽季娅，也不是爱称丽达，而是昵称丽德卡了。

扎鲁丁吩咐套马，随后，他俩便乘车往城边驶去……

二十八

　　第二天，扎鲁丁给丽达·萨宁娜送去了一封信，他在信中请求和她见面，还含混、笨拙地暗示道，有许多事情还是可以改变的，这封信却落到了玛利亚·伊万诺夫娜的手里，因为女仆将它忘在了厨房的桌子上。

　　从这封信的纸页上腾起一道不祥的阴影，龌龊而又可怕地漫向女儿那纯洁的、给人以温柔神圣感的身影。玛利亚·伊万诺夫娜的第一个感觉，就是伤心的困惑。然后，她又回忆起了自己的青春、爱情和背叛，以及在婚后的失望时期所经历的那些沉重悲剧。由建立在严厉法则基础上的生活所连成的那条长长的苦难锁链，一直延伸至暮年。这是一道灰色的带子，布满了寂寞和痛苦的暗淡斑点，布满了失落的愿望和幻想的破碎边缘，一天接着一天，一模一样地过去，无论如何也想不出任何变化来。

　　然而，女儿有可能在什么地方突破了这尘封的灰色生活的石头墙壁，也许，女儿已经陷进了那由欢乐和苦难、幸福和死亡混乱地交织而成的汹涌旋涡，这个想法却使老妇人充满了恐惧。

　　而恐惧最后变成了愤怒和忧愁。如果这老太婆能力足够的话，她就会抓住丽达的脖子，把她按在地上，再使劲将她拉回自己的生活那灰色的石头长廊，在那条长廊里，只有一些带有铁栅的安全小窗口开向阳光灿烂的世界，也许，她还会强迫女儿重新开始她自己无偿度过的那种生活。

"可恶的、卑鄙的坏丫头！"玛利亚·伊万诺夫娜绝望地用手拍了拍膝盖，想到。

然而，这一切也许还没有超越那个众所周知的安全界限吧，这个干巴巴的、合适的小念头突然出现在她的脑海中。她的脸色变得愚钝了，又像是变得狡猾了。她读起信来，反复读了好几遍，但是，在信中那过分雕琢的、冰冷的文字间，她却什么意思也没弄清楚。于是，老妇人感觉到了自己的无力，便痛哭起来，然后整了整头饰，向女仆问道：

"杜恩卡，弗拉基米尔·彼得罗维奇在家吗？"

"什么？"杜恩卡大声地应道。

"傻瓜，我是说，少爷在家吗？"

"他刚进书房。在写信哪！"杜恩卡高兴地报告说，似乎那封信对于她来说是一种最伟大的享受。

玛利亚·伊万诺夫娜严厉地、直冲冲地看了女仆一眼，于是，她那双善良的、褪了色的瞳孔里便现出了一种凶狠、愚钝的眼神。

"你这个贱货，如果再带信回来，我就要狠狠地教训你，叫你连自家的人都认不出来……"

萨宁坐在那里写字。玛利亚·伊万诺夫娜不常见到萨宁写字，因此，尽管心怀忧伤，还是感到了好奇。

"你在写什么呀？"

"写一封信。"萨宁抬起那颗欢乐、镇静的脑袋，答道。

"写给谁的？"

"是……写给一位熟悉的编辑……我又想去他的编辑部了。"

"你难道能写作？"

"我什么都能做。"萨宁笑了笑。

"那你为什么要去那儿呢？"

"我在您这里已经感到厌烦了，妈妈。"萨宁真诚地一笑，回答说。

一丝淡淡的委屈刺了玛利亚·伊万诺夫娜一下。

"谢谢！"她带着委屈的嘲讽说道。

萨宁认真地看了她一眼，想要说，她并不太傻，应该能明白，一个人老是呆在一个地方，又没有任何事情好做，是会感到苦闷的，但是，他却没有说话。他觉得，对她解释如此简单的事情，是很无聊的。

玛利亚·伊万诺夫娜掏出一块手绢，默默地用她那年迈贵夫人的衰老细手指，久久地揉着那手绢。如果没有扎鲁丁的信，如果她的心没有陷入疑虑和恐惧的混乱境地，她也许会痛苦地、长时间地责备儿子的这种生硬态度，但是此刻，她却仅仅做了一个令她悲哀的比较：

"是啊……儿子像条狼，要离家，而女儿呢？"

她摆了摆手。萨宁好奇地抬起头来。看来，那个老式的生活故事已经流传开了。

"您是怎么知道的？"他放下笔，问道。

于是，因为读了女儿的信，玛利亚·伊万诺夫娜突然羞愧起来。她那苍老的面颊上出现了暗淡的红晕，接着，她并不坚决但却生气地答道：

"谢天谢地，我的眼还不瞎！……我能看见……"

萨宁想了想。

"您什么都没看见。"他说，"作为证明，我可以向您祝贺您女儿的合法婚姻……她自己也想告诉您，不过反正一样……"

他感到一阵怜悯，因为，丽达那美丽、年轻的生命还要承受另一种折磨——老年人那愚钝的爱，这种爱会用那种最细微的、最难忍的刺激来折磨人。

"什么？"玛利亚·伊万诺夫娜挺直身子，问道。

"丽达要出嫁了。"

"嫁给谁？"老太婆快乐而又疑心地喊了起来。

"嫁给诺维科夫……当然……"

"啊……怎么可能……"

"让他见鬼去吧！"萨宁带着突如其来的冲动喊道，"反正对您都一样……您还打算去看守别人的心吗？"

"不，我只是不明白，瓦洛佳……"老太婆窘迫地、犹豫地自我辩解道，可她的内心却唱起一首歌来。对于她来说，这是一首充满莫名欢乐的歌："丽达要出嫁啦，丽达要出嫁啦！……"

萨宁严厉地耸了耸肩膀。

"这有什么不明白的……她爱过一个男人，又爱上了另一个，明天还会爱上第三个……愿上帝保佑她。"

"你怎能这样说话呢！"玛利亚·伊万诺夫娜愤怒地喊道。

萨宁背对桌子站着，两手交叉着。

"那您一辈子只爱过一个男人吗？"他生气地问道。

玛利亚·伊万诺夫娜站起身来，在她那张并不聪明的、衰老的脸上，现出一种石头般冷漠的高傲。

"不能这样和母亲说话！"她高声说道。

"谁？"

"什么谁？"

"谁不能这样说话？"萨宁皱起眉头盯着母亲，问道。

他看着母亲，第一次有意识地觉察出，母亲的眼里有一种非常愚钝、空虚的神情，她脑袋上那个翘起的头饰也非常荒谬地戳在那里，就像是母鸡的冠子。

"谁都不能这样说话！"她用一种没有生气的声音愚钝地说道。

"可是，我就这样说话。只是……"萨宁突然镇静下来，恢复了自己寻常的情绪，他反驳了一句，然后转过身子，坐了下去。

"您已经从生活中得到了自己的一切，因此，您没有任何权利来压制丽达。"他相当冷漠地说道，他并未转过身来，又继续写起字来。

玛利亚·伊万诺夫娜沉默不语，睁大眼睛看着萨宁，她脑袋上那个母鸡冠也越发荒谬地翘着。她在刹那之间抹去了关于逝去生活的所有回忆，连同她那些青春的、激情四溢的夜晚，她只用一句话来蒙住自己的眼睛："他怎敢这样和母亲说话！"她也不知道，接下来该怎么办。但是，在她拿定主意之前，已经镇静下来的萨宁转过身来，拉起她的手，亲切地说道：

"您别管这一切……可您得马上把扎鲁丁赶走，否则他真的会弄出些什么恶心的事情来……"

一阵温柔的波浪涌上玛利亚·伊万诺夫娜的心房。

"唉，上帝保佑你。"她说道，"我很高兴……我一直很喜欢萨沙·诺维科夫……扎鲁丁，当然不能再接待他了，哪怕是出于对萨沙的尊重。"

"哪怕是出于对萨沙的尊重。"萨宁赞同道，只有眼睛露出了笑意。

"丽达在哪儿？"玛利亚·伊万诺夫娜问道，她的嗓音已经带有平静的欢乐。

"在她自己的房间里。"

"那萨沙呢？"母亲又问道，带着温情说出了诺维科夫的名字。

"我不知道，真的……他走了……"萨宁刚开口，可就在这时，杜恩卡出现在门口，她说道：

"维克多·谢尔盖耶维奇来了……还有一位不认识的老爷。"

"啊……你去把他们赶走。"萨宁提出一个建议。

杜恩卡不好意思地嘻嘻笑了。

"您说什么啊，老爷，哪能这样做呢！"

"当然能这样做……我们要他们有个鬼用！"

杜恩卡用衣袖掩着脸，走了出去。

玛利亚·伊万诺夫娜挺直身子，似乎变得年轻了一些，可她的眼睛里却流露出一种更加愚钝、更具动物性质的神情。在她的心中，一个彻底的变化迅速地、异常轻松简单地完成了，她就像是灵巧地翻过一张纸牌：从前，在她以为扎鲁丁会和丽达结婚的时候，她的心对那位军官曾充满那么多的温情，而此刻，当事情变得清楚了，另一个男人将成为丽达的丈夫，而这个人只配做丽达的情人，这时，她的心里便又产生出了同样多的敌意的冷漠。

当母亲转身向门口走去，萨宁看了看她那石头一样的、只能让他看到一只凶狠灰眼睛的侧面，心里想到："一只动物！"

然后，他放下纸张，也随着她走了。他非常好奇，想看一看，人们使自己身陷其中的那个新的混乱而又艰难的境地是如何形成的，又是如何深化的。

扎鲁丁和沃罗申带着过度的殷勤起身相迎，这种殷勤中已经没有了扎鲁丁先前在萨宁家中所享有的那种自如。沃罗申有些不自在，因为他是怀着一种对丽达的公然念头前来的，而这个念头又是必须加以掩饰的。然而，这种不自在却只能使他越发地激动。

而在扎鲁丁的脸上，透过那种故作的随意和放肆，却清楚地现出了胆怯的忧愁。他自己感到，不应该来这里：他觉得羞愧，觉得可怕；他无法想像如何与丽达见面，但与此同时，这世界上却又没有任何东西能让他将这些感觉透露给沃罗申，承认自己不是一个一贯自信、身价百倍、可以对女人为所欲为的男人。有时，他会索性恨起沃罗申来，但是，他却跟着沃罗申走了，像是被绑住了一样，没有力量展示自己真正的内心。

"亲爱的玛利亚·伊万诺夫娜，"扎鲁丁说道，不自然地露出了那口白牙，"请允许我向您介绍我的好朋友，帕维尔·里沃维奇·沃罗申……"

与此同时，他讨好地向沃罗申笑了笑，眼角和嘴角现出了一道不易察觉的、富有含义的纹理。

沃罗申躬身致意，并用同样的微笑回应了扎鲁丁，不过，他的神情更露骨一些，几乎是厚颜无耻的。

"非常高兴。"玛利亚·伊万诺夫娜冷漠地说道。

她眼中那暗含的敌意，像一股冷气滑向扎鲁丁，这位小心、敏感的军官立即觉察到了这一点。他那最后的自信转眼就无影无踪了，他俩这失去了游戏趣味的举动，也让他觉得是难堪和荒谬的了。

"唉，是不该来这里！"他想到。可马上，因与他视为无比高贵的沃罗申的交往而受到激励的他，又第一次清楚地想起了他已经淡忘的事情：要知道，丽达马上就要进屋来了！……要知道，这可是那样一位丽达，她与他发生过关系，她怀上了他的孩子，她是他未来孩子的母亲，不管怎样，那孩子有朝一日总是要生下来的！他该对她说些什么，他该怎样看着她？……扎鲁丁的心胆怯地紧缩起来，像一团重物向下沉去。

"可她一下子就已经清楚了！"他恐惧地想到，已经不敢再朝玛利亚·伊万诺夫娜看上一眼了。他坐立不安，动来动去，一边抽着香烟，一边耸肩挪脚，一双眼睛在四下里张望。

"唉，是不该来！"

"您要在我们这儿呆很久吗？"玛利亚·伊万诺夫娜庄重而又冷漠地问沃罗申。

"噢，不。"沃罗申回答，他放肆地、嘲笑地看着这位外省太太，然后翻过手掌，灵巧地将雪茄含进嘴角，那雪茄的烟直冲着老太婆的脸飘去。

"您不觉得枯燥吗……离开了彼得堡……"

"不，为什么……您知道吗，我非常喜欢这样一个古朴的小城……"

"那您就去城外走走吧，我们这里有一些好去处……游泳，划船……”

“哦，一定要去的啰！”沃罗申高声说道，他嘲笑地强调了那个“啰”字，但已经有些无聊了。

谈话很不投机，既沉重又荒谬，就像一个画有笑容的纸面具，在这面具的后面，却射出了敌意的、无聊的目光。沃罗申开始朝扎鲁丁张望，他的目光所具有的含义，不仅为那位军官所理解，也被一直坐在角落里留心观察着他们的萨宁看在眼里。

沃罗申不会再把自己看成一个灵活聪明、无所不能的浪荡男人了，扎鲁丁的这个想法显得比他隐在的恐惧还要强烈。

“丽季娅·彼得罗夫娜在哪儿？”他带着一种自我牺牲般的努力问道，整个身体又毫无必要地动弹起来。

玛利亚·伊万诺夫娜怀着诧异的不快看了他一眼。

“这关你什么事，既然和她结婚的又不是你！”她的眼睛在这样说话。

“我不知道……大概是在她自己的房间里。”她冷冷地答道。

沃罗申又意味深长地看了扎鲁丁一眼。

“能不能想个办法快点请出这位丽达，否则的话，这么个老太婆真是没什么意思！”他在心里暗暗说道。

扎鲁丁张开嘴，无能为力地抖了抖唇髭。

“我听到了许多对您女儿的赞美，”沃罗申露出那口坏牙，整个身体都殷勤地向前探着，搓着手，自己开了口，“因此我希望有幸见到她。”

玛利亚·伊万诺夫娜朝扎鲁丁那张悄悄变了色的脸瞥了一眼，便本能地明白了，关于她那水晶般纯净的、温柔圣洁的丽达，这个堕落、无耻的人可能听到了什么样的话。这个念头如此尖锐，转眼之间就使她产生了一个可怕的预感——丽达堕落了，于是，一种孤立无援的恐惧包围了她。她惊慌失措起来，这时，她的眼睛才变得柔和了，有些人情味了。

"如果不把他们从这里赶走，"萨宁在这个时候想到，"他们还会给丽达和诺维科夫造成很多痛苦……"

"我听说，您要离开此地？"他若有所思地盯着地面，突然问道。

扎鲁丁大吃一惊，如此简单、合适的一个主意，他自己竟然没有想出来。

"啊！……请上两个月的假……"扎鲁丁的脑中闪过这个念头。于是，他急忙答道：

"是啊，我打算……应该休息休息，换换空气……您知道吗……老是呆在一个地方是会发霉的！"

萨宁突然笑了起来。这场言不由衷的谈话，这场谈话中那骗不倒任何人的谎言，大家都清楚地知道没人会相信，却又都继续地相互欺骗着，所有这一切都让萨宁感到好笑。于是，一种决然、欢快的情绪，就像一道自由的波浪，涌上了他的心头。

"大路随您走呀。"他道出了他脑中的第一个念头。

于是，像是从所有人的身上剥下了那件严肃的、浆过的套装，三个人刹那间全都变了样。玛利亚·伊万诺夫娜脸色苍白，显得更矮小了，沃罗申的眼中闪出一种畏惧的、动物性的情感，那情感使他变成了一只警觉的小野兽，扎鲁丁则悄悄地、迟疑地从座位上站起身来。房间里出现一阵骚动。

"什么？"扎鲁丁压低嗓门问道，在这个时候，他的嗓音还没有发生什么变化。

沃罗申畏惧、下贱地笑了起来，用那双锐利、胆怯的小眼睛搜寻着自己的帽子。萨宁没有回答扎鲁丁，他带着快乐而又恶毒的神情，找到沃罗申的帽子，递给了沃罗申。沃罗申张了张嘴，从那嘴里传出一种尖细的、被压低的声音，像是一声抱怨。

"这怎么理解？"扎鲁丁绝望地喊了起来，彻底被弄糊涂了，"出丑了！"他麻木的脑袋里闪过这样一个想法。

"您就这样理解，"萨宁说，"您在这里完全是一个多余的人，您如果离开这里，就会使大家获得很大的满足。"

扎鲁丁向前迈了一步。他的脸色变得很可怕，白色的牙齿凶狠地龇了出来。

"啊——啊……是这样……"他抽搐地喘着气，说道。

"快滚。"萨宁轻蔑地、简短而又坚决地说道。

他的声音里有一种非常强硬、可怕的威胁，竟使得扎鲁丁向后退去，没再说话，只在那里荒谬、奇怪地转动着眼珠。

"鬼知道这是怎么回事……"沃罗申小声地嘟囔道，低低地缩着脑袋，急忙朝门口走去。

然而，丽达却出现了在门口。

无论是先前还是后来，她都从未感觉到如此强烈的屈辱，她就像一个赤身裸体的女奴，而那些色鬼竟为了她而在市场上打起架来。起初，当她得知扎鲁丁和沃罗申来访，清楚地明白了这次来访的含义，那种肉体上的屈辱感竟如此强烈，使得她神经质地痛哭起来，她跑进花园，跑到河边，再次产生了自杀的念头。

"这是为什么呀？……难道这事还没有结束！……难道我

犯下了如此可怕的罪行，永远也得不到宽恕，任何人都随时有权……"她两手抱在头上，几乎喊了起来。

然而，花园里却如此纯净、明亮，鲜艳的花朵、蜜蜂和鸟儿如此宁静地生活着，天空如此湛蓝，苔草旁的流水如此耀眼，丽达的奔跑逗得猎狐狗米尔如此地高兴，于是，丽达缓过神来。她突然本能地回忆起来，男人们始终在那样乐此不疲地、贪婪地追逐她，她回忆起那种兴奋的感觉，在这些男人的注视下，那种兴奋会使她的整个身体都紧绷起来，于是，接下来，完全是有意识地，一种骄傲和有理的感觉便在她的心中觉醒了。

"这有什么……"她想，"与我有什么相干……他是他……是的，我爱过，现在我们分手了……无论什么时候，谁也不敢藐视我！"

她猛地转过身来，朝屋子走去。

出现在门口的丽达，已经不是通常所见的那个丽达了。与平日不同，她没梳那种时髦、精致的发型，后背上却软软地垂着一条蓬松的粗辫子，她没穿优雅精巧的女装，胸口和肩头却随意地披着一件薄薄的短衫，那短衫朴素地勾勒出了她那放松的、优美的身段。于是，她整个的人，以这可爱的、纯朴的、家常的模样，不知为何却显出了出人意料的美丽和魅力。

丽达奇异地微笑着，这笑容使她与哥哥很相像了，她似乎很镇静地迈过门槛，亮出优美动听的嗓音，用特别可爱的少女声调说道：

"我来了……你们这是去哪儿？……维克多·谢尔盖耶奇，把帽子放下吧！……"

萨宁没有说话，他带着好奇的喜悦，瞪大眼睛看着妹妹。

"这又是怎么回事！？"他想。

有一种内在的力量，一种既威严又可爱、既不可抗拒又充满女性温柔的力量，潜入了房间。仿佛，一位女驯兽师走进了几只野兽在其中相互厮打的笼子。几位男人突然变得柔和、温顺了。

"您看，丽季娅·彼得罗夫娜。"扎鲁丁慌乱地开了口。

他刚一开口说话，丽达的脸上就滑过一道既可爱又可怜的、孤立无援的神情。她迅速地瞥了扎鲁丁一眼，突然感觉到了一阵难以承受的痛苦。肉体的温情那敏感异常的影子，在她的体内醒来，使她痛苦地想要得到什么。然而，这一愿望立即就被一种强烈的、动物性的需求取代了，这一需求就是，要去向他证明，他的损失是多么的大，而她却依然漂亮，尽管遭受了他带给她的痛苦和屈辱。

"我什么也不想看！"丽达几乎闭上了那双美丽的眼睛，果真威严地、有些戏剧腔地说道。

沃罗申身上则发生了某种奇怪的变化：那个温情的、勉强被遮掩住的女人身体，披着一层意想不到的可爱的家常之美，它散发出的迷人的温暖，使他的整个身体都瘫软了。尖尖的小舌头急速地舔了舔两片发干的嘴唇，两只小眼睛变得细长了，那被宽松的浅色西服包裹着的整个身体，在一阵疲软的肉体喜悦中变得麻木了。

"您给介绍一下……"丽达说道，扭头看着他。在她那双少女的大眼睛上，有睫毛柔和而又任性地投下的阴影。

"沃罗申……帕维尔·里沃维奇……"扎鲁丁嘟嘟囔囔地说道。

"这样一个美人做过我的情人！"他脑中闪过这个念头，

既带有真心的喜悦，也带有在沃罗申面前的荣耀感，还带有淡淡的刺痛，因为意识到了那种无法挽回的损失。

丽达慢慢地向母亲转过身去。

"妈妈，那边有事要问您……"她说。

"我才不管……"玛利亚·伊万诺夫娜刚要开口。

"我说，那边有事……"丽达抢过话头，她的声音突然带上了哭腔。

玛利亚·伊万诺夫娜赶忙站起了身。萨宁看着丽达，使劲地撑大了鼻孔。

"先生们，我们去花园吧……这里太热了！"丽达说道，然后，像从前一样，她并不去看他们是否跟着她，就朝露台走去。

几个男人就像是被施了催眠术，跟在她的身后，似乎，她是用自己那根辫子拴住了他们，能随心所欲地强迫他们走向任何地方。沃罗申走在前面，满怀赞赏和激动，她已经让他把世界上的一切都淡忘了。

丽达在一棵椴树下的摇椅上坐了下来，伸出两只小巧的脚来，那脚上穿着黄色的便鞋和透明的黑色袜子。她的身上似乎有两个自我：一个在因羞耻、屈辱和忧愁而痛苦，另一个却在顽强地摆出一个个有意撩人的姿态，这些姿态一个比一个更优美、更巧妙。第一个自我在轻蔑地看着自己，看着那几个男人，看着整个生活。

"喂，帕维尔·里沃维奇……我们这个偏僻的地方给您留下了什么样的印象？"丽达眯着眼睛，问道。

沃罗申迅速地交叉起手指头，搓了一下。

"这印象，大概就像一个人在密林里突然遇见一朵美丽花朵的时候所体验到的那种印象吧！"他答道。

于是，在他俩之间开始了一场轻松的、空洞的、虚伪透顶的交谈，在这场交谈中，说出来的一切都是谎言，而没说出来的一切则都是真话。萨宁没有说话，在听着那场默不出声的真正的交谈，那场交谈通过两张脸、通过手和脚、通过嗓音和沃罗申的颤抖正无声地进行着。丽达在受难。沃罗申在痛苦地、难以满足地享受着她的美貌和芬芳。扎鲁丁则已经在仇恨丽达，仇恨萨宁，仇恨沃罗申，仇恨整个世界，他想走开，却又没走，他想做出点什么粗鲁的事情来，却只是一根接一根地抽着烟。不知为何，想叫丽达以他情人的身份公开出现于大家面前，这样一种难耐的需求在绝望地、恶毒地压迫着他的大脑。

"这么说，您很喜欢我们这里，您离开了彼得堡，不感到可惜吗？"丽达问道。

也许，这种折磨对她而言比什么都更痛苦。连她自己也感到奇怪，她为什么没有站起身来，为什么没有走开。

"Mais au contraire！"[①] 沃罗申反驳道，他挑逗地摊开两手，眼睛紧盯着丽达的胸脯。

"别讲漂亮话！"丽达做了一个挑逗的、命令的手势，说道。于是，两个自我又在她的体内搏斗起来：一个唤起了脸上的羞红，另一个虽不易察觉却更无耻地、更突出地挺起乳房，迎向那赤裸裸的目光。

"你以为，我非常不幸……我垮了！那你就睁开眼睛看着吧！你们是这副模样，那么，我也会做出这副模样来！"她在

----

① 法文："恰恰相反！"

想像中这样对扎鲁丁说，她的内心在流泪。

"唉，丽季娅·彼得罗夫娜！"扎鲁丁带着恨意搭了腔，"这算什么漂亮话呀！"

"您，好像说了什么？"丽达冷冷地问道，然后，她迅速地变换腔调，又朝沃罗申转过身去。

"您给我讲讲彼得堡的生活吧……要知道，我们这里没有生活，只是混日子！"

扎鲁丁感觉到，沃罗申冲着他这边微微地笑了一笑，他于是认定，沃罗申已不再相信丽达曾做过他的情人。

"啊哈，啊哈……是这样……好啊！"他怀着强烈的愤恨自言自语道。

"我们的生活？哦，这著名的'彼得堡生活'啊！……"

沃罗申轻松、迅速地说了起来，他给人留下这样一种印象，像有一只小笨猴在用它那种空洞的、无人能懂的语言咿咿呀呀地说着什么。

"有谁见过呢！"他怀着一种隐秘的希望想到，盯着丽达的脸庞、胸脯和宽大的胯部。

"我可以实话告诉您，丽季娅·彼得罗夫娜，我们的生活非常苍白、枯燥……不过，直到今天，我一直都认为，什么生活都是枯燥的，无论住在什么地方，无论是在城里还是在乡下……"

"是吗？"丽达半眯起眼睛。

"生活能给出的东西，就是漂亮的女人！而大城市的女人，唉，您如果见到过的话！……您知道吗，我坚信，如果还有什么东西有朝一日能拯救世界，那就一定是美！"沃罗申突然添了这么一句，但他认为这句话非常得体，既通俗又睿智。①

他的脸上现出了愚蠢的激动表情，他用失去控制的嗓音喋喋不休地说着，不停地返回同一个主题，即女人，他以那样的方式谈论女人，似乎在暗中不停地剥去女人的衣服，并将她强奸。扎鲁丁看出了这种表情，突然感觉到一阵模糊的妒意。他的脸红了，然后又白了，他无法站在原地不动，便在林荫路的当中焦躁地、奇怪地走来走去。

"我们的那些女人彼此都很相像，都同样地变态，同样地刻板！……要去找到一种特别的东西，以便唤起对美的真正崇拜……您知道吗，不是那种特定的感情，而是真正纯洁的、真诚的崇拜，那种在面对一尊雕像时所体验到的崇拜，在大城市里，不可能有这样的崇拜！……因此，恰恰应该到偏僻的地方去，那儿的生活，还是一块没被触动的土壤，能长出漂亮的花朵来！"

萨宁不由自主地挠挠后脑勺，跷起了二郎腿。

"这些花干吗要开呢，如果没人来采的话！"丽达说。

"啊哈！"萨宁好奇地想，"她这是在把话题往哪儿引啊！……"

他对这场情感和愿望的游戏很感兴趣，这有些愚蠢又很微妙的游戏，明白无误地、同时却又难以捉摸地在他的面前进行着。

"说的是啊！"

"是的，我的话是当真的！有谁会来采摘我们这些可怜的花朵呢？而那些被我们当成英雄的男人，又是些什么玩意

---

① "美拯救世界"是陀思妥耶夫斯基的一句名言。

呢！？"丽达完全真诚、伤感地脱口而出。

"您对我们太无情了！"听出她的声音中那隐在的含义，扎鲁丁不禁应了一句。

"丽季娅·彼得罗夫娜说得对！"沃罗申兴奋地赞同道，但他又立即醒悟过来，胆怯地看了扎鲁丁一眼。

丽达哈哈大笑起来，她那双燃烧着仇恨、流露出羞耻和忧愁的眼睛，在威严地、哀伤地盯着扎鲁丁的脸。沃罗申则又唠叨起来，他的话语在流淌，在跳跃，在散开，就像一群被上帝从什么地方赶到这里来的胡说八道的畸形儿。

他已经在谈论，身材漂亮的女人可以裸体上街，而不会引起肮脏的欲望，看来，他非常希望，丽达就是这样一个女人，而且是专为他才赤身裸体的。

丽达却在笑着，她打断了沃罗申的话，在她那响亮的笑声中，听得到羞耻，也包含着屈辱和忧愁的泪水。

天气很热，高悬的太阳直视着花园，树叶轻轻地、轻轻地摇晃着，像是在因各种狂热的却又为慵懒所束缚的愿望而激动。在树叶的下方，一位漂亮的、怀了孕的年轻女人怀着隐秘的泪水和痛苦，因那受到侮辱的情欲而竭力进行报复，她感到她做得并不成功，于是，无可奈何的羞耻感使她痛苦不堪；一个委靡的、胆怯的色鬼，在道出的和隐藏的淫欲冲动中受着折磨；而另一个男人，却在由于嫉妒的、有失身份的愤恨而痛苦。

萨宁坐在一旁，坐在椴树那淡淡的绿阴下，静静地看着他们。

"但我们该走了。"扎鲁丁终于忍不住了。他自己也不知道为什么，在丽达的一举一动之中：在她的笑声中，她的眼神中，她指头的颤抖中，他都能感受到一个个无形的耳光。对丽达的怨恨，对沃罗申的嫉妒，以及那不可挽回的损失导致的肉体上的苦闷，弄得他疲惫不堪。

"已经该走了？"丽达问道。

沃罗申甜蜜地眯起眼睛，微笑着，用薄薄的舌头舔着嘴唇。

"没办法……看来，维克多·谢尔盖耶维奇不舒服。"他嘲笑地说着，把自己想像成了胜利者。

他们开始道别。扎鲁丁在俯身去吻丽达的手时，突然低声地说了句：

"别了！"

他自己也不明白，为什么要这样做，然而，他从未像这一时刻那样爱丽达，也从未像这一时刻那样恨丽达。作为呼应，丽达的心里也有什么东西静了下去，接着颤抖起来，希望分手的时候能怀有忧郁的、温情的感激，感激那些共同感受过的快感，排除所有的报复、怨恨和仇视。但是，她却压下了这份情感，无情地、响亮地回答了一句：

"别了！……一路顺风。帕维尔·里沃维奇，可别忘了哦！"

只听得沃罗申有意地提高嗓门，说道：

"瞧这女人，真醉人啊，就像香槟一样！……"

他俩走了。等他俩的脚步声消失之后，丽达坐到摇椅上，可她已经完全不是先前那个样子了，而是躬起身体，全身都在发抖。两行静静的、特别动人的少女泪水，在她的脸上流淌。不知为何，萨宁想到了那样一个俄国少女动人的沉思形象，她梳着一个蓬松的辫子，过着忧伤的日子，她的衣服上有一对薄纱衣袖，在春天里，在春水泛滥的陡岸上，她在悄悄地用那衣袖擦着脸上的泪水。这个古老的、天真的形象与日常生活中的丽达完全不同，她平常梳着高高的时髦发型，穿着精致的、滚着花边的裙子，可这不同却尤其使人感动，使人对她产生怜悯。

"喂，瞧你！"萨宁说着，走过去，拉住她的一只手。

"放开……生活真是个可怕的东西……"丽达说着，蹲了下去，用双手捂住脸。那根松软的辫子静静地滑过肩头，向下垂去。

"呸！"萨宁生气地说道，"我才不会去管这些鸡毛蒜皮的小事呢！……"

"难道就没有……其他一些更好的人了？！"丽达又说道。

"当然没有。"萨宁笑了笑。"人就其本质而言是卑鄙的……不要指望人能做出什么好事，这样一来，他做出的坏事也就不会引起你的痛苦了……"

丽达抬起头，用那双哭红了的眼睛看了他一眼。

"你就不指望吗？"她平静地、若有所思地问。

"当然不。"萨宁回答，"我独自活着……"

二十九

第二天，没披头巾、光着脚的杜恩卡跑来找正在花园里清扫道路的萨宁，她那双愚蠢的眼睛里流露着呆滞的恐惧神情，她说（显然是在重复别人的话）：

"弗拉基米尔·彼得罗维奇，有两位军官希望见您……"

萨宁并不感到惊奇，因为他一直在等着扎鲁丁这样或那样的挑衅。

"他们非常希望见我吗？"他开玩笑地问杜恩卡。

但是，杜恩卡看来是知道了什么可怕的事情，她一反常态，没有用衣袖遮脸，而带着惊恐的同情径直看了萨宁一眼。

萨宁将铁铲靠在树上，松开腰带，再勒勒紧，然后照自己的习惯，微微摇晃着，朝屋里走去。

"这些傻瓜……真是些白痴！"他懊恼地想到了扎鲁丁和他的那些决斗助手，但他的这一想法不是辱骂，而是他的真实看法。

当他走过屋子，丽达从自己的房间里走了出来，站在门口。她脸色紧张、苍白，眼中满含痛苦。她动了动嘴唇，却什么话也没说出来。在这个时候，她觉得自己是世界上最不幸、最有罪孽的一个女人。

在客厅里，在扶手椅上，孤立无援地坐着玛利亚·伊万诺夫娜。她的脸是恐惧的、不幸的，那个母鸡冠头饰也慌乱地歪到了一边。她也同样地用哀求的、惊慌的眼睛看了萨宁一下，同样地动了动嘴唇，也同样地沉默不语。

萨宁对她笑了笑，本想停下，但又改变了主意，继续向前走去。

塔纳罗夫和封·捷伊茨坐在大厅里，坐在门边第一扇窗户旁的两把椅子上，他俩的坐姿与平常不一样，两腿并拢，身体挺直，似乎，穿着白色制服和紧身的蓝色马裤让他俩觉得非常不自在。萨宁一进门，他俩就缓慢地、犹豫不决地站起身来，显然不知道下一步该如何行事是好。

"你们好，先生们。"萨宁高声说道，走上前来，伸出了手。

封·捷伊茨犹豫了片刻，塔纳罗夫却迅速地、夸张地鞠了躬，握了手，他那修剪过的后脑勺也在萨宁的眼前晃了一下。

"喂，你们有什么好事情要谈吗？"萨宁问道，他看出塔纳罗夫显然是有备而来的，使他感到惊奇的是，这位军官居然如此灵巧、可信地表达出了这虚伪仪式的愚蠢。

封·捷伊茨挺直身子，让他那张马脸挂出一副冷漠的神情，可是他却有些难为情。奇怪的是，一向沉默寡言、腼腆害羞的塔纳罗夫，却直截了当地、自信地开了口：

"我们的朋友，维克多·谢尔盖耶维奇，给我们以荣幸，要我们替他和您把问题解释清楚。"他清晰、冷漠地说道，似乎在他的体内有一个开动的机器在运转。

"啊哈！"萨宁说道，带着喜剧般的庄重大张着嘴巴。

"是的，"塔纳罗夫微微低垂着眉毛，执拗地、坚定地继续说道，"他认为，您的行为对于他来说并不完全……"

"噢……我明白了……"萨宁很快失去了耐性,他抢过话头,"我几乎是掐着脖子把他赶了出去……这里哪有什么'并不完全'!"

塔纳罗夫竭尽全力,想弄懂什么,但没能做到,于是,他就继续说道:

"是的……他要求您收回自己的话。"

"是的,是的……"不知为何,高个子的封·捷伊茨也认为有必要添上一句,他就像是一只鹤,来回倒着两只脚。

"我怎么收回我的话呢?那话又不是麻雀,飞出去,也就抓不住了!"萨宁反驳道,只有眼睛露出了笑意。

塔纳罗夫困惑地沉默了一会,直直地盯着萨宁的眼睛。

"可是,他的眼睛多么凶狠啊!"萨宁想到。

"我们顾不上开玩笑……"塔纳罗夫突然生气地、急速地说道,似乎立即明白了什么,满脸通红,"您究竟愿不愿意收回您的话呢?"

萨宁没有说话。

"一个十足的白痴!"他想到,甚至还怀有一种忧伤,他拿过一把椅子,坐了下来。

"我也许可以收回自己的话,好让扎鲁丁满意,让他安静下来。"他严肃地说道,"何况,这对我来说反正也算不了什么……可是,首先,扎鲁丁很愚蠢,他不会对此事作出应有的理解,因此,他不会安静下来,倒是会幸灾乐祸,其次,我非常不喜欢扎鲁丁,在这种情况下,就不值得把那些话收回……"

"是这样……"塔纳罗夫幸灾乐祸地拖长声音,透过牙缝说道。

封·捷伊茨惊慌地看了他一眼，于是，那最后几抹色彩也从他那张长脸上消退了。他的脸变得又黄又木。

"在这种情况下……"塔纳罗夫开了口，他提高嗓门，使那声音带上了一种威胁的意味。

萨宁怀着突如其来的敌意，看了看他狭窄的脑门和狭窄的马裤，抢过了话头：

"嘿，诸如此类的……我都知道……只不过，我是不会去和扎鲁丁决斗的。"

封·捷伊茨迅速地转过身来。塔纳罗夫挺直身子，摆出一副轻蔑的样子，一字一顿地问道：

"为——什——么？……"

萨宁笑了起来，他的敌意来得快，去得也同样快。

"因为……首先，我不想杀死扎鲁丁，其次，更为重要的是，我自己也不想去死。"

"可是……"塔纳罗夫歪了歪嘴唇，开了口。

"我不想，就是这话！"萨宁说着，站起身来，"我干吗还要对你们解释为什么！？……我还不够烦吗？……我就是不想……怎么？"

对不愿决斗者最深刻的藐视，在塔纳罗夫的心中与这样一个坚定不移的信念结合在了一起，即除了军官之外，任何人都没有勇敢、高尚到足以去进行决斗。因此，他一点也不感到惊奇，而是相反，甚至似乎高兴了起来。

"这是您的事，"他说道，已经不去掩饰，甚至还夸大了那藐视的神情，"但是，我必须警告您……"

"这我也知道，"萨宁笑了起来，"我倒要直接劝告扎鲁丁不要这样做……"

"什么？"塔纳罗夫冷笑着问道，拿起了窗台上的帽子。

"我劝他别碰我，否则，我会揍得他……"

"听着！"封·捷伊茨突然来火了，"我不能允许……您讥笑人！……难道您不明白，拒绝挑战，这……这……"

他的脸红得像块砖头，一对浑浊的眼珠愚蠢、奇异地从眼眶里鼓了出来，在两片嘴唇之间，则出现了一个小小的唾沫漩涡。

萨宁好奇地看了看他的嘴巴，说道：

"有人还自认为是托尔斯泰的崇拜者呢！"

封·捷伊茨抬起头，颤抖起来。

"我请求您！"他尖声喊道，他感到非常羞愧，因为他在对一个老熟人叫喊，不久之前，他还与这个人谈到过许多重要、有趣的问题，"我请求您别再……它与此事无关！"

"不，"萨宁反驳说，"甚至非常有关！"

"我请求您，"封·捷伊茨歇斯底里地叫喊起来，唾沫星子四处飞溅，"这完全……一句话……"

"去你们的吧！"萨宁说道，不满地躲避着那些飞溅的唾沫，"你们爱怎么想就怎么想吧，但请你们告诉扎鲁丁，他是一个大傻瓜……"

"您没有这样的权利！"封·捷伊茨带着绝望的哭腔吼道。

"好的，好的……"塔纳罗夫心满意足地说道，"我们走……"

"不，"封·捷伊茨还用那副哭腔喊着，胡乱地挥舞着两只长长的手臂，"他怎么敢……这简直……这……"

萨宁看了他一眼，挥挥手，走开了。

"我们就这样转告我们的朋友……"塔纳罗夫冲着他的背影说道。

"好的，就这样转告他。"萨宁答道，头也不回地走了。

"瞧这个傻瓜，一碰到他那个愚蠢的问题，就变得多么矜持、多么饶舌啊！"萨宁想到，一边听着塔纳罗夫在怎样劝说喊叫不止的封·捷伊茨。

"不，不能就这样！"高个子军官喊道。他忧伤地意识到，由于这个事件，他失去了一个有趣的熟人，他不知道该如何补救，因此便越发凶狠了，结果，显然彻底把事情给弄糟了。

"瓦洛佳……"丽达在门口轻轻地唤道。

"什么？"萨宁停住了脚步。

"到这边来……我想……"

萨宁走进了丽达的小房间。房间里半明半暗，掩住窗口的树木递进一片绿阴，屋里散发着香水、胭脂和女人的气息。

"你这里多好啊！"萨宁说道，热情而又轻松地呼吸着。

丽达面对窗户站着，花园那绿色的反光柔和地、美妙地洒在她的肩膀和面颊上。

"喂，你想干吗？"萨宁温柔地问。

丽达没说话，急促、沉重地喘着气。

"你怎么了？"

"你不去……决斗？"丽达压低声音问道，并未转过身来。

"不去。"萨宁简短地回答。

丽达没有说话。

"喂，怎么了？"

丽达的下巴颤抖起来。她猛然转过身来，用气喘吁吁的声音，急速地、不连贯地说道：

"这我无法理解，无法理解……"

"啊……"萨宁皱起眉头，反驳道，"你无法理解，这太遗憾了！……"

一种恶毒的、迟钝的人的愚蠢，从四面八方围拢过来，它来自恶人，也同样地来自好人，它来自丑人，也同样地来自美人，这愚蠢使他难受。他转过身去，走开了。

丽达看了一眼他的背影，然后用双手抱住脑袋，倒在床上。那根长长的黑辫子，就像一条柔软蓬松的尾巴，优美地搭在洁白干净的被子上。在这样的时刻，丽达是如此美丽，如此有力，如此娇柔，尽管她充满了绝望，满含着泪水，可她看上去还是非常富有活力，非常年轻；洒满了阳光的绿色花园在望着窗口；小房间是欢快的、明亮的。但是，丽达却什么都没看到眼里。

三十

那是一个独特的黄昏，这样的黄昏在大地上很少见，它似乎是从透明的、壮丽的、蓝盈盈的天上落下来的。那轮秋冬两季才有的、不高的太阳已经西下了，但天色还完全是明亮的，空气也非常纯净、轻盈。有些干燥，但花园里却有大量来历不明的露水；尘土吃力地扬起，但却久久地、慵懒地悬浮在空中；有些闷人，但已经凉爽了。所有的声音都在轻盈、迅速地传播着，像是插上了翅膀。

萨宁没戴帽子，穿着他那件宽大的、肩头已经有些褪色的蓝色衬衫，沿着尘土飞扬的街道和一条长满荨麻的、长长的胡同，向伊万诺夫的家走去。

面色严肃、肩宽体壮的伊万诺夫，一头又长又直的头发，就像一堆干草，他正坐在朝着花园的窗户前。花园里，露水使得一切都越来越潮湿了，白日里落满尘土的草木也重新露出了绿色。伊万诺夫在有条不紊地卷烟卷，那烟草的气味充斥着周围两三米的地方，呛得人要打喷嚏。

"你好。"萨宁说着，将胳膊肘支在窗台上。

"你好。"

"有人要找我决斗。"萨宁说。

"好事！"伊万诺夫不动声色地答道，"谁呀，为什么事情？"

"扎鲁丁……我把他从家里赶了出去，他就生气了。"

"是这样。"伊万诺夫说，"这就是说，你要去决斗啦？去干吧，我来当你的助手……你们就互相对着鼻子开枪吧。"

"干吗呀……鼻子，可是身体中一个高贵的部分……我是不会去决斗的！"萨宁笑着反驳说。

"也好。"伊万诺夫点了点头。"干吗要决斗呢，不应该决斗！"

"可我妹妹丽达却有不同的看法。"萨宁笑了笑。

"因为她是个傻姑娘！"伊万诺夫确信地说道，"每个人的身上都有多少这样的愚蠢啊！"

他卷好最后一支烟，立即把它点着了，将其他那些卷好的烟放进一个皮烟盒，然后吹落窗台上的烟丝，从窗口钻了出来。

"我们该干些什么？"他问。

"我们去索罗维伊契克那儿吧。"萨宁建议道。

"去他的吧。"伊万诺夫皱起眉头。

"怎么了？"

"我不喜欢他！……一个软骨头！……"

"有许多人未必比大家更坏。"萨宁摆了摆手。"没什么……我们去吧。"

"好吧，我们去，我没什么！"伊万诺夫非常迅速地同意了，一如他永远同意萨宁所说的一切。

于是，他俩沿着街道走去，这两个人都很健壮、高大，都有着宽阔的肩膀和愉快的嗓门。

然而，索罗维伊契克却不在家。侧屋锁着，院子里空无一人，死气沉沉，只有苏尔坦在库房旁弄响铁链，冲着这两个不知为何走进院子的生人发出了单调的叫声。

"这里太糟糕了。"伊万诺夫说，"我们去林荫路吧。"

他俩关上院门，走了出去，苏尔坦又叫了两声，然后便在自己的岗哨前坐了下来，忧伤地看着这空旷的院落，看着死寂的磨坊，看着一条条泛出白光的羊肠小道，那些小道蜿蜒在低矮的、落满尘土的草丛中间。

在小城的花园里，照例演奏着音乐。林荫路上已经完全凉爽了下来，使人感到轻松。散步的人很多，黑压压的一群人，潮水般地来回涌动，时而流向幽暗的花园，时而流向花园的石头大门，女性的衣裙和帽子散落其间，就像是杂草丛中的鲜花。

萨宁和伊万诺夫手挽着手，走进花园，在第一条林荫路上就碰见了索罗维伊契克，他正沉思着在树林间踱步，两手背在身后，眼睛看着脚下。

"我们去过您家。"萨宁说。

索罗维伊契克胆怯地笑了一下，负疚地说道：

"唉呀，对不起你们，我不知道你们要来……否则的话我就会等着……你们看，我是出来稍微散散步……"

他的眼睛明亮而又忧伤。

"我们一起走走吧。"萨宁亲切地拉起他的手，建议道。

索罗维伊契克高兴地弯起一只胳膊，装出开心的样子，立即很不自然地将帽子推到后脑勺上，用那样的神气迈开步来，似乎，他抱着的不是萨宁的胳膊，而是某种贵重物品。他的嘴角也咧到了耳朵根上。

一些士兵脸涨得通红，吹响了震耳欲聋的铜号，在他们的包围中，一位麻雀般小巧的军乐队指挥，挥舞着指挥棒，来回转动身体，显然是在自我炫耀。乐队的周围，密密麻麻地挤满了普通一些的观众——文书、中学生、脚穿靴子的小伙子和身着鲜艳衣裙的姑娘们，而在林荫路上，由小姐、大学生和军官构成了一个个斑斓的小组，彼此来回穿插，就像是在跳一场没完没了的对舞。

迎面走来了杜博娃、沙夫罗夫和斯瓦罗日奇。他们微笑了一下，纷纷点了点头。萨宁、索罗维伊契克和伊万诺夫绕着整个花园走了一圈，又和他们碰了面。现在，在他们当中又出现了卡尔萨维娜，身材修长、匀称的她，穿了一件浅色的连衣裙。离得老远，她就冲萨宁笑了笑，她已经很久没有看见萨宁了，于是，她的眼中闪过了一道挑逗的友好神情。

"你们干吗单溜啊，"瘦削的、有些驼背的杜博娃说，"跟我们一起走吧。"

"诸位，我们拐到边上那条道上去吧，这里太拥挤了……"沙夫罗夫提议道。

于是，这一大群欢快的年轻人便拐到那条树阴浓密、悄无声息的道上，走进那片昏暗，并使那里充满了他们欢快响亮的话语和没有来由的、或高或低的笑声。

他们一直走到了花园的尽头，正打算往回走，这时，在那拐角处，却出现了扎鲁丁、塔纳罗夫和沃罗申。

萨宁马上就看了出来，那位军官没料到这次相遇，竟惊慌起来。他那张漂亮的脸阴沉下来，整个身子挺得笔直。塔纳罗夫阴暗地笑了一笑。

"这个难看的矮子还在这里啊？"伊万诺夫朝沃罗申使了个眼色，惊讶地说道。

沃罗申没看他们，转过身去，看着走在前面的卡尔萨维娜。

"在这里哪！"萨宁笑了起来。

扎鲁丁认为这笑声是冲他来的，他感觉像是遭到了一次打击。他火了，喘着粗气，觉得自己被某种沉重的力量束缚住了，他离开自己那帮人，迅速地迈动自己那两只漆皮靴子，走到了萨宁跟前。

"您想干什么？"萨宁问道，突然变得严肃起来，并留心地看着扎鲁丁不自然地捏在手里的那根细马鞭。

"唉，一个傻瓜！"他怀着愤恨和怜悯想到。

"我有两句话要对您说……"扎鲁丁嘶哑着嗓门说道，"您接到我的挑战了吗？"

"接到了。"萨宁微微耸了耸肩膀，仍然在留心地盯着那军官手上的每一个动作。

"您坚决拒绝，您怎么能……一个体面人总该接受这样的挑战吧？"扎鲁丁含混但却高声地说道，已辨别不出自己的声音来了，他既害怕自己的声音，也害怕马鞭那冰凉的把柄，他突然非常强烈地感觉到了汗津津的手指间这马鞭的存在，但是，他已经无力拐弯了，只好在那条突然呈现在他面前的可怕道路上走下去。他觉得，花园里一下子没了空气。

众人全都停下了脚步，怀着可怕的预感听着他俩的对话，不知该如何是好。

"居然还要……"伊万诺夫开了口，还挪动脚步，想挡在萨宁和扎鲁丁之间。

"我当然要拒绝。"萨宁用一种异常镇静的声音说道，那道锐利的、明察秋毫的视线直盯着扎鲁丁的眼睛。

扎鲁丁沉重地喘了一口气，像是在搬起一件巨大的重物。

"再说一遍……您要拒绝吗？"他用一种金属碰撞般的声音更响地问道。

"哎呀，哎呀……他要打他了……唉，这不好……哎呀，哎呀！"索罗维伊契克脸色苍白，他不是想到的，而是感觉出来的。

"您要干吗，既然……"他嘟囔着，整个身体都弯曲着，护住了萨宁。

扎鲁丁粗鲁地、轻易地将索罗维伊契克从路上推开，此时，他未必看见了后者。在他的眼前，只有萨宁那双镇静、严肃的眼睛。

"我已经告诉过您了。"萨宁仍用先前那种声音回答道。

扎鲁丁周围的一切都旋转起来，身后还传来了匆忙的脚步声和女人的喊叫声，他怀着与坠入深渊的人所具有的绝望相近似的感觉，猛然一使劲，过高地、笨拙地扬起了那根细马鞭。

但是，就在这一瞬间，萨宁迅速而简洁地但却非常用力地绷紧肌肉，一拳砸在了扎鲁丁的脸上。

"好！"伊万诺夫不由自主地喊道。

扎鲁丁的脑袋无力地歪向一旁，一种滚烫的、浑浊的东西像尖针一样猛然刺进眼睛和大脑，又涌进了他的嘴巴和鼻子。

"啊噗……"扎鲁丁发出一个痛苦、恐惧的声音，然后丢下马鞭和帽子，倒在地上，什么也看不见，什么也听不见。这时他惟一的意识就是这样的结局无可挽回和眼睛中有灼人的疼痛。

寂静的、昏暗的林荫路上出现了一阵奇异、荒谬的忙乱。

"哎呀，哎呀！"卡尔萨维娜刺耳地叫了起来，她两手捂着太阳穴，恐惧地闭上了眼睛。尤里带着同样恐惧和厌恶的情感，看着四肢着地的扎鲁丁，并和沙夫罗夫一起向萨宁冲过来。沃罗申的夹鼻眼镜跌落了，他被灌木丛绊住了脚，但还是急忙逃离了林荫路，直接跑到潮湿的草地上，于是，他那条白裤子膝盖以下的部分就立即变成黑色的了。塔纳罗夫咬着牙，愤怒地垂下眼珠，向萨宁扑过来，然而，伊万诺夫却从后面抓住他的肩膀，将他拉了回来。

"没什么，没什么……让他……"萨宁厌恶地、凶狠而又开心地轻声说道。他两腿叉开，喘着粗气，额头上渗出了一颗颗硕大、沉重的汗珠。

扎鲁丁摇摇晃晃地站起身来，颤抖的、潮湿的肿嘴唇发出一些可怜的、不连贯的声音。在这些声音中，对萨宁的那些威胁听起来让人感到有些意外，很不合适，似乎还有些可笑、可厌。扎鲁丁的整个左脸都迅速地肿了起来，左眼也眯缝起来，鼻子和嘴巴都流着血，嘴唇颤抖着，浑身都在哆嗦，就像是在打摆子，与一分钟前那个漂亮、优雅的男人已没有丝毫的相像之处了。这可怕的一击似乎立即从他身上夺去了所有人性的东西，将他变成了某种可怜的、丑陋的、胆怯的动物。他心中既没有逃走的愿望，也没有自卫的企图。他磕碰着牙齿，吐出嘴里的血来，并用颤抖的双手无意识地清除沾在膝盖处的沙子，然后又摇晃起来，倒了下去。

"太可怕了，太可怕了！"卡尔萨维娜说着，竭力想尽快地离开这个地方。

"我们走。"萨宁对伊万诺夫说道，他的两只眼睛朝上看着，因为，看到扎鲁丁，会使他感到既讨厌又可怜。

"我们走吧，索罗维伊契克。"

但是，索罗维伊契克却站着没动。他睁大那双无神的眼睛看着扎鲁丁，看着鲜血，看着那在雪白的制服上显得非常肮脏的沙子，他颤抖着，荒谬地嚅动嘴唇。

伊万诺夫生气地抓起他的一只手，可索罗维伊契克却不寻常地猛一使劲，挣脱开来，他两手抱住一棵树不放，像是别人在试图将他拖到什么地方去似的，接着，他突然哭了起来，喊道：

"你们这是为什么……为什么！"

"真卑鄙！"尤里·斯瓦罗日奇直冲着萨宁的脸，嗓音嘶哑地说道。

萨宁已经控制住了自己，他不去看扎鲁丁，只厌恶地笑了笑，说道：

"是啊，卑鄙……可如果是他打了我，就要好一些吗？"

他摆了摆手，就沿着宽阔的林荫路快步走了。伊万诺夫轻蔑地看了尤里一眼，然后点着一根烟，不慌不忙地跟在了萨宁的后面。甚至仅从他那宽阔的后背和直硬的头发就可以看出，他对所发生的这一切怀有怎样的轻蔑。

"一个人会变得多么凶恶、愚蠢啊！"他说道。

萨宁默默地瞥了他一眼，走得更快了。

"就像是群野兽！"尤里忧郁地说道，他走出花园，又回头看了看那黑糊糊的一帮人。花园还像他多次见到的那样，幽静而又美丽，可是此刻，花园里发生的一切，却使它似乎与整个世界隔绝开了，变得可怕了，令人讨厌了。

沙夫罗夫沉重地、惊慌地叹了一口气，胆怯地抬起眼睛，从眼镜框的上方打量着四周，似乎在等待那如今从四面八方随时都可能出现的攻击和暴力。

三十一

扎鲁丁的生活面貌发生了迅速、可怕的变化。他的生活先前有多少的轻松明了和无忧的欢乐,现在就有多少的丑陋可怕和难以抗拒的力量。仿佛,那生活抛弃了明朗微笑的假面,露出了一副凶猛、可怕的野兽嘴脸。

当塔纳罗夫用一辆出租马车送他回家时,扎鲁丁甚至在自己人面前也要竭力夸大那疼痛和虚弱,以便始终不睁开眼睛。他觉得,这样还可以摆脱开耻辱,那耻辱正从四面八方用成千上万双眼睛看着他,等看到他的目光,以便哈哈大笑地跟着他跑,做着鬼脸,并用指头直戳向他的脸。

在一切东西上面,在蓝衣车夫那瘦削的后背上,在每位路人的身上,在那些其后隐约可见一张张幸灾乐祸的好奇面孔的窗户上,在塔纳罗夫那只扶着他腰部的手臂上,挨了揍的扎鲁丁都觉得好像有一种沉默的却又是公开的蔑视。这一感觉如此地出乎意料,让人痛苦不堪,竟使得扎鲁丁一时间真的晕了过去。这时,他觉得自己精神失常了,他希望要么死去,要么醒来。

大脑拒绝相信所发生的事情,他始终认为,事情并非如此,犯了个什么错误,他自己有什么东西没搞清楚,可这"什么东西"却使一切都彻底变了样,完全不那么可怕、不那么难以挽回了。但是，一个清晰、确凿的事实就摆在他的面前，于是，绝望的暗影便越来越浓浓地覆盖了他的心灵。

扎鲁丁感到有人在扶着他，感到很痛苦很不舒服，感到双手满是尘土和血迹，甚至，他觉得奇怪，他居然还能感觉出什么些东西来，他的身体还没有被毁掉，还在糟糕而又软弱地照例活动着，当那构成漂亮而又开心、考究而又自信的扎鲁丁的一切都无影无踪、一去不回地消失了的时候。

时而，当马车在拐弯处有些倾斜的时候，扎鲁丁就微微睁开眼睛，透过浑浊的泪水，辨认着那些熟悉的街道、房屋、教堂和行人。一切都与往常一样，可如今却让他觉得无比地遥远、陌生和敌对。行人们停下脚步，困惑地在后面看着他们，于是，扎鲁丁再次迅速地闭上眼睛，由于羞耻和绝望差点失去了知觉。

道路无止境地延伸着，他觉得，这种折磨是没有尽头的。

"哪怕再快些，哪怕再快些！……"他的脑中忧伤地闪过这个念头，但是，他立即想到了勤务兵、女房东和邻居们的脸，于是他又觉得，最好还是这样躺在马车上，无止境地走下去，永远不要睁开眼睛。

而塔纳罗夫却在痛苦地为扎鲁丁而害臊，他目不斜视，用莫名其妙的方式竭尽全力地向每一个迎面碰见的人证明，他与此事毫无干系，挨揍的也不是他。他满脸通红，浑身冷汗，一副惊慌失措的样子。起初他还说了些什么，愤怒过，不自然地安慰过，但后来就不言语了，只是从牙缝里挤出几个字来，催促车夫。由于这些举动，同时，还由于他那只不知是在搀扶还是在躲避的不诚实的手，扎鲁丁猜透了塔纳罗夫的感情，他还意识到，这个卑微的人，这个较之于他一直无比低贱的塔纳罗夫，竟突然获得了为他而害臊的权利，这给了他的意识一个最后的、决定性的揭示：一切全都完了。

扎鲁丁无法自己走过院子，他几乎是被塔纳罗夫和迎面跑出来的勤务兵抬着走的，勤务兵惊恐万状，两手发抖。院子里还有没有别的人，扎鲁丁没有去看。他被放在沙发上，起初，大家不知道该怎么办，荒诞地站在他的面前，他们的这些举动引起了他极大的痛苦。后来，勤务兵忽然醒悟过来，一阵忙乎，端来热水，拿来毛巾，小心地擦起扎鲁丁的脸和手。扎鲁丁害怕和他的目光相遇，但是，这士兵的脸上完全没有幸灾乐祸，没有轻蔑，没有嘲笑，而只有恐惧和怜悯，就像是一位善良的老太婆。

"您在哪儿弄成了这个样子，大人？……哎呀，我的上帝！怎么会这样！"他悄声地数落道。

"喂……这不关你的事！"塔纳罗夫满脸通红，透过牙缝喊了一声，然后不知为何，又胆怯地四下看了一眼。

他走到窗边，机械地掏出一根香烟，但是，当着扎鲁丁的面是否可以抽烟呢，他想了想，然后又悄悄地将烟盒放回了口袋。

"要去请大夫吗？"勤务兵习惯性地立正站着，但丝毫不怕受责备，仍缠着塔纳罗夫说道。

塔纳罗夫困惑地张开手指头。

"啊……我不知道，真的……"他用完全异样的嗓音答道，然后又四下看了一眼。

但是，扎鲁丁却听见了，一想到还会有一位大夫看到他的脸，他就害怕了。

"谁也别请……不需要！……"他用不自然的软弱声音说

道，一直在竭力使自己相信，他就要死了。

现在，当他脸上的血污和脏东西被擦去，这张脸就已经不显得可怕了，而仅仅有些难看和可怜。塔纳罗夫怀着动物般的好奇匆匆看了他一眼，又马上调转开目光。这个几乎难以觉察的动作，和此刻包围着扎鲁丁的一切东西一样，被扎鲁丁非常敏感地觉察到了，一阵绝望几乎使他窒息。扎鲁丁突然紧紧地眯起那只肿起的眼睛，用纤细、痛苦的声音喊道：

"离开……请你们离开我！"

塔纳罗夫皱着眉头，害怕地斜了一眼，突然，一阵发自内心的轻蔑的怨恨使他火了起来。

"还在喊哪！……都什么时候了！……"他幸灾乐祸地想到。

扎鲁丁静了下来，一动也不动地躺着，紧闭着眼睛。塔纳罗夫轻轻地用指头敲了敲窗台，又捋了捋自己的唇髭，四下看看，再次望了望窗户，他感觉到一种无聊、冷漠的愿望，想要走开。

"不自在，见鬼！……要不，等一等，等他睡着了？……那时就可以……"他怀着一种敌意的忧愁想到。

就这样过去了一刻钟，但扎鲁丁还时不时地在动弹。塔纳罗夫无聊之极，感到难以忍受。终于，扎鲁丁完全安静了下来。

"他好像睡着了！"塔纳罗夫不放心地想到，偷偷地看着扎鲁丁，"是睡着了……"

他轻轻地挪动脚步，马刺发出了轻微的响声。扎鲁丁迅速地睁开眼来。塔纳罗夫立即停了下来，但扎鲁丁已经明白了他的意图，塔纳罗夫也明白扎鲁丁明白了一切。于是，他俩之间立即发生了某种奇怪、可怕的事情：扎鲁丁迅速闭上眼睛，装做睡着了，而塔纳罗夫在使自己相信扎鲁丁是睡着了，与此同时他显然又意识到，两人都知道是怎么回事，他有些笨拙地猫着腰，踮着脚走出房间，他感到背叛行为被揭穿了，心里充满了疑虑和羞愧。

门轻轻地合上了，那种似乎非常牢固、友好、持久地存在于他俩之间的东西，突然之间便永久地消失了：无论是扎鲁丁还是塔纳罗夫都感到，他俩之间已永久地横亘着一片分离的虚空，在世人当中，他俩已不再相互依存了。

然而，在隔壁房间里，塔纳罗夫较为自如地喘了一口气，又觉得自己是轻松和自由的了。他与扎鲁丁一起生活了那么多年，他与扎鲁丁之间的一切现在却都永远地结束了，可对于这一点，塔纳罗夫并不感到惋惜和遗憾。

"你听着，"他对勤务兵说道，匆匆看看四周，慌慌忙忙的，似乎是在履行最后的形式，"我现在要走了，如果有事，你就那样……听清了吗？"

"听清了，是！"那士兵惊恐地回答。

"好吧，就这样……那边……这些敷布要常换……"

他急忙走下台阶，再次轻松地喘了一口气，走出院门，来到空旷、开阔的街道上。天色已经完全昏暗下来，使塔纳罗夫感到高兴的是，过路人看不清他那张通红的脸了。

"要知道，我也许会被牵涉到这桩讨厌的事情中去，"在拐向林荫路的时候，他想到，心里突然涌起一阵冷意，"不过，这与我有什么相干呢？"他在安抚自己，竭力不去想起，他曾扑向萨宁，但被伊万诺夫推开了，还差点被推倒在地。

"唉，见鬼，事情弄得多糟啊！"塔纳罗夫想着，向前走去，满脸都是褶皱，"这个傻瓜！"他怨恨地想到了扎鲁丁，"非要和各种各样的败类来往呀！……唉，真糟糕！……"

他越是想这件事情弄得很糟糕、很丢脸，他那耸着肩膀、挺着胸脯并不高大的身子就本能地绷得越直，他穿着紧绷绷的马裤、时髦的靴子和在黄昏中泛着白色的制服，威严地昂首提肩。

在每个迎面而来的人身上，他都感觉到了一种嘲笑，对此只要有一丝暗示，就足以使那紧张到极点的某种东西立即断裂，他就会拔出军刀，冲过去劈死随便什么人。但是，迎面而来的人很少，他们又都走得很快，如一些扁平的侧影沿着黑暗林荫路的栅栏一闪而过。

到家后，塔纳罗夫已经平静了下来，可他又一次想到，伊万诺夫怎样推了他一下。

"我为什么没给他一个嘴巴呢？……应该直接给他一个嘴巴！……可惜，军刀没有拔出来！……否则的话！……要知道，我的口袋里还装着枪哪！他就在跟前，我可以开枪干掉他，就像干掉一条狗！啊？……我忘了手枪……

"当然，忘了，否则我就会当场开枪干掉他，就像干掉一条狗！……啊……不过，忘了也好：我要是杀了人……就会上法庭！……也许，他们那儿有谁也带着枪……鬼知道还会为什么事吃苦头呢！……现在，谁也不知道我带了枪，因此……一切都会渐渐过去的……"

塔纳罗夫环顾着四周，小心翼翼地从口袋里掏出手枪，将它放进了抽屉。

"应该今天就去见上校，说明此事与我无关……"他很响地敲打着钥匙，打定了主意。

然而，比这个决定还要强烈的，是突然出现的一个神经质的、难以遏制的甚至似乎是夸耀的愿望，即跑到俱乐部去，以一个见证人的身份把事情说给大家听。

在黑暗的城市中，军人俱乐部却灯火通明，一些情绪激动、高声喧哗的军官们聚集在俱乐部里。他们已经知道了花园里发生的事情，对那位总是能以其漂亮和考究压倒他们的扎鲁丁，他们暗暗地幸灾乐祸。他们带着动物般的好奇迎来了塔纳罗夫，而塔纳罗夫，不知为何竟觉得自己成了晚会的主人公，他详细地描述了整个场面。在他的嗓音里，在他那双黑色的细眼睛里，胆怯地滚动着一种有节制的、无意识的复仇感：那位往日朋友的所有压迫，因为钱而发生过的事情，他的随意态度，他的优越感，都遭到了塔纳罗夫的报复，借助对扎鲁丁挨揍细节无休止的重复和品味，塔纳罗夫完成了自己的复仇。

而扎鲁丁却与整个世界相隔绝，完全孤独地躺在自己房间的沙发上。

勤务兵已经从什么人那里得知是怎么回事了，他依然带着那副惊恐怜悯的、老太婆一般的神情，支起茶炊，跑去买了酒，又把那条因为扎鲁丁在家而非常兴奋、亲热的长毛狗赶出了房间。然后，他悄悄地又走到老爷的身边。

"大人……您最好喝点酒。"他用勉强能听见的声音提议道。

"啊？什么？"扎鲁丁问道，他睁开眼睛，又立即闭上，然后皱起眉头，艰难地嚅动肿起的嘴唇，透过牙缝说道（他觉得自己的声音是丢面子的，可事实上只不过是可怜的）：

"镜子……拿来……"

勤务兵叹了一口气，顺从地拿来一面镜子，并点燃了蜡烛。

"这还有什么好看的！"他不以为然地想到。

扎鲁丁朝镜子里看了一眼，不由得呻吟起来。一张被烛光从侧面映红了的脸正自那阴暗的镜面对着他，在那张浮肿的、青红又发黑的脸上，只能看到一只眼睛，浅色的唇髭荒谬地乱翘着。

"啊……拿开！……"扎鲁丁嘟囔道，突然歇斯底里地哭了起来。

"水……拿来！……"

"大人，您别伤心！它会长好的……"勤务兵怜悯地说道，用那只黏糊糊的杯子递过水去，杯中那冰凉的甜茶还飘出了一些味道来。

扎鲁丁没有喝，只用嘴唇碰了碰杯沿，将茶水洒在胸口上。

"出去！"他说。

他觉得，在整个世界上只有勤务兵一个人可怜他，但是，想到勤务兵时而产生的这种温暖情感，又立即被一种令他无法承受的意识所压倒了，他意识到，如今甚至连一个勤务兵都可以来可怜他了。

那士兵眨着眼睛，怀着一种显然想要哭出来的愿望，走到露台上，坐在台阶上，叹着气，抚摩着跑到身边来的长毛狗那柔软的脊背。长毛狗将那嘴上流着口水的、好看的脸靠在士兵的膝盖上，抬起那双令人莫名其妙却又仿佛在说着什么的黑眼睛，自下而上地望着。默默无语的灿烂星辰，在花园的上空闪耀。士兵不知为何突然忧伤、害怕起来，似乎预感到了某种可怕的、不可避免的灾难。

"唉，生活啊，生活！"他痛苦地想到，思绪转向了故乡的小村。

扎鲁丁颤抖着翻过身去，脸对着沙发的靠背，一动不动，也没有感觉到在他脸上滑动的那条滚烫的湿毛巾。

"一切都完了！"他一遍遍地说着，内心在哭泣，"什么完了？……一切，整个生活……一切……生活垮了……为什么？因为我受到了污辱，因为……我就像一条狗那样挨了揍！……一拳砸在脸上！……无法在团队里呆下去了！……"

扎鲁丁非常清晰地看到，自己四肢着地趴在林荫路当中，毫无意义地道出一个软弱无力的威胁，既可怜又渺小。他一遍又一遍地体验着这可怕的瞬间，这个瞬间也越来越显明、越来越要命地出现在他的眼前。所有的细节都被回忆了起来，像是被电灯照亮似的，不知为何，最使他感到痛苦的，就是这些荒谬的威胁，以及当他道出这些威胁时在他面前闪过的卡尔萨维娜的白色连衣裙。

"是谁扶我起来的？"扎鲁丁脑中冒出这么一个问题，但他竭力不去想，还故意打乱自己的思路，"是塔纳罗夫？……还是那个和他们一起来的犹太青年？……是塔纳罗夫？……啊—啊！……问题不在这里……在哪里呢？问题在于，整个生活都毁掉了，无法在团队里呆下去了。决斗？……可他又死活不愿决斗……无法在团队里呆下去了！……"

扎鲁丁回忆起，在他参加过的一次军官审判中，两名已有家室的中年军官就因为拒绝决斗而被赶出了团队。

"他们也会要我离队的……那些人彬彬有礼，却不会伸手相助……谁也不再会因为与我手挽手走在林荫路上而骄傲了，谁也不再会嫉妒我，不再会模仿我的举止……但还不止于此！……耻辱，耻辱，这才是主要的！……为什么耻辱？挨了揍？但是要知道，我在武备学校里也挨过揍啊！……当时，胖子施瓦茨揍过我，把我的牙都给打掉了……却什么事也没有！……后来我们和解了，毕业时还成了好朋友！……也没有一个人看不起我！现在为什么就不能那样了呢？不都是一回事吗？我同样地出了血，同样地倒在地上……为什么呢？"

这个问题充满了无法排遣的愁苦，在扎鲁丁的大脑里，没有关于这一问题的答案。他只是觉得，他齐顶地陷进一个浑浊、无底的沼泽，无法自拔地向下沉去，身边的一切，他既看不清，也弄不懂。

"如果他同意决斗，用子弹射中我的脸……我的脸会比现在更疼，更难看，可是要知道，那样也许就不会有人蔑视我了，大家也许都会感到惋惜的。也就是说，在子弹和……拳头之间……有什么区别呢？为什么？"

思想在急速地奔走。在思想的深处，由于无法挽回的不幸和反复体验的痛苦而愈显突出的某种新东西，开始增大了，这新东西像是曾经有过的，但却被他在其轻浮、空虚和喧闹的军官生活期间淡忘了。

"这个封·捷伊茨还和我争论过，说要是有人打你的左脸，你就应该把右脸也伸过去，可他自己回来的时候，却也大喊大叫，挥舞着手臂，为'那个人'拒绝决斗而愤恨不已！……要知道，其实，在我想用马鞭抽'那个人'这件事情中，他俩也有过错……而我的全部过错就在于，我没来得及抽中'那个人'！……但是，这是无意义的，不正当的！……毕竟是耻辱……无法再在团队里呆下去了！……"

扎鲁丁无助地抱住脑袋，在枕头上来回翻滚，机械地注意着眼窝里那种虚空的、折磨人的疼痛。他突然感觉到了一阵可怕的、使他自己痛苦不堪的怨恨。

"抓起一把手枪，冲过去杀人……一枪又一枪。当他倒下后，就去踢他的脸……直接踢脸，踢牙齿，踢眼睛！……"

敷布沉重地掉在了地上，发出一个潮湿的、沉闷的声响。扎鲁丁惊恐地睁开眼，看到了灯光昏暗的房间，看到了一只盛着水、放着一块湿毛巾的脸盆，看到了黑黢黢的、可怕的窗户，那窗户就像一只黑眼睛，在神秘地望着他。

"不，无论怎样……这还是不管用！"他想到，在无力的绝望中静了下来，"无论怎样，大家还是看见了，我的脸是怎样被揍的，我是怎样四肢着地的……挨揍了，挨揍了。脸被打了……没办法，没办法挽回了！……我已经永远不可能幸福、不可能自由了……"

他的脑海里再次闪现出一个尖锐的、非常明晰的想法。

"难道我什么时候自由过吗？要知道，我如今要死去了，就是因为我的生活一直是不自由的，不是自己的……难道是我自己要去决斗的吗，难道是我自己要挥起马鞭打人的吗？……我也许就不会挨揍了，一切也许就会美好、幸福了……应该用鲜血去洗刷屈辱，这是什么人在什么时候想出来的？要知道，这都不是我！这倒是洗刷……他们用血把我给洗刷了……什么？——我不知道，但是应该离开团队！……"

那既无力又无能的思想试图腾起，但又摔了下来，就像一只被剪掉翅膀的小鸟。无论他的脑子转到什么地方去，总是会兜一个圈子，又回到这样一个想法上来：应该离开团队，他将永远是耻辱的。

扎鲁丁曾经看到，一只落在浓痰上的苍蝇，痛苦地在地上爬行，爪子和翅膀都被粘住了，一道让人厌恶的、残酷无情的黏丝长长地拖在它的身后，让人不堪目睹，感到难受。显而易见的是，对于这只苍蝇来说，一切都已经完了，尽管它还在爬动，伸开爪子，竭尽了全力。当时，扎鲁丁厌恶地颤抖了一下，转过身去，现在，他似乎也记不太清了，但是，某种像梦境一样的隐秘意识，却使他想起了这只苍蝇。然后，应该还是梦境：突然之间，他不知是回忆起了、还是清楚地看见了两个农夫。他俩在叫骂，在厮打，其中的一位给了另一位一个耳光，被打的是个白发苍苍的老人，他倒下了，然后又站了起来，用衣袖擦着鼻子里流出来的血，坚定地说道："瞧这个傻瓜！"

"这场面我什么时候见过！"扎鲁丁完全回忆了起来，他又有意地看了看半明半暗的不透气的房间，看了看桌子上的蜡烛，"后来他俩还一起去酒馆喝了酒……"

他大概又一次失去了知觉，因为房间和蜡烛又消失在了什么地方，但是，他似乎并没有停止思考，然后，那蜡烛又从黑暗中浮现出来，与此同时，他也梳理了自己的思绪：

"……不能带着这样的屈辱活下去……是的。这么说，应该去死！但是，我又不想死，谁该去死呢？不是我！……名誉？名誉与我有什么相干！在应该死去的时候，名誉还有什么意义呢？但是，要知道，必须离开团队……那往后又该如何生活呢？"

扎鲁丁心目中的未来是阴暗的，陌生的，不可理解的，于是，他软弱地避开了它。这样一来，每当对生活和幸福的热烈渴望开始向他阐明什么的时候，那遮蔽大脑的迷雾就会降得更低，于是，扎鲁丁便又一次面临着没有出路的虚空。

黑夜在延续，窗外是一片沉重的寂静，仿佛在这整个世界上，只有扎鲁丁一个人在孤独地生活、孤独地痛苦。

桌子上，一支蜡烛在燃烧，流下一滴滴烛泪，蜡烛那平稳的黄色火苗，一动也不动地举向上方。扎鲁丁抬起那双因为狂热和绝望而闪亮的眼睛，看着烛光，却又视而不见，浑身都被那由无比混杂、软弱的思绪所构成的黑雾所笼罩。在那些片断般的回忆、想像、感受和思想组合而成的混乱中，有一个意识最为突出，它像一根忧愁的琴弦纵贯他的整个心灵。这便是，他痛苦而又悲哀地意识到了自己的完全孤独。在那边的什么地方，有成千上万的人在生活，在欢乐，在笑，也许，甚至在谈论他，而他却孤身一人。扎鲁丁徒劳地唤出一张又一张熟悉的面孔。那些面孔排成了苍白、陌生和冷漠的一长列，在那些面孔冷冷的五官中间，只能感觉出幸灾乐祸和好奇的神情。于是，怀着胆怯的忧愁，扎鲁丁想起了丽达。

在他的想像中，丽达还是他最后一次见她时的模样：郁郁不乐的大眼睛，穿着家常衣衫的柔弱身子，蓬松的大辫子。在她的脸上，扎鲁丁既没有感觉到幸灾乐祸，也没有感觉到轻蔑。那张脸带着忧伤的责备对着他，那双郁郁不乐的眼睛里还闪现出了一丝似乎还有可能挽回的意思。他回忆起了他在她痛苦之极的时刻拒绝她的那一幕。这是一种难以挽回的损失，这个意识像刀子一样锐利，刺入了扎鲁丁内心的最深处。

"要知道，也许，她那时比起现在的我来还更加痛苦吧……而我却推开了她……甚至想让她去投水，让她去死！……"

他的整个身心都在奔向她，就像是在奔向最后的避难所，他在忧郁地渴望着她的爱抚和同情。他在一瞬之间想到，他如今经受的苦难，是能够补偿过去的一切的；但是，扎鲁丁知道，她是永远不会再来了，一切都结束了，于是，那完全的虚空就像深渊一样，环绕在他的四周。

扎鲁丁抬起一只手，将它紧紧地按在脑袋上，一动也不动。他闭着眼睛，咬紧牙关，竭力想什么也不看，什么也不听，什么也不想。但是，他很快就放下手来，挺起身，坐了起来。脑袋晕得很厉害，嘴里发烫，四肢都在颤抖。扎鲁丁站起身，摇晃着突然变得又大又沉的脑袋，走到桌子跟前。

"一切都完了，一切都完了。生活，丽达，以及一切……"

一个空前明晰的思想像一道耀眼的闪电，在一瞬间把他照亮：他突然明白了，在那逝去的生活中，完全不曾有过任何的美好和轻松，一切都是混乱、肮脏和愚蠢的。那个特殊的、漂亮的、有权享受一切乐事的扎鲁丁也同样不曾有过，有的只是这个软弱、胆怯、淫荡的躯体，这躯体先前曾享乐过，如今却在体验痛苦和屈辱。当成功的幻影飘去，一个赤裸的、可怜的形象便显露了出来。

"不能再活下去了。"扎鲁丁清楚地想到，"为了重新生活，就必须抛弃从前的一切，换一种方式开始生活，做完全不同的另一种人，可是我又做不到……"

扎鲁丁将脑袋沉沉地垂到桌上，一动也不动，那已经碰到烛台边沿的摇摆不定的烛光，不祥地映照着他的脸。

三十二

就在这同一个傍晚，萨宁一个人去了索罗维伊契克的家。

这犹太人孤身一人坐在他那间侧房的台阶上，看着忧伤、荒芜的院子，院中寂寞地蜿蜒着几条泛着白色的小道，不知是供何人行走的，落满尘土的草地上，草也枯萎了。一间间挂着巨大锈锁的库房，磨坊那一扇扇阴暗的窗户，以及这整个似乎已多年无人居住的空旷之地，都会唤起一阵难受的、钻心的忧愁。

索罗维伊契克的脸色立即使萨宁大吃一惊：他的脸上没有笑容，也没有像往常那样讨好地龇出的牙齿，却有一副屈辱、紧张的神情。从他那双深色的犹太人眼睛里，一种隐秘的思想可怕而又激动地流露了出来。

"啊，您好。"他轻轻地握了握萨宁的手，无动于衷地说道，然后，又将脸转向了空旷的院落和暗淡下去的天空。映衬着这样的天空，库房那死寂的屋顶显得更黑了。

萨宁坐在台阶另一侧的栏杆上、抽起烟来，久久地、默默地看着索罗维伊契克，猜测着他内心某种独特的情感。

"您在这里做什么呢？"他问。

索罗维伊契克缓慢地转过忧伤的目光，看着萨宁。

"我在这里……磨坊停了，我在账房干过……我从前住在这里。大家都走了，我一个人留了下来。"

"您一个人也许会感到害怕吧？"

索罗维伊契克沉默了片刻。

"反正一样！"他轻轻地摆了摆手。

一阵持久的安静，安静之中，可以听到库房旁狗窝里的铁链发出的单调响声。

"可怕的不是这儿……"索罗维伊契克突然说起话来，他的声音出乎意料，响亮、激动、过度地冒了出来，"不是这儿！而是这里和这里！……"

他指着自己的脑门和胸口。

"怎么讲？"萨宁平静地问道。

"您听着，"索罗维伊契克更响亮、更激动地继续说道，"今天您揍了一个人，打了他的脸……也许，您甚至毁了他的性命……我要问您几个问题，请您别生我的气，因为我想了很多……我就坐在这里，一直在想，我感到非常不舒服……就请您回答我的问题吧！"

那种寻常的讨好的笑容刹那间便扭曲了他的面孔。

"您想问什么，就请问吧。"萨宁笑了笑。"您怕惹我生气，是吗？这些事是不会让我生气的。我做过的事，也就做了……如果我认为我有什么事做得很糟，我自己也会说出来的……"

"我想问您，"索罗维伊契克激动地说了起来，"您想到过吗，您完全有可能打死那个人啊？"

"对此我几乎毫不怀疑。"萨宁回答，"对扎鲁丁这样的人，很难用其他方式摆脱，不是我完蛋，就是他自己完蛋……但是，要我完蛋……他错过了一个心理关头：想立即过来杀死我，可他还太软弱了，后来就勇气不足了……他的事情也就完了！”

“您还能平心静气地谈这件事？”

“什么叫‘平心静气地’？”萨宁反问道，“我甚至无法平心静气地看人家杀鸡，何况这毕竟是一个人呢……打人是很难受的……的确，自己很有力量，这毕竟有点开心，但这毕竟是糟糕的……糟糕的是，结局如此粗鲁，但我的良心是平静的。我这样做，只是一个偶然。扎鲁丁的灭亡原因，在于他一生都在走这样一条路，在这条路上，奇怪的不是一个人的灭亡，奇怪的是他们那些人还没有全都灭亡！人们学习怎样杀人，学习怎样保养身子，却完全不明白他们做的是什么，其目的又是什么……这是些疯子，是些白痴！如果把疯子放到大街上去，他们就会相互残杀……我保护自己免受这样一个疯子的攻击，我又有什么过错呢？”

“但是您揍了他！”索罗维伊契克固执地重复道。

“这就要让他去抱怨上帝了，是上帝使我们狭路相逢的。”

“但是您可以拦住他，可以抓住他的手啊！……”

萨宁抬起脑袋。

“在那种情况下，人们就不会推出结果了？他的生活法则要求不择手段地复仇……我也不能一直抓着他的手啊！……对于他来说，这又将是一种多余的屈辱，仅此而已！……”

索罗维伊契克奇怪地摊开双手，沉默起来。

黑暗从四面八方悄悄地涌来。那道被黑色屋顶的边缘截断了的晚霞，越来越遥远、越来越冷漠了。库房旁边聚集起一些可怕的黑影，有时会使人觉得，那儿聚集了一些神秘、可怕的人物，他们来到这里，要使这个荒芜的、被废弃的院落彻夜充满他们那神秘的生活。似乎，他们那悄无声息的脚步声惊动了苏尔坦，因为它突然钻出狗窝，坐在那里，惊慌地弄响了铁链。

"也许，您是对的，"索罗维伊契克忧郁地说道，"但是，难道永远必须这样做吗……啊，也许，您自己挨打要更好些……"

"怎么更好些呢？"萨宁问，"挨打总是糟糕的！为了什么……有什么理由？……"

"不，您听我说！"索罗维伊契克急忙抢过话头，甚至还哀求地伸出一只手来，"也许，这就是要更好一些！……"

"对于扎鲁丁来说，当然更好一些。"

"不，是对于您来说……对于您来说……您好好想一想！"

"唉，索罗维伊契克，"萨宁带着淡淡的遗憾说道，"这全都是些精神胜利的古老童话！而且是个非常愚蠢的童话……精神胜利并不在于一定把脸送给别人打，而在于要能清白地面对自己的良心。至于如何赢得这种清白，反正都一样，这要看突发事件和环境因素……没什么比奴性更可怕的了，如果一个人因为针对自己的暴力而愤怒到极点，但又为了某种比自己更强大的东西而俯首帖耳，这就是世界上最可怕的奴性。"

索罗维伊契克突然抱住脑袋，但是在黑暗中，已经看不清他脸上的表情了。

"我脑袋很笨，"他用刺耳的声音说道，"我现在什么也弄不明白了，我完全不知道该怎样生活下去了！……"

"您为什么要知道呢？您生活吧，就像小鸟在飞翔：想要扇动右边的翅膀，它就扇动，想要绕过一棵树，它就绕过去……"

"可那是鸟，而我是人呀！"索罗维伊契克带着天真的严肃说道。

萨宁哈哈大笑起来，他那开心的、男子汉的笑声像一股迅疾的活力，充满了这片黑暗废墟的每一个角落。

索罗维伊契克听完萨宁的笑声，摇了摇头。

"不，"他伤心地说道，"您教不会我怎样生活！没有人能教会我怎样生活！……"

"这是实话，没有人能教会谁怎样生活。生活的艺术，这也是一种天赋呀。谁要是没有这种天赋，他要么会自己灭亡，要么会虚度一生，将自己的生活变成可怜的苟且偷生，没有阳光和欢乐。"

"瞧您现在平心静气地讲着，似乎您什么都知道……啊……请您别生我的气……您一直是这个样子吗？"索罗维伊契克怀着强烈的好奇心问道。

"不，"萨宁摇了摇头，"是的，我一直非常镇静，但也有过一些时候，我曾经体验到各种各样的怀疑……有过一个时候，我曾经严肃地有过基督教生活的理想……"

萨宁若有所思地沉默了，索罗维伊契克却伸长脖子看着萨宁，像是在期待某种他所难以理解的重要东西。

"我那时上一年级，我有个同学叫伊万·兰德，是学数学的大学生。这是一个奇怪的人，他有无敌的力量，他是一个基督徒，但不是出于信仰，而是出于天性。在自己的一生中，他体现出了基督教所有那些重要的内涵：当他挨打时，他不自卫，他宽恕敌人，对待每个人都像对待兄弟一样，'能够容纳'，容得下荡妇一样的女人所给出的否定……您还记得谢苗诺夫吗？"

索罗维伊契克带着天真的欢乐点了点头。这对于他来说是无比重要的：在熟悉的环境中，在熟人当中，他突然看到了一个形象，他对这个形象的认识是朦胧的，但这个形象却吸引了他，就像明亮的烛光在黑夜里吸引了飞蛾。关注和期待使他满脸通红。

"哦，是这样的……谢苗诺夫当时觉得非常不舒服，他在克里木教书。他在那里很孤独，预感到了死亡，陷入了愁郁的绝望。兰德知道了这件事，当然，他认定他应该去拯救那颗濒死的灵魂……于是，他真的去了：他没有钱，谁也不愿借钱给他，给这个'傻子'，于是，他就徒步走了上千里路！在途中的什么地方，他倒下了，就这样，把生命献给了自己的朋友……"

"而您……请您告诉我！"索罗维伊契克整个人都冲动起来，眼睛极度兴奋地闪亮着，喊了起来，"您认同这个人吗？"

"当时，关于他就有很多争论。"萨宁若有所思地回答，"一些人完全不认为他是一个基督徒，并以此为根据不愿接受他；另一些人认为他不过是一个带有大家熟悉的任性特征的傻子；还有一些人否认他身上的力量，理由是他没有斗争过，没有成为先知，没有获得胜利，而是相反，只引起了众人对他的疏远……不过，我对他却另有看法。当时我正处在他的影响之下，几乎到了愚蠢的地步！结果，有一次，一个大学生打了我一个耳光……起初，我脑袋里的一切都翻滚起来，但这时兰德在场，我又恰好向他看了一眼……我不知道我心中发生了什么变化，我只是默默地站起身来，走开了……唔，首先，因为这件事，我后来非常地、想必还相当愚蠢地感到骄傲。其次，我心里非常痛恨那个大学生。倒不是因为他打了我，这还没什么，而是由于我的行为再也无法让他感到满意了。我完全偶然地发觉，我游荡在一片虚伪之中，我沉思一番，像个疯子一样逛了两个星期，然后就不再为自己虚假的精神胜利而骄傲了，而当我一看到那个大学生在洋洋得意地发出嘲笑，就把他揍得失去了知觉。在我和兰德之间出现了内在的裂痕。我开始更清晰地观察他的生活，我发现，他的生活是非常不幸的，非常可怜的！"

"哦，您说的什么话呀！"索罗维伊契克喊道，"您难道能够想像出他感受的丰富吗！"

"那些感受都是单调的：他生活的幸福就在于，无怨无悔地接受各种各样的不幸，而那种丰富只不过是越来越广泛、越来越深刻地拒绝生活的各种各样的丰富！这是一个自觉自愿的乞丐和幻想家，他生活的目的连他自己也并不完全清楚……"

"您不知道，您把我折磨得好苦啊！"索罗维伊契克喊道，突然用力将两手背向身后。

"可是，您是多么地歇斯底里啊，索罗维伊契克！"萨宁吃惊地说道，"我什么特别的话也没讲啊！要不，就是这个问题使您感到非常痛苦了……"

"非常！我现在一直在想啊，想啊，我的头很疼……难道这一切都是一个错误！……我自己，就像在一个黑暗的房间里……谁都无法告诉我该怎么办！……人究竟为什么活着？请您告诉我！"

"干吗要知道？这个问题谁也不清楚！……"

"难道不能为未来而活着吗？哪怕是为了让人们将来能有

一个黄金世纪……"

"黄金世纪永远也不可能有。如果生活和人都能在瞬间变好，这样也许就会有黄金般的幸福，可这是不可能的！变好的过程要经过一级级难以觉察的阶梯，而人却只能看到前一级和后一级阶梯……您和我过的都不是罗马奴隶的生活或石器时代野蛮人的生活，因此，我们意识不到我们的文明所造就的幸福；就这样，在那样一个黄金世纪中，人也意识不到自己和父亲的差异，就像父亲和祖父的差异，祖父和曾祖的差异……人站在一条永恒的道路上，在铺砌一条通向幸福的路，就像是在一个无穷数上再加上一些新的个位数……"

"这就是说，一切都是虚空？这就是说，连'没什么'也没有？"

"我想是的。什么也没有。"

"喂，您的兰德呢！要知道，您刚刚还……"

"我爱过兰德，现在还爱，"萨宁严肃地说道，"但并不因为他是那样一个人，而是因为他是真诚的，在自己的道路上从不停下脚步，无论遇到什么样的障碍，无论是可笑的还是可怕的……对于我来说，兰德的价值是自在的，而随着他的死亡，他的价值也就消失了。"

"您不认为这样的人会使生活高尚起来吗？这样的人会拥有追随者……啊？"

"为什么要使生活高尚起来呢？这是其一。其二，不可能去追随那样的人……兰德是天生的。基督是卓越的，基督徒却是卑微的。"

萨宁说累了，便沉默起来。索罗维伊契克也沉默着，周围的一切也都沉默不语，只有天上那些闪烁的星星，似乎在进行一场无休止的无声交谈。突然，索罗维伊契克低语起来，他的低语是奇异而又可怕的。

"什么？"萨宁颤抖了一下，问道。

"请您告诉我，"索罗维伊契克嘟囔道，"请您告诉我，您是怎么想的……如果一个人不知道他应该往哪里去，他老是在思考，老是在思考，老是在受苦，一切都让他感到可怕，感到难以理解……也许，这样的一个人最好是死掉？"

"是啊，"萨宁在黑暗中皱起眉头，说道，他清楚而又强烈地意识到，有一种东西钻出了犹太青年那幽暗的心灵，在悄悄地向他靠来，"也许，最好是死掉。去受苦是没有意义的，反正任何人都不能长生不老。只有那种已经在自己的生活中看到了快乐的人，才应该活下去。而受苦的人，最好是死掉。"

"我自己也是这样想的！"索罗维伊契克用力喊道，突然紧紧地抓住了萨宁的手。

天色完全黑了下来，在黑暗中，索罗维伊契克的脸显得很白，就像是死尸的脸，睁着的眼睛则像两个空洞的黑窝。

"您是一个死人。"怀着一股不由自主的不安，萨宁站起身来，在心里说道，"也许，对于一个死人来说，最好的东西的确就是坟墓……别了……"

索罗维伊契克似乎没有察觉到什么，他一动也不动地坐着，就像一个有着僵死的白色面孔的幽灵。萨宁沉默了一会，等了等，然后悄悄地走了。他在院门旁停下来，听了听动静。四周一片静谧，台阶上的索罗维伊契克呈现出一个隐隐约约的黑影，与黑暗融为一体。一个不快的、痛苦的预感涌上了萨宁的心头。

"反正一样!"他想到,"是这样活着,还是死掉……而且不是今天,就是明天。"

　　他迅速转过身去,吱呀一声推开院门,走到了街道上。

　　外面像往常一样静谧。

　　当萨宁走到林荫路上的时候,远处传来了一阵惊慌、奇怪的声响。有个人啪啪地跺响脚步,在黑夜中急速地奔跑,同时,不知是在数落着什么,还是在哭泣。萨宁停了下来。那个黑色的身影从黑暗中钻出来,越来越近地向他这边跑来。不知为何,萨宁再次感到了可怕。

　　"怎么回事?"他高声问道。

　　那奔跑的人一下站住了,于是,萨宁在近处看到了一张惊慌、愚蠢的士兵的脸。

　　"出了什么事?"他不安地喊道。

　　然而,那士兵嘟囔了些什么,就又奔跑起来,啪啪地跺响脚步,不知是在数落着什么,还是在哭泣。黑夜和寂静吞噬了幽灵似的他。

　　"这是扎鲁丁的勤务兵啊!"萨宁想了起来,于是,一个明确的念头清晰而又完整地浮现在他的脑海里,"扎鲁丁开枪自杀了!……"

　　一阵淡淡的凉意掠过萨宁的两鬓。他立即默默地望着黑夜那昏暗的面孔,似乎在黑夜中那些神秘恐怖的东西和他这位高大有力、目光坚定的人之间,展开了一场短暂的、可怕的、无声无息的斗争。

　　城市睡了,人行道泛着白光,树木呈现黑色,那些阴暗的窗户愚钝地睁着眼睛,在守望死一般的沉静。

　　突然,萨宁摇了摇头,笑了笑,用一双明亮的眼睛看了一下面前的一切。

　　"这不是我的错，"他大声地说，"多一个也罢，少一个也罢！"

　　接着，他往前走去，在黑暗中勾勒出一个高大的黑影。

三十三

小城里永远没有秘密，于是很快，所有的人就都得知，有两个人在同一天晚上自杀了。

是伊万诺夫把这个消息告诉给尤里·斯瓦罗日奇的。伊万诺夫白天来找尤里，当时，尤里刚刚上完课回来，正坐在那里给柳丽娅画像。柳丽娅摆着一个姿势，她穿一件又轻又薄的浅色上衣，细细的脖子裸露着，粉色的手臂隐约可见。阳光照进房间，金色的光芒将柳丽娅脑袋四周那蓬松的头发映得透亮，她是那样的年轻、纯洁和快乐，就像一只金色的小鸟。

"你们好。"伊万诺夫说着，走进门来，将帽子扔在椅子上。

"啊……喂，您有什么新闻吗？"尤里问道，露出了客气的笑容。

他心满意足，情绪快乐，因为他终于找到了教课的工作，觉得自己已不靠父亲养活，而自食其力了，此外，还因为阳光，因为幸福、娇好的柳丽娅就在身旁。

"新闻很多啊，"伊万诺夫说道，他那双灰眼睛含有一种不确定的神情，"一个上吊自杀了，另一个开枪自杀了，第三个又被魔鬼抓去了，为了不让他太累！"

"怎么讲？"尤里大吃一惊。

"第三个是我加上去的，为了更有效果，前两个可是真的……昨天夜里，扎鲁丁开枪自杀了，紧接着，据说，索罗维伊契克也上吊了……瞧！"

"这不可能！"柳丽娅喊了一声，跳了起来，粉色的和金色的她，脸色苍白，眼睛里充满惊恐，但也闪烁着好奇。

尤里惊讶地、恐惧地急忙放下调色板，走到伊万诺夫面前。

"您不是在开玩笑吧？"

"还有什么玩笑好开啊！"伊万诺夫挥了挥手。

像平常一样，他竭力想装出一副哲学家似的冷漠神情，但是看得出来，他也感到可怕，感到不快。

"他为什么要开枪自杀呢？是因为萨宁打了他？萨宁知道吗？"柳丽娅天真地抓着伊万诺夫，气喘吁吁地问道。

"显然知道……萨宁昨晚就知道了。"伊万诺夫回答。

"他怎么说？"尤里不禁问道。

伊万诺夫耸了耸肩膀。他已经不止一次和尤里争论过对萨宁的看法，所以，没等尤里问完，他已经提前生气了。

"什么也没说……与他有什么关系？"他带着粗鲁的懊恼反驳道。

"他毕竟是个起因！"柳丽娅摆出一个庄重的神情，说道。

"那又怎么样！……那个傻瓜硬要往前冲。萨宁在这事上没有过错。这一切都非常不幸，但这一切都完全应该归咎于扎鲁丁自己的愚蠢。"

"唔，我们假设，这里还有一些更深的原因，"尤里愁郁地反驳说，"扎鲁丁生活在那样一个众所周知的环境里……"

"不管他是生活在那样一个傻瓜环境里，还是他屈从了那样的环境，这也仅仅证明了，他本人是一个傻瓜！"伊万诺夫耸了耸肩膀。

尤里沉默不语了，机械地搓着手指头。这样去谈论一位死者，使他感到有些不快，虽然他自己也不知道为什么。

"那么好吧……扎鲁丁，这事清楚了，而索罗维伊契克呢……我从来没想到！"柳丽娅高高地扬起眉毛，犹豫不决地说道，"他干吗要死呢？"

"天晓得，"伊万诺夫说，"他一直是个傻瓜。"

这时，梁赞采夫来了，卡尔萨维娜也同时来了。他俩在门口遇上了。人还在台阶上，声音却已经传了过来，卡尔萨维娜的声音很高，带着疑惑的询问口气，梁赞采夫的声音却是欢乐的，带有嬉戏的、玩笑的成分，他总是用这样的声音和年轻漂亮的女人谈话。

"阿纳托利·帕夫罗维奇是'从那里'来的呀。"卡尔萨维娜首先进了房间，她带着惊慌的好奇神情说道。

梁赞采夫走了进来，像往常一样笑容满面，还边走边抽着烟。

"瞧这事弄得！"他说道，他那健康、自信而又欢快的声音响彻着整个房间，"这样的话，我们这个城市里很快就剩不下年轻人了！"

卡尔萨维娜默默地坐了下来，她那张漂亮的脸是伤心的，困惑的。

"喂，您给说说吧。"伊万诺夫说。

"是这样的。"梁赞采夫说了起来，他像柳丽娅那样扬起了眉毛，还一直在微笑，不过，他笑得已经不那么开心了。

"我昨晚刚从俱乐部出来，一个士兵突然跑了过来……他说，大人开枪自杀了……我就雇了辆马车去了那里……等我赶到，整团的人几乎都已经在那里了……他就躺在床上，敞着制服……"

"他开枪打的什么地方？"柳丽娅好奇地问道，挽起梁赞采夫的手。

"太阳穴……子弹穿过颅骨，这里……然后打在天花板上……"

"用的是勃朗宁手枪？"尤里不知为何问道。

"是勃朗宁手枪……一个可怕的场面。甚至连墙上都溅满了脑浆和鲜血，再加上他那张脸又被打残废了……是啊！……这太可怕了，他把他打得多惨啊！……"

于是，梁赞采夫笑了起来，再次耸了耸肩膀。

"一条硬汉！"

"没得说，一个棒小伙子！"不知为何，伊万诺夫也满意地点了点头。

"太不像话了！"尤里厌恶地皱起眉头。

卡尔萨维娜胆怯地看了他一眼。

"但我认为，他也没有过错，"她说，"他也没想到……"

"是啊……"梁赞采夫没有表情地皱了皱眉头，"可是打得那么惨！……要知道，他们要找他决斗……"

"奇怪！"伊万诺夫激动地耸耸肩膀。

"不，有什么办法……决斗可是件蠢事。"尤里沉思地说道。

"那当然。"卡尔萨维娜迅速表示支持。

尤里觉得，卡尔萨维娜似乎很高兴有机会为萨宁辩解，于是，他感到很不愉快。

"但那样毕竟是……"他不知道如何去贬低萨宁，想了想，便反驳道。

"不管您怎么说，这都是一种兽行！"梁赞采夫提示道。

尤里想到，这位梁赞采夫本人倒是和一头饱食终日的动物离得不远，但他没有说话，甚至很高兴让梁赞采夫和卡尔萨维娜争论起来，尖锐地谴责萨宁。

卡尔萨维娜捕捉到了尤里脸上不快的表情，便不再作声了，虽然她在内心深处还是喜欢萨宁的力量和果敢的。她还觉得，梁赞采夫关于文明所谈的那些话完全是错误的。她和尤里一样，认为梁赞采夫不配来谈论这件事。

然而，伊万诺夫却动了气，争论起来。

"想得倒妙！文明的高级阶段，就是开枪打掉别人的鼻子，或者把铁钎捅进别人肚子！"

"用拳头打脸就好些吗？"

"我认为就好些！拳头算什么！拳头有什么害处！鼓出个包来，消下去也就没什么了……拳头不会给人带来任何不幸！……"

"问题不在这里！"

"在哪里呢？"伊万诺夫轻蔑地撇了撇扁平的嘴唇。"在我看来，一般地说，不应该打架……干吗弄得不成体统！但是，如果非打不可，也至少不能对人有任何伤害！……这是一件很明白的事情！……"

"他差点把他的眼珠打出来！"梁赞采夫讽刺地插话道，"好一个'不能对人有任何伤害'！"

"眼珠，当然……如果眼珠被打出来，那对这个人是个伤害，但眼珠无论如何也抵不过肠子啊！这里也并没有谋杀啊！……"

"可扎鲁丁却死了！"

"那是他愿意！"

尤里犹豫地捋着胡子。

"我，真的，就直说了吧，"他说了起来，并为自己将道出完全真诚的话来而感到高兴，"对于我自己来说，这也是一个难题……我不知道，自己如果处在萨宁的境地到底会怎样做。去决斗当然是愚蠢的，但是用拳头打架也是非常不雅的！"

"可一个人被逼到这个分上，又该怎么办呢？"卡尔萨维娜问。

尤里悲哀地耸了耸肩膀。

"不，可怜的是索罗维伊契克。"梁赞采夫沉默了片刻，然后说道，但是，他那张自得、愉快的脸却与他说的话不相吻合。

大家突然想到，他们甚至没有问起索罗维伊契克，于是，不知为何，众人都觉得不自在起来。

"你们知道他是在哪里上吊的吗？就在库房旁，在狗窝边上……他解开了拴狗的铁链子，然后就上吊了……"

在卡尔萨维娜和尤里的耳边，同时响起了那个细细的声音："苏尔坦，别动！……"

"你们知道吗，他还留下了一个字条。"梁赞采夫继续说道，抑制不住眼中愉快的光芒，"我甚至把那字条抄了下来……真是一份人类的文件呀，啊？"

他从侧面口袋里掏出一个笔记本来。

"'当我自己并不明白该怎样生活的时候，我为什么还要活下去呢？像我这样的人，是无法给人们带来幸福的。'"梁赞采夫念道，却又十分突然地、不自在地闭了口。

　　房间里十分安静，仿佛有一个苍白、哀伤的身影在一旁滑过。卡尔萨维娜的眼睛充满了大滴大滴的泪珠，柳丽娅欲哭的脸涨得通红，尤里则病态地笑了一笑，走到窗前。

　　"只有这些。"梁赞采夫机械地添了一句。

　　"还要什么'更多的'呢？"卡尔萨维娜嘴唇颤抖着，反驳道。

　　伊万诺夫站起身，拿起桌子上的火柴，嘟囔道：

　　"一件大蠢事，没错！"

　　"您真不害臊！"卡尔萨维娜激动地冒火了。

　　尤里厌恶地看了一眼伊万诺夫那又长又直的头发，转过身去。

　　"是啊……这就是你们的索罗维伊契克。"梁赞采夫摊开双手，眼睛里又出现了那种快乐的闪光，"我曾经认为，这是一个废物，不客气地说，就是一个犹太佬，仅此而已！可是瞧他！他简直不是这个世界上的人……一个人为自己的朋友们献出了生命，没有比这更高尚的爱了！"

　　"喂，他的生命可不是为朋友们献出的！……"伊万诺夫反驳道。

　　"他也在这里装什么……样子啊！他自己就是一个动物！"他想到，怀着仇恨和轻蔑斜眼看了看梁赞采夫那张由于饱食终日而没有皱纹的脸，不知为何，还瞥了一下那鼓肚皮上满是褶皱的西服背心。

　　"反正都一样……一阵冲动……"

"远不一样！"伊万诺夫固执地反驳道，他的眼睛也变得凶狠起来，"一个软蛋，仅此而已！……"

他对索罗维伊契克的某种奇异的仇恨，使大家感到不快。卡尔萨维娜起身告别，她以情人般的信赖态度，亲昵地低声对尤里说道：

"我要走了……他简直让我感到讨厌！……"

"是的，"尤里点了点头，"一种罕见的残酷！……"

柳丽娅和梁赞采夫也跟在卡尔萨维娜的身后走了。伊万诺夫沉思一阵，默默地抽着烟，目光凶狠地看了一眼屋角，然后也走了。

走在街道上，他按老习惯挥动起双手，他气愤、怨恨地想到：

"当然，这帮傻瓜认为，我不懂他们懂得的事情！奇怪！……我知道他们在想什么，比他们自己知道得还清楚！我知道，一个人为亲人牺牲生命，就是最大的爱，但如果就因为对人们没用而去上吊，这就是……扯淡！"

于是，伊万诺夫想到了他读过的那些数不清的书籍，首先想到的是福音书。他开始在这些书中寻找一种意义，这种意义能如他希望的那样，向他解释清楚索罗维伊契克的行为。那些书籍顺从地翻动数页，翻到他需要的那些段落，用一种死语言向他解释他该怎么办。他的思维在紧张地运转，与书中的思想完全纠缠在了一起，竟使得他自己也弄不清楚哪些是自己的想法，哪些是阅读的印象。

回到家里，他倒在床上，伸开两条长腿，一直在思考，直到入睡。待他醒来时，已是傍晚。

三十四

当人们在号声中为扎鲁丁送葬的时候，尤里从窗口看到了
这个悲伤而又壮观的出殡行列，一匹拉着殡车的马，一阵送葬
的乐曲，一顶孤零零地摆在棺材盖上的军官帽。有许多鲜花，
许多若有所思、神态忧郁的女性，还有动听而又悲哀的音乐。
这天夜里，尤里感到尤其忧伤。

傍晚，他和卡尔萨维娜一起久久地散着步，他一直看着那
双漂亮的、充满爱意的眼睛，看着那漂亮的、向他侧倾过来的
身体，然而，即便与卡尔萨维娜在一起，他也感到沉重。

"想起来真是奇怪，真是可怕，"他用乌黑的眼睛紧张地
看着眼前，说道，"扎鲁丁已经不在了……有过一个军官，那
么漂亮，那么开心，无忧无虑，似乎能一直……生活的恐惧，
及其苦难、疑虑和死亡，对于他来说似乎是不可能存在的……
这一点是毫无意义的。终于有一天，这个人被击倒了，化成了
灰烬，体验到了那种只有他一个人明了的可怕悲剧，他没了，
永远不会有了！……只有棺材盖上的这顶帽子……"

尤里不再说话，忧愁地看了看地面。卡尔萨维娜从容地走
在一旁，专注地听着，那双饱满漂亮的手在转动一把白伞，不
停地抚弄着小伞的花边。她没去想扎鲁丁，而在全副身心地因
为尤里的贴近而快乐，但是，她也在无意识地服从他，讨好

他，做出一副忧郁的神情，显出激动的模样。

"是啊，看上去多伤心啊！……这音乐也很悲伤！"

"我不认为萨宁有错！"他突然口气很硬地说道，"他没办法不这样做，但是在这里，可怕的是，两个人狭路相逢了，总有一个人必须让路……可怕的是，这个偶然的胜利者看不出他的胜利的可怕之处……他把一个人从大地上抹去了，这有理……"

"他是有理……瞧……"卡尔萨维娜没有听完，就激动起来，甚至连她那高耸的乳房也颤动起来。

"不……我是说，这有理由感到可怕！"尤里带着嫉妒的敌意打断她的话，并斜眼看了看她的胸脯和兴奋的脸庞。

"为什么呢？"卡尔萨维娜胆怯地问，她非常害羞。不知为何，她那双眼睛立即暗淡了下去，面颊却现出了粉色。

"因为对于别人来说，就会是一个最深重的苦难……会有疑虑和动摇……应该有一场内心斗争，可他却像是什么事都不曾有过！……非常遗憾，他说：'可是我没有过错！……'难道事情就在于，要么全错，要么全对！？……"

"那事情在于什么呢？"卡尔萨维娜犹豫地、轻轻地问道，她低垂着脑袋，看来是怕惹尤里生气。

"我不知道在于什么，但是，人没有权利去充当野兽！"尤里无情地高喊起来，声音中带着痛苦。

他俩默默地走了许久。卡尔萨维娜因为与尤里意见不合而痛苦，她与他之间那种可爱的、特殊的、温暖到心底的联系，也转眼间就消失了；而尤里觉得，他的脑中是一片混乱和模糊，心头这层沉重的迷雾、自尊心受到的伤害，使他感到痛苦。

他很快回家了，将那位姑娘扔在不满、恐惧和孤苦屈辱的境地之中。

尤里看到了她的惊慌，但不知为何，这却使他获得了一种病态的快感，似乎，他将某种怨恨转移到了他喜爱的这位女性身上。

可在家里，他却感到非常难受。

晚饭时，柳丽娅说到，据梁赞采夫讲，磨坊里的一些小孩子好像看到了索罗维伊契克怎样被从绳套上解下来，他们隔着围墙喊道：

"犹太人上吊啦！……犹太人上吊啦！……"

尼古拉·叶戈罗维奇哈哈大笑着，非要柳丽娅再学一遍。

"这么说的——'犹太人上吊啦！'……"

尤里回到自己的房间里，坐下来批改自己那名学生的作业，怀着一种难以形容的愤恨，他想到：

"人间还有多少的兽行啊！……难道有必要为这些迟钝、愚蠢的野兽去痛苦、去牺牲自我吗！？……"

可是他立即意识到这个念头不好，他因自己的怨恨而羞愧。

"他们没有过错……他们'不知自己之所为'！……"

"但是，无论知与不知，他们总归是野兽，一看，就是野兽！"他想到，可他又竭力不愿得出这一结论，于是，便回忆起索罗维伊契克来。

"人毕竟是十分孤独的：瞧这位不幸的索罗维伊契克，活着的时候，有一颗为整个世界而痛苦、准备作出任何牺牲的伟大心灵……可是没有一个人……甚至连我也没有……"这个念头在他的脑中一闪，不愉快地刺了他一下，"没有发现他、看重他，而是相反，几乎在蔑视他！为什么呢？仅仅是因为他不善于，或者不能够表达自我，因为他忙忽乎乎的，有些讨厌。可就在这种忙乎和讨厌之中，体现出了他那种想接近大家、帮助和取悦大家的热烈愿望……他是一个圣人，可我们却将他当成了傻瓜！……"

负罪的痛苦感觉折磨着尤里的心灵，使他扔下了工作，久久地在房间里走来走去，他整个人都被一些混乱、难解、痛苦的问题控制了。后来，他坐到桌旁，拿起一本《圣经》，随意地翻开，读起了他最常阅读的一处，这个地方的书页已经被他翻旧了。

> 我们生而偶然，我们随后将去，如不曾有过一般；我们鼻中的呼吸为气，语言为我们心灵运动的火花。
>
> 当那火花消逝，肉体化为灰烬，灵魂散去如稀薄的空气。
>
> 我们的名将逐渐被忘，无人记得我们的事，我们的生命将逝去，如云的痕迹，我们的生命将消散，如被阳光驱散、为温暖融化的雾。
>
> 因为我们的生命是浮云，我们注定要死，因为印记已经烙下，无人能够返回。[①]

尤里读不下去了，因为后面谈的是，去思考死亡是没有意义的，应该像享受青春那样去享受生活，而这却是他所无法理解的，也是与他那些痛苦的思想不相吻合的。

"这是多么可信、可怕和不可避免啊！"对于读到的那些

[①]《圣经·所罗门智慧书》第二章第二、三、四、五节。天主教和新教《圣经》中无此篇，而中文版多为天主教和新教《圣经》。

文字，他这样想到。他竭力想像他的灵魂在他死后会如何飘散。可是他想像不出。

"这真可怕！我坐在这里，一个活人，一个渴望着生活和幸福的人，却读着自己这份不可抗拒的死亡判决……我读着，甚至无法作出抗议！"

尤里多次用与这同样的话语思考过这个思想，也在一些书本里读到了这个思想。他意识到这一思想既单调又脆弱，因此，这一思想使人厌烦，它更让他感到难过和痛苦。

尤里抓着自己的头发，怀着内心的绝望走来晃去，就像笼中的一头野兽。他闭上双眼，带着无尽的疲倦在向某个人诉说。他的诉说是带有怨恨的，但又是无力的，是带有仇恨的，但又是愚钝的，是带有忏悔的，但又是他自己所不承认的。

"人对你做了什么，使得你要如此地嘲弄人？如果你存在，你又为什么躲避人？如果我信仰了你，就无法拥有自己的信仰了，你为什么要把事情弄成这样呢？就算你能做出回答，我也不能相信这是你而不是我自己！……如果说，我要活下去的愿望是合理的，那你又为什么要从我这里夺走你自己赋予的权利呢？……如果你需要苦难，那就请吧！……要知道，我们是出于对你的爱才承受苦难的！但是，我们甚至不知道，你更需要的是什么，是树木还是我们……

"对于一棵树来说，甚至都存在希望！……它被砍倒之后，还能再生根抽叶，再活过来！而人一死，就消失了！……我一躺下，就再也不会起来，永远也不会有人知道，在我身上曾发生过什么事情……也许，我再生了一次，可是我并不知道这一点……如果我能知道，哪怕是在几十亿年、几亿亿年之后我又能再生，我也会在这一个又一个世纪中，在那永恒的黑暗中，耐心地、无怨无悔地等待……"

他又读了起来：

> 人一切的劳碌，就是他在日光之下的劳碌，有什么益处呢。
>
> 一代过去，一代又来，地却永远长存。
>
> 日头出来，日头落下，急归所出之地。
>
> 风往南刮，又向北转，不住地旋转，而且返回转行原道。
>
> 已有的事，后必再有，已行的事，后必再行，日光之下，并无新事。
>
> 已过的世代，无人记念；将来的世代，后来的人也不记念。
>
> 我传道者在耶路撒冷作过以色列的王。①

"我传道者，作过王！……"尤里怀着他自己也不甚明白的忧愁，响亮地甚至是威严地重复了一遍。但是，他被自己的声音吓了一跳，四下里看了看。有谁听见了吗？然后，他拿起一张纸，一边思考着那些越来越经常地出现在他脑海里的问题，一边半机械地写了起来，像是被一种潜意识的需求控制着：

"我开始写这个字条，字条的结尾就应该是我的死亡……"

"呸，太庸俗了！"他厌恶地说道，猛地推开那张纸，使得那张纸从桌上飘了起来，轻盈地翻转着，落到了地上。

"瞧索罗维伊契克，那个渺小、可怜的索罗维伊契克，在

---

① 《圣经·旧约传道书》第一章第三、四、五、六、九、十一、十二节。

他确信他无法理解生活的时候，也并没有对自己说，这太庸俗了……"

尤里没有觉察到，他已将那个被他称为渺小、可怜的人当成了自己的榜样。

"没办法……我感到，我早晚也会那样结束……因为没有别的出路……为什么没有？因为……"

尤里停了下来，他觉得他很好地明白了他刚刚想到的东西，可此刻却完全找不到话语来回答自己的问题。他内心的什么东西似乎迅速地衰弱了。思维也不活跃了，混乱了。

"胡说，全都是胡说！"尤里怀着怨恨高声说道。

那盏灯的灯油几乎已经耗尽，它闪着昏暗的、恼人的光，撕破黑暗，在尤里的脑袋旁边勾勒出一个微亮的小圆圈。

"我为什么没在小时候得肺炎的时候死掉呢？如果那时死了，我现在就会更好些，更平静些……"

就在这一时刻，尤里想像自己当时就死了，他大为恐惧，体内的一切都僵住了。

"那就是说，我就见不到我所见的这一切了？……不，这同样可怕……"

尤里摇了摇头，站起身来。

"这样会发疯的……"

他走到窗前，推了推窗子，但是，闩着的护窗板却挡住了窗子。尤里拿起一支铅笔，用力顶开了窗闩。

窗外发出很大的响声，护窗板轻盈、缓慢地敞开了，于是，一阵纯净、凉爽的空气从窗口涌了进来。尤里呆呆地看了看那已现出朝霞的天空。

清晨是纯净、透明的。泛白的蓝色天空，有一边已现出浓重的粉色。大熊星座的七颗星星已经暗淡了，低垂了；那颗大大的、淡蓝色的、水晶般的晨星，在渐渐鲜红起来的朝霞上方静静地放射出明亮的、水汪汪的光芒。带有凉意的疾风从东方吹来，在疾风的吹拂下，白色的晨雾像一道道轻盈的波浪，飘荡在花园中暗绿色的、落满露水的草地上，纠缠着高高的牛蒡和白色的三叶草，飘荡在透明的、微波荡漾的河面上，飘荡在睡莲和百合那绿色的叶片上。透明的蓝色天空缀满一片片泛着粉色的浮云；那些孤独的、完全暗淡了的星星悄悄地、不留痕迹地沉没了，消失在无底的蔚蓝中。潮湿的白雾不断地从河上腾起，缓慢地、呈带状地飘过蓝色的、冰冷的水面，穿过树林，涌向花园那潮湿的、绿色的深处，而花园，还笼罩在一片轻盈、透明的昏暗之中。在潮湿的空气中，仿佛有一个奇异的、银铃般的声响。

一切都如此美妙，如此安静，仿佛钟情的大地脱光了衣衫，正准备扑向那充满快感的伟大秘密——即太阳的到来，太阳还没有出现，但它的光芒，那轻盈的、粉红的光芒，已经闪现在大地的上方。

尤里躺下睡觉，可光线却使他不安，他脑袋很痛，有什么东西在他眼前病态地微微闪动着。

三十五

一大清早，在太阳还很低、很亮的时候，伊万诺夫和萨宁就出城了。

露珠在阳光下闪烁，射出无数的亮点，由于披着露水，暗处的青草像是生出了满头的白发。在道路两边，在那些细矮的老柳树下，已经有一些祈祷者在缓缓地往修道院赶去，那些红色和白色的头巾，那些草鞋、裙子和衣衫，在从篱笆墙的缝隙中透过来的阳光中斑斓地闪现着。修道院的钟敲响了，沐浴着早晨清新气息的钟声，听起来惊人地纯净，它响彻在四周的原野上，或许，一直传到了天边那静静的森林中，那片蓝盈盈的森林，就像是海市蜃楼。路上，一辆折返的三套马车的铃铛发出尖利的、不连贯的响声，还能听到几个祈祷者那粗鲁的、事务性的交谈。

"出来早了！"伊万诺夫说。

萨宁精神抖擞、神情愉快地看着四周。

"我们等一会。"他说道。

他俩在篱笆墙旁坐了下来，就坐在沙地上，快活地抽着烟。

那些跟在大车后面进城的农夫们常回头打量他俩，那些在大车上摇来晃去的农妇和姑娘们，嘻嘻笑着，彼此交换着嘲讽的、开心的眼神，看着他俩。伊万诺夫对她们毫不留意，萨宁却与她们相视而笑，于是，整条大路上都充满了女人们响亮的笑声。

热气上来了。

终于，那个掌柜的，一个身穿西服背心的高个男人，走上了酒类专卖店前的台阶。那酒店是一座白房子，绿色的屋顶很是醒目。掌柜的打着哈欠，把门锁弄得哗哗响，打开了店门。一个扎着红头巾的妇人随他也进了屋。

"道路已经指明！"伊万诺夫说，"我们走，还等什么！"

他俩走过去，买了一些伏特加酒，又从那个扎红头巾的妇人手里买了一些新鲜的绿黄瓜。

"嘿，你啊，朋友，真是个富人。"在萨宁掏出钱包的时候，伊万诺夫说道。

"是定金！"萨宁笑了起来。"我受雇当了一家保险公司的文牍员，这使我那位妈妈感觉受到了奇耻大辱……所以，我获得了资金，也立即获得了母亲的怨恨……"

"喂，现在好像更舒服了！"在他俩复又走上大路的时候，伊万诺夫说道。

"是——是啊……如果再脱下靴子，怎么样？"

"来吧！"

他俩都脱掉靴子，赤脚走了起来。脚板深深地踩进温暖、柔软的沙地，在摆脱了沉重、夹脚的靴子之后，两只脚感到舒服极了。温暖的沙子从脚趾间滑过，不是在摩擦，而是在抚摸脚板。

"好啊。"萨宁充满快感地说。

太阳越来越热了。他俩出了城，沿着大路走下去。远方笼罩着一片雾霭，那雾霭随后消融了，远方又是蔚蓝和透明的了。在横贯道路的那排电线杆上，电流嗡嗡作响，一些燕子循规蹈矩地站在细细的电线上。在一旁的路基上，一列挂有蓝、黄、绿等各色车厢的旅客列车加速驶过。在车窗里和车厢连接处的小平台上，可以看到一些睡意惺忪、无精打采的面孔。那些面孔亮了亮相，便消失了。在最后一节车厢的小平台上，站着两位姑娘，她们头戴浅色的帽子，那年轻、健康的脸庞由于早晨的空气而焕发着清新。她俩执拗地、惊奇地盯着两位赤脚的快乐男子。萨宁冲她们笑着，在沙地上蹦跳，还高高地亮出那光光的脚后跟。接下来，是一片开阔的草场，那儿的青草浓密而又潮湿，赤脚走在那草地上，同样很舒服，很开心。

"幸福啊！"伊万诺夫说。

"不应该去死啊。"萨宁赞同道。

伊万诺夫斜眼瞥了萨宁一下：他不知为何觉得，萨宁在此时此刻应该想起扎鲁丁，尽管从扎鲁丁葬礼那天算起已过去很长时间了。但是，萨宁显然什么人都没想起，这使伊万诺夫感到奇怪，可也让他喜欢。

走过草场，又是一条大路，大路上是同样的大车、农夫和喜笑颜开的妇女。然后，出现了树木和苔草，接着，在阳光下闪烁的水面和修道院所在的山头也映入了眼帘，在那座山头上，一个十字架金星似的闪着光芒。

岸边有一些五颜六色的小船，还坐着一些身穿马甲和花衬衣的农夫，在经过一番漫长的、愉快的、开玩笑的讨价还价之后，萨宁和伊万诺夫在他们那里租了一条小船。

伊万诺夫坐下来划桨，萨宁掌舵，小船迅速、轻盈地沿着河岸漂去，在暗影和亮处一滑而过，船后留下一道道狭窄的、平缓的银色波纹。伊万诺夫的桨划得既快又好，一桨又一桨，迅捷而又平稳，使得小船一颤一颤地往前蹿，像是有生命似的。时而，船桨会沙沙作响地碰到树枝，于是，那些树枝便会在岸旁那幽暗的深渊上方若有所思地久久摆动。萨宁心满意足地用力扳动舵桨，使得河水发出一阵欢快的喧闹，翻滚起来，冒出气泡，让小船一个急转弯，驶进一个两边都是低矮灌木的狭窄水道。这里的水很深，四周很潮湿，很凉爽，也很暗。这里的水非常清澈，连水下两三米深处的黄色小石子和红鳍小鱼也能看得清，那些小鱼一群一群的，在快速地来回游动。

"最合适不过的地方。"伊万诺夫说，他的声音在幽暗的树枝间发出了愉快的回音。

小船带着轻轻的吱呀声靠在河边浓密的草丛中，一只不会叫的鸟儿从岸上飞了起来，伊万诺夫跳上了岸。

"全人类都居住在大地上！……"他用那有力的男低音唱了起来，空气因为他的嗓音而颤动，在嗡嗡地作响。

萨宁笑着跟在他后面一跳，齐膝地落在那苗壮的草丛里，接着便迅速地往高高的岸上跑去。

"找不到更好的地方啦！"他喊道。

"也没有必要去找：阳光之下，哪儿都好……"伊万诺夫在下面答道，开始从船上取下伏特加酒、黄瓜、面包和一小包下酒菜。

他把这些东西全都拿到一棵大树旁松软的高坡上，在草地上摆放开来。

"一个卢库卢斯①在另一个卢库卢斯家做客。"他说。

"他很幸运啊。"萨宁总结道。

"不完全幸运,"伊万诺夫带着玩笑的伤心反驳说,"我们忘带酒杯了。"

"呸。"萨宁愉快地说道,"也没什么,我们来做……"

他像是什么也没想,只在享受着阳光、温暖、绿阴和自己迅速灵活的动作,他爬到树上,选中一截不太老的绿树枝,用刀子砍了起来。柔嫩的树枝很容易砍进去,一些散发着清香气味的白色小木屑纷纷落在绿色的草地上。伊万诺夫抬头看着萨宁,这个姿势使他能够轻松、愉快地呼吸,所以他一直在欢快地微笑着。

一根树枝断开了,轻轻地落在草地上。萨宁从树上跳下来,开始用那截树枝凿一个小杯子,他努力地不弄破树皮。最后,一个像模像样的、好看的小杯子做成了。

"老兄,我想过一会下水洗洗澡。"伊万诺夫说道,同时认真地看着萨宁干活。

"好事一桩啊。"萨宁愉快地同意了,他用刀子又剜了剜,然后将做好的小杯子扔到了空中。

他俩坐到草地上,胃口很好地喝着伏特加,吃着多汁多味的绿黄瓜。

已经是正午了。太阳高高地挂着,到处都很热,甚至在绿阴下也不凉快。

"我受不了了!"伊万诺夫说,"心里闷得慌!"

---

① 卢库卢斯(又译卢卡拉斯,约公元前 117——前 56),古罗马大将,以富有、奢侈和大摆宴席而著称。

他不会游泳，于是，他急忙脱了衣服，找了块最浅、最清澈的水面钻了进去，在那里，能清楚地看到水底那淡黄色的平缓沙地。

"嚯，真棒。"他说着，蹦跳着，将闪亮的水花溅得老远。

萨宁不慌不忙，看着伊万诺夫，脱了衣服，然后奔跑着跃进水中，他一起一伏的，向对岸游去。

"你会淹死的。"伊万诺夫喊道。

"淹不死我的。"萨宁愉快地喷出水花，笑着回答。

他俩愉快的声音在明亮的河流和绿色的草场上久久地、欢乐地回响着。

然后，他俩爬上岸来，赤身裸体地躺在柔软、清新的绿草上。

"好啊！……"伊万诺夫说着，翻过身来，将自己宽阔的后背朝向太阳，背上的那些小水珠闪着亮光，"我们在这里建两间茅屋吧……"

"让茅屋见鬼去吧！"萨宁愉快地喊了起来，"没有茅屋也好啊，无论什么样的茅屋，都早就让人讨厌了！"

"嚯，啊！嘣嚓—嚓！"伊万诺夫喊道，走起某种奇异、欢快的舞步来。

萨宁放声大笑，他站在伊万诺夫的对面，也同样走起了那种舞步。

他俩赤裸的身体在阳光下闪亮，在绷紧的皮肤下面，肌肉在急速、有力地运动。

"嚯！"伊万诺夫喘不过气来了。

萨宁一个人又跳了一阵，然后来了个前滚翻。

“来吧，不然我要把酒喝光啦。”伊万诺夫向他喊道。

穿上衣服后，他俩吃光了黄瓜，喝干了伏特加酒。

“现在要是有凉啤酒……就好啦！”伊万诺夫幻想地说。

“我们走吧。”

“走。”

他俩争先恐后地跑下河岸，跑到小船上，接着迅速地划动了小船。

“闷热啊。”萨宁说着，幸福地眯起眼睛看着太阳，伸开四肢平躺在舱底。

“要下雨了。”伊万诺夫说，“来把舵啊……见鬼！……”

“你一个人也能划得到。”萨宁反驳说。

伊万诺夫搅动船桨，把水溅在萨宁的身上，那些明亮清澈的水花被阳光映得透明，瀑布似的落在四周。

“谢谢你的降温。”萨宁说。

当他俩从一个绿色小岛旁经过时，听到了一阵愉快的叫声、水声和女人们欢乐响亮的笑声。这天是节日，有许多人出城来这里散步和游泳。

“姑娘们在游泳。”伊万诺夫说。

“我们看看去。”萨宁说。

“她们会看见的。”

“不，我们就在这里靠岸，然后沿着苔草走……”

“别去管她们吧。”伊万诺夫说道，脸有些红了。

“我们走。”

“怪不好意思的。”伊万诺夫玩笑地耸了耸肩膀。

“什么？”

“是啊……这可是姑娘们哪。不好……”

"你这个傻瓜，"萨宁笑着说道，"你会心满意足地看上一眼的。"

"如果是一个姑娘的话……那么些姑娘，谁敢……"

"得了，我们去吧……"

"饶了我吧……"

"呸！"萨宁说道，"没有一个男人不想看漂亮的裸体女人……甚至没有一个男人，一生中没看过一次，至少也粗粗地看过一次，而……"

"这话不错，"伊万诺夫赞同说，"可毕竟……如果你自己有这个看法，那就直接走过去罢。还躲什么躲！"

"朋友，这样能看到更多的美妙啊。"萨宁开心地说道。

"当然，这相当舒服……可你得有所克制啊……"

"为了童贞？"

"至少……"

"别至少了，再多也没什么用！"

"唉，好吧。"

"唉……要知道，你我都没有了这样的童贞……"

"如果是眼睛诱惑你，就把眼睛抠掉。"伊万诺夫说。

"别像斯瓦罗日奇那样说蠢话了，"萨宁笑了起来，"上帝给了你眼睛，干吗要把它们抠掉呢？"

伊万诺夫笑着耸耸肩膀。

"这样吧，老兄，"萨宁说着，让小船向岸边驶去，"如果你在看到裸体女人的时候没有产生任何欲望，那你就是一个纯洁的男人……我就会头一个为你的童贞感到吃惊……虽说我不会模仿你，很有可能，还会把你送进医院……如果你的内心有了欲望，还表现了出来，那你就克制它吧，就像制伏院子里的一条狗，这样一来，你那个童贞也就一钱不值了！"

"是这样的，只是如果不克制的话……只怕有人会闯出祸来的！……"

"什么祸？如果说情欲有时也会弄出祸来，那这也不是情欲自身的错……"

"比方说，它……你不用解释了！"

"好吧，我们走？"

"可是我难道……"

"傻瓜，瞧……脚步轻点！"萨宁笑着说。

他俩几乎是匍匐着经过清香的草地，悄悄地拨开簌簌作响的苔草。

"看哪，老兄！"伊万诺夫兴奋地说道。

从草地上那些五颜六色的上衣、裙子和帽子来看，游泳的是一些小姐。有几位小姐在水中，她们拍打起水花，笑个不停，河水轻柔地浸润着她们丰满娇嫩的肩膀、手臂和乳房。有一个身材匀称的高个姑娘，挺直身子站在岸上，她浑身洒满了阳光，像是通体透明的，她的皮肤是粉红色的，很是娇柔，她在笑着，由于发笑，她那粉色的小腹和挺拔高耸的处女乳房都在愉快地颤动着。

"嚯，老兄！"萨宁怀着真正的喜悦说道。

伊万诺夫却害怕地往回爬去。

"你干吗？"

"轻点……这是卡尔萨维娜！"

"真的？我甚至没看出来……她多美啊！"萨宁大声说道。

"是—啊。"伊万诺夫咧开嘴贪婪地笑着，说道。

这时，姑娘们听见了他俩的声音，也许还看见了他俩，响起一阵喊声和笑声，身材匀称、灵巧的卡尔萨维娜，惊慌失措，迎面向他们这边跑来，迅速地跳进清澈的河水中，河面上只露出她那张粉色的脸庞，脸上是一双闪亮的眼睛。

萨宁和伊万诺夫感到既幸福又激动，他俩慌慌忙忙地，在苔草丛中磕绊着，往回跑去。

"啊—啊……活在世上真好啊！"萨宁说道，他伸了一个舒展的懒腰，然后高声唱了起来：

> 从小岛驶向河的中央，
> 驶向河面辽阔的波浪！……

在那些绿树后面，很久还能听到女人们惊慌、不安和欢快的笑声，她们既感到害臊，又觉得有趣。

"暴风雨要来了。"在他们回到船边的时候，伊万诺夫看了看天上，说道。

树木已经暗了下来，阴影迅速地浮游在绿色的草场上。

"嗨—嗨，老兄……跑吧！"

"往哪儿跑？没处躲！"萨宁愉快地喊道。

乌云静静地、不带风声地越来越近了，已经变成了铅灰色。一切都静了下来，四周的湿气越来越浓，天色越来越暗。

"淋湿了也好啊。"伊万诺夫说，"给支烟抽抽吧。"

一个微弱的火团燃了起来，在自天上压来的铅灰色的黑暗之下，这微弱的黄色火光中似有什么奇异的东西。一阵风出人意料地刮来，翻滚着，呼啸着，吹灭了火苗。一滴硕大的雨水砸在小船上，又一滴落在萨宁的脑门上，紧接着，树叶沙沙地响了起来，水面也啪啪有声。一切转眼都暗了下来，大雨倾盆而下，用其奇妙的雨声盖过了所有的声响。

"这很好啊。"萨宁说道，动了动那立即被湿衬衣粘上了的肩膀。

"是不错。"伊万诺夫回答，但他却像一只落汤鸡，闷闷不乐地坐在那里。

乌云不见稀疏，可雨水却迅速变小，已是断断续续的了，在洒向潮湿的草木、行人和水面，在那水面上，似有一枚枚铁针在跳跃。天空一片黑暗，在森林那边的什么地方，有闪电掠过。

"好吧……回家吧，啊？"伊万诺夫说。

"反正一样，可以回了。"

他俩把船划向开阔、灰暗的水面，水面上覆盖着低低的、沉沉的乌云。闪电越来越频繁地闪现，从此处就能看见它们划破黑色天空的可怕火光。雨完全停了，空气变得干燥起来，雷雨的气息在不安地扩散。一些黑色的、羽毛不整的鸟儿，低低地紧贴着水面惊慌地飞过。挺立的树木是深色的，静止的，在铅灰色的天幕中现出了清晰的轮廓。

"嚯—嚯。"伊万诺夫说。

当他俩走上了被雨水打得很实的沙地，四周全都暗了下来，静了下来。

"马上还要下！"

乌云翻滚着，越来越低，将那不祥的、白花花的肚皮贴向地面。

突然，风又带着新的力量刮了起来，卷起尘土和落叶，随着一阵可怕的劈啪声和轰隆声，随着一道闪光，整个天空裂成了两半。

"哦—嗬—嗬!"萨宁喊了起来,试图压倒那充斥四周的、惊天动地的雷声。但是,甚至连他自己都没听见自己的声音。

当他俩走上田野,天色已完全黑了。只有在闪电掠过的时候,他俩那走在沙地上的清晰黑影才从黑暗中显现出来。雷声轰鸣,响成一片。

"哦……啊……哦……!"萨宁高喊。

"什么?"伊万诺夫竭尽全力地叫了一声。

一道闪电闪过,于是,他看到了一张幸福的脸,脸上有一双闪亮的眼睛。

伊万诺夫没听清楚。他有些怕雷雨。

当闪电再度亮起,萨宁伸开双臂,全身心地感受着生机和力量,他敞开喉咙,久久地、幸福地拉长声音对着雷声喊叫,那雷声隆隆作响,从天空那强大旷野的一端滚向另一端。

三十六

　　阳光灿烂，像是在春天，但是，在那透明地站立于树林之间的、难以觉察的温和寂静里，已有了些秋意，树木的不同部位染上了枯黄的死亡色彩。就在这样的寂静中，单调的鸟语零乱地响起，一些大昆虫发出响亮、慌张的嗡嗡声，在它们那行将灭亡的王国上方不祥地跑来飞去，在那个王国里，已没了绿草和花朵，只生着高大、野性的蒿草。

　　尤里缓慢地徘徊在花园的小道上，用那双陷入沉思的大眼睛看着四周——看着天空，看着黄色和绿色的树叶，看着静静的小道和玻璃似的水面——似乎是在最后一次地看这一切，竭力想要记住，铭心刻骨，永远也不忘记。

　　一阵忧伤轻柔地漫过心灵，这忧伤的来由是模糊的。总是觉得，似有一种宝贵的东西在每时每刻地越离越远，这东西可能出现，但它却从未出现，也永远不会再出现了。他痛苦地感到，这都是他自己的过错。

　　莫非那就是青春，就是他不曾得到的也不会重现的青春的幸福；莫非那就是巨大的隐秘的事业，虽说他也曾置身于这事业的最中心，但这事业最终却从他的身边一滑而过了。这件事情是怎么发生的，尤里也无法弄清楚。他曾确信，在他心灵的深处蕴藏着许多力量，足以摧毁整座整座举世闻名的山崖，蕴藏着一种可涵盖天地四方的智慧，其广度在世界上是独一无二的。这种自信由何而来，尤里无法说清，也羞于向任何人大声宣布这一点，哪怕是面对一个最亲近的人。然而，这自信是有过的，甚至是在那样的时候，当他清楚地感觉到他很快就会疲倦，他很多事情都干不了，他只会袖手旁观地思考生活。

"有什么办法……"尤里想着，忧伤地看着河水，饰有黄色和红色花边的河岸倒映在镜子般的河面上。

"也许，这就是最好的、最聪明的事情！"

充满智慧和敏感，沉思地袖手旁观着生活，带着嘲讽和忧伤的微笑看着那些注定死亡的人毫无意义地奔忙，这样一个人的形象，他觉得，才充满着诱人的美丽。但是，这里也有某种虚空；在心灵的深处，他希望有人能够看见，能够懂得，以这样一个姿势俯瞰着生活的尤里是多么的漂亮，于是，尤里很快发觉自己是在寻求自我安慰，便怀着痛苦的情感惭愧起来。

当时，为了摆脱这个沉重的意识，尤里上千次地对自己说，无论生活是什么样子，无论什么人对生活的错误负有责任，归根结底，生活那滞重的、似乎是洪大的潮流都将谦逊、愚蠢地淌进死亡的黑洞，在那黑洞里，对于人是怎样生活的、为什么而生活的这类问题，已没有了评价。

"我是作为一个人民的代言人、一个最伟大的学者、一个最深刻的作家死去，还是仅仅作为一个闲散、忧郁的俄国知识分子死去，还不是都一样！一切都是无稽之谈！"尤里沉重地想着，转身向屋子走去。

在这黄金日子透明的寂静里，他变得过于忧伤了，他甚至更清晰地听见了自己的思想，强烈地感觉到了往昔之缓慢但却无误的启程。

"瞧，是柳丽娅跑过来了。"看到绿色和黄色的灌木丛中有什么粉红的、欢乐的东西轻盈地闪过，尤里想到，"幸福的小柳丽娅！……像只蝴蝶一样活着，生活就在今天，她什么也不需要……唉，我要是能这样生活就好了！"

但是，这个念头只是表面的：尤里觉得，他的智慧，他的忧愁，他的苦难，以及那些给他带来极大痛苦的思索，都是非常罕见的，无比珍贵的，不能将它们替换成柳丽娅那种螟蛾般的生活。

"尤拉，尤拉！"柳丽娅用响亮的、歌唱般的声音高喊道，虽说相距只有三步远了。接着，她满脸挂着一种顽皮阴谋家的笑容，默默地将一个窄窄的粉色信封递给了尤里。

"谁写来的？"尤里预感到了什么，不怀好感地问道。

"是济娜·卡尔萨维娜写来的。"柳丽娅得意地、与此同时又是神秘地宣布道，还立即伸出一个指头，吓唬尤里。

尤里满脸通红。他觉得，在这由妹妹传递书信的举动中，在这粉色的信封和香水的气味中，有某种庸俗的东西，而他自己，一个幸福的收信人，也是相当可笑的。他突然一下缩起身来，似乎向四面八方伸出了刺状的羽毛。而柳丽娅与他并肩走着，充满了特别的欣喜，那些多情善感的姐妹们总是带着这样的欣喜参与亲兄弟们的婚事，她开始唧唧喳喳地说道，她非常喜欢卡尔萨维娜，她感到非常高兴，等到他们结婚，她会感到更加幸福的。

"结婚"这个不幸的字眼在尤里的脸上表现为浓重的羞红和凶狠的目光。一段外省罗曼史，伴有粉色的书信和代理人姐妹，伴有合法的婚姻、家务、夫人和孩子，呈现在他的面前，却恰恰带有那种庸俗、软弱的甜腻，他在世上最怕的就是这样的甜腻。

"唉，饶了我吧，求求你……这有多愚蠢啊！"他几乎是在带着仇恨挥手赶开柳丽娅，结果显得非常粗鲁，使柳丽娅生起气来。

"你装什么样子……爱上了就爱上了呗，这有什么呀！"她噘着嘴唇说道，怀着无意识的女性报复心，她又添了一句，触到了他的最痛处，"我不明白，你们干吗总要把自己装扮成不同寻常的英雄呢！"

她晃了晃粉色尾巴似的衣服下摆，轻蔑地露了露透花的长袜，朝屋里走去，就像一个受了欺负的公主。

尤里用他那双严厉的黑眼睛恶狠狠地目送着柳丽娅，脸红得更厉害了，他拆开了信。

"尤里·尼古拉耶维奇，如果您能够，如果您愿意，请在今天来修道院。我将和姨妈一起去那里。她在斋戒，不会走出教堂。我很无聊，也有很多话要对您讲。请您来吧。我给您写信，这也许很不好，但请您还是来吧。"

尤里淡忘了他想过的一切，怀着某种肉体欢乐的奇异激动读了这封信。在短短的一句话里，突然之间就能非常鲜明地感觉出一个年轻、纯洁的姑娘来，她正在信赖地、天真地敞开自己爱的秘密。仿佛她已经走来，她是无力的、胆怯的、恋爱着的，她已经无法抗争，完全不知道将来会怎样，而把自己的全副身心都交到了他的手上。最终的结局在意外地逼近，这种感觉带着攫人的颤抖，令他苦恼地充满了他的整个身体。他如此近距离地、已不可避免地感觉到，那女性的青春，那初次裸露的、还有些害羞的纯洁躯体，那女性头发的气息，那双畏惧的、幸福的、噙着露水般明亮泪滴的眼睛，全都属于自己了。

他试图嘲讽地笑一笑，但没能笑出来，一切都淹没在贪婪幸福的冲动之中，使得尤里感到，他似乎是一只鸟儿，飞过花园里高高的树冠，飞向那蔚蓝色的、充满阳光的天空。

整整一天，他的心都是明朗的，他感到体内充满着如此多的力量，每个动作都会使他获得新鲜、充实的快感。

临近傍晚，为了避免在沙地上徒步行走，他雇了一辆马车，向修道院赶去。一路上，面对整个世界他无意识地感到害羞，便朝这个世界微笑着。

在码头，他换乘上一只小船，一个汗流浃背的健壮农夫快速地划起船，送他去山脚。

尤里始终弄不明白，他感受到的究竟是什么，当小船驶出混乱狭窄的河道，驶入宽阔的水面，那水面将水底的潮湿气息轻柔地吹向人们的脸庞并突然展现在他的面前，只是在这个时候，尤里才自觉地明白了，他是幸福的，这幸福是那个天真的粉色信封带给他的。

"这有什么……还不都一样，老实说……"尤里觉得有必要自我安抚一番，"她生活在这样一个小天地里……一段县城里的罗曼史？就算是段罗曼史吧！……"

河水发出有节奏的潺潺声，拍打着船舷，在一旁流过。绿色的山冈带着它那独特的、充满了森林之昏暗和潮湿的气息，迅速地迎面逼近了。沙滩沙沙作响，随着从小船那儿涌来的波浪发出汹涌的涛声，然后又退了回去。尤里走下小船，不好意思地给了船夫半个卢布，然后往山上走去。

静静的黄昏已徘徊在林间，它的暗影远远地落在了山脚。沉静的湿气从地面腾起，黄色的树叶上覆盖了一层昏暗，于是，树林似乎又像夏天里一样了，翠绿而又浓密。在山上，在修道院的围墙内，既清洁又安静，就像是在教堂里。一棵棵杨树整齐地、严峻地站在那里，像是在做祈祷。在那些杨树之间，有一些身材瘦长、一袭黑装的僧侣走过，就像是悄无声息的傍晚的幽灵。在教堂那一个个黑暗的门洞里，闪现着一星星祷告的灯火。周围散发着一种非常淡的气味，没办法分辨出，这究竟是陈年神香溢出的气息，还是刚刚枯萎的杨树叶散发出的味道。

"啊，您好啊，斯瓦罗日奇！"有人在后面喊道。

尤里迅速地回头一看，见是沙夫罗夫、萨宁、伊万诺夫和彼得·伊里奇。他们这黑糊糊、闹哄哄的一伙人，正走过院子。黑衣僧侣们不安地看着他们，甚至连那些杨树似乎也丧失了它们在"祷告"时应保持的静立，因这突如其来的喧闹和运动而惶恐起来。

"我们都在这里啦！"沙夫罗夫说着，走到尤里跟前，他敬重尤里，便透过自己那副圆圆的眼镜友好地看着尤里的眼睛。

"好事啊。"尤里迫不得已地嘟囔道。

"要不，您也和我们一起走吧？"沙夫罗夫走得更近了，恳求地说道。

"不了，谢谢，真的……我在这里不是一个人。"尤里拒绝了，迫不及待地躲开了。

"嘿，能有什么事啊！"伊万诺夫反驳道，带着粗鲁的好心抓住了尤里的一只胳膊，"我们走吧！"

尤里不友好地固执己见，于是，他俩便有些可笑地相互拉扯起来，朝着不同的方向使着劲。

"不行，真的，我去不了！……也许，我随后再去找你们……"尤里越发迫不得已地又说了一遍，他觉得，对于他来说，这种过分亲昵的拉扯完全是不合适的，有失尊严的。

"那好吧……"伊万诺夫什么也没觉察出来，放开了尤里，"那我们就等您……您要来啊！"

"好的，好的……"

他们笑着，挥舞着手臂，走出了院墙，四周复又肃穆、寂静起来，像是在做祷告。尤里摘下帽子，怀着一种嘲笑和胆怯相互混杂的情感，走进了教堂。

刚刚绕过众多黑色圆柱中的第一根柱子，尤里就立即在一片昏暗中看到了卡尔萨维娜，她穿一件灰色的短衫，戴一顶圆圆的草帽，这使她有了一副女中学生的模样。尤里的心颤抖了一下，这颤抖就像鸟的恐惧，就像猫在跃起之前的颤抖。她身上的一切都让他感到有滋有味的可爱：她的短衫，帽子，脑后那白皙脖子上方编成辫子的黑头发，以及那在一位修长、丰满、成熟的姑娘身上所体现出的十分迷人的女中学生模样。

她感觉到了尤里，便回首一望，于是，她那双黑色的眼睛虽然还是谦逊严肃的，却在深处流露出一种惊恐的欣喜。

"您好。"他压低声音说道，但声音还是太响了，他不知道，在这种地方能不能握手。

几个在近处做祷告的女人回头看了看他俩，她们那些黑糊糊的干瘪的脸让尤里感到害羞。他的脸红了，而卡尔萨维娜似乎猜出了他的害羞，便带着母亲般的情感来帮助他，她微微一笑，用那双钟情的眼睛温柔地向尤里递来一个恐吓的眼神。尤里幸福地一笑，僵在了那里。

卡尔萨维娜不再看他，频频地画着十字，但尤里却始终"知道"，她所感觉到的只有他的在场，于是，他俩之间便形成了一种隐秘、柔韧的联系，心灵在因这一联系而跳动，而紧缩，周围的一切也都显得神秘、奇异起来。

教堂那黑色的面孔，连同它那或歌唱或诵读的奇异声音，连同那如夜间的小灯一般闪烁着的烛光，连同那些沉重的叹息声和入口处那些单调而响亮的脚步声，在用一副庄重、严厉的眼睛看着尤里，在这片昏暗、严厉的寂静之中，他清晰地听见了自己那颗渺小的、轻盈的、正在有力地跳动着的心脏。

他静静地站着，看着她黑头发下方那白皙的脖子，看着灰色短衫勾勒出的腰身的柔和的曲线，他感觉到这一切都如此之好，连心都酥软了。于是，他想这样站着，好让大家全都看见，虽然他不相信这里的所有东西——唱诗、诵经、烛光，但他对大家怀有的情感，却完全是善良的好意。尤里自己也发觉了，自己的情绪与早晨有过的那种忧愁的怨恨已大不相同了。

"这就是说，还是能够幸福的？"他的内心在微笑，他问道，然后又立即严肃地回答，"那当然！……我思考过死亡，思考过无意义的生活，思考过理性目的的缺乏以及诸如此类的问题，我思考过的这一切，的确是正确的，合理的，但毕竟还是能够幸福的……我此刻就是幸福的，而这正是由于这位我不久之前还完全不认识的神奇的姑娘……"

尤里的脑中产生出一个有趣的想法，似乎在从前，在他俩还都是可笑的小男孩和小女孩的时候，他俩有可能在什么地方见过面，他俩彼此看了一阵，又分开了，并没有料到，他俩都将成为对方在世上最为珍贵的东西，他俩将彼此相爱，她会为了他而脱光衣服，赤身裸体……

最后那个想法是突然涌进他的脑海的，尤里感到非常害羞，但与此同时他又觉得很好，他的脸一直红到了耳根，很长时间都害怕看她。

而她，已在他的想像中被脱光了衣服的她，就站在前面，穿着灰短衫、戴着圆草帽的她，可爱而又清纯，她在无声地祈祷，希望他也能那样温情，热烈地爱她，就像她爱他一样。

似乎，某种净化的东西由她传导给了他，因为那些无耻的想法都退到什么地方去了，尤里的内心也变得安宁和纯洁了。

于是，感动和爱的泪水温暖地涌上了尤里的眼睛。他抬起眼睛，看到了圣像壁上那被烛光映出星星亮点的黄金，再往上些，是十字架上的两根横木，于是，他怀着那种早已忘却的情感，带着不习惯的紧张，在心里喊道：

"主啊，如果你存在，就让这姑娘爱我吧，也让我永远爱她，就像此刻一样！"

他为自己的冲动感到有些害臊，但是这一次，他仅仅迁就地对自己笑了笑：

"这只不过是……就这样吧！"他想到。

"我们走吧。"卡尔萨维娜招呼了他一声，她的声音很轻，近乎耳语，又像是一声叹息。

他俩怀着内心的宁静，庄重地走出教堂来到台阶上，似乎随身带走了所有这些轻轻的唱诗声和响亮的诵经声，带走了一声声叹息和烛光的闪烁；他俩并肩走过院墙，穿过陈旧的院门，往山上的一处悬崖走去。这里一个人也没有，一堵古老的、带有几座斑驳小塔楼的白色院墙，将他俩与众人隔开了。

在他俩脚下的悬崖上，几株橡树高扬着鬈发般的树冠，而在远处的山脚，河流泛着白光，绿色的草场和原野铺向远方，一直伸展到暗淡的天边。

他俩默默地走着，在悬崖的最边缘停了下来，不知道该做什么。有什么东西让他俩感到害怕，不敢去做。似乎，他俩永远也不会有足够的力量去说出什么话，做出什么事，但是，卡尔萨维娜抬起了头，结果，事情完全出乎意料，变得非常简单了：她的嘴唇碰上了尤里的嘴唇。卡尔萨维娜脸色苍白，浑身颤抖，僵在那里，尤里则默默地拥抱了她，自己的手第一次感觉到了那温暖、柔软的身子。四周一片宁静，他俩觉得，整个世界都在这庄严而又紧张的安宁中静止不动了。

耳朵里似乎在嗡嗡作响，但尤里觉得，是一口无形、无声的大钟在威严地报出相会的时辰。

然后，她挣脱开来，微笑了一下，往回跑去。

"姨妈在找我……您等等……我马上回来……"

后来，尤里再也想不起来了，是她用那响亮的、在黑树林中引起回声的嗓音喊出了这几句话，还是温暖的晚风给他递来了这轻盈的、断断续续的耳语。

他坐在草地上，用手抚摩着头发。

"这一切多么愚蠢，又多么美好！"他幸福地微笑着，想到，他闭上眼睛，耸了耸肩膀，仿佛就在这一时刻，他抛弃了自己先前所有的思想、疑虑和痛苦。

卡尔萨维娜跑到院门旁，停了下来。她的心在剧烈地跳动，她的脸也在发烧。她把手紧紧地按在起伏不止的左乳下方，在墙上靠了一小会儿。

然后，她睁开眼睛，神秘地看了看四周，轻松地喘了一口气，撩起黑色的裙子，急速地迈动年轻的双腿，在通向客房的小道上跑了起来，还离得老远，她就对那位坐在台阶上等候着的面色阴郁的老姨妈喊了一声：

"我就来，姨妈，我就来！"

三十七

　　起初，远方暗淡下来，接着，雾中的河流也变得朦胧了，从山下，从绿色的草场上，传来了遥远的马儿的嘶鸣，草场上的篝火也亮了起来。

　　而尤里却一直坐在悬崖上，一边等着，一边机械地数着草场上的篝火堆：

　　"一个，两个，三个……不，还有一个……在最天边……勉强能看见……就像一颗小星星！……要知道，那里此刻也坐着一些高大的人们，那些在夜间出来放牧的农夫，他们正在煮着土豆，说着话……篝火愉快地燃烧，腾起火焰，劈啪作响，可以听见马儿在打着响鼻……可从这里看去，却完全像个小火星……眼看就要熄灭了！"

　　他很难思考任何问题，似乎，在那欢腾的幸福发出的轰鸣之后，他已听不清自己的思想了。他久久地坐在那儿，感觉自己的身上正在聚集起韧性和力量，似乎准备去做一件不可能有意识地去对其进行思考的事情。他一直在感受着自己与那年轻的、暂时还被一层薄薄的衣料所掩饰着的身体的第一次接触，与那微微启开的鲜嫩双唇的第一次接触，时而，他会惊恐地对自己说道：

　　"她马上就要来啦！"

心颤抖了一下，像是要停止跳动，身体却绷得越来越紧，变得有力、活跃、大胆了。

就这样，满怀期待的他，坐在悬崖上，无意识地倾听着遥远的马儿的嘶鸣、河对岸大雁的叫声，还有树林和夜晚那成千上万种难以觉察到的声响，在大地上方高高的空中，这些声响就像是琴弦上的颤音。

当他听到一阵急促的、不匀称的脚步声，没有转身，他就知道这是她，于是，他整个身体都颤抖起来，为爱情、欲望和对决定性时刻的恐惧所控制了。

卡尔萨维娜走到近旁，站在那里，连她那断断续续的喘息声都能听见。突然，尤里感觉到一阵欢乐的自信，要去做一切应该去做的事情，他立即转过身去，带着一种突如其来的胆量和力量，一把搂住她，抱起她，顺着草坡向下走去。

"我们会摔倒的！"她小声说道，由于幸福和害羞而喘不过气来。

又一次，尤里把她的身子搂在了怀里，他时而觉得她是硕大的、丰满的，像一个妇人，时而又觉得她是娇小的、脆弱的，像一个小姑娘。透过裙子，他的手感觉到了她的大腿，他要抚摸她的大腿，这个想法甚至让他感到害怕。

在下方，在树林里，已是一片黑暗，只有在高处，透过那切割着明亮天空的悬崖的边缘，才有黄昏那暗淡的光倾泻而下。尤里把姑娘放在草地上，自己也坐了下来，由于这是一个斜坡，他俩便像是并排躺着的了。借着暗淡的光线，尤里找到了她滚烫、柔软的嘴唇，便用一阵柔韧的、急切的吻折磨起那柔唇来，这些热吻就像是烧红的铁块发出的白色火焰，在烧灼他俩陶醉的躯体。

这时，出现了为一股霸道的兽性力量所左右的彻底的疯狂。当尤里的手胆怯地却又放肆地摸了一下她的大腿，卡尔萨维娜没有抗拒，只是在发抖，似乎还从未有人这样摸过她。

"你爱我吗？"她断断续续地问，她那隐没在黑暗中的嘴唇发出的絮语是奇异的，就像森林中一阵轻盈、神秘的响声。

于是，尤里突然恐惧地问自己道：

"我在干什么？"

这个冰冷的明晰概念触到了滚烫的大脑，于是，一切都一下子变得空虚了，变淡了，变浅了，就像是在冬日里，其中已无生命，也没了力量。

她微微睁开闪着白光的眼睛，带着朦胧、慌乱的疑问向他靠去。但是突然，她也迅速地向四周看了一眼，看清了他的脸，也看清了自己，一阵难以忍受的羞耻感使她浑身发烫，她迅速地甩了甩裙子，坐起身来。

一大堆痛苦的情感充满了尤里的内心：他觉得就此罢手是不可能的，这似乎很可笑，也叫人反感。他慌乱地、荒谬地试图继续下去，想朝她扑过去，然而，她也同样慌乱地、荒谬地自卫着，一阵短暂的、无力的拉扯，使尤里充满一种可怕、无望的意识，意识到了这种可耻而又可笑、讨厌而又糟糕的处境，结果，那拉扯真的就显得可笑而又糟糕了。又一次，似乎就在她已经失去力量、正准备服从他的那个瞬间，他又慌乱地放开了她。卡尔萨维娜短促地、断断续续地喘着气，犹如惊弓之鸟。

出现了一阵没有出路的沉重的沉默，然后，他突然说道：

"请……您原谅我……我疯了……"

她喘得更急了，于是他明白，不应该这样说话，这是侮辱人的。他那软弱无力的身体上全是汗水，他的舌头似在违抗他的意志，他又嘟嘟囔囔地说了起来，说到他今天的所见，然后说到他对她的感情，又说到他那些想法和疑虑，这些想法和疑虑一直充斥于他的内心，让他自己感到迷恋，他也常常用那些想法和疑虑来迷惑她。但是，这一切如今都显得是不得体的，不自如的，没有活力的，声音听起来也是虚假的，终于，尤里打住话头，他突然感觉到一个愿望，就是让她走开，就是无论如何也要让这难以忍受的可笑处境告一段落，哪怕是暂时的中止。

也许，她也感觉到了这一点，或者是有同样的感受，因为她也在刹那间屏住呼吸，胆怯地、央求地低语道：

"我该走了……我要走……"

"怎么办，怎么办？"尤里浑身冰凉，问自己道。

他俩站着，都不看对方。尤里为挽回先前的一切做了最后一次努力，他软弱无力地拥抱了她一下。于是，在她心中突然又产生了某种母性的情感。似乎，她觉得自己比他更有力，姑娘温柔地靠在他身上，直对着他的眼睛，露出了一个鼓励性的可爱笑容。

"再见……明天来找我……"

她吻了他一下，那么温情，那么用力，竟使得尤里的脑袋无助地晕眩起来，一种情感，类似对她的仰慕，温暖了他那慌乱的心灵。

在她走开的时候，尤里久久地倾听着她的脚步声，然后，他找到自己那顶满是落叶和泥土的帽子，抖了抖，戴在头上，便向坡下走去，走向那家旅馆，远远地绕开卡尔萨维娜可能经过的那条小道。

"有什么办法？"他在黑暗中迈着步，想到，"难道该玷污这个纯洁、神圣的姑娘吗……一定要那样结束吗，就像每个处在我这种境地的俗人都会做的那样？……上帝保佑她……这会很卑鄙的，谢天谢地，如果说我还能够拒绝做那样的事情！这有多么卑鄙啊：马上就干，几乎不说一句话，就像野兽一样！"他想到那不久之前还使他充满了幸福和力量的东西，在这样想着的时候，他已经带有了厌恶的情感。

但是，他的内心仍有什么东西在忧伤，在徒劳的苦闷中破碎，激起一阵无声的、沉重的羞耻感。他觉得，甚至连手脚都有些笨拙了，动的不是地方，帽子扣在头上，就像一顶高帽。

"难道我还有能力活下去吗！？"他在一阵突如其来的绝望中问道。

三十八

在修道院旅馆那宽宽的走廊里，散发着面包、茶炊和神香的气味。一个动作麻利的健壮僧侣捧着一个西瓜似的大茶炊，正往什么地方赶去。

"神父。"尤里说着，不由得因这一称呼而窘迫起来，他料到，那僧侣也会感到窘迫的。

"您有什么吩咐？"那人透过一团水蒸气看着尤里，恭敬而又镇静地问道。

"你们这里好像有一帮从城里来的人。"

"他们在七号客房。"僧侣立即答道，似乎早就料到了这个问题，"请这边来，上到台子上来……"

尤里推开七号客房的门。这个大房间里很暗，整个房间似乎都充满了烟雾。门外的阳台上是明亮的，只听得酒瓶在丁当作响，人们在笑着，叫喊着，不停地来回移动。

"生活，就是一种难以治愈的疾病！"尤里听到了沙夫罗夫的声音。

"你才是一个难以治愈的傻瓜呢！"伊万诺夫大声地应道，"唉，你呀……就会玩弄辞藻！"

当尤里进屋时，大家全都发出了欢乐的、醉醺醺的惊叹，来迎接他。沙夫罗夫跳了起来，他从桌子后面挤过来，差点蹭掉了桌布，他用双手握着尤里的手，多情地低声说道：

"您来了，这太好啦！谢谢，真的！……的确，真的……"

尤里在萨宁和彼得·伊里奇之间坐下来，四下看了一看。阳台被两盏灯和一只灯笼照得很亮，这让人觉得，在亮处之外还有一堵密不透光的黑墙。但是，转身背对着灯光，尤里依然相当清楚地看到了晚霞那淡绿色的长带、山峰那隆起的剪影、近处树木的树冠和远处山脚下那微微闪亮着的睡意惺忪的河面。

一些飞蛾和甲虫从树林飞向灯光，它们旋转着，落下来，再跳起来，又静静地在桌子上爬动，在灯火带来的毫无意义的死亡中慢慢地死去。

尤里看着它们，忧伤起来。

"我们人类也是这样，"他想到，"我们也同样在飞向灯火，飞向每一个闪亮的思想，我们围绕着那思想乱撞，在痛苦中死去。我们以为，这思想就是世界意志的表现，而它只不过是我们大脑的一阵发热！……"

"喂，我们来喝两口？"萨宁问道，友好地递给他一瓶酒。

"可以。"尤里伤心地同意了，他立即想到，这也许就是留给他的惟一东西了。

他俩碰一下酒瓶，喝了一口。伏特加让尤里感到厌恶，就像是滚烫、苦涩的毒药，他探身去拿下酒菜，浑身都在嫌弃地颤抖着。然而，就连下酒菜也久久地带有一种讨厌的味道，咽不下去。

"不，无论如何……死亡，苦役……应当逃避它们。"他自言自语道，"不过，往哪里逃呢？……到处都一样，你也逃脱不开自我呀。当一个人变得高于生活的时候，生活就不能让他满足了。无论在什么地方，无论以什么样的形式！……无论是在这个小城，还是在彼得堡……反正都一样！"

"在我看来，一个人就自身而言，什么都不是！……"沙夫罗夫高声喊道。

尤里看了一眼沙夫罗夫的脸，那张脸是不聪明的，乏味的，脸上有一副眼镜，一对浑浊的小眼睛。尤里想到，这样一个人，就自身而言，的确什么都不是。

"个人是一个零！……只有许多个个人，他们是群众的创造，他们与那些资产阶级'英雄们'喜爱的行为方式不同，他们保持着与群众的联系，他们不与民众相对立，只有他们才具有真正的力量……"

"他们的力量表现在什么地方呢？"伊万诺夫恶狠狠地问道，威严地抱着双手，将两肘支在桌面上，"就表现在与现政府的斗争中！是啊！……而在争取个人幸福的斗争中，怎么办呢，要群众去帮他们的忙吗？"

"唔，对了……您是一个'超人'！您需要某种特殊的幸福！自己的幸福！而我们这些大众之人，却认为，我们只有在为争取普遍幸福而进行的斗争中才能获得自己的幸福……思想的凯旋，这才是幸福！"

"如果那思想是错误的呢？"

"反正一样，"沙夫罗夫决然地摇了摇头，"只需要相信……"

"呸，"伊万诺夫轻蔑地说道，"每一个人都相信，他自己做的事情就是最重要的，最必需的……甚至连女装裁缝也这么以为……你是知道这一点的，但是，大概是忘记了……提醒你一下，也算是朋友的分内事！"

尤里怀着无由头的仇恨看了一眼伊万诺夫的脸，那张脸满是汗水，由于喝了过量的伏特加而显出苍白，脸上有一双灰色的、没有光彩的大眼睛。

"那么在您看来，幸福究竟在什么地方呢？"他撇了撇嘴唇，问道。

"当然不在于终身诉苦，每走一步都要问自己：瞧，我打了一个喷嚏……哎呀，我做得好不好呀？……这会不会对谁有害呀？……我有没有通过这个喷嚏完成自己的使命呀？……"

尤里在伊万诺夫那双冷冷的眼睛里清楚地看到了一种对自己的仇恨，一想到伊万诺夫大约自以为比他尤里还要聪明，想对他尤里进行一番嘲笑，尤里便浑身颤抖起来。

"哼，我们走着瞧！"尤里在心里说道。

"这算不上一个纲领。"他声明道，他的嘴撇得更厉害了，竭力想使他脸上的每一道纹理都表现出一种不愿争论、完全蔑视的神情。

"您一定需要一个纲领？……我想做什么，能做什么，我就做什么！这就是您要的纲领。"

"没说的，一个出色的纲领！"沙夫罗夫动气了，但是，尤里却只轻蔑地耸了耸肩膀，有意地不再说话了。

他们不声不响地喝了一会酒，然后，尤里转身面对萨宁，说了起来，他并不去看伊万诺夫，但话却是说给伊万诺夫听的，他说到了他眼中最好的东西是什么。他觉得，此刻，只要他合乎逻辑地说上几句话，道出自己完整的思想，那么，就没有任何人能驳倒他的思想。然而，让他愤怒的是，他刚刚开始讲到，一个人不能离开上帝而生活，他推翻了一个上帝，就必须去寻找另一个上帝，以免生活变成一种毫无意义的存在，他刚说了两句，伊万诺夫就回过头来说道：

"讲的是卡捷琳娜①吧？……听说过！"

尤里沉默了一阵，接着又继续展开自己的思想。他沉湎在争论之中，没有发觉，他所热情捍卫的东西，对于他自己来说恰恰是怀疑的源头。就在今天早晨，他还向自己提出过自己的信仰问题，而此刻，在争论之中，他的一切思想都显得是深思熟虑过的，他也在坚定地肯定这一切。

沙夫罗夫怀着仰慕和感动的喜悦听着尤里的话。萨宁微笑着，伊万诺夫则侧身看着，对于尤里认为是崭新的、独特的每一个思想，他都要轻蔑地抛出一句：

"这个——听说过！"

尤里火了。

"喂，您知道吗，您这话我们也'听说过'！……找不到反驳的话，就说上一句'听说过'，来安慰自己，没有比这更轻松的事情了！……如果您只会说什么'听说过'，我就有权也说上一句：您什么都没听说过！"

伊万诺夫脸色苍白，他的眼睛也完全是恶狠狠的了。

"也许吧，"他带着毫不掩饰的嘲讽和欺负人的愿望说道，"我们什么都没听说过：既没听说过悲剧性的思考，又没听说过离开上帝就无法生活，也没听说过赤贫的大地上赤裸的人……"

伊万诺夫用一种过分庄重的语调说出每句话，可突然，他

---

① 可能指俄国剧作家奥斯特罗夫斯基的《大雷雨》一剧中的女主人公。

又凶狠、短促地喊了一声：

"您还是想出点新东西来吧！"

尤里觉得，在伊万诺夫的挖苦话里也含有真理。他突然想起，他读过大量的书籍，有关于无政府主义的，有关于马克思主义的，有关于个人主义的，有关于"超人"的，有关于革新派基督徒的，有关于神秘无政府主义的，还有其他许多内容的。的确，大家都"听说过"这一切，而一切仍和从前一样，于是，他自己心中已经有了一种精神苦闷的沉重感觉。但是，他仍然连一秒钟也没想到过要退让，要沉默不语。他尖刻地说了起来，自己也看出，他与其说是在论证自己的思想，不如说是在侮辱伊万诺夫。

伊万诺夫睁大眼睛，简直变得可怕了。他的脸更加苍白了，眼睛瞪得老圆，嗓子里发出了野蛮、粗鲁的声音。

这时，萨宁带着遗憾、无聊的神情介入进来。

"别争了，先生们……你们怎么不觉得无聊啊！不能因为一个人有自己的思想，就去仇恨他……"

"这不是思想，而是虚伪！"伊万诺夫斥责道，"他想在这里表明，他比我们大家都思考得更细更深，而不是……"

"您有什么权利这样说？为什么恰好是我，而不是您想……"

"听着！"萨宁高声地、威严地喊道，"如果你们想要打架，就请你俩马上出去，找个你们喜欢的地方打上一架……你们没有任何权利强迫我们来听你们这场毫无意义的争吵！"

伊万诺夫和尤里都不作声了。两个人都满脸通红，激动不已，竭力不去看对方。在相当长的一段时间里，四周都很安静，大家也都很不自在。后来，彼得·伊里奇轻轻地唱了起来：

"或许，人们会将鲁斯兰静静的棺木，藏在肃穆的山冈上……"

"愿他安息……要及时地安葬……"伊万诺夫嘟囔了一句。

"算了……"彼得·伊里奇恭顺地说道，但他却不再唱了，给尤里倒了一杯酒。

"让他去思想，"他嘟囔了一声，"你最好还是喝酒吧！"

"唉，什么事情都别去管它啦！"尤里想着，端起杯子，一饮而尽。

奇怪的是，就在这一瞬间，他感觉到一种强烈的愿望，想要伊万诺夫发现他的功绩，对他产生尊敬。如果伊万诺夫这样做了，尤里也许就会感觉到对伊万诺夫的友爱，甚至温情，但是，伊万诺夫却毫不在意，于是，尤里便在瞬间克制住自己内心那种有失尊严的愿望，沉下脸来，浑身都被大量伏特加酒引起的那赤裸的，厌恶的感觉所笼罩了，那大量的伏特加充斥着五脏六腑，甚至灌满了鼻腔。

"好样的，尤里·尼古拉耶维奇，真是好样的！"沙夫罗夫喊了起来，但是，尤里却因沙夫罗夫对自己的夸奖而感到了害臊。

尤里勉强抑制住涌向鼻腔和口腔的伏特加波浪，由于肉体的厌恶而浑身发抖，他很久都未能清醒过来，他在桌子上摸索着，找到了下酒菜，却又放下了。一切都像毒药一样让人厌恶。

"是的，这类人我是避免称他们为人的。"当尤里恢复了视觉和听觉的时候，只听彼得·伊里奇在用庄重的低音说道。

"你避免？真棒，舅舅！"伊万诺夫幸灾乐祸地应道。虽然尤里没有听到谈话的开头，但凭那声调他就猜到了，他们指的是他，是像他一样的这类人。

"是的。我避免……人应该去做……将军！"彼得·伊里奇清晰、有力地宣称道。

"这不是总能做到的呀……瞧您自己！"尤里带着一阵受到刺激后产生出的怨恨的颤抖，反驳说，眼睛没看任何人。

"我？……我在内心里是个将军！"

"真棒！"伊万诺夫大喊一声，他喊得如此疯狂，竟使得一只夜鸟蹿出树枝，像一块石头似的落进了最近处的小树林。

"难道还能在内心里做什么吗！？"尤里竭力保持一副嘲讽的神情，说道。他病态地想像到，大家都在反对他，都想欺负他，贬低他。

彼得·伊里奇从侧面庄重地俯视了一下尤里。

"我怎么能做……那有什么，哪怕是在内心里做，也好啊。一个像我这样又老又穷的酒鬼，就是内心里的将军，而一个有力的年轻人，就是生活中的将军……各得其所啊。而那类不停地诉苦的人，胆小鬼……这类人我是避免称他们为人的！"

尤里反驳了一句，但结果，由于笑声和说话声，大家没有听到他的话，而尤里却觉得那反驳是毁灭性的。他声音更为响亮地重复了一遍，可他的话又没被大家听到。这种钻心的屈辱折磨着尤里，使他流出了眼泪，他突然觉得，所有的人都很蔑视他。

"不过，我简直喝醉了！"他突然想到，这时，他明白自己真的醉了，不能再喝了。

脑袋在静静地、可恶地漂动，几盏灯射出的光芒似乎就在眼前，可视野却奇怪地变窄了。眼睛所看到的一切都非常明亮，四周却是一片黑暗。人们的嗓音也响得有些奇怪：他们在震耳欲聋地说着话，却听不清他们说的是什么。

"你是说，一个梦？"彼得·伊里奇庄重地问。

"一个有趣的梦。"伊万诺夫回答。

"在那里有'存在'……在那些梦里。"歌手用力地说道。

"这不……昨天我躺下睡觉……是的……入睡前我捧起一本小书来读，我想找点东西来洗洗脑袋，那脑袋里塞满了各种各样的琐事和烦恼……我读到一篇小文章，讲的是怎样诅咒人，在什么地方诅咒，什么时候诅咒，诅咒哪些人。我一看，是一篇聪明、真诚的文章。我读了起来，读了起来……我读啊，读啊……越往下读，越感到可怕。我读到了那一点，讲的是什么样的人会发出诅咒，为什么发出诅咒。这个地方，说实话，我并不感到惊奇，我看出来了，正是我这样的人，会一直受到人们的诅咒……在明确地了解到对现存所有教会的诅咒之后，我扔下书，抽了一会烟，打起盹来，对自己在宇宙中所处的地位彻底心安理得了。我本想通过梦给自己提一个问题，如果有千百万人活着，怀着充分的信仰诅咒我，那么……但就在这时，我睡着了，问题也就留在了萌芽状态中。接着，我开始感到，我的右眼不再是眼睛，而是罗马教皇庇护十世，我的左眼则像是东正教的总主教……两者在互相诅咒。由于事情发生了如此奇怪的变化，我醒了过来。"

"就这些？"萨宁问。

"哪能呢，我又睡着了。"

"嗯？"

"嗯，可是后来就已经没有精神上的平静了。我好像看到一幢房子，像是我们的房子，又像是谁也认不出来的房子，在那个最大的房间里，我从一个角落到另一个角落，来回走着。彼得·伊里奇舅舅，就在近处的什么地方。他在说话，我在听，但是我好像看不见他。'我看到了，'彼得·伊里奇说，'厨娘是怎样祷告的。'于是我就想到，厨娘似乎应该在厨房的炉子边祷告……她就在那里生活，在那里祷告……'我们搞不清楚，我们没办法弄明白，但是一个心灵纯朴的人，你明白吗，一个纯朴的……在她祷告并为众人祈求平安的时候，什么事情都没发生，但在她为你们，也就是我和萨宁祈求平安的时候，却……'当他说出这话，我就感觉到，应当有什么不同寻常的事情发生……'要知道，从创世之日开始，所有纯朴人的祷告并不是白费的啊！'于是我想，相当凑巧，上帝恰好对厨娘显灵了。而彼得·伊里奇却彻底走向了虚无，但他仍然在说：'他好像对她显容了……'我的自我感觉依然不错，因为，尽管没有上帝，但毕竟有点什么，毕竟叫人得意！'对她显容了，但不是一下子显出的！……'在这之后，舅舅就彻底消失了。我不安了：不是圣容，而是另一种东西彻底摧毁了我的平静。为了恢复平静，就必须立即摧毁那种出现在房间的角落里并发出尖叫的东西。弄清楚了，这只是一只耗子……它在咬什么东西，反复地咬……耗子径自咬着，咬着，动作平稳而又合拍……就在这时，我醒了过来！"

"你应该再晚醒一小会。"萨宁说。

"我自己后来才想到！"

尽管伊万诺夫的腔调是玩笑式的，可是仍然能感觉到，那个梦不知为何给他留下了强烈的印象，这印象在他心底引发了一阵莫名其妙的恐惧。他佯笑了一下，探身去拿啤酒。大家都沉默着，就在这沉默之中，似有一片黑暗漫过了阳台，气氛变得彻底不愉快了，可怕而又无聊，一个莫名其妙的梦，透过玩笑和无神论，将一枚忧愁恐惧的细针扎进了大家的心头。

"是啊，"彼得·伊里奇得意地开了口，"你们全都很聪明，你们很聪明，像魔鬼一样，可还是存在什么东西的……存在的！……你们不知道它，可它却在对你们说话……"

不知是在歌手的嗓音里，还是在笼罩四周的黑暗中，不知是在被伏特加酒压制着的大脑里，还是在生与死那难解的、无形的秘密瞬间的逼近中，但总归存在一种东西，它在每个人的心中都引起了反响：

"突然……突然就有了这个'存在'！……"

萨宁站起身来，在他那张像往常一样平静的脸上，现出了无聊的神情。他打了一个哈欠，摆了摆手。

"一切都是恐惧，一切都是恐惧！"他说道，"还有什么能不叫你们感到可怕呢？我们会死的，到那时我们就清楚了……"

他慢慢地点着一支烟，向门口走去。

而在阳台上，大家又喧闹起来，争论起来，在那些醉醺醺的大嗓门发出的喧闹中，众多向灯火飞来的无声无息的蛾子，像先前一样，在桌子上来回爬动，在为灯火而死亡的痛苦中翻滚。

萨宁来到旅馆的院子里，于是，蓝色的夜晚便温柔而又清新地拥抱了他那滚烫的身体。月亮像一个金色的蛋卵，从树林后面升了起来，并将它那近乎童话般的月光淡淡地洒在黑色的大地上。花园散发出李子和梨那浓郁、甜蜜的味道，在花园的后面，另一家旅馆的房子泛着朦胧的白光，绿树丛中有一扇窗户，对着萨宁明亮地敞开着。

黑暗之中，听到一阵赤脚走路发出的脚步声，就像是野兽的爪子发出的声响，萨宁睁大那双还没有习惯黑暗的眼睛，模模糊糊地看到了一个小男孩的侧影。

"你在干吗？"萨宁问。

"去见女教师卡尔萨维娜小姐。"赤脚男孩用细细的嗓门应道。

"有什么事？"萨宁问道，一听到卡尔萨维娜的名字，他就想起了她，想起她赤身裸体地站在河岸上，一身灿烂，不知是在焕发着青春的光彩，还是因为正沐浴着明媚的阳光。

"送信给她。"小男孩回答。

"噢……她大概住在那家旅馆里。这里没有……你去吧。"

小男孩像小兽一样，又一次吧嗒着赤裸的脚后跟，消失在黑暗中，他的动作如此之快，像是一下子躲进了灌木丛。

萨宁却慢慢地跟在他的后面，敞开心扉呼吸着那像蜜一样浓郁的花园气息。他一直走到旅馆跟前，站在亮灯的窗户下，带状的灯光照着他那若有所思的平静脸庞。在深暗的绿叶丛中，一些又大又沉的梨在光照下泛出明亮的光泽。萨宁欠身抓住树梢，摘下一个梨来，而在窗户里，他看到了卡尔萨维娜。

看到的是她的侧面，她只穿一件衬衣，灯光倾泻在她那滚圆的、像缎子一样的肩头上。她始终在看着脚下，想着什么，看来，她所想的事情让她既害羞又开心，使她激动起来，因为她的眼皮在颤动，嘴角却在微笑。她的微笑让萨宁震惊：那微笑中有一种无比温柔、充满激情的东西在颤抖，似乎，这姑娘正在微笑着迎接那近在眼前的亲吻。

他站在那里看着，为一种比他自己还要强大的情感所控制，而卡尔萨维娜仍在想着在自己身上发生的那件事，她觉得非常害羞，又感到非常愉快。

"主啊，"怀着那种大约只有盛开的小花才能具有的异常纯洁的感觉，姑娘问自己道，"难道我是如此地放荡吗？"

接着，她又带着最刻骨铭心的欢乐，第一百次地回忆起了她第一次服从于尤里时所体验到的那种难以名状的诱人感受。

"亲爱的，亲爱的！"她激动不已，一动也不动，在想像中依偎着尤里。于是，萨宁又一次看到，她的睫毛在颤动，那粉红的嘴唇露出了微笑。

姑娘没有回忆到后来发生的那不成体统、极其荒谬的一幕。某种隐秘的情感使她绕开了那个黑暗的角落，那种像枚尖针一样的病态、屈辱的疑虑，就留在了那个角落里。

有人敲了客房的门。

"谁呀？"卡尔萨维娜问道，抬起头来。于是，萨宁清晰地看到了她那白皙、柔嫩、有力的脖子。

"我是来送信的。"小男孩在门外尖声尖气地说。

卡尔萨维娜站起身，打开了门。膝盖以下全都沾满了泥水的赤脚男孩走进房间，赶忙摘下了帽子。

"小姐让送来的。"他说道。

"小济娜，"杜博娃在给卡尔萨维娜的信中这样写道，"如果可以，你就今天回城来。督学来了，明天早晨要来我们这里。如果你不在的话，会很不好的。"

"怎么啦？"老姨妈问道。

"杜博娃让我回去。督学来了。"卡尔萨维娜思索着答道。

小男孩用一只脚蹭着另一只脚。

"小姐一再吩咐,请您一定回去。"

"你回吗?"姨妈问。

"我一个人怎么回啊……这么黑……"

"月亮上来了,"小男孩反驳道,"什么都能看得见。"

"应该走。"卡尔萨维娜犹豫不决地说。

"走吧,可别闹出什么不愉快的事情来。"

"好吧,我走!"姑娘坚决地点了点头。

她迅速穿好衣服,戴上帽子,走到姨妈面前。

"再见,姨妈。"

"再见,孩子。基督保佑你。"

"你和我一起走吗?"姑娘问小男孩。

小男孩踌躇了,又蹭起两只小脚来。

"我是来找我妈的……我妈在修道院的洗衣房里。"

"我一个人怎么走啊,格里沙?"

"好吧,我们走。"小男孩甩甩头发,带着坚定的神情同意了。

他们出门来到花园里。于是,蓝色的夜晚也同样温柔而又小心地拥抱了姑娘。

"空气多香啊。"她说道,一下撞见萨宁,她又大喊了一声。

"是我。"他笑着应道。

卡尔萨维娜在黑暗中伸出了那只因恐惧还在颤抖不止的手。

"瞧，您真胆小！"格里沙厚道地说。

姑娘不好意思地笑了起来。

"什么都看不见。"她为自己辩解道。

"您这是去哪儿？"

"进城去。这不，派人来找我了。"

"就您一个人？"

"不，和他一起……他是我的骑士。"

"骑士！"格里沙把两只小脚踩得叭叭响，心满意足地重复了一句。

"您在这里干吗？"

"我们在从事醉酒事业。"萨宁开玩笑地说道。

"你们还有谁？"

"沙夫罗夫、斯瓦罗日奇、伊万诺夫……"

"尤里·尼古拉耶维奇也和你们在一起？"卡尔萨维娜问道，在黑暗中红了脸。大声地说出这个名字，这让她感到既可怕又愉快，就像在探头去看一道深渊。

"怎么？"

"没什么。我碰见过他……"姑娘说道，脸红得更厉害了，"好吧，再见。"

萨宁亲热地拉着姑娘递过来的那只手。

"让我送您去对岸吧，要不您还得绕上一大圈。"

"不了，干吗呀。"姑娘怀着一种莫名其妙的羞怯说道。

"让他送吧，要不，坝子上尽是烂泥。"赤脚的格里沙富有权威性地反驳道。

"那么，好吧……这样的话，你就去你妈那里吧。"

"那您一个人在野地里不害怕吗？"格里沙神气地问道。

"我一直送她到城里。"萨宁说。

"您那些人怎么办呢?"

"他们要在这里呆到天亮,再说,他们也让我非常厌烦了。"

"好吧,如果您这么客气的话……"卡尔萨维娜笑了起来。"你去吧,格里沙。"

"再见,小姐……"

小男孩又像是一下子躲进了灌木丛,就剩下了卡尔萨维娜和萨宁两个人。

"请把手递给我,"萨宁建议道,"要不,您会从山上摔下去的……"

卡尔萨维娜伸出一只手,怀着一种奇怪的羞怯和朦胧的激动,她感觉到了那在薄薄的衬衣后面运动不止的一团团铁一样坚硬的肌肉。他俩穿过树林,向山下的河流走去,黑暗中,他俩不由自主地相互碰撞着,每走一步,都能感觉到对方身体上的弹性和温暖。树林里,是伸手不见五指的、仿佛是永恒的黑暗,似乎没有树木,而只有这稠密的、沉静的、散发着温暖的黑暗。

"哎呀,多黑啊!"

"没什么。"萨宁贴着她的耳朵轻轻地说道,在他的声音里,有什么东西在颤抖,"在夜里我更喜欢树林……在夜间的树林里,人们会失去他们惯常的面孔,会变得更神秘,更大胆,更有趣……"

脚下的地很滑,因此,他俩艰难地控制着自己,以免跌倒。

由于这黑暗,由于那个柔韧、坚硬的躯体的这些碰撞,由于这个她一直喜欢的有力男人的贴近，姑娘为一阵陌生的激动所控制了。黑暗中，她满脸通红，她的手也在滚烫地灼着萨宁拉她的那只手。姑娘常常发笑，她的笑声是高亢的、短促的。

下边亮一些了，月亮已经清澈、宁静地照耀在河上。宽阔的河流腾起的凉气迎面扑来，阴暗的树林忧郁地、神秘地向后退去，似乎在把他俩让给那条河流。

"您的船在哪儿？"

"这就是。"

小船就像是画出来的，又像被清晰地镌刻在平坦、明亮的水面上。在萨宁装桨的时候，卡尔萨维娜微微伸开手臂，保持平衡，轻盈地走到舵把旁，坐了下来。映着蓝色的月光和摇曳的波光，她立即披上了一层梦幻色彩。萨宁推了一下小船，然后跳上船来。小船带着轻轻的声响滑过浅沙滩，溅响河水，向那片月光驶去，在船尾留下一道道长长的、平稳地荡漾开去的波浪。

"让我来划桨吧。"卡尔萨维娜说道，浑身始终充满着某种急切的、躁动的力量，"我喜欢自己……"

"喂，您坐过来吧。"萨宁站在船中间，笑了一下。

她又一次跨过小船上的隔板，从他身旁擦过，她轻盈而又灵活，用指尖稍稍碰了碰他递过来的手。在她从一旁经过的时候，萨宁抬头看着她，她的乳房在他脸旁蹭过，带有一阵香水的味道和年轻女人的体味。

他俩驾舟漂了起来。挂着一轮沉思月亮的蓝盈盈的天空，倒映在丰满的河水中，仿佛，小船漂浮在一个明亮、寂静的空间里。卡尔萨维娜直直地坐着，轻轻地划着桨，搅动河水，乳房向前挺得老高。萨宁坐着把舵，看着她。他看着她的乳房，要是能把滚烫的脑袋贴到那乳房上去就太好了；他看着那圆圆的、灵活的胳膊，这副胳膊能有力地、温情地搂住脖子；他看着那充满了柔情和青春的身子，这身子能够无所顾忌地疯狂地紧贴上去。月亮照耀着她那有一副黑眉毛和一双亮眼睛的白皙脸庞，滑过胸脯上的白短衫，滑过丰满膝盖上的裙子，于是，萨宁生出一种感觉，似乎他正与她一起，越来越远地漂浮进一个童话王国，远离人群，远离理性，远离种种明辨是非的人类法则。

"今天多好啊。"卡尔萨维娜环顾着四周，说道。

"是啊，多好啊。"萨宁轻轻地回答。

突然，她笑了起来。

"不知道为什么，我想把帽子扔到水里去，还想把辫子松开……"她屈从于一阵不自觉的冲动，说道。

"那有什么，您就松开呗。"萨宁声音更轻地说。

但是，她却突然害羞起来，不做声了。

于是，姑娘的内心又一次闪现出了那些由夜晚、温暖和旷野所唤起的回忆，她看着四周，又一次感到了害羞和美妙。她始终觉得，萨宁不可能不明白在她身上发生的一切，但是由于这一点，她的感受只会变得更丰富、更复杂。她生出一种难以遏制的却又朦朦胧胧的愿望，想去对他暗示，她，并不总是这样一个安静、谦虚的姑娘，她也可能变成完全不同的另一个样子，赤裸的，毫不害羞的。因为这个没有意识到的愿望，她感到了愉快和燥热。

"您早就认识尤里·尼古拉耶维奇吗？"她断断续续地问道，感到有一种难以遏制的需求想从一道深渊上一滑而过。

"不。"萨宁回答，"怎么了？"

"没什么……他是一个好人，一个聪明人，是吗？"

她的嗓音里有一种近乎孩子气的胆怯，似乎她在向一个大人索要礼物，那人可能对她亲切，也可能惩罚她。

萨宁笑着看了看她，答道：

"是的。"

卡尔萨维娜凭声音猜出他在笑，于是，她满脸通红，几乎羞出了眼泪。

"不，真的……他是那样一个……他可能吃过很多苦……"她吃力地把话讲完了。

"可能。说他不幸，这话不错。"萨宁赞同道，"您可怜他吗？"

"当然。"卡尔萨维娜用故作天真的口气说道。

"是啊，这很容易理解……不过，您对'不幸'这个字眼有着奇怪的理解……您认为，一个精神上永不满足、满怀恐惧思索一切的人，不仅是不幸的、可怜的，而且也是一个独特、高大的人，甚至可能是一个强有力的人！他从右向左永远不停地改变自己的行为，这也被您视为一个美好的特征，这一特征使那个人有权认为自己比其他人更优秀，使他有权得到很多东西，与其说是能得到同情，不如说是能得到尊敬和爱情……"

"怎么会这样呢？"卡尔萨维娜天真地问。

她从未和萨宁谈过这么多的话，但是她常常听说他是一个非常独特的人，因此，他的在场使她感觉到，某种新奇、有趣、激动人心的东西正在逼近。

萨宁笑了起来。

"有过那样的时候，人过着狭隘的、畜生般的生活，弄不清他所做所想的是什么，目的又是什么。后来，自觉生活的时代到来了，这一时代的第一个阶段，就是对自己所有的感受、需求和愿望进行重新评价。尤里·斯瓦罗日奇就处在这个阶段上，他是人类发展过程中那个已步入永恒的阶段所留下的最后一个莫希干人①。像所有终结的东西一样，他吸收了时代的所有精华，那些精华却毒害了他，直至心灵深处……他没有自在的生活，他所做的一切，在他那里都会引起无休止的争论：好不好呀，坏不坏呀？……这使他落到了一个可笑的境地：加入党派的时候他一直在想，与其他人站成一排，这是否贬低了他的长处，而退出党派之后他又感到痛苦，对大众的运动袖手旁观，这是否有损尊严呢？……而且，那些人是群众，他们是大多数……尤里·斯瓦罗日奇只有一个例外，他不像其他人那样愚蠢，因此，与自我所进行的斗争在他那里采取的形式不是可笑的，而时常的确是悲剧性的……那位诺维科夫只会因为自己那些疑虑和痛苦而发胖，就像关在猪圈里的一头肥猪，而斯瓦罗日奇是真的胸怀苦难的……"

萨宁突然停了下来。他自己这响亮的声音和这些平平常常的大白话，驱散了夜晚对他的诱惑，他为此感到惋惜。他默不作声，又看起姑娘来，只看着她，看着她白皙脸庞上的黑色眉毛，看着她高高的乳房。

"我不明白，"姑娘胆怯地说道，"您这样说尤里·尼古拉耶维奇，似乎他是这个样子，而不是另一个样子，倒是他自己的错了……如果一个人不满足于生活，这就是说，他是高于生活的……"

---

① 莫希干人为北美印第安人的一个种族，后由于欧洲白人的殖民政策而亡。"最后一个莫希干人"原为美国作家库柏（1789—1851）一部小说的标题，后被用来比喻某一个种族或集团最后的残余者。

"人不可能高于生活，"萨宁反驳道，"他自己只是生活的一个很小的部分……他有可能感到不满足，但这种不满足的原因却在于他自身。他不过是不能够，或者是不善于从丰富的生活中获取他真正需要的足够的东西。一些人终身坐在监狱里，另一些人害怕飞出笼子，就像一只在笼子里呆久了的小鸟……人，就是肉体和精神的和谐结合，一种还没有遭到破坏的和谐结合。只有死亡的逼近能自然地将它破坏，但是，我们自己也会用畸形的世界观来毁坏它……我们将肉体的欲望斥责为动物性，为那些欲望感到羞耻，给它们披上有失体面的外衣，从而创造出一种不对称的生存状态……我们当中那些生性软弱的人，看不到这一点，他们在戴着镣铐生活，然而，有些人软弱却仅仅因为，他们将他们的荒谬观点和生活同他们自己联系在了一起，这些人就成了受难者：被压抑的力量会爆发出来，肉体会要求欢乐，会折磨他们自身。他们终身在二重人格之间徘徊，想抓住新的精神理想范畴中的每一根稻草，归根结底，他们害怕生活，他们闷闷不乐，害怕去感受……"

"是啊，是啊……"卡尔萨维娜带着一种突如其来的活力应道。

一大堆突如其来的新思想在她的心中悄悄地冒了出来。

她用明亮的眼睛看着四周，于是，在静止的河面，在黑色的树林，在挂有一轮沉思月亮的蓝盈盈天空的深处，那荡漾着的雄伟力量之美，像一道道汹涌的波浪，涌进了她的肉体和灵魂。姑娘开始被一种奇异的感觉所控制，这种感觉她已经不陌生了，这种感觉她既喜欢又害怕，这是一种朦胧地渴求着力量、运动和幸福的感觉。

"我一直希望能有这样一个幸福的时代，"萨宁沉默了一阵，又说道，"到那个时候，人和幸福之间不再有任何障碍，到那个时候，人能够自由自在地、毫不恐惧地沉浸于他所能获得的所有快感之中。"

"但那又会怎么样呢？又一个野蛮时代？"

"不。人们仅仅像畜生一样生活的那个时代，才是野蛮粗暴的，可怜的，而我们现在的这个时代，肉体屈从于精神，被带到了后院，这个时代则是无意义的，软弱的。但是，人类不是白活的：人类将创造出新的生活条件，在那些新的生活条件中，无论是野蛮，还是禁欲，都将没有立锥之地……"

"请问，那爱情呢……它还要承担责任吗？"卡尔萨维娜突然问道。

"不。爱情承担责任，承担那些使人感到沉重的责任，仅仅是由于嫉妒，而嫉妒又是由奴役产生的。任何一种奴役都会产生出恶……人们应该去尽情地享受没有恐惧和禁忌、没有限制的爱情……而那时，爱情的形式本身也会扩展为一个由无数的偶然、意外和聚合连接而成的没有尽头的链条。"

"到那时我也就什么都不害怕啦！"姑娘骄傲地想到，突然，她觉得自己像是第一次看到萨宁。

他坐在舵位上，高大，有力，一双眼睛由于夜晚和月亮而显得乌黑，他那宽阔的肩膀一动也不动，就像铁铸的一样。卡尔萨维娜带着强烈的兴趣，仔细地看着他。她突然想到，她所面临着的是一个由她所不知道的许多独特情感和力量构成的完整世界，因此，她突然产生一个愿望，想要接触这个世界。

"他真有趣！"这个念头在她的脑海里顽皮地闪过。她独自羞怯地笑了起来，但一阵奇异的激动却控制了她，使她全身都在神经质地颤抖。

或许，他也感觉到了那阵突然袭来的女性好奇心，因此，他的呼吸也变得更加有力、更加急促了。

小船在一个狭窄的河道里缓缓地拐弯，船桨挂住了窄河道里的树枝，从姑娘的手里轻飘飘地坠落了，在姑娘的心里，似乎也有什么东西坠落了。

"我在这儿划不了……太难了……"她压低声音负疚地说道，她的声音在黑暗、狭窄的河道里轻轻地、悦耳地响起。河道里，那看不清的水流发出了轻轻的响声。

萨宁站起身，朝她走去。

"您要干吗？"她怀着莫名的恐惧问道。

"让我来吧……"

姑娘站起来，想走到舵位去。小船摇晃起来，似乎要从脚下滑走，于是，卡尔萨维娜不由自主地抓住了萨宁，自己那富有弹性的乳房重重地撞在萨宁的身上。在这个时刻，几乎没有意识到，甚至不相信有这种可能性，姑娘以一个难以觉察的迅疾动作固定了那接触，像是随意贴上去的。

突然之间，他的全副身心都接受到了女人贴近时那种神话般的诱惑，她也全副身心地明白了他的感受，感觉出了他的渴望的全部力量，在她意识到该如何行事之前，她已经为他而陶醉了。

"啊……"萨宁惊异、狂喜地喊了一声，便紧紧地、热烈地抱住了她，使得她的身子向后仰去，她觉得自己悬在了半空中，便本能地抓住了跌落的帽子和下垂的头发。

小船摇晃得更厉害了，看不见的波浪带着恐惧的喧嚣，向岸边涌去。

"您在干吗呀！"卡尔萨维娜发出一声微弱的女性的

叫喊。

　　"请您放开我！……看在上帝的分上！……您在干吗呀！"在一阵短暂、可怕的沉默之后，她气喘吁吁地低声说道，同时在挣脱他那钢铁一样的手臂。但萨宁却用力地将姑娘搂在怀里，几乎压扁了她那富有弹性的乳房，让她感到喘不过气来，于是，那在他俩之间构成障碍的所有东西，都消失到什么地方去了。四周是一片黑暗，是流水和草地的芬芳气息，是奇异的寒意，还有激动，还有沉默。接着，她突然陷入一种莫名的软弱，她松开双手，躺了下来，什么也不看，什么也不想，带着钻心的疼痛和强烈的快感，服从了那个陌生的男性的意志和力量。

三十九

之后过了很久，她才恢复意识，才弄明白，黑色河面上洒着斑驳的月光，她半躺在小船上，萨宁的脸上有一双奇异的眼睛，他抱着她，就像是抱着自己的女人，船桨抵着她那赤裸的膝盖。

于是，她控制不住地轻声哭了起来，她并未从萨宁的怀中挣脱出来，仍一直服从着他。

在她的泪水中，有为某种一去不回的东西而生的悲伤，有恐惧，有对自己的怜悯，还有一份对他的淡淡柔情，这柔情似乎不是出自理性和心灵，而是发于她年轻躯体的最深处，这个年轻的躯体，第一次展露出了它全部的美丽和活力。

小船静静地漂向一个更为宽阔、有些微光的去处，在黑暗的神秘的水面上不停地摇晃，水面上，一道道水流奔涌着，扬起轻微的、永恒的涛声。

萨宁抱起她，将她放在自己的膝头上。卡尔萨维娜无助地、慌乱地坐在那里，就像一个小女孩。

仿佛是在梦中，她隐约听到他在安慰她，与她说话时以"你"相称，[1] 他的嗓音里也充满着温情、感激和变得柔和

---

① 俄国人在交谈时以"你"相称，表明关系已很亲密。

了的力量。

"我随后就投河！"她听着他的话，朦朦胧胧地想到，似乎是在回答一个旁观者的问题。那旁观者正在对她发问："你都做了什么呀，你现在怎么办呢?'

"现在怎么办呢?"卡尔萨维娜突然机械地问道。

"我们再说。"萨宁回答。

她想从他的膝头滑下来，但他抓住了她，姑娘也就顺从地不动了。不知为何，连她自己也感到奇怪，她对他既没有愤恨，也没有厌恶。

后来，当卡尔萨维娜回忆起这个夜晚的时候，她始终感到难以理解，就像是在梦中。四周的一切都沉默不语，都是黑暗的、庄重的，一动也不动，似乎在观察着一个秘密。被树林的黑色树冠遮挡住一部分的月光，也奇怪地一动也不动，带有梦幻般的情调。岸上的黑暗，来自树林深处的黑暗，在用深不可测的眼睛看着他俩，一切都静止了，在紧张地期待着什么。而在她的心中，却缺少那样的力量和意志，使她能清醒过来，回忆起她曾爱过另一个男人，使她能成为先前那个孤身一人的姑娘，使她能推开这男人的胸膛。当他再次开始吻她的时候，她并没有自卫，而几乎是无意识地接受了那种炽热的、新鲜的快感，她半闭着双目，越来越深地步入了那个崭新的、神秘诱人的、对她来说还很奇异的世界。她时而觉得，她什么都看不见，什么都听不见，也什么都感觉不到，然而，她却怀着一种由屈辱和急切的好奇混杂而成的情感，非常敏锐地感觉到了他的每一个动作，他对她那温顺躯体的每一次撞击。

一阵绝望像寒气一样在她的心中掠过，使她生出一些堕落的、胆怯的念头。

"现在反正无所谓，反正无所谓了……"她自言自语道，而肉体那隐秘的好奇心却似乎想要知道，这个如此遥远又如此亲近、如此敌对又如此有力的男人，还会对她做出什么样的事情来。

然后，他放开她，坐在一旁划起桨来。这时，卡尔萨维娜半卧在那里，闭上了眼睛，竭力保持不动。萨宁那副铁硬的、如今她已经很熟悉的手臂，正在她的乳房上方有节奏地运动着，他每划一桨，都会使她颤抖一下。

小船带着轻轻的吱呀声靠上了河岸。卡尔萨维娜睁开了眼睛。

四周是原野、河水和白色的雾。月亮发出苍白、朦胧的光芒，就像是将在黎明时分逝去的幽灵。天已经很亮了，显得透明。空中吹着黎明前那刺骨的微风。

"要送送你吗？"萨宁轻声地问道。

"不了，我自己走……"卡尔萨维娜机械地回答。

萨宁将她抱起来，怀着一种强大有力的快感将她抱下小船，心里对她充满着强烈的爱意和感激的柔情。他紧紧地搂了她一下，将她放到地上。卡尔萨维娜摇摇晃晃的，没能站稳。

"美人啊！"萨宁深情地说道，似乎他的整个心灵都在渴求她，满怀着温情、欲望和怜悯的冲动。

她带着不自觉的高傲微笑了一下。

"吻我一下！"

"现在反正无所谓了……他为什么这样可怜、这样可亲呢？……反正无所谓了，最好别去想它啦！"卡尔萨维娜的脑中闪过这些不连贯的思想，于是，她久久地、温情地吻了他的嘴唇。

"好了，再见……"她小声地说道，她的声音是含混不清的，她也没察觉到自己是在说话。

"亲爱的，别生我的气……"萨宁轻声地请求道。

随后，她摇摇晃晃地沿着河坝走去，不时被裙子的下摆绊一下。这时，萨宁久久地、忧郁地看着她的背影，由于预见到了她必将承受的那些不必要的痛苦，他开始感到痛心，他认为，她是无法超越那些痛苦的。

她的身影越来越淡，逐渐消失在雾中，去迎接黎明了。待她的身影彻底消失之后，萨宁用力跳上小船，接着，在船桨那一次次有力的、凯旋般的推动之下，四周的河水在喧嚣地、欢乐地涌动着。在河上的开阔处，在激动翻滚的白雾中，在清晨的天空下，萨宁扔下船桨，挺直身体，用尽全身的力气高声地、欢快地喊了起来。

树林和晨雾醒了过来，在用同样持久的、欢快的、逐渐遁去的喊声回应他。

四十

像是脑袋上挨了一击，卡尔萨维娜立即睡去了，在一阵短暂的沉睡之后，一大清早，她又突然醒了过来，全身疼痛，像死尸一样冰凉。似乎，她心中的绝望一直没有睡去，她连一秒钟也未能忘记所发生的事情。她敏锐地环顾四周，默默地、专注地看着屋里的每一件物件，仿佛是在探寻昨天以来发生的变化。

然而，墙角的圣像、窗户、地板、家具，以及沉睡在另一张床上的杜博娃那长着一头浅发的脑袋，却带着清晨的明亮和寂静打量着她。一切都像平常一样简洁，只有她那件被扔在椅子上的皱巴巴的白裙子，在诉说着什么。

在卡尔萨维娜的脸上，透过不久前的睡梦留下的红晕，她那毫无生气的苍白越来越清晰地显露出来，她的一对黑眉毛如此显眼，似乎，她的脸庞仍被昨夜的月光照耀着。

疼痛不止的大脑却惊人地明白和清晰，所经历的一切又呈现在她的眼前，最为清晰的，是她清晨在城郊那些还在沉睡的街道上行走的场景。太阳刚刚从被露水染白了的屋顶和围墙的上方露出脸来，无情地射出从未有过的耀眼光芒。那一扇扇关上的护窗板，就像是佯装合上的眼皮，透过这些护窗板，小市民家庭那些敌意的窗户在盯着她，身后也有几个行人在张望。

她披着清晨的阳光走着，不时被长裙子的下摆绊一下，手里抓着自己那个绿色的绒毛小包。她像个罪人一样，沿着围墙，摇摇晃晃、脚步不匀地走着。

如果在那个时候，全人类都张开嘴巴，瞪着嫉妒的眼睛，跟着她拥到路上，向她抛来吆喝、讥笑和鞭子似的下流话，那她也都无所谓了，她仍然会这样向前走去，在一次次的打击下摇晃着身体，没有目的，没有意义，内心满怀着空虚的愁苦。

还是在原野上，当河上那哗哗的桨声消失在雾中，卡尔萨维娜就突然意识到，有怎样可怕的重负压在了她那副浑圆的女性肩膀上，于是，绝望便成了她的心灵、理智和全部的生活。她大喊一声，将自己的小包扔在潮湿的沙地上，双手抱住了脑袋。

于是，就从这一刻起，她已经任凭每个人来说长道短了，她已经没有自己的意志了。

她回忆起昨天夜里，就像是在回忆一次酩酊大醉。发生了某件不同寻常、让人疯狂的事情，其强烈程度像是从未有过的，可此刻她却无法弄明白，这件事情怎么可能发生，她怎么可能忘乎所以到那样的程度，竟丧失了羞耻和理智，丧失了那似乎充满了其全部生活的另一桩爱情。

卡尔萨维娜感到一阵生理上的厌恶，就像是临死前的恶心，她从被子里钻出来，不声不响地忙乎起来，她开始穿衣服，她感到，杜博娃的每一个轻微的动作都会使她全身掠过一阵寒意。

然后，她坐到窗前，用那双紧张的、一动也不动的眼睛看着花园。花园里，沐浴着晨光的树木泛出鲜绿和金黄的色调。

她的思绪积成一大堆，飘荡起来，就像是被风卷起的一团黑雾。如果有谁能够打开她的心扉，像阅读一本书那样读上一读，那他也许会感到恐惧不已的。

每一天，在她那异常有力的年轻生命中，每一个感受、每一个动作都充满着阳光般热烈的血液，而如今在这生命的背景上，却腾起了一些可怕的形象。自杀的幽暗念头浮现在她的意识中，对尤里的那种纯洁、明朗的爱情失去了，由此而生的挥之不去的强烈忧伤，在压抑着心房，面对眼前出现的大群熟悉和不熟悉的面孔而产生的恐惧，像浑浊的波浪一样汹涌不息。

时而，她想到应该去找尤里，在他的面前颤抖、哭泣，把整个生命都献给他，然后永久地躲到什么地方去。时而，面对尤里的恐惧又压倒了她，她想死去，干脆就地结束生命。时而，又闪过这样一个念头，一切还都可以补救，昨夜不可能真的存在过，然而，在她的内心却闪过一段回忆，她回忆到自己的赤身裸体，回忆到男人身体的重压，回忆到那瞬间的忘怀的激情，这回忆就像一声野性的呼号，于是，卡尔萨维娜惊慌失措，被所发生的事情那毋庸置疑的力量击昏了，她趴在窗台上，没有力量，没有思想。

这时，杜博娃醒了过来，她已经听到了女友的动静和惊叫。

"啊，你已经起床了？……真是少见啊！"

清晨，在卡尔萨维娜回来的时候，睡眼惺忪的杜博娃只问了她一声：

"你怎么弄得披头散发的啊？"

然后就又睡着了。但是此刻，她却嗅出了点什么，于是，她只穿一件衬衣，光着脚，走到了卡尔萨维娜的身边。

"你怎么啦？身体不舒服吗？"她像一个大姐姐似的温

柔、关切地问道。

卡尔萨维娜缩起身子，像是在等待打击，但她那粉色的嘴唇却露出一个虚假的微笑，过分愉快地答道（连她自己也觉得，那声音很是陌生）：

"当然舒服啦。我只是根本没睡……"

第一句谎话就这样道出了，于是，这谎话便将有关先前那个自由、勇敢姑娘的回忆彻底地清除了。那姑娘当时是一个模样，如今却成了另一个模样，这另一个姑娘是说谎的、胆怯的、肮脏的。在杜博娃洗漱、穿衣的时候，卡尔萨维娜偷偷地看着女友，她觉得女友是明亮的、纯洁的，而她自己却是阴暗的，就像一条被压扁的爬虫。这种感觉如此强烈，甚至使卡尔萨维娜感觉到，杜博娃运动其间的那部分房间是阳光灿烂的，而她的这个角落却沉进了潮湿、黏糊的黑暗。卡尔萨维娜回忆到，罩在自己那年轻、美丽和纯洁的光环中时，她曾觉得自己高于那个年纪不小、面无光彩的女友，于是，一阵忧伤在她心中恸哭起来，由于那不可补救的损失而流出了一颗颗硕大的、像血滴一样的泪珠。

然而，这一切只发生在她的内心，表面上的卡尔萨维娜却是镇静的，甚至似乎是愉快的。她穿上一件漂亮的蓝色连衣裙，戴上帽子，拿起一把小伞，迈着自己平常那种似乎有些不太稳当的步伐，到学校去了。她在那里一直呆到午饭前，然后便回家了。

路上，她遇到了丽达·萨宁娜。

这两位身材匀称、年轻漂亮的女子，沐浴着阳光站在那里，热情的嘴角露着微笑，她们谈起一些琐事来。但是，丽达的心里却涌起一阵对那位无忧无虑的幸福姑娘的病态仇恨，而卡尔萨维娜也在嫉妒那样一种幸福，这幸福就是，做一个像丽达这样漂亮、快乐和自由的姑娘。

午饭后，卡尔萨维娜拿起一本书，坐到窗前，再次漫不经心地、一动也不动地看着最后夏日里的洋溢着阳光和温暖的花园。

那阵强烈的冲动过去了，她内心的一切都陷入了冷漠的、病态的疲惫。

"没办法……我要倒下了，这就是我的路……我要死了。"她一遍又一遍无精打采地自言自语道。

卡尔萨维娜看到了萨宁，在萨宁发现她之前。

高大、镇静的萨宁沿花园走来，他一边环顾四周，一边用两手抚摩着灌木的枝叶，似乎在和那些枝叶打招呼，在萨宁缓慢地走近窗口的时候，卡尔萨维娜向后仰着身子，把书本紧贴在胸前，怪异地看着他。

"您好。"他伸过一只手来，说道。

在她站起身来、从百感交集中清醒过来之前，萨宁又带着坚持不懈的爱怜重复了一遍：

"您好啊！"

他的嗓音中有一种东西，使得卡尔萨维娜丧失了叫喊、起身、离去的可能性，她失去了意志，轻轻地回答道：

"您好……"

答完话之后，她就感觉到了，他比她强大，他可以对她为所欲为。

萨宁将胳膊肘搭在窗台上，说道：

"请您到花园里来一小会儿，我们要谈一谈……"

卡尔萨维娜站起来，全身被一种奇异的力量控制着，她不知道该怎么办，该去哪儿，怎么去。

"我在那边等您。"萨宁说。

她点了点头，同时又因为她回答了他而感到万分害羞。

萨宁迈着缓慢、镇静的步子走了，卡尔萨维娜害怕看他的背影。她紧握双手，一动也不动地站了几秒钟。后来，她突然忙乱地动了起来，走出屋子，甚至还撩起裙子来，好走得更灵活些。

太阳和黄叶散发出的金光，不可遏止地洒满了整座花园。还离得老远，卡尔萨维娜就看见了站在小道上的萨宁。他冲她笑着，在他的注视下，姑娘很难向前走，也羞于向前走了：她觉得，面对萨宁，她的裙子已经遮挡不住自己了，他已经熟悉了她的裸体，她裸露身体的每一个动作都能被他看见。这一无助的、羞耻的感觉在她心中迅速生成，使得卡尔萨维娜竟害怕起花园和光照来。她跌跌撞撞、慌慌张张地跑到近处，离萨宁非常之近，以免萨宁从头到脚看到她的全身。

于是，萨宁抓住她的两手，将她拉进枝叶交错的树林的最深处，在那里，他几乎把她按坐在自己的膝头，自己则坐在一棵老苹果树的树桩上。

从一边，他能看见这弓着腰身的温情侧影和一个浑圆的肩头，这个柔软、细弱的肩头与他那宽大、坚硬的胸膛靠在一起，却构成了一种奇异、美妙的和谐。面对她的美丽，萨宁感觉到一阵狂喜的崇拜，几乎要在她的面前跪下，他禁不住俯下身体，轻轻地吻那吻那层薄薄的、干燥的织物，透过那层织物，可以看见那鲜嫩的肉体，可以感觉到那肉体的温暖。卡尔萨维娜颤抖了一下，但并未躲开。他用自己的力量和勇敢战胜了她，而她则用自己的温柔和美丽战胜了他，他俩都很害怕对方。萨宁想对她说上很多温情的、安慰的话语，但他又觉得，只要他一开口说话，卡尔萨维娜就会起身离去，因此，他一直沉默不语。姑娘听到了他紧张的喘息声。

"他想要什么……他要干什么？"她想到，因为恐惧和害臊而喘不过气来，"难道又要……我要脱身，我要离开！……"

"小济娜。"萨宁终于开了口，他不自然地道出这个不习惯的名字，他的声音是温情而又热烈的。

卡尔萨维娜在一瞬之间匆匆地瞥了一眼他的脸，却遇上了他的目光，他那双闪亮的眼睛正带着喜悦和胆怯、如此之近地看着她，使她感到害怕。她感到害怕，但与此同时，她又本能地感觉到他完全不可怕，此刻比起她怕他来，他更怕她。在她内心的一个角落里，某种类似少女调皮好奇心的东西一闪而过，于是，她突然感到轻松了一些，也不再因为坐在他的膝头而感到害臊了。

"我不知道，"萨宁说，"也许，面对您我有很大的罪过，我是不应该来的……但是我不能就这样扔下您！……我非常希望您能理解我……也别讨厌我，别恨我！……我该怎么办呢？有过那样一个时刻，我感到我们之间有个东西正在逝去，如果我放过了，这个时刻就永远不会在我的生活中再现……您就会从一旁滑过，我就永远也不会得到我能够得到的快感和幸福……您这么漂亮，这么年轻……"

卡尔萨维娜默默不语。她那个被头发遮住一半的透明的耳朵，变成了粉红色，她的睫毛也在颤动。

接着，萨宁用含混的、颤抖的话语非常轻地对她说，她给了他巨大的幸福，那个夜晚将像童话一样永远留在他的生活中。从他的声音可以听出，他是痛苦的，因为他无法向她说明，为什么忧伤即将过去，快乐的波浪即将涌来，她又将变成一个快乐的姑娘，能赋予生活一些东西，也能从生活中获得一些东西。

"您在痛苦，可昨天是多么的美妙啊！"他说，"但是要知道，这些痛苦的原因，就在于我们的生活安排得很糟糕，人们自己为自己的幸福制定了价码……如果我们换一种方式生活，这个夜晚就会成为我们两人记忆中最珍贵、最有趣、最美妙的感受之一，正是因为有了这样一些感受，生活才是可贵的！……"

"但愿！"卡尔萨维娜机械地说道，突然，出乎她自己的意料，她竟调皮地笑了一下。仿佛是太阳升了起来，仿佛是群鸟在歌唱，草地在喧器，由于她那个微笑，她的心灵变得轻松、明朗了，那微笑在转瞬之间竟使先前那个快乐、大胆的姑娘复活了。但是，这只是一道闪光，它很快就熄灭了。

卡尔萨维娜突然想像到，她未来的全部生活，都将是由流言、嘲笑、痛苦和近乎耻辱的害臊构成的一块块暗淡、肮脏的破布。所有那些熟悉的面孔都浮现出来，所有那些面孔都是挖苦的、挑剔的，一些不成体统的形象在周围跳动，于是，一阵阴暗的恐惧覆盖了她的心灵，激起了她的仇恨。

"您走吧，离开我！"卡尔萨维娜脸色苍白，她咬紧牙齿，神情残酷地说道，似乎在为自己的那个微笑而向他复仇，她推开他的胸脯，站起身来。

一种无能为力的沉重感觉控制住了萨宁。他感到，她面临着痛苦、耻辱和贫乏的威胁，无论什么样的话语都无法使她宽慰。她的愤怒和屈辱是有道理的，他没有力量在瞬间改变整个世界，从她女性的肩头卸下无辜地落在她身上的那种可怕的、纠缠不休的重负，以报答她青春的美丽给予他的欢乐和幸福。在一刹那间，他曾产生一个念头，想向她献上自己的名誉和帮助，但有什么东西制止了他。他感到，这样做太微不足道了，也没什么必要。

"没办法，"萨宁想，"就让生活照常进行下去吧！"

而她站在不远处，垂着手，低着头，那美丽的头发就像是王冠，她在想着什么，一道深深的、不是少女该有的皱纹刻在她白皙的脑门上。

"我知道，"萨宁说道，"您爱尤里·斯瓦罗日奇……也许，这才是最让您感到痛苦的原因吧？"

"我谁都不爱！"卡尔萨维娜病态地抱着双手，忧伤地低声说道。

她意识到自己面对萨宁刚刚提到的那个人是有罪的，并感到一阵无助的绝望，这些感觉像是肉体的疼痛，使她脸上现出了强烈的表情。

与此同时，一个巨大、难解的问题出现在她的心里，摇摆不止，就像一个烟柱，她感到，所有的恐惧以及发生的事情的所有谜底，都集中在这个问题中。

"怎样把这一切联系起来呢，"卡尔萨维娜无言地想到，"我爱尤里，我现在还深深地爱着他，爱得心都要碎了……对于他来说，我不再像过去那样，不再是纯洁的和惟一的了，一想到这一点，一切全都暗淡了下来，就像是在临死之前，可是，昨天却有一种力量，把我推给了这个男人……"

关于萨宁的想法是没有颜面的：那是对疯狂力量的回忆，对可怕快感的回忆，在那样的快感中，痛苦和那种欲亲近得更多更深的欲望交织在一起，时而竟不由自主地想被折磨到极点。然后，就是一段明朗、安静的回忆了，回忆到一种歌唱般的、无比亲近的柔情，这最后的回忆使心灵软了下来。

"是我自己的错！"卡尔萨维娜自言自语道，"我是一个放荡的坏女人！"

她想哭泣，想悔过，想用鞭子抽打自己那白皙、美丽的身子，她的肉体原来比理智、爱情和意识本身都更加强大，更加苛求。

有一瞬间，她显得似乎难以承受这种可怕的冲动，她会丧失意识，会死去。然而，这种冲动衰弱了，平息了，剩下的只有无望的、静静的忧伤。

这时，萨宁以一种尤其动人的哀求声调说道：

"您以后别把我当成一个恶人……您毕竟这么美丽，您给了我幸福，您还可以把那种幸福再给任何一个男人……给出更多的幸福，多出许多倍……而我祝福您，我所有的祝愿都是最美好的、最温情的，我会永远记着您昨天的模样。再见了……如果您需要我做什么事情，就来找我吧……如果需要，我愿意为您献出生命！……"

卡尔萨维娜静静地看了他一眼，不知为何竟生出了些恻隐之心。

"也许，一切都会过去的！"她的脑中闪过这一念头，转眼之间，一切都显得完全不那么可怕、不那么艰难了。过了片刻，他俩的眼睛彼此对视着，在这时，某种美好的东西从他俩心灵的最深处流淌了出来，汇聚在一起，似乎他俩突然变成了亲人和近友，他俩有一个共同的秘密，这秘密不能让任何人知道，它将永远留在他俩的内心，化做一段温暖、明亮的回忆。

"好吧……再见！"卡尔萨维娜用少女的嗓音低声说道。

欢乐和温情使萨宁的脸上一片灿烂。她向他伸出一只手，但是结果，他俩却大方、温情地相互吻了一下，就像兄妹那样。

在萨宁离去的时候，卡尔萨维娜一直把他送到大门口，并若有所思地、满面愁容地久久看着他的背影。然后，她静静地走进花园，躺在草地上。两手枕在头下。

那有些干枯、却仍然芬芳的草地，在四周沙沙地说着什么，卡尔萨维娜闭上眼睛，一动也不动，既没有思想，也没有感受。有什么事情在她的身上发生了，看来，它是自动发生的，于是，这个像往常一样快乐、年轻、大胆的女子又重新站起身来，走向生活，生活在她的面前将展现出它最幸福、最华丽的一切。

一个幽暗的思想在她的大脑中闪现，她想到了尤里，想到该不该向他坦白自己的这个秘密，这个想法带来了新的恐惧和羞愧，但是，卡尔萨维娜却赶紧对自己说道：

"别想这件事了，别想了……就这样吧！……"

于是，她再一次沉浸在了静静的期待之中。

四十一

　　这一天，尤里起得很晚，他心情很压抑，嘴里有股难闻的味道，太阳穴钻心地疼痛。起初，他什么都记不起来了，除了那些叫喊声和玻璃的磕碰声，除了苍白的灯光和那在醉醺醺的、呆滞的眼睛看来很是奇异的明朗而又透明的晨光。后来他想了起来，沙夫罗夫和彼得·伊里奇怎样摇摇晃晃、哼哼唧唧地走进房间睡觉去了，而他却和那位因喝了过量的伏特加而脸色煞白但像往常一样坚定不移的伊万诺夫一道，在阳台上呆了很久，并没有注意到灿烂的清晨的来到，那清晨的上方是蓝色的，下方却是绿色的，它就呈现在草场上，呈现在白金般耀眼的河流上。

　　他俩在争论，伊万诺夫洋洋得意地向尤里证明，像尤里这样的人是毫无用处的，他们不敢向生活索取属于他们的东西，他们最好不留痕迹地死掉。他怀着一种莫名的幸灾乐祸心情，一遍遍地重复着彼得·伊里奇的那句话："这类人我是避免称他们为人的。"同时还粗野地笑着，似乎是在践踏尤里。不知为何，尤里却不生气，一个劲儿听着，只对那些感受贫乏的指责提出了反驳，他说道，恰恰相反，这些人的生活是非常细微、非常复杂的，不过，的确，他们最好还是死掉。于是，尤里感到无比忧伤，想要哭泣，想要忏悔。他羞愧地想到，他似乎曾试图忏悔，却一直在围着卡尔萨维娜的事情绕圈子，几乎将这位纯洁、可爱的姑娘送到了那位洋洋得意的粗鲁男人的脚下。但是，伊万诺夫醉得太厉害了，似乎什么都未觉察出来，而尤里此刻却非常愿意相信，事情的确如此。

伊万诺夫无缘无故地嚷叫着，到院子里去了，突然之间，一切似乎都消失了。四周非常空旷，尤里完全是孤身一人了。醉意的迷雾缩小了他的视野，在他的眼前晃动的，只有那块肮脏的桌布，只有那些啃剩下的萝卜头，那些漂着烟头和残渣的啤酒杯。尤里垂头坐在那里，摇摇晃晃，觉得自己是一个被整个世界抛弃了的人。

后来，伊万诺夫回来了，和他一起来的，还有那个不知跑到哪里去了的萨宁。他很开心，吵吵闹闹，完全是清醒的，他有些奇异地看着尤里，似乎是过于亲热的，又似乎是带有嘲笑的。接下来，记忆中出现了一个白色的空点，后来，尤里又回忆起了小船、河流和一片从未见过的粉红色的雾。他们驾船行驶在一片冰冷、透明的水面上，他们徒步走在一片平坦的、阳光灿烂的沙滩上，那沙滩似乎是向下倾斜的。脑袋非常疼痛，胸中很是恶心。

"鬼知道有多卑鄙！"尤里想，"竟醉成这个样子……"

于是，尤里厌恶地拂去所有这些回忆，像是拂去沾在腿上的脏东西，他开始深思发生在树林中的那件事。

在最初的瞬间，他的眼前出现了那片不同寻常的、神秘的树林，树下是深重的、静止的黑暗，还有那奇异的月光，那洁白的、微凉的女性躯体，她紧闭的双眼，那浓烈的、醉人的体味，那强烈的、近乎疯狂的欲望。

这种回忆使他的全身产生了一阵困倦而又淫荡的颤抖，但又有什么东西可怕地刺痛太阳穴，压迫着心脏，于是，那个惊慌失措、不成体统的场景又过分详尽地浮现了出来，当时，他不带任何欲望地将姑娘放倒在草地上，她不情愿，在推搡，在挣脱，他也清楚他已经不可能做了，也不想做，却仍旧向她爬去。

由于羞耻，尤里颤抖了一下，他甚至还感觉到了白天的光线。他想走进黑暗，钻入地下，以免目睹自己的耻辱。但是，片刻过后，尽管非常艰难，尤里还是让自己相信了，令人感到厌恶的，并不是他破坏、歪曲了那阵强大情欲冲动的举动，而是他在一瞬间几乎与姑娘发生了关系的行为。

尤里作出一阵可怕的、几乎是肉体上的努力，似乎是在摔倒一个比他强大很多倍的人，他以这样的努力转换了自己的感觉，他发现，他的所作所为是合适的。

"如果我利用了她的冲动，那就是卑鄙的！"

但是，在他的面前却出现了一个新的、更加痛苦的问题：

"往后怎么办呢？"

在那片由各种纷繁的思想和欲望构成的混乱中，最后形成了这样一个决定：

"应该与一切决裂！……去占有她，玩上一阵，再将她抛弃，这我无法做到，我不是那种人，我对他人的痛苦过于感同身受了，这使得我无法去造成这样的痛苦。而结婚呢？……"

这个字眼在尤里听来甚至非同寻常地庸俗。他尤里，有着非同寻常、绝对特殊的本性，这一本性永远在伟大思想和伟大苦难的范围内摇摆，他不能为自己缔造那种伴有妻子、孩儿和拥有家业的小市民幸福。尤里甚至脸红了，似乎有人在利用这个想法侮辱他，说这样一个解决办法可能在他心里出现过，虽说只有短短一会。

"这么说，丢开她，走掉？"

姑娘那渐渐远去的身影在他的眼前闪现了一下，就像是一去不返的最伟大幸福，就像是生活本身的一个损失。如果拒绝她，他就将她从自己的心里掏了出来，她的身后还连着一根根血管，上面布满了一个个致命的、血淋淋的伤口。四周的一切都暗淡下来，心里也空洞了，沉重了，甚至连整个身体似乎也衰弱了下来。

"可是我爱她呀！"带着最后一阵痛苦的困惑，尤里在内心喊道，"我怎能就这样自己断送自己的幸福呢？……这是荒唐的，不成体统的！"

"那又怎么办？……'结婚'？"

于是，甚至连这个想法出现的可能性都让尤里再次羞愧起来，他陷入了痛苦、困惑的愁思。他不再能看到太阳了，不再能意识到自己的生活了，他也丧失了去看、去听的兴致。尤里竭力不再去想这些事，他坐到桌旁，开始阅读他近些日子模仿《传道书》写下的文字：

世上既无善，亦无恶。

又有人言：自然者即为善，人有权拥有其欲望。

然此为谎言，因一切皆自然，无一物生自黑暗及虚空，然万物皆有其开端。

另有人言：善来自上帝，然此亦为谎言，因上帝如若存在，一切便均来自上帝，甚至亦涵对上帝之亵渎。

第三类人言：善者，即对人行善也。然果真如此焉？对此者行善，即为对彼者作恶；对奴隶行善，即予其自由，对主人行善，即奴役奴隶；对富人行善，即护佑其财富，对穷人行善，欲使富人死；对受歧视者行善，欲使其屈服于己，对歧视他人者行善，欲在对之不屈服，对不可爱者行善，欲使其为人所爱；对幸运者行善，欲使其仍为惟一；对生者行善，欲使其不死，对新生者行善，欲使他人去死，为其空出世间之地盘，对人行善，即让兽死，对兽行善，即让人死……一切如此，世世代代，面对他人，无人有权享有仅他所属之善。

人间公认，行善施爱，胜于作恶结仇。然此亦有隐意：因若有报复，人最好行善，牺牲自我，若无报复，则最好安分守己于世间。

人间另有一例谎言：有为他人而扼杀自我之生活者。众人对他言：你之精神长于你之生命，因其如永恒之种，长存于人间事业。然此亦谎言，因众人皆知，时间之链中既有创造之精神，亦有毁灭之精神，何者将起，何者将陨，不得而知。

另有：人们在思想后人将如何生活，他们自言，其子将享用其成果，甚好。然我等不知身后之事，我等无法想像步我等后尘者必将遭遇之黑暗。我等无法爱后人，亦无法恨后人，一如我等不爱不恨前人。时间之联系已中断。

有人言：面对欢乐及忧伤之源泉，我等欲使众人平等，用同一尺度对待众人。然无一人能受纳大于其自身之欢乐及忧伤，痛苦及享受；命运不等，众人亦不等；其尺度一致，其心胸却永难一致。

傲慢在言：有伟人，亦有小人！

然任何之人，皆日出与日落，巅峰与深渊，原子与世界。

有人言：人之智慧伟大！然此亦谎言，因视界有限，在无限之宇宙，理智与疯狂流溢如空气，人不见其疯狂，亦不见其理智。

人有何知？

亚当有知，如何吃喝，如何穿衣，然留存其需求及其种；我等亦同样有知，亦将在未来留存我种。然亚当不知如何不死，如何不惧，我等亦不知。知识甚多，却无生活和幸福可充盈此类知识。

自布履至王冠，人之一切目的，均为使躯体摆脱痛苦与死亡。我等所见：该隐以那寻常长棍打倒亚伯[1]，是否可以此棍毁灭最末认知阶段之第一人。玛士撒拉最为长寿[2]，然他亦难免一死；约伯最为幸福[3]，然他亦遭遇悲伤；漫漫人生，几多幸福与痛苦，并非每人皆能承受，并非每人之死，均皆如其先辈……如今，趁加冕知识诸神，人们正大声喊叫，自吹自擂！

恰似蛆虫之吞噬！

一阵寒冷的感觉掠过尤里的后背，白色的蛆虫蠕动着，在整个大地上铺了厚厚的一层，这场景让他颤抖。他觉得，他所写的东西是非常重要的。

"一切正是这样的！"像有只锤子在他心里砸了一下，于是，那高傲的创造感与一阵强烈的忧愁交织在了一起。

他走到窗前，毫无目的地久久看着花园。花园的小道上，那层黄色和红色的树叶泛出光泽，死亡的树叶在空中静静地翻滚着，无声地落到地上。四处都是衰亡的黄色，树叶死去了，无数仅靠阳光和温暖为生的昆虫死去了。一切全都死去了，在这白昼静谧的光照下。

尤里无法理解这种安静，显在的死亡在他心里唤起一种无

---

① 该隐和亚伯均为亚当和夏娃的儿子，该隐因嫉妒杀死了弟弟。
② 挪亚的父亲，活到九百六十九岁。
③ 约伯很富有，上帝试其忠诚，夺其财产和女儿，他无怨无悔，上帝最后还他女儿，并赐双倍财产。

端的、沉重的怨恨。

"瞧……它还在喘气，还在发光，像是有人给它送来了甜饼！"他带着有意的粗鲁想到，他还想想出一些更粗鲁、更伤人的话来。

那样的话涌来很多，却悬在半空中，无力地落在尤里本人的脑袋上。那种直冲发根的恶意控制了尤里，他甚至喘不过气来了。

而窗外却是金色的花园，花园那边是河流，河面映着碧绿、蔚蓝的秋天的天空，河流那边是原野，蛛网使原野泛着银光，原野那边又是河流，在河中投下倒影的是树林，然后是河岸，是橡树，是静静的小路，那路上有人在行走。

四十二

路上走的是醉醺醺的歌手彼得·伊里奇。

当秋天来临，别墅区就空旷、安静了下来，像是安葬逝去的欢乐的一片小小的墓地，它体现出了某种特别的、雅致的美：一道道精致的小栅栏像花边一样圈起树木和灌木，栅栏上挂着一串串红色的草球果；一幢幢玩具似的小别墅，从已经稀疏了的枝桠那金色的条纹间显现了出来；在荒芜的花坛上，红色的菊花孤独地站在那里，一边想着什么，一边冷漠地摇摆着漂亮的小脑袋；阳台和绿色的长椅似乎还保留着往日欢乐、喧嚣生活的痕迹，仿佛，那种生活是一种特别美妙的生活，它所充满的全都是愉快、欢笑和幸福。有时，在空旷的林荫路上，也会出现一个孤独的、沉思的女性身影，就像一只掉了队的鸟儿，因此，她便显得非常美丽、忧愁和神秘。紧闭的门窗衍生出一片寂静，似乎，正是它，这秋天的寂静，如今在这里过起了它那种神秘的、超人的生活。

彼得·伊里奇缓慢地走在荒芜的小道上，他那根手杖将黄色的落叶拨得沙沙作响。

当此处人头攒动、喧闹开心的时候，他从未来过这里。也许，他本能地感觉到了自己的衰老、贫穷和丑陋，而那些人，连同他们的欢笑和他们明朗的面孔，会妨碍他去倾听那只有他一人能听见的声音。

他走过几座别墅，在一个被遗弃的凳子上坐了下来，久久地看着眼前，直到已经变凉的秋天的天空暗淡了下来，或许，他是在感受永恒的临近，那永恒正在这片人间欢乐之地的上方无形地掠过。

然后，他下坡朝河边走去，站在那些庄重的、绿黄相间的橡树下，看着静静的、水晶般的河水。他躺在干枯、稀疏的草地上，一连躺了好几个小时，脑袋贴着地面，谛听着大地无声的话语，呼吸着大地那庄重、安宁的气息。

他来到最荒凉的地方，在这里，河流淌到山脚下，大山想压住河流，可是却做不到。河流在嘲笑大山，浑身颤抖着发出一阵蓝色的、银色的笑声，大山则皱起了眉头，树木也在喧闹。时而，有几棵巨大的橡树自陡峭的河岸向河流探过身去，使那些低垂的、被折断的树枝浸入在那奔流的、嬉笑的深深的河水里。

河流泛出一道道波纹，那些波纹因天空而发蓝，因大地而发绿，仿佛有谁在那水面上急速地书写着一些难解的、神秘的文字。他写了又擦，再重新急速地书写，又重新擦去。

这些文字是什么意思，从来没有任何人能读懂，但是，这些文字显然抵达了一连数小时紧盯着它们的彼得·伊里奇的心灵，使他变得安静起来，就像是人的一生那已然暗淡的傍晚。

树林、河流、原野和大地赋予他某种东西，那是醉意的、贫乏的生活所难以提供给他的，这东西充盈他内心的最深处。当老歌手进行此类漫游时，其模样是若有所思的，是庄严持重的。

返回途中，遇到不多的几个熟人中的某一位，老歌手会说些什么，会神态庄重地试图传达那种他无法传达出来的东西。不知为何，他每一次都会用同样一句话来结束谈话：

"冬天……那里真是漂亮！……安静哪……雪花在飘……灰雀在唱！……"

他的声音会变成男高音，在空气中逐渐散开，这使人觉得，这个人尽管处处平凡，却善于以特殊的方式接受某种生活之美，当他摆脱了为糊口而不得不干的工作，摆脱了伏特加和疾病，那么，他将使自己的生活变得美好而又充实，他的内心也将幸福起来。

四十三

"秋天……已经是秋天……然后将是冬天，将是落雪……然后是春天，是夏天，又是秋天……冬天，春天，夏天……无聊啊！到那个时候我会做什么呢？还不是和现在一个样！"尤里忧愁地笑了一下，"最好的情况就是我昏过去，完全不去想任何事情！那就是衰老和死亡！"

各种思绪又一次没完没了地涌进了他的脑袋：他想到，生活在他的身边滑过，他想到，完全没有任何特别的生活，任何一种生活，甚至连英雄们的生活，都充满了无聊，充满了痛苦的准备时期和缺少欢乐的结局。他想起，他一直生活在期待中，期待着某种新东西的开端，他将此时所做的一切都看成是短暂的，而这短暂的东西却像一条毛毛虫一样伸长了，展开了所有那些新生的环节，已经显而易见，这条毛毛虫那苍白的尾部已隐入了衰老和死亡。

"功勋啊，功勋！"尤里忧愁地握紧两手。"只求立即死掉，立即消失，没有恐惧和痛苦！生活仅在于此。"

成千上万的功勋，一个比一个更英勇，都呈现在他的眼前，但每个功勋都像一个死亡头骨，朝他的脸庞扫了一眼。尤里闭上眼睛，却非常清晰地看到了彼得堡那苍白的早晨，看到了潮湿的砖墙，看到了那在灰蒙蒙的天幕中现出一道苍白侧影的绞架……要不，就是一张凶恶的面孔，一枝顶住太阳穴的手枪枪管，一种似乎难以承受、却又必须经历的恐惧，一次直冲着面孔的射击……要不，就是鞭子抽在脸上，抽在背上……还抽在裸露的屁股上……

"应该去做这种事情？……已不再考虑啦？"尤里对自己说道，忧伤地摆了一下手。

功勋变得苍白了，溜到什么地方，烟消云散了，在功勋置身过的地方，却出现了软弱，出现了这样的意识：所有这些关于功勋的幻想，都是孩子们的游戏。

"我干吗要让自己的'我'遭人辱骂、面临死亡呢，就是为了使三十二世纪的工人们不再有缺少食物和性爱的体验！？……让他们见鬼去吧，让全世界所有的工人和非工人都见鬼去吧！……"

于是，尤里又感觉到了一阵无能为力的怨恨，这怨恨是没有对象的，却使他自己感到很痛苦。想把什么东西扔下、抖落，这样一个难以遏止的需求控制了他。但是，一双看不见的爪子却紧紧地抓住了他，于是，一阵彻底疲惫的感觉渐渐涌起，涌进了大脑和内心，使活生生的躯体充满了死亡的冷漠。

"哪怕让某个人来杀了我……"尤里委靡地想到，"突然来杀，从后面出手，让我看不到自己的死亡……呸，脑子里竟爬进这么愚蠢的念头！……为什么一定是某个人，而不是我自己呢？难道我真的如此渺小，甚至在完全意识到生活仅仅为痛苦的时候，仍没有力量结束自己的生命？……要知道，反正迟早不都是要死的吗？……干吗还要打这……小算盘！……"

但此时，尤里却在想像中将自己按向地面、扭曲脸庞，俯视着自己，带着蔑视和病态的嘲讽。

"不，不行啊，老弟，休想！你只是一个想像能手，怎能干得成事情……如何能成啊！"

尤里觉得心里生出一小阵寒意，这寒意是好奇的，胆怯的。

"去试一试？……是的，不是真的……是开玩笑！……不是为了……而是……毕竟很有意思！……"他对自己说道，似乎是在某人的面前为自己辩白。

从桌子的抽屉里取出手枪来，是非常艰难和羞愧的，今天晚上在林荫路上，杜博娃、沙夫罗夫、萨宁，尤其是卡尔萨维娜，也许不会知道，也许猜测不透，他曾对自己做过多么幼稚的尝试，这个荒谬的念头使他感到害怕。

尤里将手枪偷偷地装进口袋，走到通向花园的台阶上。台阶上同样落着些干枯的、像尸体一样蜡黄的树叶。尤里用脚尖拨动那些落叶，听着那微弱的沙沙声，并吹起口哨来，那是一段悠长、悲伤的旋律。

"你在吹什么呀？"柳丽娅玩笑地问道，她手拿一本书和一把伞，正从花园向屋子走去。她去河边与梁赞采夫见了面，回来时她容光焕发，因为接吻而幸福不已。谁也不会妨碍他俩随时随地地见面，但是在隐秘处，在荒芜花园的空旷和沉静之中，还是会有某种强烈的体验，因此，接吻就变得热烈了，它们已经在柳丽娅的心中激起了一些新的愿望。

"你像是在埋葬自己的青春！"她在走过去的时候又添了一句。

"愚蠢。"尤里生气地反驳道，就从这个时刻起，他感觉到了某种东西的迫近，那东西比他自己还要强大。

就像一只处在濒死烦恼中的动物，他痛苦不堪，开始为自己寻找一个去处。院子里没有地方，于是，尤里向河边走去，河面上漂浮着黄色的落叶和蛛网，尤里将一根枯树枝投进水中，久久地看着，被树枝激起的一道道细小的涟漪在急速地扩散，漂浮的落叶在颤动。然后，他又回到屋前。在屋前那几个被踩塌的、枯黄了的花坛上，最后几朵红花在孤独而又悲哀地挺立着，就像是红色的丧服。尤里在花坛旁站了一会，然后又走到了花园的中央。

那儿已是一片黄色，树枝显出丝绒般的黑色，镶着金黄树叶的花边。只有一棵树是绿色的——那是株橡树，它庄重地保留住了自己那些轮廓清晰的叶片。在橡树下的长椅上，躺着一只棕色的大猫，它正在晒着太阳。

尤里忧郁、温柔地抚摩着猫儿毛茸茸的后背，他感觉到，泪水涌进了他的喉头。

"整个生活都完了，整个生活都完了……"他机械地重复这些话，他认为这些话毫无意义，可它们却触到了他内心的最深处，像有一把锋利的刀刺穿了他的心。

"但是要知道，这全都是胡说！……我的全部生活都还没有开始！……我才二十六岁！"他在内心喊道。于是，突然之间，他挣脱了那层迷雾。他曾在那层迷雾中挣扎，就像蛛网中的一只苍蝇。

"唉，问题不在于二十六岁，也不在于生活还没有开始！……"他挥了挥手。"那问题在什么地方呢？……"

突然，他想到了卡尔萨维娜，他想，在昨天那极其耻辱的一幕之后，已经无法再与她见面了，可是又不能不见面。一想到见面，羞愧的感觉便无比强烈地充斥了他的内心和大脑，有个念头一闪而过：与其这样，还不如死掉。

那只猫弓了弓后背，发出了可爱的呼噜声，就像是茶炊在歌唱。尤里仔细地看了看那只猫，然后来回踱起步来。

"生活是痛苦的……无聊，苦闷……而且，我又不知道……但是，宁愿死去，也不能和她见面！"

车夫提着一桶水，脚步沉重地走了过去。水桶里漂着几片枯死的黄叶。透过树枝能看到屋前的台阶，女仆出门来到台阶上，望着尤里，在说着什么。尤里很久都没弄明白她在对他说什么。他和周围一切东西之间的联系开始消融了，断裂了。每时每刻，他都不知不觉地越离越远，离开了整个世界，躲进了他孤独的精神的幽暗深处。

"噢，好的……"他说道，终于弄明白了，女仆是在唤他去吃饭。

"去吃饭？"他恐惧地问自己，"去吃饭吧！……也就是说，一切都按老样子，再去生活，去受难，还得去决定，如何面对卡尔萨维娜，如何面对我的那些思想，如何面对一切，是这样的吗？……应当赶紧些……要不就该去吃饭，我要迟到啦！"

一阵奇怪的焦急控制了他，颤抖传遍整个躯体，尖锐地刺入所有的关节，刺入了手臂、腿脚和胸腔。女仆将两手放在白围裙下面，站在台阶上，没有走开，看来，她是想呼吸呼吸花园里秋天的空气。

为了不让台阶上的人看到，尤里偷偷地走到一棵橡树后面，他朝那位女仆看了几眼，看她是否发现了自己——然后非常迅速、突然地对准自己的胸口开了一枪。

"没打响！"伴随着瞬间出现的想活下去的强烈愿望和面对死亡的恐惧，他脑中欢快地闪过这一念头。但是，他的眼前已经出现了橡树的树冠、蓝色的天空，他还看到那只不知跳往何处的黄猫在空中一闪而过。

女仆叫喊着冲进屋去，接着，尤里觉得，在他身边立即出现了许多人。有人在往他的头上浇凉水，于是，他的额头粘上了一片很碍他事的黄色树叶。一些惊慌的声音在四周响起，有个人在哭喊：

"尤拉，尤拉……这是为什么啊！"

"这是柳丽娅在哭。"尤里想到。他在这时睁开了眼睛，在动物般野性的绝望之中，他发起抖来，叫喊道：

"医生……你们快去叫医生！……"

但是，怀着极度的恐惧，他明白一切都已经结束了，什么都帮不上忙了。落在他额头上的几片树叶，迅速地变得沉重起来，压迫着脑袋。尤里伸了伸脖子，想透过树叶再看到些什么，然而，那些树叶却更加迅速地向四方扩展，覆盖了一切。

于是，尤里已不再能意识到在他身上所发生的事情了。

四十四

尤里·斯瓦罗日奇死后，那些认识他的和不认识他的人，那些爱他的和看不起他的人，那些从来没有想到过他的人，全都为他感到惋惜。

谁都弄不明白他为什么要这样做，但众人又觉得，他们能够理解，并在内心深处共享着尤里的那些思想。自杀仿佛是优美的，而美则能唤起眼泪、鲜花和好话。

葬礼上不见亲人，因为尤里的父亲中风了，柳丽娅也守在父亲的身边。只有梁赞采夫一个人在张罗葬礼。于是，前来送葬的人见死者如此孤独，便感到更加忧伤了，死者的形象也就变得更崇高、更悲哀、更庄重了。

人们给他送来许多美丽的但没有香味的秋天的花朵，在那些红花、白花和绿叶的包围中，死者尤里的脸庞看上去真的很安详，他所经历的那些情感和事件没有在那张脸上留下任何的痕迹。

当人们抬着灵柩走过杜博娃和卡尔萨维娜的住处，她俩走出门来，加入了送葬的队伍。卡尔萨维娜一副孤立无援、丧魂落魄的模样，就像是一位即将面对辱骂和耻辱死刑的姑娘。虽然她明白，尤里并不知道在她身上所发生的所有事情，可她却始终觉得，在尤里的死和已成为永久秘密的"那件事情"之间，存在着某种联系。她使自己承受着莫名罪孽的重负，她觉得自己是整个世界上最不幸、最有罪的人。她哭了整整一夜，她在想像中拥抱着、抚爱着那个永远逝去的人，到天快亮的时候，她的内心已充满了对斯瓦罗日奇绝望的爱恋和对萨宁强烈的仇恨。

她把他俩偶然的亲近想像成一场不成体统的梦，而接下来的一天就更加不成体统了。萨宁对她说的所有那些话，她当时本能地相信了，可此刻却觉得它们全都是卑鄙下流的，觉得自己坠入了一个一去不返的深渊。当萨宁走到她身边，她用那充满厌恶和恐惧的目光看了他一眼，立即转过身去。

那只伸出来的手，原想进行一次友好的紧握，却在一瞬间触到了她冰冷的指尖，这使萨宁明白了她此刻全部的所思所想，于是，他自己也觉得，他已经永远成了她的陌生人。他撇了撇嘴唇，想了想，便朝伊万诺夫走去。伊万诺夫正若有所思地跟在众人后面，忧伤地耷拉着他那长着又黄又直的头发的脑袋。

"瞧，彼得·伊里奇多卖力！"萨宁若有所思地说。

在远远的前方，人们跟在微微起伏的棺材盖的后面，高声地唱着悲伤的送葬曲，彼得·伊里奇的男低音发出了清晰、忧伤的颤音，在空气中久久地回荡。

"怪事，"伊万诺夫说，"要知道，这人是个窝囊废，可是……你瞧！"

"朋友，我认为，"萨宁回答，"他在开枪前的三秒钟还不知道他会开枪自杀……怎么活的，也就怎么死。"

"是这么回事！……就是说，这人还是找到了自己的终点！"伊万诺夫莫名其妙地说了一句，然后猛地甩了一下自己那黄色的头发，变得开心起来，显然，他捕捉到了某种只有他一个人明白、也只能使他一个人感到安慰的东西。

墓地里已完全是一片秋色，树上像是洒满了金色和红色的雨滴。只有那覆盖着一层落叶的草地，还有些地方是绿的，而在一条条小径上，风儿却在吹动一堆堆的落叶，于是，在整个墓地里，仿佛流淌着一道道黄色的小溪。一个个十字架泛出白光，一座座大理石墓碑显出柔和的黑色和灰色，一道道栅栏则闪着金辉，而在那些无声无息的坟墓之间，却似乎有什么无形的但却忧郁的东西在场，仿佛，在这些打破寂静的人们到来之前，有一个忧伤的人曾在这些小径上徘徊，曾在这些坟墓上落座，他欲哭无泪，满心绝望，曾感受到深深的悲伤。

黑色的土地接纳了尤里，掩埋了尤里，而人们仍长久地聚集在墓穴上面，他们带着可怕的、探询的好奇心看着命运的黑暗，高声唱着哀悼的歌曲。

在那个可怕的瞬间，当棺材的盖板消失了，当永恒的黄土永远横隔在了生者和死者之间，卡尔萨维娜大声痛哭起来，于是，这高音的、女性的哭声便响彻了静静的墓地，在人们的头顶上方缭绕，那些人满怀着隐秘的忧伤和不安，始终沉默不语。

她已经不去考虑，人们有可能获悉她的秘密。大家也都猜透了那秘密，然而，这位哭泣着的漂亮的年轻女性，曾欲将自己的整个生命、整个青春和美丽都献给那位现已入土的死者，死亡永久地割裂了他俩之间的联系，这死亡的恐惧竟如此显在，使得无人会以那阴暗的念头去侮辱这颗袒露着的女性心灵，而只会满怀无意识的尊敬和惋惜将脑袋垂得更低些。

卡尔萨维娜被扶走了，她的痛哭渐渐变成了轻声的、无望的啜泣，最后在远处消失了。墓穴上垒起一个长方形的土堆，它不祥地勾勒出了它所掩埋着的那副人的躯体，在那个土堆上，人们麻利而又沉静地栽下了一棵绿色的云杉树。

这时，沙夫罗夫张罗了起来。

"先生们，应该有人讲讲话啊！……先生们，怎么样？"他认真地、与此同时又是抱怨地说道，时而冲着这个人，时而又面对另一位。

"您去请萨宁。"伊万诺夫阴险地建议道。

沙夫罗夫吃惊地看了他一眼，但伊万诺夫的脸却是不动声色的，于是，沙夫罗夫信以为真了。

"萨宁，萨宁……先生们，萨宁在哪里啊？"他着急起来，用他那双近视眼四下搜寻。"啊！……弗拉基米尔·彼得罗维奇……请您讲几句话吧……讲讲吧！"

"您自己讲吧。"萨宁闷闷不乐地回答，同时在谛听着卡尔萨维娜那已经消失了的哭声。

他依然能在空中感觉到那个高亢的、充满变化的哭声。

"如果我能讲，我当然会讲的……要知道，说实话，这可是一位出—类—拔—萃的人啊！……喂，请吧……讲两句！"

萨宁直直地盯了他一眼，遗憾地说道：

"讲什么呢？……世界上又少了一个傻瓜，仅此而已！"

他那刺耳、响亮的声音显得意外地有力和清晰。起初，众人似乎都愣住了，但是立刻，在许多人还没有断定他们是否听清了的时候，杜博娃便用激动的嗓音喊了一声：

"真卑鄙！"

"为什么？"萨宁耸了一下肩膀，问道。

杜博娃想喊出什么话，想挥起手臂，但一些小姐却将她围了起来。众人全都动了起来，响起一些胆怯的、然而却愤怒的声音，闪过一些涨红的、激动的脸庞，于是，似有一阵风吹向一堆干枯的落叶，人群迅速地散开了。沙夫罗夫跑到什么地方去了，随后又返回身来。在另一小群人的包围中，梁赞采夫在激动地挥舞着双手。

萨宁心不在焉地看了看一张愤怒的脸，这张戴着眼镜的脸不知为何突然出现在他的鼻子底下，却又完全是沉默不语的，于是，他转身找伊万诺夫去了。

伊万诺夫面无表情地张望着。他唆使沙夫罗夫去找萨宁，多多少少预感到会出现某种不愉快的场面，但实际发生的事情却超出了他的预料，一方面，这个事件的强烈效果使他惊叹不已，另一方面，他也感到有些可怕和不快。他不知该说些什么，因此就面无表情地张望着，越过林立的十字架，望向遥远的田野。

"一群傻瓜。"萨宁带着真心的忧愁说道。

这时，由于对什么事情都犹豫不决，伊万诺夫感到不好意思了，于是，他便装出一副不动声色的样子，将手杖放到屁股后面，斜倚着那手杖，说道：

"让他们见鬼去吧。我们离开这里吧！"

"好吧，我们走……"

他俩绕过敌意地盯着他俩的梁赞采夫以及与他站在一起的那帮人，朝出口走去。但是，还离得老远，萨宁就看到了一群他不大认识的年轻人，他们像羊群一样将脑袋挤在一起。沙夫罗夫站在圈子中间，忙乱地挥舞双手，在说着什么，但一看到萨宁就打住了话头。所有的面孔都转向萨宁，每张脸上都带着一种奇怪的表情：那是高尚的愤慨、胆怯和好奇的混合体。

"这是一场反对你的险恶阴谋！"伊万诺夫说。

萨宁突然皱起眉头。看到他脸上的表情，甚至连伊万诺夫也感到吃惊。那群大学生和姑娘们的脸庞都是粉红色的，不知是怀着恐惧，还是带着赞赏，沙夫罗夫从他们当中走了出来，他满脸通红，就像一棵红甜菜，他眯缝着那双近视眼，朝萨宁走来，而萨宁则转身站下了，那架势似乎想对第一个靠近者予以打击。

或许，沙夫罗夫也正是这么想的，因为他停步的位置，比实际需要的更远一些，而且脸色苍白。大学生们和小姐们挤在他的身后，就像跟在公羊后面的一小群羊。

"你们还想干什么？"萨宁声音不高地问道。

"我们什么也不想干……"沙夫罗夫慌乱地回答，"但我们想代表全组同学，向您表达我们的谴责和……"

"我非常需要你们的谴责！"萨宁带着不善的表情咬着牙回应道，"你们请我对死者斯瓦罗日奇讲几句话，可当我讲了我的看法，你们就要对我表达你们的愤怒？……好吧！……如果你们不是一些愚蠢、伤感的男孩子，我就要对你们说，我是对的，斯瓦罗日奇的生活的确过得很愚蠢，他用一些鸡毛蒜皮的小事折磨自己，又像傻瓜一样死掉了，但是你们……你们的笨拙和愚蠢让我讨厌，你们全都见鬼去吧！我招惹你们啦？……走开！……"

于是，萨宁径直走去，推开了挡着他道的那些人。

"请您不要推人！"沙夫罗夫用尖细的嗓音抗议道，那声音有点公鸡嗓子的味道，他满脸通红，几乎落下泪来。

"这太不像话了！"有人开了腔，但没把话说完。

萨宁和伊万诺夫走到街道上，沉默了相当长的一段时间。

"你又何必吓唬人！"伊万诺夫说，"从今以后你就是一个恶人了！"

"如果这些爱自由的年轻人一辈子都没完没了地纠缠在你的脚下，"萨宁严肃地回答，"你也同样会去吓唬他们的！……不过，还是让他们见鬼去吧！"

"喂，别哭，朋友！"伊万诺夫说道，不知是当真，还是在开玩笑，"你知道吗……我们去买点啤酒，追悼一下上帝的奴仆尤里！啊？……"

"好吧，请便！"萨宁无动于衷地回答。

"等我们去的时候，大家都散了。"伊万诺夫兴奋地说道，"我们在他的坟头上喝几杯……向死者致敬，也让我们自己满意！"

"好吧。"

当他俩回到墓地，墓地里已空无一人。那些十字架和墓碑静静地压迫着黄土，竖立在那里，似乎是在等待。看不到一个活物，也听不见一个活物的声音，只有一条滑溜溜的黑蛇爬过小径，使落叶发出了沙沙的响声。

"瞧，你这条爬虫！"伊万诺夫颤抖了一下，说道。

在尤里的新坟上，新挖开的冰凉泥土，腐朽的旧棺木和绿色的云杉树都在散发着各自的气味，就在这坟墓旁的草地上，他俩摆出了一堆沉重的啤酒瓶。

四十五

"你知道吗……"萨宁说道,这时,一两个小时之后的黄昏,他俩已经来到一条昏暗的街道上。

"什么?"

"你送我去车站吧,我要离开这里。"

伊万诺夫停住了脚步。

"干吗要走?"

"我在这里很无聊!……"

"怎么,你害怕了?"

"怕什么?我愿意走,没别的意思。"

"为什么?"

"朋友,别提这些愚蠢的问题啦!我愿意,仅此而已……在你还不了解人们的时候,总觉得他们能给出什么东西……这里有过一些有趣的人……卡尔萨维娜是新鲜的,谢苗诺夫死了,丽达似乎可以走一条不同寻常的路……而此刻,却感到无聊了。一切都叫人厌恶。这还不够叫你烦的吗?你明白吗,我忍让过这些人,尽我所能地忍让……我再也无法忍受了。"

伊万诺夫久久地看着他。

"喂,我们走吧……"他说道,"要和亲人们告个别吧?"

"他们……他们最叫我厌烦了。"

"东西是要拿的吧？"

"我的东西不多……你到花园里去，我进房间，从窗口把箱子递给你。否则他们会看见的，又要提出一大堆问题，而我又能说出什么样的话来安慰他们呢？"

"是—啊……"伊万诺夫拖长声音说道，片刻之间，他垂下了脑袋，然后又挥了挥手，"这对我来说是非常难受的，朋友……将来又会怎样呢！"

"跟我一起走吧。"

"去哪儿？"

"去哪里都一样。到时候就知道了。"

"我没有钱。"

"我也没有。"萨宁笑了起来。

"不，你自己走吧……十五号起，我的课就开始了。那样就会平静一些啦！"

萨宁默默地直对着伊万诺夫的眼睛看了一下，伊万诺夫也同样直对着萨宁看了一眼。突然，伊万诺夫感到有些不自在，他缩起身子，似乎在镜子里发现自己的影像很是丑恶。萨宁也转过了身。

他俩穿过院子。萨宁走进屋子，伊万诺夫则走进了黄昏时分暗淡的花园，在花园里忧伤地迎接他的，是秋天黄昏的暗影和淡淡的腐烂气味。伊万诺夫走过草地和灌木丛，把落叶和枯树枝弄得沙沙作响，最后来到萨宁房间的窗户前。那窗户是敞开的，没有灯光。

萨宁则悄悄地走过大厅，面对着阳台的门停了下来，他听到了两个熟悉的声音。

"你想要我干什么？"从阳台上传来了丽达的声音，使萨宁感到吃惊的，是那种呆板、痛苦的腔调。

"我什么也不想要。"诺维科夫回答，显然，他的嗓音违背意志地流露出了不满和厌烦，"我只是感到奇怪，你这么看着我，好像是你为我作出了牺牲似的……要知道，是我……"

"好吧……"丽达的声音中断了，随后，在傍晚那昏暗的寂静中，丽达那伴有泪水的清脆声音又意外地响了起来，"不是我……是你作出了牺牲……是你！……我知道！……究竟还需要我干什么呢？"

诺维科夫困惑、窘迫地哼了一声，听得出来，他有些不好意思，并在竭力掩饰这一点。

"你怎么就是不能理解我呢？……我爱你，因此才作出了这样的牺牲……但是，如果你把我们的亲近看成是某一方作出的牺牲，那我们的生活还怎么过呢？"

诺维科夫的声音变得有力了，听起来很坚定，甚至很开心，似乎他已经找到了真凭实据。使他感到高兴的是，如今他大约已经能说服丽达了

"你要明白……我们只可能在一种前提下生活，这就是：无论是你还是我，谁都没有作出过任何牺牲……两者必居其一：要么我们彼此相爱，那样的话，我们的亲近就会是合理的，自然的，要么我们彼此不相爱，那样的话……"

丽达突然哭了起来。

"你要干什么！？"诺维科夫吃惊地激动地说道，"我真不明白……我好像也没说什么伤人的话呀……别哭啦！……我的意思和你的一个样……真是鬼知道！……你干吗要哭呢！？……什么话都不能讲……"

"我不知道……不知道……"

这压低了的女性声音像一个轻声的怨诉，一个无力的怨诉，听起来很是悲哀，让人难以承受。

萨宁皱了皱眉头，走进了自己的房间。

"唉，看来，丽达是完了！"他想到，"也许，如果她当时真的投水自杀了，也许是一种更好的选择！……也许，她能对付过去……真猜不透！"

伊万诺夫在窗外听到，萨宁在慌慌忙忙地摸索着，把纸页弄得沙沙直响，还碰掉了什么东西。

"你快好了吗？"他焦急地问道。

站在阴暗的窗口下，站在秋天的晚霞那苍白的朦胧中，面对这阴暗、神秘的花园，他感到有些无聊和害怕。一阵萧瑟之声使他回忆起了他的那场梦。

"这就好。"萨宁回答，他离窗口居然如此之近，使伊万诺夫不禁颤抖了一下。窗内的黑暗波动起来，一只箱子和萨宁那张白色的面孔从窗子里探了出来。

"接着！"

萨宁轻盈地跳到地面上，拿起了箱子。

"好了，我们走！"

他俩迅速地走过了花园。

花园里笼罩着一片苍白的朦胧，凉下来的土地散发出轻微的冷意。树木的叶子已落得很厉害了，园子里因而显得格外空旷。对岸的晚霞燃尽了，河水泛着单调的光泽，这河水已经被遗忘了，被抛弃在这谁都不再需要了的花园的尽头。

当他俩走近车站，只见无数的路轨上闪着一盏盏信号灯，一列火车的车头在有节奏地喷着蒸汽。一些人跑来跑去，把一扇扇门弄得轧轧直响，他们在彼此喊叫着，用粗鲁、凶狠的话语对骂着，似乎，大家都很忧愁，很沉重，便想用对他人的有意凶狠来掩饰自己的情感。一群面色忧愁、神情慌乱的农夫背着包袱，在站台上蠕动着。

在小吃部里，萨宁和伊万诺夫喝了些酒。

"好了，一路顺风！"伊万诺夫忧郁地说道。

"朋友，我的路总是一成不变的。"萨宁笑了笑。"我对生活没有任何要求，也没有任何期待。而人生的结局也从来不会是幸福的：人生的结局就是衰老和死亡，仅此而已！"

他俩走上站台，站在一块没有人的地方。

"好了，再见吧！"

"再见！"

结果，他俩还是不由自主地亲吻了一下。

火车喷着汽，哐哐作响，动了起来。

"唉，老弟！我爱上你了，真的爱上你了！"伊万诺夫突然喊了起来，"你是我所见到的惟一一个真正的人哪！"

"只有你一个人爱上了我！"萨宁笑了一笑。

他跳上身边移动着的车厢的踏板。

"走啦，"他开心地喊道，"再见！"

"再见！"

一节节车厢在伊万诺夫的身旁迅速地驶过，似乎是约定好了要奔向何处。红色的信号灯在暗中一闪，然后久久地在黑幕中放着红光，似乎并未远去。

伊万诺夫目送着火车，他有些忧伤，有些无聊。他忧郁地在城里的街道上徘徊，看着城中那稀疏却整齐的灯火。

"去喝上一杯？"他问自己，于是，漫长的平淡生活那苍白、修长的幽灵，便同他一起走进了小酒馆。

四十六

车厢里的灯在气闷和拥挤中喘息，在摇曳不定的雾蒙蒙的暗影中，在朦胧的灯光投下的斑点中，蠕动着一些满脸倦容、疲惫不堪的人。

萨宁坐在三个农民的旁边。在他进来的时候，那三个农民正说着什么，其中一个坐在暗处、不大看得清面容的人说道：

"你是说，很糟？"

"不能再糟了。"坐在萨宁身边的那位头发蓬乱的年老农夫用颤抖的高音说道，"他们想怎么干就怎么干，是不会躲开我们的。话可以随便说，但一到关键时候，哪个人更有劲，哪个人就能喝别人的血！"

"那你们还等什么呢？"萨宁问道，他马上就猜透了这场沉重的、讨厌的谈话的内容。

老人向他转过身来，摊开两手。

"那又能做什么呢？"

萨宁站起身，走到另一个地方。他了解这些人，他们过着牛马一样的生活，但直到今天，他们既没有毁掉自己，也没有毁掉别人，而继续让他们那牛马一样的生活蒙上一层朦胧的希望，希望出现某种奇迹，这种奇迹他们永远也等不到，成千上万和他们一样的人，已经在对那种奇迹的希望中死去了。

黑夜降临了。大家都睡了，只有萨宁对面那个身穿厚呢长外衣的小市民，在凶狠地责骂他的老婆，他的老婆胆怯地沉默不语，只是痉挛般地眨着两只恐惧的眼睛。

"等着瞧，你这个臭娘们，我要你好看！"那小市民低声说道，就像一个憋着气的恶人。

萨宁已经打起盹来，这时，那女人病态地喊了一声，惊醒了萨宁。小市民急忙缩回手去，但萨宁还是及时地看到，他用指头拧了那女人的乳房。

"老弟，你真是个畜生！"萨宁生气地说道。

小市民胆怯地沉默不语，用他那双恶毒的小眼睛慌张地看着萨宁，似乎还在那里咬牙切齿。

萨宁厌恶地看了他一眼，然后向车厢连接处的平台走去。穿过车厢时，他看到了那许多几乎是摞在一起的人。天已经亮了，蓝盈盈的微光照进了车厢；于是，那些人的脸就更像是死人的脸了，一些胆怯、悲哀的暗影在那些脸上徘徊，给出了一种软弱、痛苦的面部表情。

萨宁站在平台上，敞开心胸吸了一口黎明的清新空气。

"人真是个讨厌的东西！"这一点他不是思想到的，而是感觉出的。于是，他便想立即离开、哪怕是暂时地离开所有这些人，离开这列火车，离开污浊的空气，离开烟雾和轰鸣。

朝霞已经清晰地浮现在地平线上。最后的夜色，那苍白的、病态的夜色，了无踪迹地逃回了那弥漫在草原上的蓝色的昏暗中。

萨宁并未多想，就下到了火车的踏板上，他也不再关心那只空箱子，纵身跳到了地上。

火车带着轰鸣和呼啸从身边驶过，大地在脚下一颤，于是，萨宁摔倒在潮湿的沙土路基上。火车上那盏红色的尾灯已经远去了，这时，萨宁站起身来，冲自己笑着。

"真好啊！"他大声说道，满怀快感地吐出了一个自由、响亮的叫喊。

四周十分宽广。还有些绿意的草地向四面八方伸展，形成一片无边无际的平坦原野，最后消失在遥远的晨雾中。

萨宁轻松地呼吸着，用欢乐的目光看着大地那没有尽头的远方，他迈动有力的大步，越走越远，走向明亮、欢乐的朝霞。这时，草原醒了过来，现出绿色和蓝色的远方，将天空那无边的穹顶戴在头上，接着，就在萨宁的正前方，太阳升了起来，放出万道光芒，于是，萨宁就像是迎着太阳在大步地前行。

图书在版编目（CIP）数据

萨宁/（俄罗斯）阿尔志跋绥夫著；刘文飞译. —上海：
上海译文出版社，2019.12（2025.8重印）
ISBN 978 - 7 - 5327 - 8122 - 5

Ⅰ. ①萨… Ⅱ. ①阿…②刘… Ⅲ. ①长篇小说—俄
罗斯—近代 Ⅳ. ①I512.44

中国版本图书馆 CIP 数据核字（2019）第 210538 号

Санин
Арцыбашев

萨宁

［俄］阿尔志跋绥夫　著　刘文飞　译
责任编辑/刘　晨　装帧设计/张志全工作室

上海译文出版社有限公司出版、发行
网址：www. yiwen. com. cn
201101 上海市闵行区号景路 159 弄 B 座
苏州市越洋印刷有限公司印刷

开本 787×1092　1/32　印张 14.25　插页 5　字数 232,000
2019 年 12 月第 1 版　2025 年 8 月第 6 次印刷
印数：13,001—14,500 册

ISBN 978 - 7 - 5327 - 8122 - 5
定价：65.00 元